新版

うつほ物語 二

現代語訳付き

室城秀之＝訳注

角川文庫
23602

はじめに

新版『うつほ物語』をお届けします。

『うつほ物語』は、わが国初の長編物語で、清少納言と紫式部も読んだ作品です。『源氏物語』以上に物語らしい作品だとの評価がありながらも、巻序の混乱や本文の重複などの乱れもあって、研究が後れていました。今回、全二〇巻を六冊に分けて、注釈と現代語訳を施しました。全六冊の内容をごくごく簡単にまとめてみましょう。

第一冊　巻一「俊蔭《としかげ》」の巻から巻四「春日詣《かすがもうで》」の巻
　琴《きん》の家を継ぐ藤原仲忠《なかただ》の誕生と、源正頼《まさより》の娘あて宮をめぐる求婚の物語
第二冊　巻五「嵯峨《さが》の院」から巻八「吹上《ふきあげ》・下」
　あて宮の春宮《とうぐう》入内に向けての求婚の進展の物語
第三冊　巻九「菊の宴」から巻十二「沖つ白波」
　あて宮の春宮入内後の物語と、仲忠と朱雀《すざく》帝の女一の宮の結婚の物語
第四冊　巻十三「蔵開《くらびらき》・上」から巻十五「蔵開・下」
　仲忠と女一の宮との間のいぬ宮誕生と、琴《きん》の家を継ぐ仲忠の自覚の物語

第五冊　巻十六「国譲《くにゆずり》・上」から巻十八「国譲・下」
　朱雀帝の譲位の後の春宮立坊をめぐる物語
第六冊　巻十九「楼の上・上」と巻二十「楼の上・下」
　いぬ宮への秘琴伝授の物語

本書第二冊目の読みどころを簡単に説明しましょう。琴《きん》の家を継ぐ藤原仲忠《なかただ》は、源正頼《まさより》の三条の院に出入りするようになって、あて宮の求婚者となります。そんな仲忠に、強力なライバルが登場します。紀伊国《きのくに》の吹上《ふきあげ》の浜に住む源涼《すずし》です。涼は、じつは嵯峨《さが》の院の落胤《らくいん》で、父院に知られることなく、祖父神南備種松《かんなびのたねまつ》のもとで育てられていました。嵯峨の院は、親王《みこ》たちや上達部《かんだちめ》・殿上人たちを引き連れて、吹上の浜を訪れ、涼と対面して、涼を都に連れて帰ります。それを知った朱雀帝は、嵯峨の院を招いて、神泉苑《しんせんえん》で紅葉の賀を催します。その際、嵯峨の院の要請で弾いた仲忠と涼の琴《きん》が奇瑞《きずい》を起こし、帝から、「涼にはあて宮、仲忠には（朱雀帝の）女一の宮を与える」との宣旨《せんじ》が下されます。これからあて宮の求婚譚《たん》がどのように進展してゆくのか、興味が惹《ひ》かれます。

この文庫で『源氏物語』とはまた違った平安時代の物語の世界にふれて、多くの方が日本の古典文学のおもしろさを味わってくださることを願っています。

室城《むろき》秀之《ひでゆき》

目次

祭の使

吹上・上

吹上・下

凡例

一　本書は、尊経閣文庫蔵前田家十三行本を底本として、注釈と現代語を試みたものである。できるだけ底本に忠実に解釈することにつとめたが、校注者の判断で校訂したところがある。校訂した箇所は算用数字（1、2……）で示し、「本文校訂表」として一括して掲げた。

一　本文の表記は、読みやすくするために、歴史的仮名遣いに改め、句読点・濁点、送り仮名・読み仮名をつけ、踊り字は「々」以外は仮名に改めた。会話文と手紙文には、「」を付した。

一　和歌は二字下げ、手紙は一字下げにして改行した。

一　内容がわかりやすいように、章段に分けて、表題をつけた。

一　注釈は、作品の内容の読解の助けとなるように配慮した。注番号は、章段ごとにつけた。注釈で、同じ章段の注を参照させる場合には注番号だけ、同じ巻の別の章段の注を参照させる場合にはその章段と注番号、別の巻の注を参照させる場合にはその巻の名と章段と注番号を示した。

一　現代語訳は、原文に忠実に訳すことを原則としたが、自然な現代語となるように、言葉を補ったり、語順を入れ替えたりした部分がある。本文が確定できないところでも、前後の文脈から内容を推定して訳した場合には、脚注でことわった。また、推定が不可能な場合には、底本の本文をそのまま残して、（未詳）と記した。現代語訳の形式段落は、現代語の文章として自然な理解ができるように分けた。そのために、本文の形式段落と異なるところがある。

一　この物語には、絵解《えとき》・絵詞《えことば》などといわれる部分がある。本来的な本文なのか、後に加えられたものなのか、議論が分かれている。本書では、この部分も本文として読む立場を取った。そのため、ことさらに、「絵解」「絵詞」などと名をつけずに、［　］で区別して、そのまま、本文として読めるようにした。

一　登場人物の名には、従来の注釈書を参照して、適宜、漢字をあてた。

一　各巻の冒頭に、「この巻の梗概」と「主要登場人物および系図」を載せた。

一　二冊目には、巻五「嵯峨の院」、巻六「祭の使」、巻七「吹上・上」、巻八「吹上・下」を収録した。

嵯峨の院

この巻の梗概

この巻は、内容と年立のうえで、「俊蔭《としかげ》」の巻と「藤原の君」の巻を受け、第四巻「春日詣《かすがもうで》」に先行する。この巻には、八月ごろから翌年の一月までの内容が語られている。

「俊蔭」の巻の巻末の相撲《すまい》の節《せち》の還饗《かえりあるじ》の際に源仲澄《なかずみ》と兄弟《はらから》の契りを結んだ仲忠《なかただ》は、源正頼《まさより》の三条の院に出入りするようになって、あて宮の求婚者となる。あて宮も、仲忠に思いを寄せる。一方、春宮《とうぐう》は、九月二十日の詩宴の際に、参加した人々の前であて宮への求婚の意志を表明し、十月に入ると、正頼に直接あて宮の入内《じゅだい》を要請する。正頼は、妻大宮《おおみや》と、あて宮の処遇について相談する。大宮は、退出した仁寿殿《じじゅうでん》の女御《にょうご》とも相談して、正頼家の意志はあて宮の春宮入内に傾く。春宮にはすでに多くの妃《きさき》が入内していたが、現在、春宮の寵愛《ちょうあい》を受けているのは嵯峨《さが》の小《こ》宮《みや》一人であった。正頼邸では、十一月に神楽《かぐら》が催

主要登場人物および系図（嵯峨の院）

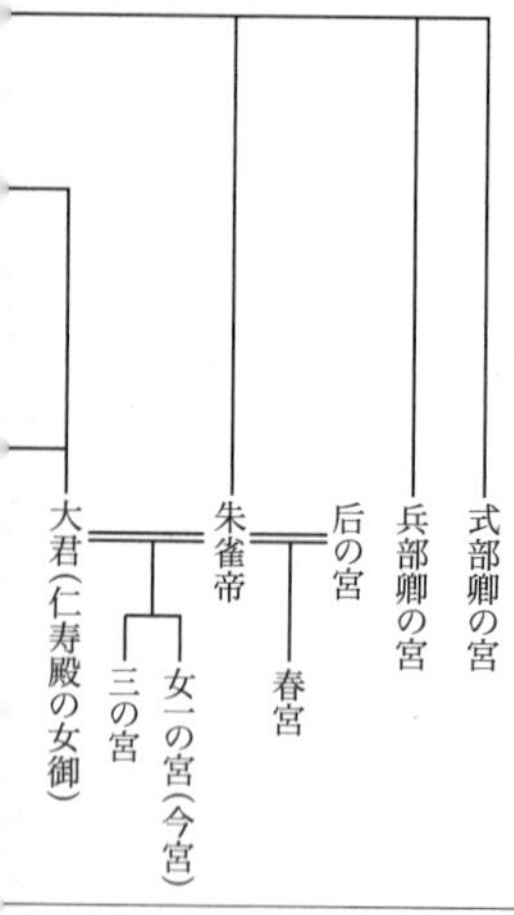

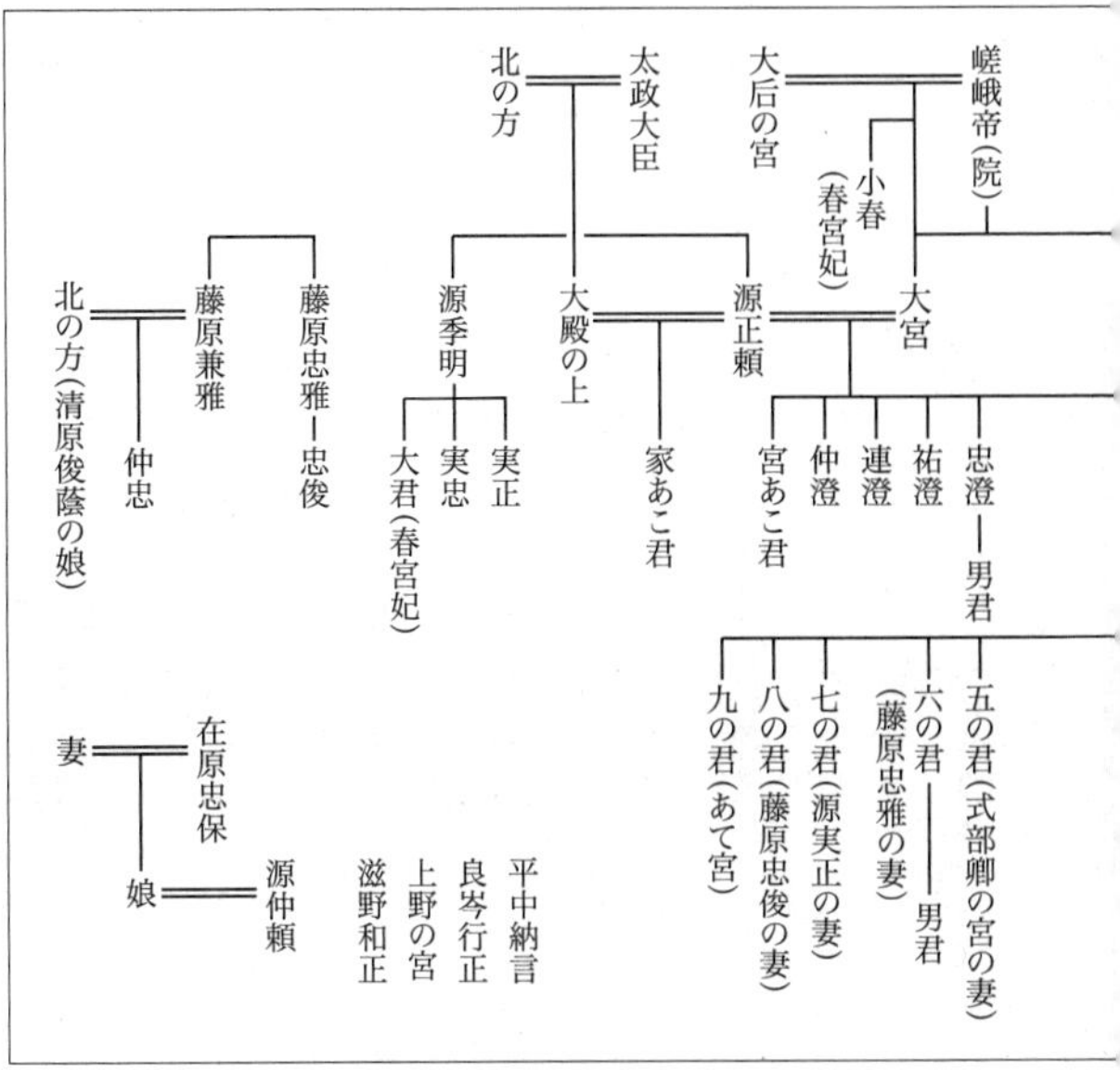

された、翌年の一月の子《ね》の日に嵯峨の院の大后《おおきさき》の宮の六十の賀を催すための準備が始められる。十二月には、年の果ての御読《みど》経《きょう》や仏名会《ぶつみょうえ》が催される。

また、故左大臣の次男源仲頼《なかより》は、宮内卿《くないきょう》在原忠保《ただやす》の娘と幸せな結婚をしていたが、翌年の一月に正頼邸で催された賭弓《のりゆみ》の還饗であて宮を垣間見《かいまみ》て、あて宮の求婚者となった。

一　仲忠、正頼の三条の院を訪れ、仲澄と語る。

　かくて、右大将殿に、一還饗《かへりあるじ》し給ひければ、例の二ごとなむ、左大将殿もおはしける。1

　さて後に、仲忠の侍従、内裏《うち》よりまかづるままに、左大将殿の御門《みかど》に来て叩《たた》く2に、かの殿の侍《さぶらひ》の別当《べたう》藤原員親《かずちか》会ひたれば、「仲忠が候ふよし、三侍従《じじう》の君に聞こえ給へ」とのたまへば、入りて聞こゆれば、仲澄「なほ、こなたに」とて、御曹司《ざうし》に呼び入れ奉り給ひて対面し給へり。

「仲忠、四一日《ひとひ》、あさましく五食べ酔《ゑ》ひて、対面賜はりけるを、いかになめげなるさま侍りけむ。そのかしこまりも聞こえさせむとてなむ参り来つる」。源侍従、仲澄六「はなはだかしこし3。一夜《ひとよ》の七無礼《むらい》はありもやしけむ。さらにおぼえ侍らぬは、仲澄が酔ひこそ進みて侍りけめ」などのたまひて、八うつくしく物語などし給ふ。「仲澄、

一　藤原兼雅の三条殿での相撲の還饗。「俊蔭」の巻【五七】参照。
二　「俊蔭」の巻【五七】に、「かしこにし給はむことも、必ず訪ふべし」とあった。ただし、この還饗以後、正頼は三条殿を訪れていない。参考、「国譲・中」の巻【一】注三参照。
三　正頼の七男仲澄。「俊蔭」の巻で、仲忠と「はらからの契り」をしていた。「俊蔭」の巻【六〇】注二参照。
四　相撲の還饗の日をいう。
五　この「食ぶ」は、酒を飲むの意。
六　「はなはだかしこし」は、まことに恐縮ですの意の慣用的な挨拶の言葉。男性同士で用いることが多い。「俊蔭」の巻【六〇】注二参照。
七　「むらい」は、呉音。

かく一人のみなむ侍る。時々は立ち寄らせ給へ。まかり通ふ所などもなければ、つれづれとなむ侍る」とのたまへば、〔仲忠〕「などかは、さは[4]おはする。仲忠こそ、内裏《うち》に参る[5]よりほかにまかる所なけれ。九君達《きんだち》のおはする所は、一〇牛の毛[6]ぞや」。あるじの侍従、「仲澄がまかる所、麟《りう》の角《つの》にだにぞあらぬや」などのたまふ。物語などいと細《こま》やかにして、なほ、かたみに後見《うしろみ》どもなど言ひ交はして帰り給ひぬ。

二　仲忠、孫王の君を介して、あて宮に歌を贈る。

侍従《じじゅう》の、ここに、時々、かくものし給ひければ、一おとど聞き給ひて、〔正頼〕「仲忠の侍従の、時々いますなるを、若き男《をのこ》ども、つきづきしくもてなしてあらせよや。琴《きん》をこそ教へざらめ。異《こと》わざも、かの侍従のすることは、えあらぬをや。いささか、なほ、物の音[1]なども聞き習ひあれ[2]」などのたまふ。

黒川本『色葉字類抄』「無礼 ムライ」。
八 親密だの意味の形容詞は、「うるはし」が一般的だが、この物語には、「うつくし」を用いる例がある。また、同じ意味で、「心うつくし」の例も見える。
九 「君達」は、二人称。
一〇 「牛の毛」は、きわめて多いもののたとえ。次の「麟の角」は、麒麟（きりん）の角で、きわめて珍しいもののたとえ。参考、『抱朴子』「万夫之中、有二一人一為レ多矣、故為者如二牛毛一、獲者如二麟角一也」、『北史』列伝第七十一文苑「学者如二牛毛一、成者如二麟角一」。『続浦島子伝記』「学者似二牛毛一、而得者罕二於麟角一之道也」。

一 「おとど」は、源正頼。

仲忠、[二]あて宮にいかで聞こえつかむと思ふ心ありて、かく来歩《あり》[3]くになむありける。さて、おのづから[三]殿人《とのびと》になりて、御達《ごたち》などにもの言ひかけなどする中に、[四]孫王《そわう》の君とて、よき若人《わかうど》、あて宮の御方に候ふにつきて、この思ふことをほのめかし言へど、つれなくのみいらへつつあるに、さてのみはえあるまじければ、おもしろき萩《はぎ》を折りて、葉に、かく書きつく。[4]

仲忠[五] 秋萩の下葉に宿る白露も色には出《い》づるものにざりける

とて、孫王《そわう》の君に、「これ、折あらば」とて取らす。[5]

持て参りたれば、あて宮見給ふ。

三　春宮をはじめ、人々、あて宮に歌を贈る。

また、春宮より、かく聞こえ給へり。

[一]いつとても頼むものから秋風の吹く夕暮れは言ふ方ぞなき

あて宮の御返り、

二　「俊蔭」の巻【五五】参照。
三　「殿人になる」は、仲忠が、いつも三条の院に出入りしていることをいう。
四　「孫王の君」は、あて宮づきの侍女。「春日詣」の巻【七】注一四参照。「国譲・上」の巻【三六】で、「藤原の君」の巻に登場した上野の宮の娘だと知られる。
五　「白露」に仲忠自身をたとえ、「色に出づ」に、恋の思いが外にあらわれるの意を込める。「ざりける」は、「ぞありける」に同じ。

一　参考、『古今集』恋二「秋風の身に寒ければつれもなき人をぞ頼む暮るる夜

[二]吹くごとに草木移ろふ秋風につけて頼むと言ふぞ苦しき

兵部卿の宮より、

[三]魂や叢《くさむら》ごとに通ふらむ野辺のまにまに鳴く声ぞする

御返し、

[あて宮][四]「色変はる野辺に通ふと聞くからに鳴くなる虫の心をぞ知る
まして思ひなむやらるる」

と聞こえ給ふ。

右大将殿、日ごろ悩み給ひけれど、おぼつかなく思ほされければ、

[兼雅]「日ごろ、あさましく、かくだに聞こえでやみぬべき心地し侍りつるになむ、いとあはれなりける」

とて、

[五]「君が訪《と》ふ言の葉見なば[1]朝露の消ゆる中にもたまや残らむ
訪《と》はせ給はましかば、頼もしからまし」

と聞こえ給へれど、御返りなし。

ごとに」（素性）。『風葉集』秋下「藤壺の女御いまだ参り侍らざりける頃、賜はせける　うつほの帝の御歌」。

二「移ろふ」に、心変わりをするの意を込める。

三 野辺に鳴く虫に、宮自身をたとえる。自分の身は、魂が抜け出して殻となっていると詠んだものか。参考、『後撰集』恋三〈物言ひける女に、蟬の殻を包みて遣はすとて〉「これを見よ人もすさめぬ恋すとて音を鳴く虫のなれる姿を」（源重光）。

四 兵部卿の宮の歌の「通ふ」を似通うの意にとりなして切りかえした歌。

五「言の葉」は、あて宮の返歌をいう。「朝露」は、「消ゆ」の枕詞。「たま」に「玉」と「魂」を掛ける。「葉」「朝露」「玉」は、縁語。

平中納言殿よりも、

湧《わ》き出づる涙の川はたぎりつつ恋ひ死ぬべくも思《おぼ》ほゆるかな

源宰相、六志賀《しが》に、行ひしに詣で給へりけり。それより、おもしろき紅葉の露に濡《ぬ》れたるを折りて、かくなむ。

実忠七 わが恋は秋の山辺に満ちぬらむ袖よりほかに濡るるもみぢ葉

とあれど、御返りなし。

源侍従、

仲澄八 あさましき心[2]とかつは思へどもいとかくつらき君もあやなしな

例の、御いらへもし給はず。

行正《ゆきまさ》、九斎宮上《さいぐうのぼ》り給ふ御迎へに行《い》きて、摂津国《つのくに》一〇田蓑《たみの》の島より、かく聞こえたり。

一一 摂津国の田蓑の島は渡れどもわがながめには濡れぬ日ぞなき

[あて宮の御前《まへ》に、人いと多かり。ここかしこより取りつつ参らす。]

六 志賀寺。「藤原の君」の巻【三六】注九参照。

七 「袖よりほかに濡るる」は、涙が衣の袖からあふれて濡れるの意。この「涙」は、紅の涙。『風葉集』恋五「志賀に詣でて、紅葉の露に濡れたるを折りて、女に遣はしける　うつほの中納言実忠」、三句「満ちぬらし」。

八 この歌は、底本は、改行されていない。

九 斎宮は、帰京の際、摂津国三津浜下方・三津浜・安曇口で禊ぎをする。この斎宮帰京の理由は、未詳。

一〇 「田蓑の島」は、大阪市の淀川河口近くの島の名だが、場所ははっきりしない。摂津国の歌枕。

一一 「田蓑」に「蓑」をひびかせ、「ながめ」に「長雨」と「眺め」を掛ける。「蓑」「長雨」「濡れ」は、縁語。

四　仲澄、八の君に、あて宮への思いを告げる。

かくのみ、この九の君を、よろづの人聞こえ給ふとは知りながら、御消息《おほんせうそく》聞こえ給ふ時は、人々の御心少し行くを、聞こえ給はぬ時は、一熱き火の中に住まふ心地して、二聞こえ給へば、あるは、御返り聞こえ給ふ折もあり、つひに聞こえ給はねば、聞こえわづらひてやみ給ひぬるもありなど、いと数知らずあるを、三よその人のさ思ほさむをばいかがはせむ、この源侍従の君さへかかる心のつきたるを、年ごろ、思ひ忍び、思ひ返せど、えあへかねてなむ、なほなど思ひて、なほ、かく思ふことなむあるとばかりだに、いかでこの君に知らせ奉らむ、時々気色ばめることはあれど、四知りて知らず顔なるにやあらむ、[1]いとつれなきをなど思ひわづらひて、五この、左衛門督《さゑもんのかみ》の君の住み給ふ八の君は、まだ若ければ、異《こと》君たちの住み給ふやうにて、方々異《こと》にても住ませ奉り給はで、六宮・お

参考、『古今集』雑上〈難波へまかりける時、田蓑の島にて雨にあひて詠める〉「雨により田蓑の島を今日行けどなには隠れぬものにぞありける」（紀貫之）。

一「熱き火の中に住まふ心地」は、【六】注九の「熾の上に居る心地」に同じ。
二 あて宮が人々に。
三 挿入句。
四 挿入句。
五 以下、「住ませ奉り給ひけり」まで、および、「さればおはしましける」「昼は……遊び給ふ」「異御はらからよりもよき御仲なり」は、挿入句。「左衛門督の君」は、右大臣藤原忠雅の長男忠俊。「藤原の君」の巻【四】注一〇参照。
六 母大宮と父正頼。

とどの住み給ふ北のおとどに住ませ奉り給ひけり、[2]されば、中のおとどに、昼はおはしましつつ、夜なむわが御方にはおはしましける、昼は、碁打ち、琴《こと》弾きなど、七こなたにてし給ひつつ遊び給ふ、異《こと》[3]御はらからよりもよき御仲なり、その君に、この仲澄の侍従、物語などし給ふついでに、「《仲澄》月ごろ、聞こえむと思ひ給ふることのみ侍るかな」。八の君の、「何ごとならむ」。八君達《きんだち》の、九[4]おのらが仲に、のたまはぬことのありけるこそは、つらけれ」。侍従の君、「《仲澄》聞こえさせむにつけて、いとかたはらいたき心地してこそ、[5]え聞こえね。されど、思ふに、一〇逆さまのことを聞こえたりとも、一一人に聞かせ給はむやはと一二思う給ふれども、いとこそ片端《かたは》なれ。月ごろ、わびしく思ひ給ふることのあるを、一三異人《ことひと》にはゆめに聞こゆべき人もなし、[6]心一つになむ思ひ給ふる。思ひ給へあまりて、いかがはせむ、一四御方にこそは聞こえめとてなむ」一五。八の君、「何ごとにかあらむ。月ごろになるまでのたまはざりけるこそあやしけれ。何ごとも、思ほさむことは、なほのたまへ」。侍従、「[7]え聞こ

七「こなた」は、中のおとど。寝殿。

八「君達」は、二人称。

九「おのら」は、一人称複数。若い女性の発言としては異例か。仲澄と八の君は、ともに大宮腹。

一〇「逆さまのこと」は、道理にはずれたことの意。

一一 反語表現。「人に聞かせ給はじ」の強調表現。

一二 以下は、「思う給ふれども、（いざ言おうとすると）いとこそ片端なれ」という文脈。仲澄の、八の君にうち明けるかどうかためらう気持ちの表現。

一三 挿入句。

一四「御方」は、ここは、二人称の表現。

一五 下に「こうしてうち明けるのです」の意の省略がある。

えぬにて、わりなさは御覧ぜよかし」など言ひて、「あやしき心侍りける身なれば、一六世間《せけ》の世の中に侍らずやなりなましと思ひ給へながら、一七『言はではただに』とか言ふなれば。かく、一八同じ心におはしますうちにも、一九いとよき御仲におはしますなれば。かくなむなどものせさせ給はむにも、誰かは知らむ。この、中のおとどの御方になむ、年ごろ思ひ給ふること侍るを、心にも、これは、物に狂ひたるにやあらむ、いとあやしきことなりと思ひ返して、8今までになり侍りぬるに、二〇世の中に立ち舞ふべき心地もせず。二一御覧ずるには、例の仲澄にては侍りや。かくわびしき心地して死ぬべき心地し侍るを、何かは、9よからぬことも聞こえじと思ひ給へ10つる。ただ、二二上・おとどの思さむことの限りなくかしこく、身のいたづらにならむことをば思されじと思う給ふるにこそ侍れ。聞こえても、思給へ返すにも、同じごといたづらになりぬべければ、聞こえても効《かひ》なかべかめれども、11かくだにも聞こえさせては、身はいたづらになるとも、命だにしばしとまるやとてなむ。いみじ

一六「世間の世の中」は、漢語「世間」を、女性にわかりやすく言い換えた表現か。

一七『伊勢物語』一二四段「思ふこと言はでぞただにやみぬべき我と等しき人しなければ」による表現。

一八「同じ心」は、注一七の歌の「我と等しき人」を言い換えたもの。
一九　あなた（八の君）とあて宮は。
二〇「世の中に立ち舞ふ」は、世に交じるの意。参考、『源氏物語』「柏木」の巻「つひに、なほ、世に立ち舞ふべくもおぼえぬもの思ひの、一方ならず身に添ひたるは」。
二一　参考、『源氏物語』「柏木」の巻「いとくちをしう、その人にもあらずなりにて侍りや」。
二二　母大宮と父正頼。

くあさましき心地しつつなむ」とて、「物に狂ひたることを、思ひ給へあまりて聞こえさする。[12]あが君あが君、なほ、かかる気色語らひ聞こえ給へ。おぼろけに思う[13]給へむには、かかることを聞こえさせてむや」など、いとあはれに語らひ聞こえ給へば、八の君、あやしきこととは思すものから、いといみじげにのたまへば、さすがにいとほしく思して、「《八の君》げに、さも思しぬべきことなれども、[二三]おのが心ながら心にまかせぬことなれば、さ、はた、わりなく思すこととなるを、[二四]何かは、かかる仲に、何ごとものたまひ語らはむに、知る人あらむやは、今、事のついであらば、かくなむと語らひ聞こえむ」。侍従、「いとうれしきことなり。[14]あが君なむ、よきさまにを」とのたまふ。

五　八の君、あて宮に、仲澄の思いを伝える。

かくて、中のおとどに渡り給ひて、例の、御遊びし給ふ。大和《やまと》

二三　以下、私の思いどおりにはならないことですからと、仲澄の要求を断ろうとしたが、仲澄の要求の真剣な顔を見て、思い直し、仲澄の要求どおりにしようと決心した八の君の心の動きを表す。

二四　「何かは」、および、「かかる仲に……あらむやは」は、挿入句。「知る人あらむやは」は、反語表現で、「知る人あらじ」の強調表現。

一　「おのれ」は、ここは、一人称。若い女性の発言としては、異例か。【四】注九参照。私が、ちゃんとお話しいたしますから。

二　そんなつれない態度をおとりにならないでくださ

琴《ごと》・箏《さう》[1]の琴・琵琶《びは》など調べ合はせて弾き給ふ。さて、御物語などし給ふついでに、「《八の君》一夜《ひとよ》、侍従《じじう》の、あはれなる物語をし給ひしかな」とのたまふ。九の君、何ごとも知り給はで、「《あて宮》あなうらやましのことや。我にこそ聞かせ給はましか」。八の君、「[一]おのれ、ま[2]さに聞こえむに」などのたまひて、「まことは、君の御心つらきことなんどぞのたまひしかば、『《八の君》何ごとぞ』など申ししかば、『《仲澄》月ごろ聞こゆることあるを、「[二]それ、さなおはせそ」と聞こえよや』と、[三]似げなきことをし給へば、憎しとは思へど、いとほしく、身もいたづらになりぬべきことをのたまひしを、なほ、聞こえ給ふことあらば、[四]心遣りに、いささかばかりはいらへ給へかし。疎《うと》き人にもこそ、[五]なげの言《こと》の葉言ふなれ。かかる御仲には、何ごとものたまふとも、[六]誰かは知らむ。いとほしくも思ひ入られたんめるを。人に、さな思はれ給ひそ」。九の君、面《おもて》は赤みて、うちほほ笑み給ひて、「のたまふこともなきを、何ごとかは聞こえむ」。八の君、「『[七]声せぬに答ふるものは山彦の』とのたまへかし。まこ

い。
三 「似げなきこと」は、実の兄としてふさわしくないことを。
四 兄上のお心を慰めるために。
五 「なげの言の葉」は、とおりいっぺんの返事の意。
六 反語表現。「誰も知らじ」の意。
七 『古今集』恋一「つれもなき人を恋ふとて山彦の答へするまで嘆きつるかな」（詠人不知）によるか。あて宮の「のたまふこともなきを」の発言に対して、声を出さなくても嘆きのため息に答える山彦をいう。『古今集』恋一「うちわびて呼ばはむ声に山彦の答へぬ山はあらじとぞ思ふ」（詠人不知）、『伊勢集』「山彦のよそに答へし声なれど言問ひしこそ恋しかりけれ」の歌によるという説もある。

とに、見苦しきこと思ひ初めぬる君にこそあめれ。映えあるまじくわりなきこと深く思ひ入れて焦《い》られ歩《あり》き給へば、かく、容貌《かたち》も損なはれ、惚《ほ》れたるやうにて、いとほしくぞあるや。と[八]思ふにもあやしく、なほ、聞[3]こゆるにもうた[4]てあるものを」などのたまへば、九の君、聞かぬやうにておはします。

六　九月、三の宮、あて宮に歌を詠みかける。

かくて、日ごろ経て、長月になりぬ。風涼しくなり、虫の声、御前の草木も[1]調ひて、木《こ》の葉は色づき、叢《くさむら》の花咲き、五葉《ごえふ》の松はのどけき色をまし、色々の紅葉、薄き濃き、斑濃《むらご》に交じり、月おもしろき夕暮れに、御前《おまへ》の池に月影映りて、よろづおもしろき夕暮れに、八の君・[一]今宮・姫宮、御簾《みす》巻き上げて出《い》でおはしましまして、例の、御琴《こと》ども弾き合はせて遊び給ふを聞きて、男君たち、え籠もりおはせで、式部卿の宮も、右のおとど率《ゐ》ておはして、「今宵

八「と」が受ける具体的な内容を省略した表現。ということを思うのも。

一 朱雀帝の女一の宮と女二の宮。ともに、仁寿殿の女御腹。
二「ただの御笛」は、横笛のことか。
三 篳篥を誰が吹いたか語られていない。正頼家の人の中では、いぬ宮の九日の産養の宴で、長男忠澄が大篳篥を吹いている。「蔵開・上」の巻【四】注一九参照。ここも、正頼の男君の誰かが篳篥を吹いたか。
四 挿入句。反語表現。「いづれの人も御心のどかにて籠もりおはせじ」の意。
五「君達」は、あて宮を含むほかの女君たちをいう。
六「なほ」は、八の君・

の御琴《こと》どもの音《ね》どもに驚きにけり」とておはしまして、式部卿の宮笙《さう》の御笛、右のおとど二ただの御笛、三篳篥《ひちりき》吹き合はせて、声々、あまたの物吹き合はせて、いとになく遊ばせ給ふを聞かせ給ひて、四いづれの人か御心のどかにて籠もりおはせむ、夜一夜《よひとよ》、五女君達《きんだち》、いと清げにて、六なほ、おはします端に出で居給へり。

七この女御の御腹の三の宮、世の中のかしこき君にておはします。それなむ、このあて宮を思ひ聞こえ給へど、好き好きしくもやとて色にも出で給はねど、なほ思しわたるに、この、君たちの並びおはする所におはして、曙《あけぼの》に、御簾《みす》を巻き上げて見給ふに、八いと清げにおはします中にも、この九の君はすぐれて見え給へば、三の宮は静心なくおぼえ給ふこと限りなし。見給ひて、ものものたまはで、うち嘆きて立ち給ひぬ。

高欄に押しかかりて眺めおはしまして、思ほすこと、さらにも言はず、九熾《おき》の上に居る心地して、いやますますに思さるるに、御前の一本菊《ひともとぎく》、いと高く厳《いか》めしく、一〇移ろひて、一一朝ぼらけに、めでた

今宮・姫宮たちと同じようにの意。
七 仁寿殿の女御腹の三の宮。「藤原の君」の巻【三七】注一参照。三の宮は、この寝殿の隣の東の対に住んでいる。「藤原の君」の巻【五】注一〇参照。
八 女君たちが。
九 「熾の上に居る心地」は、赤く熾（おこ）った炭火の上にすわっているような気持ちの意。参考、『古今集』墨滅歌「熾（おき）の居て身を焼くよりも悲しきは都島べの別れなりけり」（小野小町）。【四】注一参照。
一〇 「移ろふ」は、色が変わるの意。白や黄色の菊が盛りを過ぎて赤紫色に変色する美しさを鑑賞した。
一一 「朝ぼらけ」は、曙よりも朝に近い時刻だが、まだ完全に夜が明ける前。

く厳めしう見ゆるに、露に濡《ぬ》れたるを押し折りて、かく書きつけ給ふ。

[三の宮][一二]「匂ひます露し置かずは菊の花見る人深くもの思はましや

あなわびし」

と書きて、[3]そこらの御中に、九の君に、[三の宮][一三]「この花は、近[4]まさりぬべく」とて奉れ給ふ。

九の君、暗き[一四]ほどなれば、書きつけ給へる言《こと》は見で、ただ、かく書きつけ給ふ。

[あて宮][一五]露ならぬ人さへおきて菊の花移ろふ色をまづも見るかな

と聞こえ給ふ。

八の君、少し明かくなるほどに、[一六]この君の書きつけ給へる言《こと》を見て、

[八の宮][一七]露かかる籬《まがき》の菊を見る[5]人はものや思ふらむ

皇子《みこ》、「あなわびし」など聞こえ給ふ。

君達《きんだち》も、[一八]内裏《うち》に参り給ふ。人々も別れ給ふ。

一二 「菊の花」に、だんだん美しさをますあて宮をたとえる。「もの思はましや」は、反語表現で、「もの思はざらまし」の強調表現。

一三 「だから、私ももっとあなたのお近くにいたい」の気持ちを込める。

一四 「朝ぼらけ」の頃で、さらに建物の中だからまだ暗いのである。

一五 「おき」に「置き」と「起き」を掛ける。『風葉集』秋下「長月ばかり、居明かしたる曙に、菊を折りて、人の見せ侍りければ　うつほの藤壺の女御」。

一六 あて宮が書きつけなさった歌。

一七 四五句に、誤脱がある。「物や思ふと誰か言ふらむ」「移ろふ色に物や思ふらむ」などと補う説もあるが、未詳とするほかはない。

一八 底本「うちらまいり給」。

［君達、集まりて遊び給ふ。
皇子《みこ》、菊を押し折りて。一九
ここに、御達《ごたち》四十人ばかり、君たち、皆、御前に物参り、東の二〇御方より、「君たち起きおはしますなり」とて、御果物《くだもの》奉り給ふ。」

七　平中納言、正頼に、上野の宮の言動を伝える。

かかるほどに、平中納言、大将殿にまうで給ひて、一侍《さぶらひ》におはす二三中将の君に対面し給へり。中納言、「久しく候はぬかしこまり聞こえむとてなむ候ひつる」とのたまへば、祐澄「御消息《せうそこ》聞こえむ」とて入りぬ。

おとどに、[1]祐澄「平中納言参り給へり」と聞こえ給ふ。正頼「あなたに、これかれあなり。こなたにて対面せむ」とて、寝殿の簀子《すのこ》に御座《おまし》装《よそ》ひて、対面して、物語聞こえ給ふ。

「内裏に参り給ふ」と本文を作ったが、不審。「内に入り給ふ」の誤りなら、「君達」は、女君たちになる。
一九　接続助詞「て」でとめた表現か。
二〇　「東の御方」は、東の対。東の対は、仁寿殿の女御腹の男皇子たちが住む所だが、祖母大宮が管理している。ここも、大宮の配慮だろう。下の「御果物奉り給ふ」の主体敬語「給ふ」は、大宮に対する敬意の表現と解した。

一　「侍」は、侍所。
二　「おはす」の四段活用の例か。あるいは、「おはする」の誤りか。
三　「中将の君」は、左近中将祐澄。正頼の三男。

中納言、「日ごろ久しく参り給はねば、[2]おぼつかなきこと多くなむ」。大将のぬし、[正頼][四]「はなはだかしこし。例わづらひ侍る[五]脚病《かくびやう》のわづらひてなむ、日ごろ、[3]暇文《いとまぶみ》奉りて参らず侍る」。中納言、「一《ひと》日《ひ》、春宮に花の[六]宴聞こしめししにも、参り給はぬことをなむのた[4]まふめりし」。[5]おとど、[正頼]「誰々か参られたりし」。[平中納言][七]「右のおとど・右[八]大将・民部卿[九]、親王たちなどなむ。[一〇]博士《はかせ》ら召したりき。学士[一一]正《まさ》光《みつ》・式部大輔《しきぶのたいふ》忠実《ただざね》の朝臣《あそん》・右中弁惟房《これふさ》の朝臣、秀才《しうさい》・進士《しんじ》などなむ召したりし。[一二]ひふたつの物など設けられたりき」など申し給ふ。大将のぬし、「いと有識《いうそく》の者の限りなんなりかし。さては、詩《うた》はいかがありけむ」。いらへ、[平中納言][一三]「四《し》韻《ゐん》の詩《うた》なめりき。[一四]御題《おほだい》なりき」と申し給ふ。[平中納言]「その詩《ふみ》ども、いとものの不《ふ》便《びん》なりき」と申し給ふ。[平中納言]「さて、その日、不意に人に騒がれ奉りき」。大将、「誰にかありけむ。正頼が氏《うぢ》かや」とのたまふ。中納言、「いづれも離れじかしな」とて、[正頼]「いかなることにかありけむ」。中納言、[一五]「一日《ひとひ》のついでなどありしかば、[6]『これかれ参り給へるに、[一六]殿の参らせ給は

四　「はなはだかしこし」は、【一】注六参照。
五　脚気（かっけ）。『和名抄』疾病部病類「脚気、一云脚病、俗云阿之乃介」。
六　秋の花の宴。今は九月。
七　右大臣藤原忠雅。
八　藤原兼雅。
九　源実正。
一〇　文章博士。
一一　「学士」は、東宮の学士。
一二　「ひふたつの物」、未詳。
一三　「四韻」は、四つの韻脚のある漢詩。律詩。
一四　春宮が出した題。「おほんだい」の撥音無表記。
一五　「一日のついで」の具体的な内容は、未詳。
一六　正頼。
一七　「まさとき」は、平中納言の名。この場面以外には、「まさあきら（正明）」と見える。
一八　平中納言に呼びかけた

ぬがさうざうしさ』なんど、これかれ申し給ふついでに、一七正時《まさとき》、何心なく、（平中納言）『げに。あやしく。参り給はぬは、悩み給ふことやあらむ』と申ししかば、上野《かんづけ》の宮、大きに驚き給ひて、一八『かの正時の朝臣い、など申し給ふことぞ』と、声を放ちてのたまふ時に、右大将・兵部卿の宮、あまた、これかれ、いとあやしと驚き給ふ時に、春宮も、いとあやしと思ほしたるに、この宮、（上野の宮）一九『いとたいだいしきことは二〇啓し申さざるべき。二一やむごとなき家の男《をのこ》が前にてだに、かく申し二二[7]侍り給《たう》べば、まして、他《た》の所にて、いかに呪詛《ずそ》・二三悪念《あくねん》深く侍り給《たう》ぶらむ。かの[8]左大将の朝臣を仇《あた》にて呪詛《ずそ》し奉《たいまつ》るなり。二四天下《てんげ》にその大将を呪詛《ずそ》し殺し奉《たいまつ》りても、中納言の上《かみ》多かる。さても、人呪《のろ》ふ人は、三年に二五死ぬるなり。大将、いささかの足・手のつつがもあらば、朝臣のすると思はむ』と、[9]いと切《せち》に怨《ゑ》じ給へば、春宮も、いとあやしと思して、『そもそも、この大将には、何の[10]ゆゑかおはしますらむ』。親王、（上野の宮）[11]『かの朝臣には、二六頼明《よりあきら》、愛《は》しき[12]子らを、いと[13]やむごとなく侍り。かの大将の、

言葉。「い」は、多く奈良時代に用いられた強意の副助詞。
一九　上野の宮は、平中納言の発言を、正頼を呪った言葉と誤解したのである。
二〇　「啓し申す」は、「啓す」に同じで、春宮に対する敬意の表現か。
二一　「やむごとなき家の男」は、正頼の婿になったつもりで、宮自身をいう。
二二　「侍り給ぶ」は、「春日詣」の巻【二】注四参照。
二三　「悪念」は、悪事をたくらむ悪い心の意。
二四　「天下に……ても」は、どんなに……しても の意。
二五　「死ぬるなり」は「死ぬなり」の誤りか。
二六　「頼明」は、上野の宮の名。
二七　「童部」は、妻の意。「藤原の君」の巻【三五】注五参照。

九[14]つにあたる娘は、頼明が[二七]童部《わらはべ》にてなむ侍る』と申し給ふ。皆あやしがりて、春宮も、『かの大将の[15]、九[16]つにあたる娘は、[二八]いくりそは』と問ひ給へば、[上野の宮][二九]『この王[17]の御腹なり。いとかしこく名立たりて、苦[18]しう得ず侍りしを、さこそあれ、頼明、[三〇]構へてなむ奪《ば》[19]ひ取りて侍る』と申し給へば、春宮は、いかなることにかあらむとは思しながら、さなり果てば、[三一]民部卿・[三二][20]左衛門督《さゑもんのかみ》なども、皆咎《とが》めつべきにこそあなれ、まして、[三三]上にも聞こしめし過ぐさじかし、なほ、いとをかしなど思してのたまふなり」と申し給ふ。

[平中納言]「皆人あやしがりき。民部卿などは語り聞こえ給はぬか。すべて、ただ十が一を取り申すなり。いとをこなることども多く侍りき」と申し給へば、[三四]かのおとど、[三五]ありしことはかけてものたまはで、

[正頼]「いとをかしくあやしかりけることどもかな。[三六]この侍る者は、かの君ならぬ人にも[21]、ただ今はまだいと幼く侍れば、奉らむとも思う給へぬものを。真実《しんじち》にあるやうにものたまひけるかな。あやしきこと」とて笑ひ給ふ。

二八　「いくりそは」、未詳。どのようにして妻になさったのかなどの意か。

二九　「王」は、天皇の子の意で、嵯峨の院の女一の宮である正頼の妻大宮をいうのだろうが、特殊な言い方か。

三〇　以下は、「藤原の君」の巻【六】参照。

三一　源実正。正頼の七の君の婿。

三二　藤原忠俊。正頼の八の君の婿。

三三　「上」は、帝。

三四　「かのおとど」は正頼のことをいうが、「かの」の表現不審。

三五　「ありしこと」は、上野の宮に、にせのあて宮（樵夫の娘）を奪わせたことをいう。

三六　「この侍る者」は、あて宮をいう。

三七　以下、寝殿の簀子の場

さて、中納言まかで給ひぬ。

［[三七]おとど、中納言に対面し給へり。
[22]侍《さぶらひ》にて、中将の君対面し給へる所にて、男も、いと多く候ふ。」

八　仲澄、あて宮に歌を贈る。

かくてあるほどに、源侍従の君、出《い》で入り、起き臥し、嘆[1]き給ふ。いとわびしくおぼえければ、御前《おまへ》の花薄《はなすすき》の中に、[一]今もとより生ひ出づる葉、秋も穂に出でぬを引き抜きて、その葉に、かく、

仲澄[二]「思ふこといかに知れとか花薄秋さへ穂にも出でで過ぐらむ

あなわびし。[三]いつ、かく」

など書きて、見せ奉り給へば、九の君、

あて宮[四]「もろともに生《お》ふる薄のいかなれば穂の出でぬものを思ふてふらむ

かかる仲」

面と、侍所の場面。物語の順序と逆か。「中将の君対面し給へる所にて」は、侍所の説明か。

一　今ごろになって根本から生えてきて、秋になっても穂にならない葉。
二　「花薄」に、仲澄自身をたとえる。参考、『万葉集』巻八「めづらしき君が家なる花薄穂に出づる秋の過ぐらく惜しも」（石川広成）。『古今集』恋三「花薄穂に出でて恋ひば名を惜しみ下結ふ紐の結ぼほれつつ」（小野春風）。
三　いつからこんな気持ちになったのでしょうか。
四　「もろともに生ふる薄」は、自分と仲澄が同腹の兄妹であることをいう。次の「かかる仲」も同じ。

とて、[五]尾花を添へて奉り給ふ。侍従《仲澄》、「さればこそはわびしけれ」と聞こえ給ふ。

「中[2]のおとど。九の君おはします。御達《ごたち》、いと多く候ふ。」

九　行正、宮あこ君を介して、あて宮に歌を贈る。

かくて、行正、摂津国《つのくに》、[一]有馬《ありま》の湯に行《い》きて、おもしろき所々歩《あり》きて、をかしき所々見るにも、もの思ひ出《い》でられつつ、あはれとおぼゆる時に、[1]童部《わらはべ》を使にて、大将殿に、

行正[二]　しほたるることこそまされ世の中を思ひながすの浜かひなくて

と書きて、宮の[三]あこ君に、

「これ、中のおとどに[2]奉り給へ。[四]あこ君や、いかでものの苦しさ知らせ奉らむ」

と書きて奉り給へり。

五 「尾花」は、穂の出た薄をいう。

一 兵庫県神戸市の有馬温泉。参考、『古今六帖』四帖〈雑の思ひ〉「あひ思はぬ人を思ふぞ病なる何か有馬の湯へも行くべき」。

二 「ながす」に「流す」と「長州」、「かひ」に「効」と「貝」を掛ける。「長州の浜」は、兵庫県尼崎市の海岸で、歌枕。また、「しほたるる」「浜」「貝」は、縁語。参考、『平中物語』「世の憂きを思ひながすの浜ならば我さへともに行くべきものを」、『拾遺集』恋五「恋ひわびぬ悲しきことも慰めむいづれながすの浜辺なるらむ」（詠人不知）、『拾遺集』恋一「人知れず落つる涙は津の国のながすと見えで袖ぞ朽ちぬる」（詠人不知）。

宮あこ君、見給ひて、九の君に見せ奉り給ひて、「走り書き給ふさまなど、事もなし」。宮あこ君、「遠き心ざしもあるものを、なほ、いささか書きて賜《た》べ」と聞こえ給へば、「《あて宮》あなさがな。なんでふ、かかる文か見せ給ふ。『「かかる文見すれば、おとど・母[五]宮さいなむ」とて、な取り入れ給うそよ』[六][3]とのたまひおはす」とて聞こえ給はずなりぬ。[4]

さて、行正が[5]使に、宮あこ君[6]、文書きて遣り給ふ、

「[七]この文は、のたまひつる人に見せ奉れど、御返りもなかんめ[7]れば[八]。まろを、いかに、憎しと思ほさむ。[九]ものの苦しさは、君のおはせぬ頃なむ思ひ知りぬる。疾《と》[8]く上《のぼ》り給へ。

[一〇]あひも見ぬ日の長らふる袖よりは人の涙の落ちぬべきかな

いと久しや。はやはや」

と書きて遣りつ。

行正、これを見て、袖を絞るばかり泣き濡《ぬ》らして急ぎ帰りぬ。いとどしき魂静まる時なく思ひ嘆く。


三「宮のあこ君」の表現は、ここのみ。「宮あこ君」の誤りか。

四 底本「あこ君や」。あるいは、「あが君や」の誤りか。

五「さいなむ」は、主体敬語の動詞に準じる用法。

六「のたまひおはす」は、過剰な敬意の表現か。

七「この文」は、宮あこ君が今書いている手紙をいう。

八 下に「私が代わって書きました」の意の省略がある。

九「ものの苦しさ」は、行正の手紙にあった言葉。

一〇「長らふる」の「ふる」に「振る」を掛ける。「振る」「袖」は、縁語。「あて宮」の巻【一八】注六の春宮の歌参照。

一〇　実忠をはじめ、人々、あて宮に歌を贈る。

秋の夕暮れに、涼しく、月おもしろきに、ただ一人[一]眺めおはするに、よろづあはれに悲しくおぼえて泣き居給ひつれば、白き御衣《ぞ》の袖に涙かかりて[二]掻練《かいねり》なんど映りて濡《ぬ》れたるを取り放ちて、それに書きつけ給ふ、

実忠[三]「解きて遣る衣《ころも》の袖の色を見よただの涙はかかるものかと

いとめづらかになむ。さるは、[1]綻《ほころ》びにけりや」

と書きて奉り給へ[2]れば、九の君、からうして、あはれとや見給ひけむ、傍らに書きつけ給ふ、

[四]「袖裁《た》ちて見せぬ限りはいかでかは涙のかかる色も知るべき

[五]きりぎりすもの憂げなる御袖かな」

とて返し奉り給ふ。

また、平中納言殿より、御文には、

一「眺めおはす」を、注八に「この源宰相」とあるので、実忠の動作と解した。

二「掻練」は、紅の掻練。

三 掻練の紅色を、紅の涙の色として詠む。『風葉集』恋一「衣の袖に涙のかかりて映りけるを取り放ちて、それに書きつけて、女に遣はしける　うつほの参議行正」。『風葉集』は、行正と解している。

四「かかる」に、「(涙が)かかる」と連体詞「かかる」を掛ける。注三の実忠の歌に続けて、『風葉集』恋一「その傍に書きて返し侍りける　藤壺の女御」。

五『古今集』誹諧歌「秋風に綻びぬらし藤袴つづりさせてふきりぎりす鳴く」(在原棟梁)による表現。「きりぎりす」は、今のこおろぎ。

[六]「秋の夜《よ》の寒きまにまにきりぎりす露を恨みぬ暁ぞなき
[七]知る人のなきなむ、わびしき」
とて奉り給へれど、御返りなし。

かくて、[八]この源宰相、この殿にのみおはすれば、人々、「この君は、あるやうありてや、かく籠もり居給ひつらむ。おとど・宮知り給《たま》てや。九の君に馴れ馴れしきことあらむ」など、内の心をば知らで、[九]この聞こえ給ふ人々疑ひ聞こえ給ふ。
[3]右大将殿よりも、さる気色をなむ聞こえ給ひける。
「聞《兼雅》こえさすれども、効《かひ》なくなむ。[一〇]承るやうもあるものを。ここそ、いとかしこく思[4]し落とさざるべけれ。
[一一]旅人も越え馴れぬとか渡し守おのが船路《ふなぢ》の近きまにまに」
と聞こえ給へれども、御返りなし。

兵部卿の宮よりも、

「度々《たび》聞こえさすれど、おぼつかなくのみあるを、みづから参りてや聞こえさすべき」


六「きりぎりす」に平中納言自身、「露」にあて宮を思って流す涙をたとえる。『風葉集』秋下「秋の頃、女に遣はしける　うつほの中納言正明」。

七『古今集』恋二「わが恋は深山隠れの草なれや繁さまされど知る人のなき」（小野美材）による表現か。

八 注一参照。

九 あて宮に求婚している人々。

一〇「承るやう」は、実忠が三条の院に居続けていることをいう。

一一「旅人」は、自分の家を離れて、三条の院に居続けている実忠をいう。「藤原の君」の巻【三七】注五参照。「渡し守」は兵衛の君で、「おのが船路の近き」は、実忠と兵衛の君が愛人関係にあることをいうか。

とて、

　[三]住みよしに見ゆるや何ぞおぼつかなまつと答ふる人もあらな
　む

と聞こえ給へれば、九の君の御返り、

　[一三]年《あて宮》経ればまつは枯れつつ住吉は忘れ草こそ生《お》ふと言ふなれ

とのみ聞こえて奉り給ふ。

一一　仲忠、正頼の三条の院を訪れ、仲澄と語る。

かかるほどに、仲忠の侍従は、[一]常にこの殿に来つつ、ある時は、[二]この御前にて、琴《こと》弾き、遊びなどし、[三]琴《きん》をばさらに弾かで、異《こと》遊びをしつつ、[四]源侍従の君をはらからと[1]契《ちぎ》りて語らふ、「《仲忠》などか参り給はざりつる。内裏《うち》に候ひたりつれど、君の見え給はざりつれば、候ふ効《かひ》もなかりつれば、まかでつるぞ」と。源侍従、「《仲澄》参らむと思ひ[2]給へつれども、[五]あやしく悩ましく侍りつればなむ」。仲

三　「住みよし」に住吉、「まつ」に「松」と「待つ」を掛ける。参考、『敦忠集』「世の中を住みよしとしも思はぬにまつことなしにわが身経ましや」、『拾遺集』雑上「世の中を住みよしとしも思はぬに何をまつとてわが身経ぬらむ」（詠人不知）。

一三　「まつ」に「松」と「待つ」を掛ける。参考、『古今集』雑上「住みよしと海人は告ぐとも長居すな人忘れ草生ふと言ふなり」（壬生忠岑）。

一　「常に来」は、【三】注三参照。

二　「この御前」は、あて宮の御前の意。

三　【三】に、「琴をこそ教へざらめ」とあった。

四　仲忠と仲澄が「はらからの契り」をしていること

忠、「などか、かくのみは。[六]人思ふとか」。「仲澄は、人数にし侍らねば、さ思ふべき人もなし。[七]君達《きんだち》はしも」。仲忠「よき身だにも、し[3]か思さむに、まして、仲忠らは、いづくなりしを」など言ひて、「世の中に住みにくきものは、独《ひと》り住みにまさるものなかりける。まかる所し侍らねば、里とては、ただここになむ。[八]立ちまかり苦しうし給ふ所は、いとつきなき心地し侍ればなむ」と言ふ。源侍従、[九]「そも、あなかま。御心にまかせたんめる御世の中を」。仲忠、「あなむくつけ。[一〇]露だにぞなき」と言ふ。

かくて、なほ、[一一]この君を、人知れず、限りなく思ふ。殿の内には、[一二]宮もおとども、いと恥づかしく心憎き者に思したり。おぼろけの折に、物の音《ね》出《い》ださず。されど、たまさかに、琴《こと》仕まつり、遊びなどす。九の君と聞こゆれど、仲忠には御目とどめ給ふ。いかではつかにも見むと思へど、さるべき折もなし。[4]馴れ馴れしき気色もなくて、まれに見ゆるは、いとめでたく清らにて、時々うち見えて、さらに馴れず。されば、いと心憎くてをかしき者にな

は、【二】注三参照。

五「俊蔭」の巻【六〇】注六参照。

六 恋しく思う人がいるのですか。主体敬語がないのは、歌による表現だからか。

七「君達」は、二人称。

八「立ちまかり苦しうし給ふ所」は、婿に迎えて、立ち去ることが心苦しいほどの扱いをしてくださる所の意。「俊蔭」の巻【五五】に、「よろづの上達部・親王たちも、婿にせむ、婿にせむ」とあった。

九 そんなことをおっしゃらないでください。

一〇「露」は、きわめて少ないもののたとえ。「露塵」に同じ。

一一「この君」は、あて宮。

一二 母大宮も父正頼も、仲忠を。

む[一三]思しける。

かかるほどに、九月二十日ばかりの夜、風いと遥かに聞こえて、しぐれなむとす。源侍従の君、夜一夜、物語などし明かして、暁に、仲忠、

[一四]色染むる木《こ》の葉は避《よ》きて捨て人の袖に時雨《しぐれ》の降るがわびしさ

とうち歌ふ声、いとめでたし。九の君、いとをかしと聞き給ふ。[一五]いと人気《ひとげ》なき者には思さずなむありける。[5]「左大将殿。曹司《ざうし》にて、源侍従、物語し給ふ。物など参れり。男《をのこ》どもいと多かり。」

一二　九月二十日、春宮、詩宴を催す。

かくて、春宮、九月二十日、詩《し》作りし給ひしに、人々なんど、例の、上達部《かんだちめ》あまた参り給へり。[一][1]左大将は参り給はず。博士《はかせ》どもなどあまたありて、いとかしこく詩《ふみ》作らせ給ふ。御遊びなどし給

一三　あて宮は。
一四　「捨て人」は、世を捨てた人の意。『風葉集』に従って、「旅人」の誤りと見る説もある。「時雨の降る」は、涙を流すことをたとえ、袖が紅の涙で赤く染まることをいう。『風葉集』羇旅「題知らず　右大将仲忠」、三句「旅人の」、五句「降るぞわびしき」。
一五　「人気なし」は、人並でないの意。

一　正頼は脚病をわずらっているために参加しないのである。【七】注五参照。
二　挿入句。なかなか美しいことでしょう。参考、『源氏物語』「若紫」の巻「(明石の入道の娘は)けしうはあらず、容貌・心ばせなど侍るなり」。
三　平中納言。【七】注一七

ふ。

事静まりて、これかれ御物語のついでに、春宮、「今日ここにものし給ふ人々の中に、事もなき娘、誰持給《たう》[2]びたらむ」。左のおとど、［季明］[3]「この中には、[二]けしう侍らずや侍らむ、[三]正明《まさあきら》の中納言、子や持給[4]びたらむ。それも、まだ小さくなむ聞こえ侍る」。[四]源中納言、[5]「左大将の朝臣《あそん》こそ、女子《をんなご》あまた持給[6]びて侍るなれ。[五]これかれ、優にてなむ集ひて候ふなる。[六]さて、いま一人二人は、事もなくてものせらるなる」。[七]「季明《すゑあきら》が身にても[八]一人侍るなり」。平中納言、「[7]一人のみにはあらじ。[九]またも聞くやうあり」。兵部卿の宮、「さがなきもの言ひかな」とてうち笑ひ給ひて、源宰相うち見合はせ給へば、いとかたはらいたしと思ひて、もののたまはず。

春宮の、「[一〇]この上野《かんづけ》の宮の物咎《とが》めし給ひし[一一]こそ、事なく聞こゆるや。我らをば懸《け》想《さう》人の数にも入れざなるこそからけれ」。左[8]のおとど、［季明］「仰せ言《ごと》あらば、早うこそ奉り給はめ。かしこまりてこそ参らせ侍らめ」。宮、［春宮］「さし向かひては言ひにくく思[9]ほえてこそ。

参照。

四　「源中納言」は、「内侍のかみ」の巻【三八】注三の「源文正」か。「菊の宴」の巻【二】注四参照。

五　「これかれ」は、正頼の婿たちをいう。

六　「さて」は、ほかにの意。

七　左大臣源季明。正頼の兄。

八　左大将の婿になっている者が一人おりますの意。ただし、左大臣は、長男実正が七の君、次男実頼が四の君と結婚している。「菊の宴」の巻【二】注八には、「おのへにも、一人二人は侍らむ」とある。

九　実忠があて宮に求婚していることを言う。

一〇　春宮の花の宴での出来事をいう。【七】参照。

一一　係助詞「こそ」の結びが調わない。

事のついであらばと思ふを、まだ、[10]えものせずや」とのたまふを聞きて、源宰相・兵部卿の宮・平中納言など、いとわびしと思ふこと限りなし。宮召さば、必ず参りなむを、いかにせむと思ほす。心魂惑ひ騒ぎて、[11]何のものの興[12]《けう》もおぼえ給はずなりぬ。

[春宮。左のおとど・平中納言・源宰相・一二春宮大夫《みやづかさのかみ》、殿上人、童など、いと多かり。]

一三　十月、春宮、正頼にあて宮入内を要請する。

一かかるほどに、[1]左大将、春宮に参り給へりければ、宮、（春宮）「などか、久しく参り給はざりつらむ。二神無月《かみなづき》の衣替《ころもがへ》にも、労《いたは》らるるところありとありしかば、[2]いとほしがり申しつるを」。大将、（正頼）「あなかしこ。例わづらひ侍る脚病《かくびやう》、すべてえ踏み立てで、[3]さらにまかり歩《あり》きといふものもし侍らで。からく労りやめ侍りてなむ、かくだに参り侍りつる」と。春宮、「いと不便《ふびん》なること。ここに、

一二「春宮大夫」は、春宮坊の長官。

一 ここから、月が十月にかわる。
二 十月一日の衣更えの日には、紫宸殿において、孟冬旬（もうとうのしゅん）の宴が行われた。正頼は、それを、脚病で欠席したことになる。
三 「聯句」は、複数の人で、句を連ねて、一編の漢詩を作る遊び。連句。連詩。
四 正頼殿がおいでにならなかったので。
五 「闇の夜のなにがし」は、闇夜の錦のこと。『漢書』第三一陳勝項籍（項羽）伝「富貴不レ帰二故郷一、如二

かく、[4]男《をのこ》ら召して、[5][三]聯句《れんぐ》、一句二句作らせしに、[四]ものし給はずなりにしかば、[五]闇の夜のなにがしの心地なむせし」などのたまひて、その詩《ふみ》ども見せ奉り給ふ。おとど、いとかしこく見映やし給ふ。

さて、御《おほん》物語のついでに、（春宮）「月ごろ、聞こえむと思ふことのあるを、しめやかなる折なくて、えものせぬかな」。大将、「何ごとにかは侍らむ。今日より静けきこと、[6][7]え侍らじを、承りてしかな」。春宮、「いさや。さすがに聞こえにくければ」などて、「[8]『そこに、[六]人々集へらるなる、[9]おのれをばそのうちに入れられぬ、つらし』と聞こえむとぞや」。大将、「あなかしこ。さる仰せ言《ごと》なきうちに、しか候ふべき者侍らず、[七]いとあやしきさまにのみ侍るめれば。さ言ひて、[八][10]うちはめてのみ侍らむやはとて、心に従ひて、人々に配り給[九]ふ[11]ことなむ侍りし」。春宮、「[一〇]さても、残りあるやうに聞こえしは。それをだに、な忘れ給うそかし。人知れず聞こえ置きたる心地すれば、さりともとなむ思ふ」とのたまへば、大将、「はなはだ尊き仰せなり。いと小さくなむ侍るめる。[一一]少し人とな

衣レ錦夜行一」などによる。参考、『古今集』秋下「見る人もなくて散りぬる奥山の紅葉は夜の錦なりけり」（紀貫之）、『後撰集』恋二「思へどもあやなしとのみ言はるれば夜の錦の心地こそすれ」（詠人不知）。「祭の使」の巻【三】注二三参照。

六　「人々」は、正頼の婿たちをいう。

七　倒置法。

八　「うちはむ」は、閉じ込めるの意。参考、『落窪物語』巻一「なほ歩かせ初めじ。うちはめて置きたるぞよき」。

九　主体敬語「給ふ」は、妻大宮を主体にした表現。ただし、「菊の宴」の巻【三】には、「これかれに配り侍ること侍しに」とある。

一〇　「さても」は、そのほかにもの意。

一一　少し大人になったら。

らば、候[12]はせむ」と申し給ふ。宮、「いとうれしきことなり。かの御方にも常に聞こえさせむと思ふを、騒がしなどものし給はむ、一二すずろなることなれば、うたて思さむや一三[13]などてなむ。時々は聞こゆれど、[14]もはら聞き入れ給はぬやうになむ」と聞こえ給へば、大将、いといたくかしこまりて、「さらば、仰せに従はむ」とてまかで給ひぬ。

［春宮。[15]左大将のおとど、御物語し給ふ。］

一四　正頼、大宮にあて宮の入内を相談する。

かかるほどに、この九の君、まだ、ともかくも思し定めず、一いかにせましと思しわづらふほどに、春宮、から切《せち》にのたまふこと、度々《たび》になりぬれば、大将のおとど、二宮に聞こえ給ふ、(正頼)「あてこそをいかにせましと思ふに、春宮なむ、『残りあるをだに忘るな』とのたまふを、いかにせまし」。宮、(大宮)「何かは。参らせむと思ふを、

一二「すずろなり」は、軽率で非常識だの意。「藤原の君」の巻【六】にも、「忍びてあて宮に聞こえ給はむもすずろなるべければ」とあった。

一三 底本「なと丶てなむ」。「など」は、「なにと」から転じた語。「など」の中に、「と」を含んでいるので、平安時代に「などとて」の用法はないとする説に従った。

一「藤原の君」の巻【六】にも、「この君をいかにせましと思してあり経給ふほどに」とあった。

二 大宮。

三「人々」は、春宮妃。

四「よきほどなり」は、あて宮が結婚するのに充分なほど成長したことをいう。参考、『竹取物語』「三月ば

[三]人々の仕うまつり給ふ宮なれば、いかにせまし。げに、かく、よ[四]きほどなりとていますめるを」。「《正頼》ここにも、それをなむ思ふ。兵部卿の宮・右大将などは、ただ人にても、事もなき人にこそあめれ」。「《大宮》それも、いと切《せち》にのたまふなれど。なほ、この九をば、少し心殊に思へども、内裏《うち》には、[五][1]仁《じ》寿《じゅう》殿候ひ給ふ、いかがは、または。春宮には、[六][2]何かはと思ふを、[七]いと時なる人々多く候ふなれば、ものしけれど、[八]いかがは、[九]御口づから[3]のたまひつらむをば、かしこげに否び聞こえ給はむ」。おとど、「[4]さあり。何かは。かやうの宮仕へは、千人仕まつれども、人の宿世《すくせ》にこそあらめ。あまたの中に、一人こそ天子《てんし》の親ともなるめれ。[5]あまた度《たび》のたまふを、[一〇]ただ今の天子にこそはおはすめれ、[一一]承り忍ぶれば、いと不便《ふびん》なり。思ほすこともこそあれ。[一二]ここにも、さ思う給へたらむ」。宮、「何かは。宿世《すくせ》は知らねども、さる交じらひせむにも、けしうは人に劣らじ」などのたまふ。

「ここに、[一三][6]おとど・宮の御物語。

かりになるほどに、よきほどなる人になりぬれば」。
五　挿入句。
六　【一六】注七の大宮の発言にも、「やむごとなき人いと多く候ひ給ふなる宮なれば」とある。
七　春宮の寵愛を受けているお妃たち。
八　反語表現。「……かしこげに否び聞こえ給はじ」の強調表現。
九　春宮がご自身の口からお願いなさったことを。
一〇　挿入句。この「ただ今」は、近い未来をいう。
一一　「承り忍ぶ」は、「聞き忍ぶ」の客体敬語。「忍ぶ」は、知らぬふりをするの意。
一二　私も、あて宮を春宮のもとに入内させることを決心いたしましょう。
一三　「おとど・宮、物語し給ふ」の意の名詞的な表現か。

中のおとどに、君達《きんだち》おはします。御達《ごたち》、物など参る。」

一五　仁寿殿の女御、退出する。

かくて、内裏《うち》より、女御まかで給はむとてあれば、御迎へに奉り給ふ御車・御前《ごぜん》など、いと[1]多かり。[2]暁にまかで給ひて[3][一]うち休み給へれば[4]、まだ対面し給はず。

宮、[二][大宮][三]「内裏《うち》の渡り給ふべかなり[5]」とて、[四]御裳《も》ども引きかけなどして[五]おはし給ふ。宮、「『おはしまして』とものし給へ。そなたには、えぞ参らぬや」とのたまふ。

[六]さて、内裏《うち》の君に、[6]兵衛《ひやうゑ》の君して、[大宮][七]「こなたになむ侍り[7]つる。参らむ」と聞こえ給へれば、御息所、[仁寿殿]「乱り心地のいと悩ましくて侍れば、うち休みてなむ。今、ただ今、そなたに参りて」と聞こえ給ひて[8]、すなはち渡り給へり。

宮、[八]「そなたにこそ参り来むと思ひ給へつれ」と、「いと久しく

一　退出した仁寿殿の女御は、居所である、三条の院の東北の町の西の対に入って、しばらく休むのである。
二　以下、時間を遡らせた表現か。大宮は、退出する女御と対面するための礼として、裳をつけたりなどして、前もって寝殿にいらっしゃる。
三　「内裏の」は、内裏の女御の意。仁寿殿の女御。
四　「御裳ども」とあるのは、大宮以外にも裳をつけている女君たちがいることをいう。
五　底本「おはしたまふ」、敬語不審。ただし、この物語には、ここを含めて三例見える。「蔵開・下」の巻【三五】注三五、「楼の上・上」の巻【三〇】注三四参照。平安時代の仮名作品にほかに例が見えない。
六　以下、女御の退出後に

長居し給ひつる度《たび》にこそありつれ。おぼつかなきことがちにならむ」。御息所、「暇《いとま》聞こゆれども、[九]をさを許し給はずなどあれば、えぞまかでぬや。この度《たみ》は、からくして」など聞こえ給ふ。宮、「悩ましげにと聞くは、[一〇]例のことか」。御息所、「知らず。[一一]そが見まほしきこと」。宮、「何かは。久しかりつかし。いつより」。仁寿殿[一二]「この二月ばかりなむ。例に似ず悩ましく侍れば、[9]それにかこちてなむ。帝『いましばし。[一三]一度《ひとたび》にまかでよ』と[一四]仰せのたまへれど」と申し給ふ。

おとども、こなたにおはしぬ。方々の君たち、皆渡り給へり。[10]「かくまかで給へるに、[11]さう[12]ざうし」とて、君達《きんだち》の御方より、物、いと清らにして奉り給へり。

[中のおとどに、君達《きんだち》・宮渡り給へり。内裏《うち》の御方の御前《おまへ》に、物参りたり。おとどにも[13]参る。[14]御台《みだい》、いと多かり。」

時間を戻す。

七　寝殿に来ております。私のほうから、そちら（西の対）にうかがいます。

八　係り結びが調わない。「そなたにこそ参り来めと思ひつ」とあるべきところ。

九　帝がまったく許してくださらなかったりなどしたので、退出できませんでした。

一〇　「例のこと」は、懐妊をいう婉曲表現。

一一　「菊の宴」の巻【四】には、「こが見苦しきこと」とある。

一二　ここ二か月ほど前からです。

一三　出産する時まで待って退出せよ。

一四　「仰せのたまふ」は、お命じになるの意。この物語に二例あるが、平安時代の仮名作品にほかに例が見えない。

一六　仁寿殿の女御、あて宮の春宮入内を勧める。

御物語のついでに、御息所、宮に、[1]「〔仁寿殿〕あて宮、いと[一]よきほどになり給[2]ひぬめ[3]るを、などか、心もとなげにては」。宮、「〔大宮〕それをなむ思ひ侍[4]りつる。いかがはすべき。のたまへかし」。御息所、「げに。かやうのなま[二]嫗《おんな》こそはもの[三]たばかりはすめれ。たばかり聞こえてむや」などて笑ひ給ふ。「〔仁寿殿〕まめやかには、早う、ともかくも、よろしきさまにものし給へ」。宮、「いさや。[四]所狭《ところせ》きまで多かれば、慌てぬや。一日《ひとひ》、[五]君ののたまひしは、『春宮なむ、いとまめやかに、「これをだに忘るな」とのたまふを、いかにせまし』とのたまふを、[六]何かはと思へど、[七]やむごとなき人いと多く候ひ給ふなる宮なれば、[八]この人たちのはかなくて交じらひ給はむに、いかならむと思へば、まだ、ともかくも思ひ定めでなむ」。御息所、「いとよきことなり、[九]さ思したれば。ただ今は、[一〇]この宮にこそは。人と

一「よきほどになる」は、【四】注四参照。

二 底本「なま女」。「女」は、嫗。「俊蔭」の巻【六】注四参照。ここは、女御自身をいう。女御は、「藤原の君」の巻【四】には、「歳三十一」とあった。

三「ものたばかり」は、結婚の仲立ちをすることをいう。

四 あて宮に求婚する人々が。

五「君」は正頼をいうのだろうが、やや異例である。

六「何かは」は、「何かは否び申さむ」の意。反語表現。

七【一四】注六参照。

八「この人たち」は、娘たち、特にあて宮をいう。

九 倒置法。

一〇 あて宮の結婚相手としてふさわしいのは春宮だけです。

ある限りは参り給はむ。ただ今は、一二宮のみこそは、時殊におはしませ。それを放ちては、けしうはなかるべし。一三あぢきなし。あまたあれど、一三大殿《おほとの》などこそは、少しやむごとなくてはものし給へ。されど、一日《ひとひ》も、『いかで、人参らせむ』となむ一四のたまふなりし。かく思すにこそありけれ、『わがもとに若き人のなきこと。いかで、よき人もがな』とのたまひしは。早う参らせ給へ。人はあまたあれど、かかる交じらひはあぢきなきものなり。ただ今は、内裏《うち》にも、一五いかが多く候ひ給ふ。されど、参上《まうのぼ》り給ふは[5]一人二人こそあれ。なほこそものせらるめれ。それには、な思し障《さは》りそ」[6]などのたまふに、一六宮はこの宮の御妹《おとうと》なり、宮、「いさや。らうたしと思ふものを、一七もしいかならむもと思ふぞ、恐ろしきや。おもとにも、一八消物《あえもの》にはけしうはあらじかし」。女御、「あなゆゆしや」など笑ひ給ふ。

宮、一九東のおとどに渡り給ふとて、「こなたに、人々二〇寝聡《いざと》く候[7]へ」とのたまひ置きて渡り給ひぬ。

一二　嵯峨の院の小宮。「菊の宴」の巻【四】注一三参照。大宮の同腹の妹。
一三　「あぢきなし」は、ご心配は無用ですなどの意。「大殿」は、左大臣（正頼の兄季明）の大君。
一四　春宮が。
一五　ここは、どれほど大勢お仕えしていらっしゃることかという詠嘆的な表現か。
一六　挿入句。嵯峨の院の小宮の説明。「この宮」は、大宮。
一七　ひょっとしてどんなにつらい目にあうのだろうか。
一八　「消物」は、消りものの意。
一九　「東のおとど」は、東北の町の東の対。大宮が管理している殿舎。【六】注二〇参照。
二〇　眠らずにお仕えしなさい。

［君達《きんだち》、物聞こしめす。

宮、[二二]東のおとどに渡り給ふ。[8]御達《ごたち》、いと多かり。うなゐ四人、[二三]御几帳《きちやう》さしたり。

方々より、皆、物参りたり。］

一七　十一月、正頼、忠澄に神楽の準備を命じる。

かくて、十一月になりて、御神楽《かぐら》し給ふべき設けし給ふ。おとど、[一][1]左大弁の君に、[2][正頼]「こたみの神楽は、[3]し出《い》づべき度《たび》なるを、少しよろしくせむとなむ思ふ」。弁の君、[忠澄]「かかることは、始むる時はいと厳《いか》めしくはせで、後々まさるなどなむ申すこと侍る」。おとど、「なほ、[4]これかれ、上達部《かんだちめ》[5]いまし合ひて見給ふに、いと物映えなくては[6]ものしからむ。[二]才《ざえ》ども、声よろしからむなど選ひてものせられよ」とのたまふ。

弁の君、政所《まんどころ》に着きて、家司《けいし》どもに、このこと[三]仰せ給ふ、「御

二二　大宮が、寝殿から東の対にお移りになる。
二三　大宮の姿を隠すためのさし几帳。

一　正頼の長男忠澄。
二　「才」は、「才の男」。神楽の際に神楽歌を歌う。
三　「仰せ給ふ」は、おっしゃるの意。「忠こそ」の巻【一七】注三参照。
四　「頭の少将」は、この神楽の責任者の少将の意か。誰のことか未詳。
五　「この」は、「頭の少将」に対して、正頼家のの意か。「滋野和正」は、「藤原の君」の巻【一七】注二参照。「政所の別当」は、滋野和正の説明。
六　宮中の清暑堂の御神楽。
七　「松方」「時蔭」は、「春日詣」の巻【三】注四八・注四九参照。
八　「平惟輔」は、「春日詣」

神楽、十三日せらるべきこと仰せらるるを、[正頼]『人々の見るところもあるを、同じくは、少しよろしくせむ』となむ仰せらるることあめる」。左近の[四]頭《とう》の少将、また、[五]この少将滋野和正《しげののかずまさ》、政所《まどころ》の別当《べたう》、定め申す、「ただ今、[六]内裏《うち》の御神楽の召人《めしうと》は、[七]左近将監《ぞう》松方、左兵衛尉時蔭、右近将監《ぞう》平惟則《これのり》、左衛門尉《さゑもんのじよう》藤原諸直《もろなほ》・[八]平惟輔《これすけ》、[九]宮《く》内少輔《ないのせうふ》源直松《なほまつ》、[一〇]玄蕃助《ぐゑんばんのすけ》藤原遠正《とほまさ》、[一一]内蔵允《うちのくらのぞう》平忠遠《ただとほ》、[一二]内舎人《うどねり》行《ゆき》忠《ただ》・道忠《みちただ》、[一三]雅楽允《うたのぞう》楠武《くすたけ》・村公《むらきん》・小松敏康《こまつとしやす》・治近《はるちか》、大和介直明《やまとのすけなほあきら》、信《しな》濃介兼幹《ののすけかねみき》など、すべて三十人の者どもこそは、ただ今の逸物《いちもち》には侍るなれ。これらは、内裏《うち》の召しならでは、たはやすくまかり歩《あり》かず。さりとも、殿の召しには参りなむ」。[忠澄]「それに、皆、[一四][7]巡《めぐ》らし文《ぶみ》を作りて遣はさむ」。

さて、[一五]義則《よしのり》[8]と、この御神楽のこと、才《ざえ》どもの饗《あるじ》のこと、また、禄《ろく》ども、[一六]物の節《ふし》、舎人《とねり》もこの禄賜ふべき布のことなど[一七]定め給ふ。[義則]「布は、甲斐《かひ》・武蔵《むさし》より持てまうで来たりしを、還饗《かへりあるじ》の禄、相撲《すまひ》人《うど》の禄に、皆賜《た》びてき。ただ、信濃の御牧《みまき》より持て来ためる二百

の巻【三】では、右兵衛尉だった。

九「宮内少輔」は、従五位下相当。「宮内丞」の誤りか。

一〇「玄蕃助」は、玄蕃寮の第二等官。正六位下相当。

一一「内蔵允」は、内蔵寮の第三等官。大允は、従七位上相当。

一二「内舎人」は、中務省に属し、帯刀して宮中の警護などにあたった。

一三「雅楽允」は、雅楽寮の第三等官。大允は、従七位上相当。

一四「廻文」は、人々に回覧させて用件を伝える文書。

一五「義則」は、正頼家の家司。【三六】注九に、「中務少輔義則」と見える。

一六「物の節」は、近衛の舎人の内、神楽歌や催馬楽などの上手な者をいう。

一七　忠澄が。

反《たん》、上野《かんづけ》の布三百反なむ、政所《まんどころ》に候ふ。それをこそはせ[9][一八]しめ給はめ」。[忠澄]「御饗《みあるじ》のこと、はた、美作《みまさか》より米《よね》二百石奉りためり。伊予《いよ》の[一九]御封《みふ》の物、御荘《さう》の物も持てまうで来ためれば、それら[10]してこそは仕うまつらすべかめれ」。[義則]「さて、[二〇]殿の内の神祭[11]らせなどし給ふ[12]こと、この御[13]神楽の時こそはせしめ給はめ。そのことども、いとかしこくせらるるわざに侍るめり」。[忠澄]「それも、[正頼]『この御神楽の昼のことにせよ』[14]となむ仰せ[15]られつる。[二一]ことごとには、このこと、[二二][16]朝臣と[二三]少将と、もろ心に、事隠れず扱[17]ひものせられよ」と言ひ置きて立ち給ひぬ。

「ここに、政所《まどころ》、弁の君、巡らし文作りて、才《ざえ》ども召し集む。米《よね》、いと多く盛りて参れり。」

一八　神楽の準備が進められる。

少将・義則、才《ざえ》の巡らし文、[一]歩《ある》かせて奉る。左大弁の君に奉り、

[一八] ここと次の義則の発言に、二か所「しめ給ふ」の敬語が見える。いずれも、最高敬語の表現。
[一九] 「封」は、「封戸」の略。
[二〇] 「殿の内の神」は、家の神、屋敷神。
[二一] 「ことごとには」は、細かいことについては、詳細にはの意。「ことごとに」は、漢文訓読語的な表現で、会話や手紙で用いられる。
[二二] 「朝臣」は、ここは二人称的な用法で、義則をいう。
[二三] 「少将」を、滋野和正と解した。正頼家の家司。
【一七】注五参照。

一 「歩かせて奉る」は、

おとどの君に奉り、[二][正頼]「これは、やむごとなき人々[三]報《ほう》じ給ふめり。禄《ろく》など清らかにせさせ給へ」と申し給ふに、宮、[大宮]「いさや。常にせらるることとなれば、目馴れて、[1]何ごとの清らをかせむ」など聞こえ給ひて、[四]佐《すけ》の君して、伊勢守《いせのかみ》に、絹召しに遣はす。白絹三十疋《ぴき》奉れり。召人《めしうと》二十人が細長一襲《ひとかさね》、袴《はかま》一具づつなむ設けられける。

［弁の君。

御達《ごたち》、物裁《た》つ。染物《そめもの》せらるる。おとど・宮おはします。伊勢より、絹持て参れる。

政所《まどころ》に、[五2]葉椀《くぼて》などさす。山より、榊《さかき》持て参れり。御神楽の日騒がしかるべしとて、「十一日、よき日なれば、[六3]御神祭る」[4]とて、政所《まどころ》ののしる。］

人に持って歩かせて、その返事をお持ちするの意。

二　忠澄が正頼に。

三　「報ず」は、引き受けるの意か。ただし、この「やむごとなき人々」は才の男たちであるから、「給ふ」の敬語、やや不審。

四　正頼の男君の中で、「佐」は、四男左衛門佐連澄、五男兵衛佐顕澄の二人。この「佐の君」は、大宮腹の連澄と解した。

五　「葉椀」は、幾枚も並べた柏の葉を、竹ひごで綴って器としたもの。「俊蔭」の巻【四六】注五三参照。

六　この「御神」は、【一七】注三〇の「殿の内の神」のこと。前には、神楽当日の昼にせよと言っていたので、予定が変更されたことになる。

一九　十一月、正頼家の神楽が行われる。

御神楽《かぐら》の日になりて、多くの幄《あく》ども打ちて、寝殿の御前《おまへ》にになく設けたり。日暮れて、才《ざえ》ども数を尽くして参り、[一]御神《みかう》の子[1]四人候ふ。

おとど・宮、[二]川原へ出《い》で給ふ。御供に、男君たち、四位五位六位、合はせて八十人ばかり仕うまつる。黄金《こがね》造りの御車二つ、[三]副車《ひとだまひ》五つして出で給ふ。御車、皆寄せ騒ぐ。

川原より、暗く帰り給ふ。[2]御神の子四人下りたり。池・山も、いとおもしろし。

上達部《かんだちめ》・親王《みこ》たち、右のおとど・[3]右大将・[4]民部卿・左衛門督《さゑもんのかみ》・平中納言・源宰相、親王たちは、例の、兵部卿・中務《なかづかさ》の親王など、多くおはします。例の、仲頼・[5]行正・仲忠、例よりもいとめでたく[6]装束《さうず》きて、心遣ひして出で来たり。


一「御神の子」は、神楽を舞う巫女のこと。

二 この「川原」は、賀茂川の川原。賀茂川で禊ぎをするのである。

三「副車」は、お供をする者たちが乗る車。添え車。『和名抄』舟車部車類「曽閉久流万、俗云比度太万比後乗也」。

四「女君達」はあて宮以下の女君たち、「女宮」は女一の宮以下の女宮たち。いずれも、東北の町の寝殿に住んでいる。

五「方々の君達」は、正頼の既婚の女君たち。

六「殿の侍従」は、仲澄。正頼の七男。

七「火」は、神楽の際の庭燎。神々来臨の目印。照明・浄化の機能も持つ。

八「才の幄」は、才の男たちの詰所としての幄。

かくて、皆、事始まりぬ。内には、[7]女君達《きんだち》[四]・女宮よりはじめ奉りて、方々の君達《きんだち》[五]五人、集ひおはします。方々の御達《ごたち》[8]八十人ばかり、童女《どうによ》二十人ばかり、下仕《しもづか》へさばかり。南の廂《ひさし》[9]に客人《まらうと》・親王[10]たち、簀子《すのこ》に仲頼[11]・行正・仲忠・殿[六]の侍従たち、さながら。ここに、[七]火焚《た》きをり。才《ざえ》[八]の幄《あく》、机などして、物の節《ふし》ども、あなた[九]のこと言ふ。召人《めしうと》、二十人ながら歌[一〇]歌ふ。

　[一一]榊葉《さかきば》の香《か》を香《かう》ばしみ求《と》め来れば八十氏人《やそうぢびと》ぞ円居《まとゐ》せりける

　[一二]優婆塞《うばそく》が行ふ山の椎《しひ》が本《もと》あなそばそば[12]し床《とこ》にしあらねば[13]

　[一三]八葉盤《やひらで》を手に取り持ちて小夜《さよ》深くわが折りて来る榊葉の枝

　[一四]山深くわが折りて来る榊葉は神の御前《みまへ》に枯れせざらなむ[14]

など歌ふほどに、兵部卿の宮、あこ宮[一五]して、宮[一六]に御消息《せうそこ》聞こえ奉れ給[15]へれば、東の簀子《すのこ》に御座装《おましよそ》ひて対面し給へり。

九　「あなたのこと」、未詳。

一〇　採物歌。なお、【一七】には、「すべて三十人の者ども」とあった。

一一　重種本神楽歌「榊」の本に同じ。鍋島家本神楽歌、『拾遺集』神楽歌は、二句「香をかぐはしみ」。

一二　承徳本『古謡集』の「北の御門の御神楽」に見える。初句「うばそこが」五句「とこよしあらねば」。

一三　第一句・二句は、神楽歌「韓神」の末に同じ。

一四　参考、神楽歌「榊」の末、『古今集』神遊びの歌「神垣の三室の山の榊葉は神の御前に繁り合ひにけり」。

一五　宮あこ君。

一六　「宮」は、大宮。兵部卿の宮は、大宮と同じ嵯峨の院の大后腹の弟である。

二〇　同日、兵部卿の宮、大宮と語る。

兵部卿の親王《みこ》、「月ごろ、時々、[一]式部卿の宮の御方に参れど、折なくてぞ、[1]御消息《せうそこ》も聞こえさせぬを、[二]ここにも近く候ふを、今宵、松方・時蔭が声は、必ず聞こしめすらむを、かかるついでにとてなむ」。宮、[2]「《大宮》ここにも、おはします時もありと承れど、心慌たたしくなんど侍りて、え聞こえで、月ごろにもなりにけり。いかにぞ。[三]嵯峨《さが》の院へは参り給ふや。[四][3]上悩み給ふと承りしを、いかにおはしますらむ。えこそ参らね、[五]そこはかなく、慌たたし心にて、よろづのこと怠りぬれば」など聞こえ給へば、親王、「一日《ひとひ》も参りたりき。殊なる御ことにもあらざりけり。[4]例の、御熱《ねち》の起こり給へるなりけり」。さ聞こえ給ふに、「《兵部卿》『《大宮》春宮にも大将殿にも、久しく対面せぬこと。かの、[六]皇子《みこ》たち、若き人たちも見てしかな、はや、行く先短くなりたるを』などなむ、いと心すごげにのたま

一　「式部卿の宮」は、兵部卿の宮の同腹の兄。北の方は、正頼の五の君。大宮腹。
二　私も近くにおりましたので。
三　「嵯峨の院」は、大宮・兵部卿の宮の父。
四　「上」は、母上。嵯峨の院の大后の宮。
五　倒置法。「そこはかなし」は、「そこはかとなし」に同じ。ただし、平安時代の仮名作品にあまり例が見えない表現。参考、『更級日記』「かやうにそこはかなきことを思ひ続くるを役にて」。
六　「皇子たち」は、仁寿殿の女御腹の朱雀帝の皇子・皇女たち。「若き人たち」は、正頼の大宮腹の若い子どもたち。
七　御覧になっただけで。
八　春宮。この「雪の賀」

ふめりし」。宮、「いと醜き人どもなれば、[七]御覧ぜむから御心劣りやせむと、恥づかしくてなむ。今、さりとも、率《ゐ》て参らむ。皇子《みこ》たちは、常に、『参らむ』と聞こえ給ふめり」など聞こえ給ふ。

親王、「人々、[八]宮の雪の賀し給ひしに、参りて侍りしかば、御物語のついでに、ここにある人どものことなど[6]のたまひて、《春宮》『いかにぞや。殿には参るや。あやしく、大将に申すことのあるを、よく[九]聞き忍び給ふかな。そのよしは、[一〇]御方には聞こえさせ給ひてむや』とのたまはせしかば、『何かは。承りて』など聞こえさせしを、『よし。事のよしはくはしくはあらで、ただ、「[一一]かしこに聞こゆることあるを、さは知り給へりや。[一二]御心とどめ給へ」』となむありし。[一三]聞こえさせずもありけるを。何ごとならむ」と聞こえ給へば、宮、知らず顔に、「[一四]知らず。何ごとにかあらむ。承りけむ人は忘れやし[7]にけむ」と聞こえ給へば、《兵部卿》「言はで思すにやあらむ。御心にこそは定め給はめ」など聞こえ給ふ。ついでにや、思ふことをほのめかし聞こえましと思ほしけれど、あるまじきことをと

は、物語には語られていない。この賀宴は、四十の賀などの算賀ではなく、春宮の誕生日を祝う賀宴か。

九 「聞き忍ぶ」は、【一四】注二参照。

一〇 「御方」は、二人称の表現。あなたから大宮にお話し申しあげてくださいませんか。

一一 「かしこ」は、正頼をいう。正頼殿にお願いしたことがあるのですが、聞いていらっしゃいますか。

一二 ここまでが、大宮への伝言。下に「と聞こえさせ給へ」などの省略がある。

一三 今までこのことをお伝えしていませんでしたね。今初めて思い出したといった趣。

一四 大宮は、実際は、【一四】で、正頼から相談されている。

思し返して、（兵部卿）「さるは、聞こえさせむと思ひつることありつれど、ただ今忘れぬ。よし。[一五]ことさらにを」と聞こえ給[8]ひて立ち給ひぬ。

二一　同日、管絃の遊びと才名告りが行われる。

かくて、夜更けもてゆくままに、歌歌ひ、物の音《ね》・声どもいと豊かに出《い》で来て、高くおもしろきこと限りなし。

かかるほどに、侍従《じじゅう》仲忠、いとになく装束《さうず》きて、夜うち更けて出で来たり。あるじのおとど、（正頼）「なほ、ここに」とて、御前《おまへ》に呼び据ゑて、「今宵、かの[一]御徳のうれしさは、[二]ぬしのおはしたるなり。かの[三]碁手物は、今宵、神事《かんわざ》にもあるを、いま一度《ひとたび》かの物の声聞かせ給へらば、ただ今も奉りてむかし」と[1]欺《あざむ》き給ひて、御琴《こと》取《と》う出《で》て、切《せち》に弾かせ給へども、さらに手も触れず。内に見給ふ[四]君《きん》達《だち》なども、多くの人の中に、心憎く、深き労なりと見給ふ。からうて、[2]御《み》神《かう》の子など舞ひ果てて、才《ざえ》どもに、[五]心々に、細長一《ひと》

一五　「ことさらにを」は、また改めてお話ししますの意。

一　「かの御徳」は、あて宮のおかげの意。「俊蔭」の巻【六三】に、「あてこその御徳に、おもしろうめでたきものをも聞きつるかな」とあった。

二　「ぬし」は、二人称。

三　「碁手物」は、囲碁の勝負に賭ける賭物。ここは、琴を弾いた時の褒美の意。

四　「君達」は、女君たち。「俊蔭」の巻【五九】参照。

五　「心々に」は、上達部などがそれぞれにの意。

六　「ただの遊びの人」は、神楽の召人以外の楽人。

七　「ただの笛」は、横笛のことか。【六】注三参照。

八　「才名告り」は、採物歌の後に行う物真似的な芸能。参考、神楽歌「取物了、

襲《かさね》、袴[3]一具《ひとぐ》づつ[4]被《かづ》け、物の節《ふし》どもに、皆物被けなどして、[六]ただの遊びの人々、いとになく[5]遊ぶ。仲忠笙《さう》の笛、行正ただ[七]の笛、仲頼篳篥《ひちりき》、あるじのおとど大和琴《やまとごと》、右大将琵琶《びは》、兵部卿の親王《みこ》箏《さう》の琴、同じ声に調べて、いとになく遊び給ふ。

かくて、皆、[八]才名告《ざいなの》りなどす。あるじのおとど、〔正頼〕「仲頼の朝臣《あそん》、何の才《ざえ》か侍る」。〔仲頼〕「山臥の才《ざえ》なむ侍る」。〔正頼〕「いで、仕うまつれ」。〔仲頼〕[6]「いで。[九][7]松臭《まつくさ》の香《か》や」。また、〔正頼〕「行正の朝臣、何の才《ざい》か侍る」。〔行正〕「筆結ひの才《ざい》なむ侍る」。〔正頼〕「いで、仕まつれ」。〔行正〕[一〇]「渡りがたくからき[8]ものは、ただ毛結ふことなり」。〔正頼〕「仲忠の朝臣、何の才《ざい》か」。〔仲忠〕「和歌の才《ざい》なむ侍る。人に[9]あらずのみや」。〔正頼〕「仲澄、何の才《ざい》か侍る」。〔仲澄〕「渡し守の才《ざい》なむ侍る。あな[10]風早《かざはや》」とて被きわたり、皆入りぬ。

「寝殿に、君達《きんだち》おはしまして、物見給ふ。親王たち・上達部《かんだちめ》、御《おほ》酒《みき》いみじう[11]進みて、人々、いと多かり。

[一一]才《ざい》の男君たちに[12]、御衣《ぞ》脱ぎて、皆々被け給ふ。才《ざい》の人々に、皆、衣《きぬ》[13]脱ぎて被く。遊女《あそびめ》ども二十人ばかり、いと

蔵司勧㆓盃酌㆒。然後、人長立㆑座天、庭火之前出来云、『可㆑仕㆑才之男召須』。然暫猶予志天見廻天、随㆓時体㆒、先召㆓上臈大臣以下殿上人㆒。舞人陪従須㆓尽㆑数召㆒㆑之也。然而随㆓当時之気色㆒、或五六人以下、或七八人上、可㆑召㆑之歟。則随㆑召参㆓庭火之前㆒。人長仰云、『何天布才を加仕つる』。召人之中、上臈上卿大臣以下、或揖。人長帰㆑座。或下臈之中、於㆓散楽㆒堪能之者、人長、不㆑着㆑座志天、頻召返志天、令㆑尽㆓其才㆒」。ここは、正頼が人長の役を務めての座興である。

九　山臥は、松の葉を食料とする。

一〇　「渡る」は、生計を営むの意。

一一　「才の男君たち」は、才名告りをした仲頼・行正・仲忠・仲澄をいう。

になく[14]装束《さうず》きて、琴《こと》弾き遊ぶ。」

二二　同日、仲忠、仲澄にあて宮への思いを語る。

かくて、皆事果てて、召人《めしうと》どもまかで、上達部《かんだちめ》まかで給ひて、藤侍《じ》従《じう》・殿の侍従の君、御曹司《ざうし》に籠もり臥し給ひて、（仲忠）「御前《おまへ》にて、兵部卿の親王《みこ》の強ひ給へるに、さらに、すべてのものもおぼえず、食べ酔《ゑ》ひにけりや」など言ひて、「仲忠、いとものおぼえずなりにけり。聞こえむこと咎《とが》め給ふな」。源侍従、（仲澄）「今宵のこと、誰も、え咎め給はじ。神も咎め給はずや、[一]酔ひの言《こと》をば」など言へば、仲忠、「この暁に、内に琴《きん》遊ばしつるは、誰と聞こゆるぞ。仲忠こそ、ただ今死ぬべけれ」。（仲澄）[二]「などか、命短くは。琴《きん》弾きつるは、仲澄が妹の九にあたり給ふなり」。仲忠、「いとありがたき御琴《こと》の声をも、ほのかに承りぬるかな。あなわびし。いかさまにせむ」など言ふ。侍従、（仲澄）「いでや。君の耳とどめ給ふばかりは、[三]えしも

一　倒置法。酔ったうえでの発言は、神もお咎めになりませんよ。
二　どうして、今すぐに死ぬなんておっしゃるのですか。
三　「えしもやは弾き給ふ」などの省略。反語表現で、「えしも弾き給はず」の強調表現。
四　現在、一人か二人の方がお弾きになると、やっとのことで思い浮かびました。
五　それにしても、とても心に染みて、現代的な琴の音でした。あるいは、「御琴

やは」など言ふ。仲忠、「四からうなむ、ただ今、一二の弾き給ふと思ひ候ひつる。五されど、いとあはれに、今めける御琴《こと》ありけるものを」など言ひて、思ふこといと限りなくなりぬ。

［中のおとどに、六君達《きんだち》。

七東のおとどに、1皇子《みこ》たち。

侍従《じじゅう》の曹司に、侍従物語す。」］

二三　大宮、正頼と、大后の宮の六十の賀の禄の相談をする。

かくて、一この君たちの母宮は、年ごろは、ただ、二后《きさき》の御賀仕まつらむと思して、かねてより御設けせさせ給ふ。三御屏風《びやうぶ》のことなどし給ひて、御歳の足り給ふに、明けむ年六十になり給ふ年なるを、仕うまつらむと思す。大宮「兵部卿の宮に対面して、『嵯峨《さが》の院へや参り給ふ』と聞こえしかば、兵部卿『常に参る。』大后「あやしく、四おのが参らぬこと。世の中の常ならぬうちに、かく、行く先も少なくなり

ありける」は「御琴なりける」の誤りか。

六「君達」は、正頼の女君たちをいう。

七 東北の町の東の対は、仁寿殿の女御腹の皇子たちが住む殿舎。

一「この君たち」の指示語の内容がはっきりしないが、神楽に集まって来た女君たちと解した。

二「后」は、嵯峨の院の大后の宮。大宮の母。

三 この「屏風」は、長寿を寿ぐ歌を書いた屏風。算賀の際に立てられる。「菊の宴」の巻【二六】に、この屏風の歌がある。『落窪物語』巻三に、姫君の父中納言の七十の賀の際の屏風歌の例がある。

四「おの」は、一人称。ここは、間接話法的な表現で、大宮自身をいう。

ぬる心地するに、若き人々も見まほしきこと」[1]』などのたまふな[五]るを、げに、いとあさましう参らねば、さも思すらむ。いかで、この、おのが思ふこととして、この子ども率《ゐ》て参らむ」。おとど、[正頼]「何かは。事どもは、皆具しにためるを。来年こそは仕まつり給ふべき年なれば、御子《ね》[六]の日がてらも参り給へかし」。宮、「いとよきことなり。事どもは、皆具しにたんめるを、ただ、被《かづ》け物・法服《ほふぶく》[七][2]どものことなむまだしき」。[正頼]「被《かづ》け物は、何かは[八]、にはかにもせられなむ。まづ、御落忌《としみ》[九]のことをせさせ給ひて。その法服[3]などのことは、夏、秋方もし給へ」。宮、「さらば[一〇]、何かは。御前《おまへ》[一一]の折敷《をしき》のこと、さては、舞の童部《わらはべ》[一二]など調へさせ給へ」。おとど、「御前《おまへ》のことは、大殿《おほいどの》[一三]にこそは聞こえつけたれ。また、舞の童部のことは、民部卿[一四]に申しつけたる。おのづから、事始むと見給はば、急ぎ給ひてむ。正頼が侍る効《かひ》なく、いかでと思さるることの、いとあやしき。かねてより、一つのことも欠かずして、ただ、年の返らば、候はせ奉らむとこそ思ひしか。おのが急ぎ[一五]をのみ、世[一六]とともにせ

五 「のたまふなるを」の動作主体は、大后。上の「常に参る」以下は、兵部卿の宮の発言だが、「あやしく……見まほしきこと」の大后の言葉から、大宮の発言に流れた表現。大后の発言は、正頼家の神楽の際に兵部卿の宮から大宮に伝えられていた。【三〇】参照。
六 正月の子の日の遊び。小松を引き、若菜を摘んだ。
七 「法服」は、算賀の際に行われる法会に出席した僧に布施として与える法服。
八 挿入句。ご心配には及びません。
九 「落忌」は、法会の後に催される精進落としの宴。
一〇 そういうことなら、何も心配いたしません。
一一 「御前の折敷」は、大后のための折敷。
一二 「舞」は、大后に見せるための童舞。

させ奉りて、[一七]このことの心もとなきこと」など、いとよくかしこまり申し給ふ。宮、「何か。具せぬことも、多くもなしや。いかが多く急ぎをのみせらるれば、[一八]のどけきことはと思ふぞかし」など聞こえ給ふ。

二四　正頼、実正と、大后の宮の六十の賀の童舞の相談をする。

かくて、おとど、[一]例の、左大弁の君、[1]御婿の君達《きんだち》おはします、（正頼）「ここに、この、早うより、[二]と申すことの、[三]このものし給ふ人の、年ごろ嘆き申し給ふことを、[四]正頼、[2]世とともにけしからぬ饗《あるじ》などし給へるうちに、えまだものせで、今に不用なること多く[3]なむ。（大宮）『来年足り給ふ年なるを、若菜など調じて、御子《ね》の日に参らせむ』とものせらるるを、そのことども、いかがものすべき。また、舞の童部《わらはべ》のこと、いかに定められにけむや。正頼が[4]数にも侍らぬ身にて、[五]かかる御仲らひに交じり侍る罪代《つみしろ》には、かくばかりのこ

一三「大殿」は、右大臣藤原忠雅。正頼の六の君の婿。【三五】注七参照。
一四「民部卿」は、源実正。正頼の七の君の婿。
一五 私のほうの催しの準備をしていただいてばかりいて。
一六「世とともに」は、いつも、常日ごろの意。
一七「このこと」は、大后の六十の賀の準備をいう。
一八 ゆっくりと準備をすればいいことは、私のほうでしょう。

一 以下「おはします」まで挿入句。「左大弁の君」は、正頼の長男忠澄。
二「と」が受ける具体的な内容を省略した表現。
三「このものし給ふ人」は、妻大宮。
四「正頼」は、「えまだものせで」に係る。

とを思はせ奉らぬをだにとぞ思ひ給ふる。[5]いとほしくなむ」とのたまふ。民部卿、「(実正)げに。しか思さるべきことなり。舞の童のことは、[6]実正《さねまさ》が承りにしことなれば、仕まつりぬべき子[7]持て侍る者十四人ばかりは、『さまざまに従ひて仕まつらせよ』と、皆仰せ侍りぬ。[8]いま六七人は、殿の君達《きんだち》、[六]二所はおはしましなむ、[9]実正が童、[七]大臣殿の小君、また、[八]弁の君など、この御中より舞ひ給ひなむ。異《こと》ことどもも、あべからむことは仕うまつらむかし」など申し給ふ。おとど、「皆人々に、事一つづつ[10]をなむ聞こえたる。[九]御方には、この舞の童部調へ給へ。この宮あこまろに舞習はすべきことなどをせさせ給へ」。民部卿の、「宮あこ君は、[一〇]落蹲《らくそん》を舞ひ給はむなむよかんめる。今、舞の師召して、[一一]仰せのたまはむ」と聞こえ給ふ。右のおとどには、[一二]威儀・納めの御膳《おもの》のこと聞こえ給ひ、[一三]左衛門督《さゑもんのかみ》の君には、[一四]御箱どもなどのこと、一つづつ聞こえつけ給へり。

かくて、[一五]宮には、御衣《ぞ》ども・被《かづ》け物裁《た》ち縫はせ給ふ。いとかし

五「かかる御仲らひ」は、正頼が嵯峨の院の皇女と結婚していることをいう。

六 挿入句。「二所」は、宮あこ君と家あこ君をいう。

七 右大臣忠雅と正頼の六の君の男君のうちの弟君。「藤原の君」の巻【二四】参照。

八「弁の君」は「弁の君の」の誤りか。正頼の長男左大弁忠澄の子。

九「御方」は、二人称の表現。

一〇「落蹲」は、「納蘇利」の別称。陵王の番舞。

一一「仰せのたまふ」は、【一五】注一四参照。

一二 威儀の御膳と納めの御膳。「威儀の御膳」は、節会の際に用意される正式な食事。「納めの御膳」は、未詳。

一三「左衛門督の君」は、藤原忠俊。正頼の八の君の婿。

こく急ぎ給ふ。[11]

［君達の御衣ども、人々の装束どもなど、中のおとど・東のおとどにて、[一六]物配り給ふ。御達《ごたち》、いと多く居て縫ふ。染物《そめもの》す。[一七]大弐《だいに》のもとより、綾《あや》三十疋持て来たり。

おとどの御子ども[12]の君達にも、[一八]もの聞こえ給ふ。美濃《みの》より絹六十疋、丹後《たんご》より[一九]こうち絹百疋。」

二五　実正たち、大后の宮の六十の賀の童舞の準備をする。

かくて、十一月より、民部卿の殿の御方に、舞の師据ゑて、君《きん》達、舞習ひ給ふ。宮あこ君落蹲《らくそん》、家あこ君[1][一]陵王《れうわう》、[二]わが御子採桑老《さいしやうらう》、大殿の小君万歳楽《まんざいらく》、[三]弁の君の御子[四]府《ふ》装楽《さうらく》など舞ひ給ふ。[五]舞の師秀《ひで》遠《とほ》、[六][2]兵衛志《ひやうゑのさくわん》遠忠《とほただ》などいふ逸物《いちもち》の限り、いと多かり。

［ここには、民部卿の殿の御北の方、御達《ごたち》騒ぐ。君達《きんだち》も、物参る。舞の師ども、物食ふ。君達《きんだち》の御装束《しやうずく》せさせ給ふ。

一四　贈り物とする衣箱。

一五　「宮」は、大宮。

一六　大宮が。

一七　大宰大弐。滋野真菅とは別人。

一八　正頼が。

一九　「こうち絹」、未詳。「俊蔭」の巻【五六】注一〇の「こう絹」、「忠こそ」の巻【二二】注二の「いつつ絹」と同じものか。

一　「陵王」は、落蹲の番舞。右方舞。蘭陵王。

二　民部卿の御子。「採桑老」は、翁の面をつけ、鳩杖を持って舞う舞という。

三　「弁の君」は、忠澄。【三四】注八参照。

四　「府装楽」は、「武昌楽」に同じ。太平楽の破の舞という。

五　雅楽寮の舞の師。

六　「兵衛志」は、兵衛府の第四等官。

ここには、[七]右のおとどの御方、御折敷《をしき》のこと、白銀《しろかね》の折敷二十。[八]中の台据ゑ並むべきことなど、かねてより設けられたる物、籠《こ》・果物《くだもの》など据ゑ並むべきこと。かねてより設けられたる物なれば、いと厳《いか》めしくけうらなり。右のおとど、人々、多く候ふ。ここにて、御台調ずること定め給ふ。白銀の鍛冶《かぢ》召して、[忠雅]「御坏《つき》ども、かう」と、もの仰せ給ふ。折敷どものことなど。」

二六　年の果ての御読経。

かかるほどに、月立ちて、中の十日ばかりに、年の果ての御読《み》経せさせ給ふ。大般若経《だいはんにやきやう》、三日、禅師《ぜんじ》たち二十人ばかりして。結《けち》願《ぐわん》の夜《よ》、[一]御仏名《ぶつみやう》、今日は、比叡《ひえ》の座主《ざす》、ただ今の逸物《いちもち》をなむ。読経の禅師たちも[二]僧綱《そうがう》たちも、比叡の、奈良の東大寺の、[1]やむごとなき限り、[三]請文《さうぶみ》ども贈る。

かくて、[2]陸奥国守《みちのくにのかみ》種実《たねみ》がもとより、銭《ぜに》[四][3]万束奉れり。米《よね》は、[五]西の

七 「右のおとど」は、右大臣藤原忠雅。
八 底本「中のたい」、未詳。

一 仏名会。仏名経を読誦して三世諸仏の名号を唱え、滅罪を祈願する法会。
二 「僧綱」は、僧正・僧都・律師などの上級の僧侶をいう。
三 「請文」を、僧を招請する文書と見る説に従った。
四 底本「まんまく」。「万束」の誤りと見る説に従ったが、未詳。銭の単位。
五 挿入句。
六 女君たちなどが聴聞するための場所。
七 この「君達」は、正頼の男君たちをいう。
八 「僧房」は、僧のための控え室。
九 「中務少輔」は、中務

御蔵に三百石積まれたり、下ろして使はる。蔵は四つを、三つには米《よね》ども、一つには[4]金《かね》など積まれたり。[六]君たちなんどの方[5]、皆しつらひ給ふ。中のおとどの[6]東の方をなむ御堂にしたりける。[7]僧綱の方は、[七]君達《きんだち》しつらひ給ふ。さらぬは、侍《さぶらひ》の男《をのこ》ども仕まつる。[8]殿の内に便《びん》ある所をなむ[八][9]僧房にしける。

十二日より、御読経始む。

［ここには、政所《まんどころ》、[九]中務少輔義則《なかづかさのせうよしのり》居て、御読経の[一〇]僧供《そうぐ》のこと行ふ。家司《けいし》ども居たり。納殿《をさめどの》より、[一一]細布《ほそめ》・さと布《め》・紫海苔《むらさきのり》など出《い》だす。

僧房ども、弟子・童子《どうじ》など、いと多かり。ここには、[10]台盤《だいばん》立てて据ゑたり。

中のおとど。御読経の所は、[一二]花机《はなづくゑ》[11]に経ども積みたり。大徳《だいとく》たち、経配る。経読む禅師《ぜんじ》たちある。

ここに、人々、仲頼・行正・仲忠、右近少将二人、受領《ずりやう》どもなど、数知らず多かり。[一三]堂童子ら[12]。初めの夜《よ》の[一四]非時《ひじ》、美濃守《みののかみ》、次の夜《よ》の物は、摂津守《つのかみ》。」

省の次官。義則は、正頼家の家司。【一七】注一五参照。

一〇「僧供」は、僧に供養する物。下の「細布・さと布・紫海苔」のこと。

一一「細布」は、「細布昆布」という昆布の一種か。参考、『和名抄』菜蔬部藻類「昆布 比呂米」。「さと布」、未詳。「紫海苔」は、『和名抄』菜蔬部藻類「紫菜 牟良佐岐乃利、俗用紫苔」」。

一二「花机」は、仏前で、香花や経典・仏具などを載せるための机。

一三「堂童子」は、法会の時、花筥（けこ）を配る役などを務める者。俗形で、年少の者に限らず、重要な法会では、四位五位の殿上人が選ばれて臨時に務めることもあった。

一四「非時」は、「非時食」の略。戒律で定められた時以外の僧の食事。

かくて、三日といふ午《むま》の時に結願《けちぐわん》して、大徳たちの[13]御布施《ふせ》に、白絹十疋《ぴき》ども[一五]行ふ。夜《よ》さりは御仏名せらるれば[14]、まだ帰らず。

「これは、[一六]東の中開けて、[一七]君達《きんだち》、物見給ふ。夜《よ》さりの料に、花作らる。いと多かり。香《か》ぐはし。

[一八]君たちは、[一九]帯ものし給ふとて急ぎ給ふ。[二〇]殿も、になく急ぎ給ふ。

ここは、[15]中のおとど。[二一]宮、[二二][16]導師の被《かづ》け物被け給ふ。御達《ごたち》、いと多かり。

[二三]導師の前の物、政所《まんどころ》、急ぐ。人々多かり。大徳たちの非時《ひじ》、近江守《あふみのかみ》いと厳《いか》めしうしたり。皆配る。導師の前の物ども、いと多かり。

仏名《ぶつみやう》の所。大徳たち、[二四]次第して率ゐて、七八人参る。導師請《さう》じて、事始む。[二五]次第司《しだいし》ども。

例の、仲忠・行正・仲頼、おとどの[17]御婿の君たち、御子ども、いと多くおはします。

侍《さぶらひ》。人、いと多かり。」


一五「行ふ」は、物を与える、施すの意。「藤原の君」の巻【三】注二参照。

一六「東の中開く」は、寝殿の母屋の東で催されている仏名会を見るために、母屋の東の中の戸を開け放つことをいうか。

一七「君達」は、正頼の未婚の女君たちをいう。

一八「君たち」は、正頼の男君たち。

一九「帯」は、束帯を着る時に着ける石帯。

二〇 正頼。

二一 大宮。

二二「導師」は、法会の際に中心的な役割を務める僧。

二三「導師の前の物」は、導師の食事。

二四「次第して」は、序列に従っての意か。

二五「次第司」は、儀式の進行を掌る役の僧。

御仏名果てて、つごもりになりぬれば、正月の御装束《さうぞく》急ぎ給ふ。

二七　年末、人々、あて宮に歌を贈る。

かかるほどに、この九の君に[1]聞こえ給ふ人々は、あぢきなく年の[2]返るをも、苦しと思ひ、[一]いかならむ御心のつきまさる、思さ[3]るること、誰も誰も劣らず。

霜のいと白き朝《あした》に、平中納言殿より、

「[二]思う給へ懲りぬべき御気色は、いとよく見給へ知りながらなむ、

[三]一人のみ夜《よ》な夜な霜の寒きには忍[4]ぶの草も生《お》ひずやあるらむ

かく聞こえさするこそ、いと[四]おぼろけなけれ。[五]こたみ、おぼつかなく」

と聞こえ給へど、御返りなし。

源宰相殿より、

一　挿入句で、どれほどあて宮への思いがつのることかの意か。
二　「藤原の君」の巻【二二】の平中納言の手紙には、「からうして聞こえさせたりしは、おぼつかなけれど、なほ、懲りずまになむ」とあった。
三　引歌、『古今集』恋五「一人のみながめふる屋のつまなれば人をしのぶの草ぞ生ひける」（貞登）。
四　形容詞「おぼろけなし」は、平安時代の仮名作品にあまり例を見ない語。並み一とおりではないの意。「内侍のかみ」の巻【三七】注一にも、「おぼろけなし」の例がある。参考、『栄華物語』巻五「かくて、一二日おぼろけなく忍びさせ給ふに」。
五　「こたみもおぼつかなく」の誤りか。

実忠[六]「朝な朝な袖の氷の解けぬかな夜な夜な結ぶ人はなけれど
いとこそあやしけれ」

と聞こえ給へれば、御返りなし。

かくて、つごもりに、国々より、[七]節料《せちれう》いと多く奉りたり。

[これは、中のおとどに、[八]君達《きんだち》おはしまして、雪の、梅の木に降りかかりたるを御覧じて居給へり。御達《ごたち》、いと多く候ふ。

ここは、政所《まどころ》。節料配り、[九]御魂《みたま》の急ぎす。[一〇]松木・炭・餅《もちひ》などあり。

[一一]宮、一日《ついたち》の急ぎし給ふ。]

二八　年始。

かくて、年越えて、一日《ついたち》に、[一]君達《きんだち》、御装束《さうぞく》いとめでたくして、[二]おとど拝み奉りに参り給へり。いと厳《いか》めし。[三]東のおとどに、君達も参り給へり。君達に、物参りたり。

六 「氷」「解く」「結ぶ」は、縁語。「結ぶ」に、契りを結ぶの意を込める。

七 「節料」は、節会の饗応に必要な食料や衣料などで、荘園から徴収された。この物語に七例見えるが、平安時代の仮名作品にほかに例が見えない。

八 「君達」は、正頼の女君たちをいう。

九 「御魂」は、「御魂祭り」の意。先祖の御魂を祭る行事。参考、『好忠集』「魂祭る年の終はりになりにけり今日にはまたやあはむとすらむ」。

一〇 「松木」は、松明用の木。

一一 大宮。

一 「君達」は、正頼の男君たちをいう。

二 「おとど」は、正頼。

三 「東のおとど」は、東

「中のおとどより、東のおとどに移り給ふ。うなゐ二人、御几帳《きちやう》さしたり。御達《ごたち》二十人ばかり。

　これ、おとどの御婿の君達などに、節供《せつく》参り、御酒《おほみき》参り、いみじくす。」

二九　正頼、賭弓の節の還饗の準備をする。

　かくて、賭弓《のりゆみ》に左は饗《あるじ》すべしとて、心設けすべきことのたまふ、「なほ、いかで心殊にせむ。去年《こぞ》の還饗《かへりあるじ》を、右大将の、いと清げにし給へりしかな。三条こそ、あやしう、心あるべき人なれ。この侍従《じじゆう》の母よりめでたきなどもなしや」。宮、「さらむかし。まさに、仲忠が母にて、右大将の持給へらむ人、おぼろけならむやは」とのたまひて、被《かづ》け物の急ぎし給ふ。

「宮、被《かづ》け物、裁《た》ちて張らせ給ふ。人、縫ふ。饗《あるじ》の設け、政所《まんどころ》にす。


の対。【一六】注一九参照。大宮が東の対に移るので、男君たちもお供するのである。
四　大宮が、北の対から、寝殿を通って、東の対にお移りになる。
五　さし几帳。【一六】注三参照。

一　「賭弓」は、「射礼」の翌日、正月十八日の早朝に、左右の近衛府・兵衛府の舎人たちが、弓場殿で左右に分かれて弓射の技を競う行事。勝った方の近衛大将は、自邸で還饗を催した。
二　「俊蔭」の巻【五六】の藤原兼雅の三条殿での相撲の還饗。【一】注一参照。
三　「三条」は、「三条の北の方」の意か。仲忠の母。
四　反語表現。「おぼろけならじ」の強調表現。
五　賭弓の還饗のための被け物。

おとど・宮[六]の物語し給ふ。」

三〇　源仲頼、在原忠保の娘と結婚する。

かくて、左近少将源仲頼[一]、左大臣祐成《すけなり》のおとどの二郎なり。この少将、三十、世の中にめでたき者に言はれけり。穴ある物は吹き、緒《を》ある物は弾き、よろづの舞数を尽くして、すべて千種《ちくさ》のわざ世の常に似ず[1]、容貌《かたち》も、いと事もなし。世の中の色好みになむありける。よろづの琴《こと》・笛、この人の手かけぬは、いと悪《わろ》し。帝《みかど》・春宮にも、いとになく思す御笛の師なれば、常に候ふ。いとかしこく時めきて、ただ今の殿上人の中に、仲頼・行正・仲忠・仲澄にまさる人はなし、この四人が願ひ申さむ官《つかさ》は、年に[二]五《ご》度《ど》六《ろく》度《ど》も賜[2]はむとなむ思ほしける。

左大将殿[3]の君たちも、御息所《みやすどころ》[三]、ただ今の時の盛りにておはしませば、その[四]御ゆかり・よすがをば、わが御位をも譲りてむと思せ

六　「宮の」の「の」は、あるいは、衍か。

一　「仲頼」は、すでに、「俊蔭」の巻に登場していた。「俊蔭」の巻【五三】注三参照。

二　「忠こそ」の巻【一】に、「一年に二度三度官爵賜はり、日ごとに加階まさりつつ」という表現も見える。

三　「御息所」は、仁寿殿の女御。正頼の長女。

四　「その御ゆかり・よすがをば」は、その親類縁者に対しては の意。

五　以下「訪ふなし」まで挿入句。「俊蔭」の巻【五五】参照。

六　底本「かさね給て」。あるいは、「給」は衍か。

七　「一院三宮」は、太上天皇、及び、皇后・皇太后・太皇太后の総称。

ど、なほ、その中に、藤侍従《じじゅう》仲忠、[五]いみじき時の人なりければ、よろづの人、住まずとは知りながら[4]婿取り給へど、夜《よる》を[六]重ね給ひて訪《とぶら》ふなし、あやしき戯《たはぶ》れ人にてありける中に、仲頼は、天下《てんげ》[5]の[七][6]一院三宮《さんぐう》婿取り給へど、取られず、白銀《しろかね》・黄金《こがね》、綾・錦《にしき》をも物とも思へらず、あやしくたぐひなき好き者にて、[八]天女下り給へ[7]らむ世にや、わが妻《めこ》の出《い》で来む、天《あめ》の下《した》には、わが妻《めこ》にすべき人なしとなむ思へりける。

さて、浮きてのみあり経るに、宮内《くない》卿在原忠保《ただやす》の[九]娘を、[一〇]世の中に名高く聞こゆるありけり、そのぬしも、もとより勢ひなく[一一]悪き人の、[一二]無徳《むとく》なる官《つかさ》にて年ごろ経ければ、[一三][8]家内《けない》いと悪きに、この娘、かくめでたう、春宮にも、「参らせよ」などのたまはすれど、え宮仕ひなどにも出ださずなどしてありけるに、この仲頼の少将、切《せち》に呼ばふ。そのかみ、父ぬし、忠保「かかる戯《たはぶ》れ人と、名は古るとも、わが娘につきて[一四]世を尽くさむとも知らず、宿世《すくせ》をも見む。たとへ、住まずと[9]言ふとも、我のみかかる恥を見ばこそあらめ。一

八　「下り給へらむ」の「給へらむ」は、底本「たまふらん」。下の「来む」との対応を考えて、「たまへらむ」の誤りと解した。【三二】注三には、「天女下りたるやうなる人」とある。
九　「娘を」は、「この仲頼の少将、切に呼ばふ」に続く文脈。
一〇　挿入句。「吹上・上」の巻【九】注三五参照。
一一　「悪し」は、貧しいの意。
一二　「無徳」の「徳」は、利得の意。「無徳」の語は、平安時代の仮名作品では、多く、体裁が悪い、役に立たないの意で用いられる。
一三　「家内」は、家計の意。参考、『平家物語』巻一祇王「家内富貴して、楽しいことなのめならず」。
一四　「世を尽くす」は、生涯添い遂げるの意。

院三宮、大臣公卿の御子・娘[一五]も、さこそ捨てらるめれ[10]。さるを見つつ、ここらの人の婿に取り給ふも、やうあらむ。天下[一六]、綾《あや》・錦を敷きて飾るとも[11]、住まずは住まじ。わが子、葎《むぐら》[一七]の下、藁《わら》・芥《あくた》の中に住むとも、宿世《すくせ》のあらば、住みなむ。男は、労《いたは》るにもつかぬものぞ」など言ひて、この娘に婿取りつるに、思ふと言へば疎かなり。

会はせし夜《よ》より、搔[一八]いつきて、あはれにいみじき契りをす。片時ほかにとまることなく、まれに内裏《うち》に参りては、すなはち急ぎまかでつつ、例ありしやうに宮仕へもせず、限りなく思ふ。異人《ことひと》の、めでたき装束《さうぞく》し、沈《ぢん》・麝香《ざかう》に染《し》めて、しつらひめでたくてあるをば、鬼・獣《けだもの》のくふ[一九]山に交じりたる心地して、ただこの女、世になき者と思ふ。げに[二〇]、めでたきこと限りなし。「この世に経む限りはさらにも言はず[12]、後の世にも、かかる仲に生《む》まれ返らむ」などさへ言ひ契りて、五六年あり経。

[宮内《くない》卿[13]の殿。娘・少将、御達《ごたち》二人。

一五 底本「むすめ」。「御むすめ」の誤りか。
一六 「天下……とも」は、「天下に……ても」に同じ。【七】注二四参照。
一七 「葎」は、貧しい家のさま。参考、『竹取物語』「葎生ふ下にも年は経ぬる身の何かは玉の台をも見む」、『古今六帖』六帖〈葎〉「何せむに玉の台も八重葎出づらむ中に二人こそ寝め」。
一八 「搔いつく」は、しっかりとしがみつく、そばを離れないの意。
一九 「くふ」は、住みつくの意か。「巣くふ」の誤りと解する説もある。
二〇 この物語で、「げに」が地の文に現れる珍しい例。
二一 「父ぬし・母の物語」は、「父ぬし・母、物語す」の意の名詞的な表現か。

一 「賭弓」は、【三九】注一

[二]父ぬし・母の[14]物語。人ど[15]ももあり。」

三一　源仲頼、賭弓の節の還饗で、あて宮を垣間見る。

[1]かくてあり経るほどに、正月十八日の[一]賭弓《のりゆみ》[2]の節《せち》に、左勝ちにければ、左大将殿に、[二]府《つかさ》の次将《すけ》たち、上達部《かんだちめ》・親王《みこ》たち、[三]左右と遊びおはしたり。設けはになくせられたれば、座《ざ》に着き給ふ。御机参り、かはらけ始まり、御箸《はし》下りぬ。仲頼のぬし、なき手出《い》だして遊ぶ。[四]垣下《ゑが》には行正、[五]楽所《がくしょ》[3]には仲頼、そこらの遊び人どもにます人なく遊ぶ。[六]内裏《うち》の御息所《みやすどころ》よりはじめ奉り[4]て、[七]あまたの君[5]たち・宮々、数を尽くして並みおはしまして御覧ずるに、事もなき人どもなり。

［寝殿の南の廂《ひさし》に、四尺《ししやく》の御屏風《びやうぶ》北に立てて、それに沿ひて、[八]中将着く。柱に並びて、上達部・親王たち着き給ふ。」

かくて、いとおもしろく遊びののしる。仲頼、屏風二つが[6]狭間《はさま》

参照。

二「府の次将」は、左近衛府の中将と少将。

三　左と右の方人とともにの意か。

四「垣下」は、饗宴の宴席での相伴の客の座。ここは、舞人の座をいうか。

五「楽所」は、楽人の座。

六「内裏の御息所」は、仁寿殿の女御。正頼の長女。女御は、前年の十月に出産のために退出して、そのまま、三条の院に滞在していることになる。【三五】参照。

七「あまたの君たち・宮々」は、正頼の女君たちと仁寿殿の女御腹の皇女たちをいう。

八　あるいは、「中少将」の誤りか。中将と少将は母屋に沿った屏風の側で南面し、上達部と親王たちが廂の間と簀子の間の柱の側で北面してすわるのである。

より御簾《みす》の内を見入るれば、母屋《もや》の東面《ひんがしおもて》に、[九]こなたかなたの君たち、数を尽くして[一〇]おはしまさふ。いづれとなく、あたりさへ輝《かかや》くやうに見ゆるに、魂も消え惑ひて、ものおぼえず、あやしく、[7]清らなる顔かたちかなと、心地空[8]なり。なほ見れば、[一一]あるよりもいみじくめでたく、あたり[一二]光り輝くやうなる中に、[一三]天女下《くだ》りたるやうなる人あり。仲頼、[一四]これはこの、世の中に名立たる九の君なるべしと思ひ寄りて見るに、せむ方なし。限りなくめでたく見えし君たち、この、今見ゆるに合はすれば、[一五]こよなく見ゆ。仲頼、いかにせむと思ひ惑ふに、[一六]今宮ともろともに、[一七]母宮の御方へ[9]おはする御後ろ手・姿つき、たとへむ方なし。[一八]火影《ほかげ》にさへ、これはかく見ゆるぞ。少将思ふに、ねたきこと限りなし。我、何せむに、この御簾《みす》の内を見つらむ、かかる人を見て、ただにてやみなむや、いかさまにせむ。生けるにも死ぬるにもあらぬ心地して、例の遊び、はた、まして、心に入れてし居たり。

夜《よ》更けて、上達部・親王たちも[一九]物被《かづ》き給ひて、[二〇]一の舎人《とねり》まで物

九 「こなたかなたの君たち」は、大宮腹と大殿の上腹の女君たちをいう。
一〇 「おはしまさふ」は、「あり」の主体敬語として、動作主体が複数の時に用いられる。
一一 今見た女君たちよりも。
一二 「光り輝くやうなり」は、類型的な容姿美の表現。「俊蔭」の巻【三】注二参照。
一三 「天女下りたるやうなり」は、【三〇】注八参照。
一四 「これはこの」は、「これやこの」などと同じく、聞いていたことを詠嘆的に確認する表現か。「蔵開・下」の巻【三】注三参照。
一五 「こよなく見ゆ」は、ここは、「こよなく劣りて見ゆ」の意。
一六 「今宮」は、仁寿殿の女御腹の女一の宮。
一七 大宮。

被き、禄《ろく》なんどして、皆立ち給ひぬ。

曙《あけぼの》に、少将、この殿を出でむままに死ぬる身にてこそはあらめ、わがするわざとて、今日し尽くしてむ、二一[10]わが思ふ人も聞こしめせと思ひて、なき手を出だし、二二遊びせめて出づ。異人《ことひと》々も出でぬ。

仲頼出で果てで立てるを知らで、出づる人を見るとて、御方々の御達《ごたち》四十人ばかり出でたり。曙に、いとをかし。これを見て、仲頼、二三[11]歩み返りて、「よそにて見給ふよりは、近くてやは御覧ぜぬ」と言へば、御達「それは目馴れ給ひにたれば」と言ふ。二四木工《もく》の君といふが近く立てるを引きとどめて、仲頼「うれしきついでにも聞こゆるかな。仲頼と知ろしめしたりや」。木工の君、「誰をか、さは聞こゆらむ。[12]えなむ聞こえぬ」。少将、「今から知り給へかし。聞こえさすべきこともありや」など言ふに、兵部卿の親王出で給ひければ、仲頼「よし。今、後に」とて、ふと出でぬ。

「大将殿。[13]親王たち・上達部、あるじのおとど。人々、皆立ち給ひぬ。

一八　以下、地の文に心内文が融合した表現か。「見ゆるぞ」の下に「と」を補う説もある。
一九　被けたのは正頼である。
二〇　「一の舎人まで」は、一人ひとりの舎人にまでの意か。
二一　「わが思ふ人」は、あて宮をいう。
二二　「遊びせむ」の「せむ」を、一心不乱に……するの意と解した。「内侍のかみ」の巻【二六】注八にも、「遊びせむ」の例がある。
二三　底本は、「あゆみかへり」の「ゆ」と「み」の間に「み」を補っているが、「歩み返り」に戻した。
二四　「木工の君」は、あて宮づきの侍女。「藤原の君」の巻【三】注二三参照。

これは、御達《ごたち》。[14]親王出で給へば、少将立ちぬ。」

三二　源仲頼、忠保邸に帰って寝込む。

仲頼、帰る空もなくて、家[一]に帰りて、五六日、頭《かしら》もたげで思ひ臥せるに、いとせむ方なく、わびしきこと限りなし。になくめでたしと思ひし妻《め》も、物もおぼえず、片時も見ねば、恋しく悲しく思ひしも、前に向かひ居たれども、目[二]にも立たず。[1]身のならむことも、すべて、何ごとも何ごとも、よろづのこと、さらに思ほえである時に、「《仲頼の妻》などか、常に似ず、まめだちたる御気色なる」と言ふ。少将、「《仲頼》御ためには、かくまめにこそ。あだなれと[三]や思す」など言ふ気色、常に似ぬ時に、女、「《仲頼の妻》いでや、

[四]あだ言《こと》はあだにぞ聞きし松山や目に見す見すも越ゆる波かな」

と言ふ時に、少将、思ひ乱るる心にも、なほ、あはれにおぼえけ

一 「家」は、仲頼の婚家。宮内卿在原忠保の家。
二 「目に立つ」は、目にとまるの意。
三 「あだなれ」は、形容動詞「あだなり」の命令形。
四 「あだ言」は、仲頼が浮気な人だという噂の意。「あだにぞ」は、いいかげんな噂としての意。引歌、『古今集』東歌「君をおきてあだし心をわが持たば末の松山波も越えなむ」。参考、『拾遺集』雑恋「あだなりとあだにはいかが定むらむ人の心を人は知るやは」（大中臣能宣）。「目に見す見す」は、目の前で見ているうちにの意。

れば、
「[仲頼五]浦風の藻《も》[2]を吹きかくる松山もあだし波こそ名をば立つらし
[六][3]あが仏」と言ひて泣くをも、我によりて泣くにはあらずと思ひて、親の方へ往《い》ぬ。
居暮らして、[4]夜《よる》も[七]こなたに寝なむとすれば、母、[八]「などか、[九]あなたにはまうで給はぬ、ここには殿籠もる。あなさがな。[一〇]人は、心置きて思さじや。かく、言ひ知らずわびしといひながらも、我らがやうなる人はあらじを。さばかりかしこき宮・殿ばら[5]を馴らひ給へれば、いかに、あさましき所と思ほすらむ。[6]されど、わが子の見る効《かひ》なくいますからましかば、かくあやしき所に、一日、片時、[一一]立ちとまり給ひなましや。[一二]人と等しく生《お》ひ出《い》で給へればこそ、世の中に名立たり給ひつるあだ人の、この年ごろ立ちとまり給ひつれ。この君に疎《おろ》かに思はれ給ひなば、[一三]ぬしの、さばかり思ひ入れられ、仕うまつり給ふは効《かひ》なくくちをしとは[一四]思ひ給はじや。今の世の男は、まづ、人を得むとては、ともかくも、『父母はあ

五　心変わりがないことを訴えた歌。
六　「あが仏」は、自分が大切に思っている人に呼びかける言葉。「俊蔭」の巻【三七】注六参照。
七　「こなた」は、前の「親の方」のこと。
八　「などか」は、「まうで給はぬ」と「殿籠もる」の両方に係る。
九　「あなた」は、夫の仲頼がいる所。
一〇　反語表現。「人は、心置きて思さむ」の強調表現。「人」は、仲頼。
一一　反語表現。「立ちとまり給はざらまし」の強調表現。
一二　あなたが人並みに美しく成長なさったから。
一三　「ぬし」は、「父ぬし」の意。忠保。
一四　反語表現。「思ひ給はむ」の強調表現。

りや。[一五]家所はありや。洗はひ・[一六]綻《ほころ》びはしつべしや。供の人に物はくれ、馬・牛は飼ひてむや』と問ひ聞く。顔かたち[一七]清らならば、あてにらうらうじき人と言へど、荒《あば》れたる所に、かすかなる住まひなどして、さうざうしげなるを見ては、あなむくつけ、わが[一八][7]いたつき・わづらひとやならむと思ひ惑ひて、あたりの土[8]をだに踏まず。『などか、その人には住まぬ』と言へば、『法師籠もりをりき。[9]賊《ぞく》[10]籠もりをりき』と[一九]言へば、あたりにも寄らず。あやしき者の子・孫《むまご》、顔かたち鬼のごとくして、頭《かしら》は直白《ひたしろ》に、腰は二重《ふたへ》なる[二〇]嫗《おんな》なれど、[二一]猿を後《しり》へ手《で》に縛《しば》る者と[二二]言へ、[11]徳ありし者の妻《め》ぞ、子ぞといふ者をば、天下《てんげ》の人も、え聞き過ごさで、言ひ触れ惑ふ今の人なれば、かかる所に、一日《ひとひ》、片時、立ちとまる人もあらじと思ひて、多く[二三]徳ある、よき人をも聞き過ごし、[二四]わが子をや、人笑はれに、あはあはしく思はせむ、その人住みしかども、今は来訪はずと言はせ奉らじとて、ここら聞き過ぐしつれど、さのみ言ひてやあらむ、宿世《すくせ》にまかせてこそはあらめ、また、[二五]天下、[二六]いまし

一五 「家所」は、住む家の意。「藤原の君」の巻【一六】注二七参照。
一六 「綻びす」は、綻びを繕うの意か。
一七 底本「きよらならは」、語法不審。あるいは、「きよらにて」などの誤りか。
一八 「いたつき」は、苦労・心労の意。
一九 底本「いへは」、語法不審。あるいは、「いひて」などの誤りか。
二〇 「嫗」は、底本「女」。「俊蔭」の巻【三】注八参照。
二一 「猿を後へ手に縛る者」は、後ろ手に縛った猿みたいな者の意で、醜い姿の形容か。
二二 「言へ」は、已然形で条件句になる表現か。
二三 「徳」は、財産の意。
二四 反語表現。「わが子を、人笑はれに、あはあはしく

通はず、見鬱《うん》じ給ふとも、例のあだ人なればと、ただに思はせむとてこそは。[二七]この君を、[二八]ここら、親が時の財《たから》[二九]・櫛笥《くしげ》の何々も、惜しき物なく失ひ、ここらの年ごろ[三〇]地子《ぢし》を待ち使ひつる近江《あふみ》の荘《さう》も、[三一]この君の御時にこそ[12]売りつれ、[13]かう惑ひ仕うまつる効《かひ》ありて、今日、今まで巡らひ給ふは、いかにうれしきことなり。[三二]いづれの宮・殿ばらにかは、この君の婿に取られ給はぬ。されど、夜《よ》を重ね、日を積みて、この年ごろ、ここに通ひ給ふは、いかに面立《おもだ》たしきことなり。などか、これを疎《おろ》かにはし給ふ。あが仏、疎《おろ》かに、この君に思され給ふな」と、泣く泣くのたまへば、〔仲頼の妻〕「いでや。見苦しきものを見給ふれば、生ける効《かひ》なき心地すれば、見じとてなむ」。母、「何ごとかある」と言へば、〔仲頼の妻〕「いさや。何ごとを、人か言ひけむ、この賭弓《のりゆみ》の[14]饗《あるじ》より帰り来にしままに、起き臥し、静心なく思ひ入らるることのあめれば、[15]おのれが見[16]まうく見苦しきを思ふにやあらむと思へば、見えじ[17]とてなむ」。母、[三三]「知らぬやうにてまうで給へ」と、泣く泣く言へば、娘、母に言はれて、立ちて

思はせじ」の強調表現。
二五 「天下……とも」は、どんなに……しても、たとえ……してもの意。【三〇】注二六参照。
二六 「いまし通ふ」は、「来通ふ」の主体敬語。
二七 下に「仲頼と結婚させたのだ」の意の省略がある。
二八 以下「売りつれ」まで挿入句。
二九 「櫛笥」は、女性の櫛などの化粧道具を入れる箱で、母から娘へと伝えられて、大切にされた。櫛の箱。「忠こそ」の巻【六】注五参照。
三〇 「地子」は、荘園の名田以外から徴収する地代。
三一 仲頼殿と結婚してから。
三二 反語表現。「この君、いづれの宮・殿ばらにも婿に取られ給ふ」の意。
三三 気がつかぬふりをしてお戻りなさい。

行《い》く。父ぬし、「《忠保》君[三四]の籠もりおはするに、何わざを仕まつらむ」と言ふ。

少将臥いたり。女来たれば、「《仲頼》などか、今まではおはせざりつる」と言へば、女、「《仲頼の妻》いさや。思ひ静まり給[18]ふやとて」。少将、「まして、おはせぬぞ苦しき。早うおはせよ」と言ひ臥せり。

［ここには、娘、もの言ひたり。］

三三　忠保、仲頼を案じて、世話をする。

つとめて、父ぬし、少将の方にまうで給ひて、「《忠保》いかに、かく籠もりおはします。つきなくも思ほさるらむ。忠保、心ざし深けれど、いとあやしくのみ侍りて、しるし[一]なきことをかしこまり申し侍り」。少将、「《仲頼》あなかしこ。何か。つきなきことも侍らず。日ごろ、乱り心地の、例にも似ず侍[1]れば、内[二]の方にも参らで籠もり侍るなり」。「《忠保》などか、さはおはしますらむ」。少将、「知らず。こ

三四　父忠保は、娘の苦しみも知らずに、仲頼の訪れを喜び、どのように接待するかに心を砕くのである。

一　「しるし」は、はっきりと外に現れるものの意で、婿への思いの深さがはっきりとわかるような豪華な食事や衣装などのことをいう。

二　「内の方」は、忠保夫婦が住む方をいう。「内」は、「祭の使」の巻【三】注二参照。

三　「宮」は、兵部卿の宮。ただし、このことは語られていない。【三】の正頼家の神楽の際にも、仲忠の発言として、「御前にて、兵部卿の親王の強ひ給へるに、……食べ酔ひにけりや」とあった。

四　際限もなく。

五　「衛府司」の「ゑふ」

の左大将殿の[2]饗《あるじ》に参りて侍りしに、宮の、[三]かはらけ取り給ひて、いみじく強ひ給ひしかば、[四]期《ご》もなく食べ酔《ゑ》ひにける名残にや侍らむ」。[忠保]「いと不便《ふびん》なることかな。すべて、この御酒《おほみき》聞こしめし過ぐることこそ、いと悪《あ》しきことなれ」[3]。少将、「いかで、この官《つかさ》まかり離れなむ。すずろなる酒飲みは、[五]衛《ゑ》府司《ふづかさ》のするわざなりけり」と言ふ。

父ぬし、[六]内に入りて、[忠保]「君は、この頃悩み給ふことありけり。何ごとをか仕まつらむ。いとほしく」など言ふを、[七]この女、例ならぬ気色を見て、いと心憂しと思ひて、前なる硯《すずり》に、手習をして、かく書きつく。

[仲頼の妻][八]この世にはつらき心も知り果てぬ契りし後の世をも見てしか[4]

と書きて押[九]しわごみて置いたるを見て、あはれと思ふ。わが心とも言はじ、[一〇]あぢきなきを見て、えあるまじきことを思ひて、人[一一]にも、つらしと思はるること、いかばかり思ひし人にもあらなくに

と思ふにも、あはれなりければ、

に「酔ふ」を掛けた洒落。

「蔵開・中」の巻【三】注四には、「近衛は、酒離れては、何わざかせむ」とある。

六「内」は、忠保夫婦が住む方をいう。注二参照。

七 助詞「を」によって、仲頼夫婦が住む方と、忠保夫婦が住む方の二つの場面を、対比的に語る。

八「契りし後の世」は、【三〇】の、仲頼の「後の世にも、かかる仲に生まれ返らむ」の発言をいう。

九 この物語には、「押しわごむ」と「押しわぐむ」の二つの形が一例ずつ見える。ともに、丸める意。

一〇 以下「……思はるること」まで、倒置法。「あぢきなきを見て」は、恋をしてもどうにもならない人を見ての意。

一一「人」は、妻（忠保の娘）をいう。

仲頼「昔より契りし深き仲なれば生きも死にをもともにこそせめ

なほ、心地の、例ならず悩ましければぞや。御ために疎《おろ》かなるには、などてかあらむ」など言ひて、もろともに臥しぬ。

［母・子居て、物参らむとて、調じ急ぐ。父ぬし、手づから雉《きじ》作三る。

ここには、少将に物参る。娘。雉などあり。］

三四　大后の宮の六十の賀の準備が進む。

大将殿には、二十七日出《い》で来たる一乙子《おとね》になむ、嵯峨《さが》の院に御賀二参らむとし給ひける。三ありの限りの君達《きんだち》、男も女も集ひて仕まつり給ふ。すべて、よろづの物、かねてより設けて、いといみじく、になくして参り給ふ。いとめづらしく清らなるさまにし調へ給ひて、子・孫《むまご》引き続きて、四糸毛《いとげ》六つ、1檳榔毛《びりやうげ》十四、うなゐ車五つ、

三「作る」は、料理するの意。


一「乙子」は、月に三度の子の日がある時には、三番目の子の日をいう。

二 嵯峨の院の大后の六十の御賀。

三「ありの限り」は、「ある限り」に同じ意か。

四「糸毛」は糸毛車、「檳榔毛」は檳榔毛車。

五 大宮。

六「若御子たち六所」は、あて宮と、十、十三、十四の君（大宮腹）、十一、十二の君（大殿腹）か。ただし、これでは、仁寿殿の女御腹の三人の皇女たちが含まれなくなる。

七「女御の君」は、仁寿殿の女御。源正頼の長女。

八「奉る」は、乗るの意の主体敬語。

九「副車」は、お供をす

下仕《しもづか》へ車五つしてなむ参り給ひける。御前《ごぜん》、四位二十人、五位四十人、六位は数知らず。御供、婿の君たち、皆おはします。例の、遊び人たち数を尽くして、舞の子ども、君たち、いとになく装束《さうず》きて、いとをかしげなり。御供定めて、糸毛のには、[五]宮・[六]若御子《みこ》たち六所、二のには女御の君[七]、また、次々の君たち、皆組み交ぜて、あまねく奉る[八]。[九]副車《ひとだまひ》には、御方々の御達《ごたち》、四人《よたり》づつ乗るべし。大人四十人、童二十人、下仕へ十人、いとになく装束《さうず》きてぞありける。大人二十人は赤色に蘇枋襲《すはうがさね》、いま二十人は赤色に葡萄染《えびぞ》め襲、綾《あや》の摺《す》り裳《も》、うなゐは、おしなべて、[一〇]青色に蘇枋[2]襲、[一一]綾《ろう》の上[3]の袴、[一二]綾掻練《あやかいねり》、色はさらにも[4]言はず、下仕へは、例の、[一三]斑摺《むらず》り、[一四]檜《ひ》皮《はだ》色、桜襲《さくらがさね》、おしなべて賜ふ。

かく、品々に[5]装束《さうず》くを、舞の師ども、容貌《かたち》よく若き人こそあめれ、老いにたる人などは、かかる御急ぎをまづとし給ひて、まだ[一五]衣《そ》も賜《た》ばざりければ、世の中にゆゆしくさがなきことをしつつ、おのがさまのあやしきをば知らで、泣き恨み奉れども、今、静か

る者たちが乗る車。
一〇 「祭の使」の巻【一八】にも、「青色に蘇枋襲、綾の上の袴、三重襲の袴、一重襲の綾掻練の衵着たる童」の例がある。参考、『源氏物語』「若菜下」の巻「童は、青色に蘇芳の汗衫、唐綾の上の袴、衵は、山吹なる唐の綺を、同じさまに調へたり」とある。
一一 底本には、「綾」の字音として、「れう」と「ろう」が用いられている。
一二 この「綾掻練」は、衵。
一三 「斑摺り」は、斑に摺って、濃淡があるものという。これは、裳か。
一四 「あて宮」の巻【三】にも、「下仕へ八人、手織りの衣は交ぜず、檜皮色に紅葉襲」の例がある。
一五 「そ」を、「衣」の意と解した。黒川本『色葉字類抄』「衣　コロモ又ソ」。

にと思して、聞き入れ給はで調へ給ふ。

御台ども・折敷《をしき》などのこと、すべて、何も何も、[一六]おのがあたりあたり、我も我もとし給へば、いみじくめでたし。

三五　仲頼、正頼から、賀宴の供を依頼される。

遊び人どもなど調へ見させ給ひに、少将仲頼召しに遣はすに、宮内《くない》卿の殿に、[一]賭弓《のりゆみ》[1]の饗《あるじ》より帰り給ひて、よろづのものの興《けう》もおぼえで臥せる所に、〔使〕「大将殿より召しあり」と言ふ時に、〔仲頼〕「何ごとのたまはむずるぞ」と問は[二]すれば、〔使[2]〕「明日の子《ね》の日に、嵯峨《さが》の院に参り給ふべきことによりて」と言ふ。

少将、〔仲頼〕「日ごろ、[三]労《いたは》るところ侍りてなむ」とて参らぬ時に、おとど、〔正頼〕「くちをしきこと。仲頼・仲忠なき饗《あるじ》は、ものにもあらぬものを」とて、手づから御文書き給ふ。日ごろ久しく参り給はぬよしなど書きて、

一六　以下、正頼の婿君たちがそれぞれ分担して競って用意したことをいう。

一　仲頼が賭弓の還饗であて宮を垣間見て後、帰ってから病の床に着いたことは、「春日詣」の巻【七】注一八にも語られていた。

二　「すれ」は、使役の助動詞。仲頼は臥せっていて使の者に直接会えないから、家の者に問わせるのである。

三　「労るところあり」は、体調がすぐれないの意。

四　それほど悪い状態でいらっしゃらないのなら。

五　「必ず必ずものし給ふべし。さらば、いかにうれしからむ」の意。

六　正頼が。

七　「かの院」は、嵯峨の院。

八　「帯刀仲正」は、あるいは、滋野真菅の子、正頼

［正頼］「嵯峨の院に、いささか若菜参ることあるを、おはせでは、いと悪《あ》しくなむあるべき。労らるることものし給ふなるをなむ、いとほしがり申し侍るを、[四]けしうものし給はずは、いかにうれしからむ。正頼が大事と思ふことなり。[五]必ず必ずものし給ふべくは、いかにうれしからむ」。

少将、御文を見て、驚きながら、苦しき心地を思ひ起こして参りたり。

明日の御供のことなどの[六]たまふ。［仲頼］「春宮よりも、明日、[七]かの院へ参り給ふべきよし、[八]帯刀仲正《たちはきなかまさ》につけて仰せ給へりしかども、日ごろ悩むこと侍りて、え候ふまじきよし申し侍りにしを、[九]仰せ言《ごと》かしこければ、候ひつる」。おとど、「[一〇]しか。[一一]宮も、参り給ふべきよし仰せられき。御供の人定められなどせしに、仲正の朝臣、[一二]『それそれはるいろになむ』と取り申ししかば、知ろしめしたらむ」。仲頼、「さらば、候はむ」。おとど、「さらば、いとうれしきこと」とのたまふ。

家の家司滋野和正の弟で、「藤原の君」の巻【三〇】注五の「坊の帯刀なる御息子」のことか。

九　「仰せ言」は、正頼のお言葉をいう。

一〇　「しか」は、相手の言葉に相づちを打つ言葉。男性語。そうでした。

一一　春宮。

一二　底本「それ〳〵はるいろになん」、未詳。仲頼が正頼の供をすることになっていることをいうのだろう。

一　この「親王たち・上達部」は、正頼の婿や子ではない親王たちと上達部をいうか。

二　「宮たち」は、大宮と、仁寿殿の女御の腹の皇女たちか。

三　「君たち」は、正頼の

三六　人々、嵯峨の院に出発する。

かくて、いとになく、遊び人など具して出《い》で給ふ。[一]親王《みこ》たち・上達部《かんだちめ》、春宮の御供になむ仕まつり給はむとしける。

かくて、二十七日、つとめて、御車寄せて、[二]宮たち・[三]君たちも、奉らむとて並びおはします所に、[四]大宮の御乳母備後守《めのとびんごのかみ》、[五]おとどの御祖母《おば》宮の[1]御弟入道《おとどにふだう》、[六]例は上に参らぬ人々、かかる御仲に交じり居て、「[七]我も昔は男山、御供に仕まつらむ」と言ひけれど、聞き入るる人なし。なほ、物見むと[2]思ふ。

かくて、御車に、皆奉りて、引き続きておはします。御前《ごぜん》は、四位五位六位、合はせて二百人ばかりありけり。

女君たち。

四　底本「大宮の御めのとひんこのかみ」、大宮の御乳母の夫である備後守の意に解する説に従ったが、不審。「大宮の御乳母子備後守」の誤りと解する説もあるが、大宮の乳母の夫や乳母子では、嵯峨の院の大后の賀に参加しようとする理由としては希薄な感じもする。

五　底本「をとゝの御おは宮の御おとゝにうと」。正頼の祖母宮の弟の入道と解する説に従ったが、不審。

六　「例は上に参らぬ人々」は、普段は嵯峨の院に参上しない人々の意。

七　『古今集』雑上「今こそあれ我も昔は男山さかゆく時もあり来しものを」(詠人不知)による表現。

嵯峨の院

一　仲忠、正頼の三条の院を訪れ、仲澄と語る。

右大将（藤原兼雅《かねまさ》）の屋敷に、相撲の還饗《かえりあるじ》をなさったので、いつものように、左大将（源正頼《まさより》）もおいでになった。

その後に、仲忠《なかただ》の侍従は、宮中から退出する途中に、左大将の三条の院の門に来て叩《たた》く。すると、その屋敷の侍所《さむらいどころ》の別当藤原員親《かずちか》が出て来たので、「侍従の君（源仲澄《なかずみ》）に、私が参上したとお伝えください」とおっしゃった。員親が奥に入ってお伝え申しあげると、源侍従（仲澄）は、「やはり、こちらに」と言って、曹司《ぞうし》に呼び入れ申しあげてお会いになった。

仲忠が、「私は、先日、せっかくお目にかかったのに、ずいぶんと酔って、さぞかし無礼な真似《まね》をしたことでしょう。そのお詫《わ》びも申しあげようと思ってやって参りました」。源侍従は、「まことに恐縮です。先夜、無礼なことなどあったのでしょうか。まったくおぼえていないということは、私のほうこそひどく酔っていたのでしょう」などと言って、親しくいろいろなお話などをなさる。源侍従が、「私は、このように一人で過ごしています。時々はお立ち寄りください。通う所などもないので、寂しい思いをしております」とおっしゃると、仲忠が、「そんなことはおありでないでしょう。私のほうこそ、宮中以外に出かける所もありません。あなたがお通いになる所は、牛の毛ほども多いことでしょう」。あるじの源侍従は、「私が通う所など、麒麟《きりん》の角《つの》ほどもありません」などとおっしゃる。二人とも、いろいろな話をとても睦《むつ》まじくして、さらに、おたがいにこれからも力添えしようなどと語り合って、仲忠はお帰りになった。

二 仲忠、孫王の君を介して、あて宮に歌を贈る。

侍従（仲忠）が、左大将（正頼）の三条の院に、時々、こうして訪れなさるようになったので、左大将が聞いて、「仲忠の侍従が、時々おいでになるということだから、若い者たちは、それ相応に扱って、侍従がこの屋敷に居着くようにせよ。琴《きん》はともかく、ほかの楽器なら教えてくれるだろう。ほかの楽器でも、あの侍従の演奏は、誰も真似《まね》できるものではないぞ。やはり、あの侍従が弾くのを聞いて、少しでも琴《こと》の音《ね》を習いなさい」などとおっしゃる。

じつは、侍従は、あて宮に、ぜひ思いをお伝えしたいと思う気持ちがあって、こうしてやって来るのだった。こんなふうに来ているうちに、おのずと殿人《とのびと》のようになって、上臈《じょうろう》の侍女たちなどに言葉をかけたりなどするようになった。その中で、孫王《そんおう》の君という、あて宮のもとに仕えている若く美しい侍女と親しくなって、あて宮への思いをほのめかして言うようになる。しかし、孫王の君が素知らぬ受け答えばかりするので、仲忠は、いつまでもこんな

ふうにしてばかりはいられないと思って、美しい萩《はぎ》の枝を折って、その葉に、
秋萩の下葉に置いている白露が、葉が紅葉するとそれにともなって色づくように、私も、
胸の内に秘めていた思いが外に現れています。
と書きつけて、孫王の君に、「これを、もし機会があったら、あて宮さまにお見せくださ
い」と言って渡す。
孫王の君が持って参上すると、あて宮は御覧になる。

三　春宮をはじめ、人々、あて宮に歌を贈る。

また、春宮《とうぐう》から、
つれないあて宮さまのことをいつでも頼みにしてはいますが、秋風が吹く夕暮れは、言
いようもなく心細くなります。
とお手紙をさしあげなさった。あて宮は、
草木は秋風が吹くたびに色を変えてゆくのに、そんな秋風を話題にしながら、私のこと
を頼みにしているなどとおっしゃると、私はつらくなります。
とお返事なさる。
兵部卿《ひょうぶきょう》の宮から、
あて宮さまを思う私の魂は、この身から抜け出してあちらこちらの叢《くさむら》に通っているので

しょうか。私の魂が虫となって、野辺のあちらこちらで鳴いている声が聞こえます。

とお手紙をさしあげなさった。あて宮は、

「兵部卿の宮さまの魂が、秋になって色が変わる野辺に通って虫となっているとうかがうと、鳴いているというその虫の心も察せられます。

まして、あなたの心変わりが案じられます」

とお返事申しあげなさる。

右大将（兼雅）は、ここ数日病気にかかっていらっしゃったけれど、お手紙をさしあげられずにもどかしい思いになられたので、あて宮に、

「ここ数日、どういうわけか、このようにお手紙をさしあげることさえできないままに死んでしまいそうな気持ちがして、とても悲しくつらく思っていました。

あて宮さまが私を見舞ってくださるお返事を見ることができたら、朝露が消えるように私が死んだとしても、私の魂はこの世に残るでしょうか。

お見舞いのお言葉をくださったら、期待が持てるでしょうに」

とお手紙をさしあげなさるけれど、お返事はない。

平中納言からも、
かなわぬ恋のためにあふれ出る涙の川は激しく流れながら、このまま恋い焦がれて死んでしまいそうに思われます。

とお手紙がある。

源宰相（実忠《さねただ》）は、勤行《ごんぎょう》するために、志賀《しが》寺に参詣《さんけい》なさった。そこから、露に濡《ぬ》れた美しい紅葉を折って、あて宮に、

私の恋の思いは、秋の山辺に満ちてしまっているのでしょう。私の紅《くれない》の涙が、袖を紅色に染めるばかりか、袖からあふれて、葉を紅色に濡らしています。

とお手紙をさしあげなさるけれど、お返事はない。

源侍従（仲澄）は、あて宮に、

自分自身でもどうしてこんな気持ちになったのだろうかとは思うのですが、その一方で、あなたがここまで冷淡な態度をおとりになるのもわけがわかりません。

と詠みかけたけれど、いつものようにお答えにもならない。

行正《ゆきまさ》は、斎宮《さいぐう》が上京なさるお迎えに行って、摂津《つの》国《くに》の田《た》蓑《みの》の島から、

蓑という名をもつ、摂津国の田蓑の島は通ったのですが、恋のもの思いに沈む私は、秋の長雨ならぬ涙に日々濡れています。

とお手紙をさしあげた。

［あて宮の前に、侍女たちがとても大勢いる。侍女たちが、あちらこちらから贈られた手紙を取り次いで、あて宮にお渡しする。］

四　仲澄、八の君に、あて宮への思いを告げる。

あて宮に求婚している人々は、こんなふうに、あて宮に、いろいろな人がお手紙をさしあげなさっているとは知りながら、ご自分がお手紙をさしあげなさった時には少し心が慰められる思いがするが、お手紙をさしあげなさることができずにいる時には熱い炎の中で暮らしているような苦しい気持ちがしている。また、人々がお手紙をさしあげなさった時に、あて宮がお返事をさしあげなさる時もあるし、あて宮が結局はお返事をさしあげなさらずにいると、手紙をさしあげてもだめなのかと思ってあきらめておしまいになる人もいたりなど、とても多くの求婚者たちがいる。

ほかの人が、そんなふうにお思いになるのはしかたがないこととして、実の兄である源侍従（仲澄）までもあて宮を恋しく思うようになったので、長い年月、その思いを抑え、あってはならぬことと考え直そうとするけれど、こらえきれなくなって、やはりこの思いをうち明けようなどと思い、「やはり、私のこの気持ちだけでも、ぜひあて宮にお知らせしたい。時々思いをほのめかしても、まことにそっけない態度ばかりおとりになる。知っていて知らないふりをなさっているのだろうか」などと思い悩んでいる。

左衛門督《さえもんのかみ》（忠俊《ただとし》）が結婚なさっているこちらの八の君は、まだ若いので、ほかの女君たちのように、三条の院の別の町に住まわせ申しあげなさらずに、大宮と左大将（正頼）のお住まいである北の対に住まわせ申しあげていらっしゃった。だから、八の君は、昼間は寝殿においでになって、夜になるとご自分のお住まいにお帰りになるのだった。昼間は、寝殿で、碁を打ったり、琴《こと》を弾いたりなどしてお遊びになる。あて宮とは、ほかのご姉妹《きょうだい》よりも仲がいい。仲澄の侍従は、この八の君にいろいろとお話などをなさった機会に、「ここ何か月も、お話ししたいと思っていることがございます」。八の君が、「どんなことなのでしょう。兄上が、私たちの仲で、お話しにならずにいることがあったとうかがうと、つらく思います」。侍従が、「お話ししようとすると、とてもきまりが悪い気持ちがして、申しあげることができません。でも、『道理にはずれたことを申しあげたとしても、ほかの人に言ったりはなさらないだろう』とは思うのですが、いざ言おうとすると、とても気恥ずかしいのです。ここ何か月も、どうしたらいいのかわからずに困っていることがあって、ほかには誰にも言えずに思い悩んでいるのです。あなた以外にはうち明け申しあげることができる人もいません。ですから、思いあまって、『もう悩んでもしかたがない。あなたにだけはお話し申しあげよう』と思って、こうしてうち明けるのです」。八の君が、「どのようなことなのでしょうか。何か月にもなるまでお話しにならなかったのは、どうしてなのでしょう。悩んでいらっしゃることは、どんなことでも、やはりお話しください」。侍従が、「申しあげることができずにいることで、どうしようもないほどの私のつらい思いはお察しください」などと言って、「私は、人の道にはずれた思いを持ってしまった身なので、この世から消えてしまおうかと思うのですが、『言はではただに(誰にもうち明けずにいるとそのまま終わってしまう)』とか言うそうですから、うち明けるのです。こうして、あなたは私の気持ちを理解してくださる方であるうえに、あて宮とはとても仲がよくていらっしゃるということですから。私の思いをあて宮にお話しくださっても、誰も気づかないでしょう。じつは、寝殿に住むあて宮のことを、長年恋しく思っているのです。自分自身でも、『これは、何かに取り憑《つ》かれて正しい判断ができなくなったのだろうか。あってはならないことだ』と考え直して、これまで過ごしてきたのですが、もうこれ以上この世に生きていられそうな気持ちもしません。御覧になって、いつもの私と同じだとお思いになりますか。こんなに苦しい思いをして死にそうに感じたので、『口にしてはいけないことであっても申しあげてしまおう』と思ったのです。ただ、母上と父上がどうお思いになるかと思うと、そのことがとても畏《おそ》れ多くて、私の身が破滅することで悲しい思いをおさせしたくないと思っているのです。あて宮にうち明け申しあげても、考え直してうち明けずにいても、同じように身が破滅してしまうのですから、うち明け申しあげてもなんの効《かい》もないとは思うのですが、『この思いだけでもうち明け申しあげたら、私の身が破滅することになったとしても、せめてしばらくの間は生きていられるか』と思って、こうしてお話しするのです。なんともわけがわからない気持ちでいます」と言って、「何かに取り憑《つ》かれて正しい判断ができなくなったことを、思いあまってお話しいたします。八の君さま、お願いです、やはり、私のこの様子をあて宮にお話し申しあげてください。いいかげんな気持ちで、こんなことをお話ししたりはいたしません」などと、まことに心が打たれるようにお話し申しあげなさったので、八の君は、理解できないこととはお思いになるものの、侍従がとてもつらそうにお話しになるので、そうはいってもやはり気の毒に思って、「お話をうかがうと、そんなお気持ちになるのももっともなことだと思いますけれど、自分でも自分の思いどおりにならないことですから、いえ、そこまでひどく思い詰めていらっしゃるということですから、近いうちに、何か機会があったら、兄上のお気持ちをお伝えいたしましょう。かまいません。私とあて宮との仲で、何を申したとしても、誰も気づかないでしょう」。侍従は、「とてもうれしく思います。八の君さまが、うまくお取りなしください」とおっしゃる。

五　八の君、あて宮に、仲澄の思いを伝える。

ある日、八の君は、寝殿に出かけて行って、いつものように琴《こと》をお弾きになる。和琴《わごん》・箏《しょう》の琴・琵琶《びわ》などを同じ調子に合わせてお弾きになる。その後で、いろいろとお話などなさった機会に、八の君が、「先日の夜、侍従（仲澄）が、心のこもったお話をなさいましたよ」と話しかけなさる。あて宮が、何も知らずに、「まあうらやましいことですね。兄上は、私に聞かせてくだされればよかったのに」とおっしゃる。八の君は、「私が、ちゃんとお話しいたしますから」などと言って、「じつは、兄上はあなたのお心がつれないことなどをお話しになったのです。私が、『どういうことなのですか』などとうかがったところ、兄上は、『ここ何か月も私の気持ちを訴え申しあげてきたのですが、「そんなつれない態度をおとりにならないでください」とお伝えください』と、実の兄としてふさわしくないことをおっしゃいました。私は、とんでもないことと思ったのですが、兄上のことがお気の毒で、身も破滅してしまいそうなことをおっしゃったので、もし兄上が何かお話し申しあげなさることがあったら、お心を慰めるために、やはり、少しぐらいはお返事をなさってください。親しくない人に対しても、とおりいっぺんの返事はするものだと聞いています。実の兄と妹なのですから、どんなお話をなさっても、誰も気にはしないでしょう。思い詰めていらっしゃる様子を見ると、お気の毒です。人に、そんな思いをおさせにならないでください」。あて宮が、困惑して顔を赤らめながら、ほほ笑んで、「兄上は何もおっしゃらないのに、私のほうからどんなことを申しあげたらいいのでしょうか」。八の君が、「『声せぬに答えるものは山彦の(何もおっしゃらなくても山彦は嘆きのため息に答えるといいますが、山彦ではありませんから、お答えすることはできません)』とおっしゃったらいかがですか。私は、ほんとうに、兄上はやっかいな思いに取り憑かれてしまったようですね。どうやってもかなうはずのないことを深く思い詰めて、ずっといらだっていらっしゃるので、今では、美しかったお顔もやつれて、心ここにあらずの状態になって、お気の毒なことです。ということを思うのも我ながらおかしなことで、やはり、お話しするのも疎ましい気がします」などとおっしゃるけれど、あて宮は、聞かないふりをしていらっしゃる。

六　九月、三の宮、あて宮に歌を詠みかける。

何日かたって、九月になった。風が涼しくなり、秋の虫が鳴き、庭の草木も生えそろって、木《こ》の葉は色づき、叢《くさむら》の花が咲き、常緑の五葉《ごよう》の松はさらに緑の色を深め、薄く濃く色とりどりに紅葉した葉が斑《まだら》に交じっていて、美しい夕月の光が庭の池に映って、何もかも風情がある。そんな夕暮れに、八の君と今宮（女一の宮）と姫宮（女二の宮）が、御簾《みす》を巻き上げて廂《ひさし》の間《ま》に出て、いつものように、琴《こと》を一緒にお弾きになる。それを聞いて、男君たちも、引き籠《こ》もっていることができずに、式部卿《しきぶきよう》の宮も、右大臣（忠雅《ただまさ》）を誘って、「今夜の琴《こと》の音《ね》の演奏を聞いて驚きました」と言って訪れて、式部卿の宮は笙《しよう》の笛、右大臣は通常の横笛を、篳篥《ひちりき》と合わせてお吹きになる。こんなふうに琴《こと》に合わせて多くの笛を吹いて、これまで聞いたことがないほどすばらしく演奏なさるのを聞いて、女君たちは、どなたものんびりと籠もっていることができずに、一晩中、とても美しく着飾って、八の君たちが琴《こと》を弾いていらっしゃる廂の間に、同じように出て来ておすわりになった。

仁寿殿《じじゆうでん》の女御腹の三の宮は、世間でも評判の聡明《そうめい》な方でいらっしゃる。三の宮は、このあて宮のことをお慕い申しあげていらっしゃるけれど、好色めいていると思われるのではないかと気にしてその思いをほのめかしなさらずにいたけれども、ずっと慕い続けていらっしゃった。三の宮も、女君たちが並んでいらっしゃる所においでになって、夜がほのぼのと明けようとする頃に、御簾《みす》を巻き上げて御覧になると、女君たちがどなたもとても美しくていらっしゃる。その中でも、このあて宮が格別に美しくお見えになったので、三の宮はすっかり気が動顚《どうてん》して平静ではいられなくおなりになる。あて宮を見て、何もおっしゃらずに、ため息をついてその場をお立ちになった。

三の宮は、寝殿の高欄にもたれかかってぼんやりとしながら、言うまでもなく、心の中で、赤く熾《おこ》った炭火の上にすわっているような気持ちがして、ますますあて宮を慕う思いをつのらせていらっしゃる。とても丈が高くて、赤紫色に色を変えた大きな花をつけて、庭にぽつんと一本立っている菊が、明け方に、美しく見事に見えるので、露に濡《ぬ》れたその菊を折り取って、

「花の色をますます美しく変える露が置くことがなかったら、菊の花（あて宮）を見る人がこんなにも深くものを思い詰めることはなかったでしょうに。

ああつらくて苦しい」

と書いて、大勢の女君たちの中で、あて宮に、「この菊の花は、近くで見るともっと美しいはずですよ」と言ってさしあげなさる。

あて宮は、あたりがまだ暗い頃だったので、書きつけなさった歌は見ずに、ただ、夜が明けると、露が置くばかりか、露ではない私まで起きて、菊の花が美しく変色した

色を真っ先に見ることです。

と書きつけて、お返事をさしあげなさる。

八の君は、少し明るくなった頃に、あて宮が書きつけなさった歌を見て、

露がかかって美しく色を変えた籬《まがき》の菊を見る人は、恋のもの思いをしていることでしょう。

とお詠みになる。三の宮は、八の君に、「ああつらくて苦しいのです」などと申しあげなさる。

夜が明けて、男君たちも参内なさる。ほかの人々も、皆、それぞれお帰りになる。

［女君たちと男君たちが、集まって管絃《かんげん》の遊びをなさっている。

三の宮が、菊を折り取っている。

ここに、上臈《じょうろう》の侍女たちが四十人ほどいて、男君たちに、皆、前に食事をさしあげ、東の対からは、「君たちが起きていらっしゃるらしい」と言って、大宮が果物《くだもの》をさしあげなさる。」

七　平中納言、正頼に、上野の宮の言動を伝える。

こんなことがあって何日かして、平中納言が、左大将（正頼）の三条の院に参上して、侍所《さむらいどころ》にいらっしゃる左近中将（祐澄《すけずみ》）にお会いになった。平中納言が、「久しくご無沙汰《ぶさた》して

いたおわびを申しあげようと思ってうかがいました」とおっしゃるので、左近中将は、「ご来訪の旨をお伝えいたしましょう」と言って奥に入った。

左近中将が、左大将に、「平中納言殿が参上なさいました」と申しあげなさる。左大将は、「あちらには、人が多いようだ。こちらでお会いしよう」と言って、寝殿の南の簀子《すのこ》に御座所《おましどころ》をしつらえて、会って、いろいろとお話を申しあげなさる。

平中納言が、「ここ何日間もずっと参内なさらなかったので、私たちではどうしていいのかわからないことがたくさんありました」。左大将が、「まことに恐縮です。持病の脚気《かっけ》が起こったので、欠勤届けをお送りして、ここ何日間も参内せずにおりました」。平中納言が、「先日、春宮の所で秋の花の宴を催しなさった時にも、左大将殿がおいでにならなかったので、春宮は残念がっていらっしゃいました」。左大将が、「どなたが参上なさったのですか」。平中納言が、「右大臣殿（忠雅）と右大将殿（兼雅）と民部卿《みんぶきよう》殿（実正《さねまさ》）、ほかには親王《みこ》たちがおいでになりました。また、文章博士《もんじようはかせ》たち、ほかには、東宮学士正光《まさみつ》・式部大輔《しきぶのたいふ》忠実《ただざね》の朝臣・右中弁惟房《これふさ》の朝臣、さらに、秀才や進士《しんじ》たちなどもお召しになりました。ひふたつの物（未詳）などが設けられました」などと申しあげなさる。左大将が、「まことに学問にすぐれた方々ばかりだったのですね。ところで、詩宴の詩はどんなものだったのですか」。平中納言は、「律詩でした。詩の題は、春宮ご自身がお出しになりました」とお答え申しあげなさる。平中納言は、「でも、どの詩も、あまりいいものではありませんでした」と申しあげなさる。

平中納言が、「ところで、その日、思いがけず、私がある方から非難されて大騒ぎになりました」。左大将が、「誰だったのでしょうか。私の一族の者ですか」とお尋ねになる。平中納言が、「ご一族だとも言えますが、そうではなくても、ご一族と無関係ではないでしょう」とお答えになると、左大将が、「どのようなことだったのでしょうか」とお尋ねになる。平中納言が、「先日のことが話題になった機会に、人々が、『今日は、いろいろな方々が参上なさったのに、左大将殿が参上なさらないのはもの足りなくてつまりませんね』などと申しあげなさいました。その時、私（正時《まさとき》）が、何気《なにげ》なく、『ほんとうにそうですね。どうなさったのでしょう。参上なさらないのは、ご病気にでもかかっていらっしゃるのでしょうか』と申しあげたところ、上野《かんずけ》の宮が、とても驚いて、大声をあげて、『そこの正時の朝臣よ、どうしてそんなことを申しあげなさるのか』とおっしゃいました。その場に居合わせた右大将殿と兵部卿の宮をはじめとして、誰も彼もが、いったい何をおっしゃっているのだろうとお驚きになり、春宮も、まことにおかしなことを言うものだと思っていらっしゃいました。その時に、上野の宮が、『春宮の前で、そのようなとんでもないことを申しあげてはなるまい。左大将殿の大切な婿である私の前でさえ、こんなことを口にし申しあげておるのだから、ましてて、ほかの所では、どれほど呪詛《じゅそ》や悪念《あくねん》がこもった発言をいたしているだろう。左大将殿を恨みに思って呪詛し申しあげているのだ。左大将殿のことをどんなに呪詛して殺しても、中納言より上席の者は大勢いる。そんなことをしても、人を呪った人は、三年間のうちに死ぬのだ。左大将殿が、少しでも足や手の具合が悪くなったら、あなたが呪詛したのだと思うぞ』と、本気になってお恨みになるので、春宮も、まことにおかしなことを言うものだと思って、『ところで、左大将殿とは、どのような関わりがおありになるのでしょうか』とお尋ねになると、上野の宮は、『あの左大将殿とのことに関しては、私は、いとしい妻を、とても大切にしております。左大将殿の九番目の娘は、私の妻なのでございます』とお答え申しあげなさいました。誰もが不思議に思い、春宮も、『その左大将殿の九番目にあたる娘は、どのようにして妻になさったのか』とお尋ねになったところ、上野の宮が、『その方は、春宮の伯母《おば》宮にあたる大宮がお生みになった方です。とても美しいと評判で、なかなか妻にすることができませんでしたが、そうではあっても、この私が、計略を用いて奪い取ったのです』と申しあげなさったので、春宮は、どのような事情なのであろうかと、不審にお思いになりながらも、『ほんとうに上野の宮の妻になったのなら、左大将の婿である民部卿や左衛《さえも》門督《んのかみ》（忠俊）なども、皆、きっと聞き咎《とが》めるだろう。まして、帝《みかど》もお聞き流しにならないだろうな。やはり、ほんとうにおかしなことだ』などと思って、いろいろとお話しなさっていたのを聞きました」と申しあげなさる。

平中納言が、「誰もが皆、不審に思っていました。民部卿などはお話し申しあげていらっしゃいませんか。これでも、ほんの十分の一程度を話題にしているだけです。なんとも滑稽《こっけい》なことがたくさんございました」と申しあげなさると、左大将は、にせのあて宮をつかませたことには何もふれずに、「なんともおかしく不思議なことですね。私どもの娘は、今はまだとても幼いので、上野の宮以外の人にもさしあげようと思っておりませんのに。上野の宮は、まるで実際にあったことのようにもおっしゃったものですね。おかしなことです」と言ってお笑いになる。

こんな話をして、平中納言はお帰りになった。

［左大将が、平中納言に会っていらっしゃる。侍所《さむらいどころ》で、左近中将が平中納言に会っていらっしゃる所に、従者も、とても大勢控えている。］

八　仲澄、あて宮に歌を贈る。

こうしているうちに、源侍従（仲澄）は、寝殿を訪れるにつけ帰るにつけ、また、寝ても覚めても、あて宮のことを思って嘆いていらっしゃる。とても苦しく思われたので、穂の出た庭の薄《すすき》の中から、今ごろになって根本から生えてきて、秋になっても穂にならない葉を引き抜いて、その葉に、

「この花薄は、自分の思いをどのようにして知ってもらおうと思って、秋になってまで穂にも出ずに過ごしているのでしょうか。

ああつらくて苦しい。いつからこんな気持ちになったのでしょうか」

などと書いて、あて宮にお見せ申しあげなさる。すると、あて宮は、

「一緒に生えている薄なのに、どうして、穂にならない薄のように、秘めたもの思いをしているなどとおっしゃるのでしょうか。

私たちは、母の同じ兄と妹ではないですか」

と書いて、穂の出た薄を添えてさしあげなさる。侍従は、「兄と妹だからつらくて苦しいのです」と申しあげなさる。

［寝殿。あて宮がいらっしゃる。上﨟《じょうろう》の侍女たちが、とても大勢お仕えしている。］

九　行正、宮あこ君を介して、あて宮に歌を贈る。

行正は、摂津国《つのくに》の有馬《ありま》の湯に行って、おもしろい所をあちらこちら歩いて、美しい景色を見るにつけても、あて宮への思いが胸にこみあげてきて、恋しく思われるので、童《わらわ》を使として、あて宮に宛てて、
旅に出ても、あなたのことを思って、ますます涙が流れています。つらい恋の思いをすべて流してくれるという長州の浜を訪れても、その効《かい》がなくて。
と書き、宮あこ君に、
「この歌を、寝殿にいらっしゃるあて宮さまにお渡し申しあげてください。あこ君さま、

私の苦しい心の内を、ぜひともあて宮さまにお知らせしたいのです」と書いて、左大将（正頼）の三条の院にお贈り申しあげなさる。

宮あこ君が、この手紙を見て、あて宮にお見せ申しあげて、「すらすらとお書きになった筆遣いなどは見事なものです」と言って、「遠くからお手紙をくださったのですから、やはり、お返事を少しだけでも書いてお与えください」とお願い申しあげなさると、あて宮は、「なんてたちが悪いこと。なぜ、こんな手紙をお見せになるのですか。『「このような手紙を見せたので、父上も母上も怒っていらっしゃいます」と言って、もうお受け取りにならないように』とおっしゃっています」と言って、お返事をさしあげなさらないままになってしまった。

そこで、宮あこ君は、行正の手紙の使の童に、

「いただいたお手紙はご依頼のあった姉上にお見せしたのですが、お返事もくださらないようですので、この手紙は私が代わって書きました。私のことを、さぞかし憎らしいとお思いになることでしょう。お手紙に、『苦しい心の内』とありましたが、恋しい人と逢えない心の苦しさは、私も、行正さまが旅に出ていらっしゃる間に身にしみて感じました。早く上京なさってください。

逢うこともできないまま何日もたつと、恋しい思いがつのって、袖を振ると、その袖から私の涙が落ちてしまいそうです。

ずいぶんと長い間お目にかかっていません。早く上京なさってください」

と手紙を書いてお渡しになった。

行正は、この手紙を見て、泣いて、袖を絞るほど濡《ぬ》らして、急いで上京した。あて宮への思いがつのって、ますます心が静まる時なく嘆く。

一〇　実忠をはじめ、人々、あて宮に歌を贈る。

秋の夕暮れに、涼しく、月が美しく出ている時に、源宰相（実忠）は、たった一人でぼんやりと眺めているうちに、何もかもがつらく悲しく思われて、涙を流してすわっていらっしゃる。その涙が、白いお召し物の袖にかかって、下に着ている紅《くれない》の掻練《かいねり》の袿《うちき》などが映って濡《ぬ》れていたので、その袖を解き放って、

「解き放ってお贈りするこの衣の袖の紅色を御覧ください。ただの涙では、こんなふうにはなるものかと。あて宮さまのことを恋しく思って流す紅の涙がかかって染まった袖なのです。

こんな思いをするのは初めてです。じつは、この袖も、縫ってくれる人もないまま、縫い目が解けたものなのでした」

と書きつけてお贈り申しあげなさったところ、あて宮も、それを見て、やっとのことで、気の毒だとお思いになったのだろうか、その歌の傍らに、

「縫い目が解けた袖ではなく、裁《た》ち切った袖を見せてくださらない限りは、この袖の色がほんとうに紅色の涙がかかって染まったものかどうかはわかりません。それにしても、綻びを縫ってくれといって鳴くこおろぎがうんざりしそうな袖ですね」

と書きつけてお返し申しあげなさる。

また、平中納言から、

「秋の夜が寒くなってゆくにつれて、こおろぎは、夜が明ける前になると置く露をいつも恨めしく思うのです。私も、あて宮さまを思って流す涙をいつも恨めしく思っています。このつらさをわかってくれる人がいないことが悲しいのです」

とお手紙を書いてさしあげなさったけれど、お返事はない。

この源宰相がいつも左大将（正頼）の三条の院においでになるので、あて宮に求婚し申しあげていらっしゃる人々は、「源宰相殿は、何かわけがあって、こうして籠もっていらっしゃるのだろうか。左大将殿と大宮はわかっていらっしゃるのだろうか。あて宮さまに対して馴《な》れ馴れしい振る舞いをするかもしれない」などと、源宰相の心の内は知らずに、疑い申しあげなさる。

右大将（兼雅）からも、そのような疑いの気持ちを、

「お手紙を何度もさしあげても、その効《かい》もなく、お返事がいただけません。耳にした噂《うわさ》もございますのに。私のことを、そんなにひどく軽んじないでいただきたい。

旅人（実忠）でさえも、道を隔てる川をいつも越えているとか聞いています。渡し守（兵衛《ひょうえ》の君）が、自分の通う船の通り道が岸まで近いために」

とお手紙をさしあげなさったけれども、お返事はない。

兵部卿の宮からも、

「何度もお手紙をさしあげても、なかなかお返事をいただけませんが、私も、源宰相殿と同じように、自分自身でうかがって思いをお伝えしなければならないのでしょうか。住み心地がよさそうに居続けているのは、何なのですか。よくわかりません。住吉の松ではありませんが、「あれは松だ」と答えて、私の手紙を待っている人がいてほしいものです。

とお手紙をさしあげなさると、あて宮は、

年月がたつと、松は枯れて、住吉には忘れ草が生えると言うそうです。年月がたつうちに、待つ気持ちなどなくなっておしまいになると思います。

とだけ書いたお返事をさしあげなさる。

一一　仲忠、正頼の三条の院を訪れ、仲澄と語る。

こうしているうちに、仲忠の侍従は、いつも左大将（正頼）の三条の院に来て、ある時は、あて宮の御前で、琴《こと》を弾いて、管絃《かんげん》の遊びなどをする。その時に、仲忠は、琴《きん》はけっして弾かずに、ほかの琴《こと》を演奏して、源侍従（仲澄）と兄弟の契りを結んでお話しする。仲忠が、「どうして参内なさらないのですか。宮中に出仕していたのですが、あなたがお見えにならなかったので、出仕していてもつまらないと思って退出いたしました」。源侍従が、「参内したいとは思っていたのですが、どういうわけか、気分がすぐれませんでしたので」。仲忠が、「どうしてご気分がすぐれないのですか。恋しく思う人がいるのですか」。源侍従が、「私など、人並みに扱ってもらえるような身ではありませんから、恋しく思うような相手などいません。あなたのほうこそ、恋しく思う方がいらっしゃるのではありませんか」。仲忠は、「あなたのように恵まれた方でさえも、そんなふうにお悩みになるのですから、まして、私など、どこの誰を恋しく思いましょうか」などと言って、「この世で、独身でいること以上につらいものはありませんね。私は、通う所はありませんから、ただこちらにうかがうだけです。私を婿に迎えて、立ち去ることが心苦しいほどの扱いをしてくださる所は、私にはまことに似つかわしくない気持ちがしますので」と言う。源侍従が、「そんなことをおっしゃらないでください。この世は、なんでも、あなたの思いどおりになっているようですのに」。仲忠が、「ああわけがわからない冗談を。そんなことはまったくありません」と言う。

仲忠は、今でも、あて宮を、ひそかに、このうえなくいとしく思っている。三条の院では、大宮も左大将も、仲忠を、とても立派ですぐれた者だとお思いになっている。仲忠は、そう簡単には楽器を演奏しない。けれども、まれには、琴《こと》を弾いて、管絃《かんげん》の遊びなどをする時もある。さすがのあて宮も、仲忠には目をおとめになる。仲忠は、ほんのわずかでもいいからあて宮をぜひ見たいと思うけれど、そんなことができる機会もない。馴れ馴れしく振る舞う様子もなくて、まれにあて宮から見られる時には、とても美しく気品のある様子で、時折、あて宮の前に姿を見せる時にも、まったくくだけた態度をとることはない。だから、あて宮も、仲忠のことを、まことに奥ゆかしくて魅力的な人だと思っていらっしゃった。

こうしているうちに、九月二十日頃の夜に、風が遥《はる》か遠くに聞こえて、時雨《しぐれ》が降ってきそうになる。源侍従は、仲忠と一晩中いろいろな話をしながら夜を明かす。夜が明ける前ごろに、仲忠が、

時雨が、赤く色づく木《こ》の葉は避《さ》けて、人に顧みられることのない私の衣の袖に降って、袖を紅《くれない》の涙の色に染めているのがつらいことです。

と歌う。その声は、とてもすばらしい。あて宮は、とてもおもしろいと思ってお聞きになる。あて宮は、仲忠のことを、一廉《ひとかど》の人物だと思っていらっしゃった。

［左大将の三条の院。曹司《ぞうし》で、源侍従が、いろいろとお話をなさっている。食事をなさっている。そばに、従者たちがとても大勢いる。］

一二　九月二十日、春宮、詩宴を催す。

春宮が、九月二十日に、詩宴を催しなさった時に、いつものように、上達部《かんだちめ》など大勢の

人々が参上なさった。しかし、左大将（正頼）は参上なさらない。文章博士《もんじょうはかせ》たちなども大勢いて、とても巧みに詩を作らせなさる。管絃《かんげん》の遊びなどもなさる。

宴が一段落して、人々がいろいろとお話をなさっていた機会に、春宮が、「今日ここにおいでになっている方々の中で、どなたが美しい姫君を持っていらっしゃるのでしょうか」とお尋ねになる。左大臣（季明《すえあきら》）が、「この中では、正明《まさあきら》の中納言が姫君をお持ちだと思います。なかなか美しいことでしょう。だが、まだ小さいと聞いております」。源中納言が、「左大将殿は、姫君を大勢持っていらっしゃるということです。屋敷には、すぐれた婿たちが集まって一緒に住んでいると聞いています。ほかにも、もう一人か二人、美しい姫君がおいでになるそうです」。左大臣が、「私の所にも、左大将の婿になっている者が一人おります」。兵部卿平中納言が、「一人だけではないでしょう。ほかにもいるという噂《うわさ》を聞いています」。兵部卿の宮が、「意地の悪い言い方ですね」と言って笑って、源宰相（実忠）と目を合わせなさると、源宰相は、とてもきまりが悪いと思って、何もおっしゃらない。

春宮が、「上野《かんずけ》の宮が、先日、人々を咎《とが》めだてなさった時には、すばらしいと思われました。私たちをあて宮の求婚者の一人に数えていないようだったのは、つらく思いました」。左大臣が、「左大将にお願いになったら、すぐにでもあて宮をさしあげなさるでしょう。恐縮して入内《じゅだい》させると思います」。春宮が、「面と向かっては言いにくく思われてね。いつか機会があったらと思うのですが、まだ、その機会がなくて言えずにいるのです」とおっしゃる。

それを聞いて、源宰相・兵部卿の宮・平中納言などは、とてもつらく悲しいと思う。「春宮がお召しになったら、必ず入内することになるだろう。そうなったら、どうしたらいいのだろう」とお思いになる。気も動顚《どうてん》して、この詩宴での興趣など何も感じられなくなってしまいになった。

[春宮の御殿。左大臣・平中納言・源宰相・春宮大夫《とうぐうのだいぶ》、さらに、殿上人がいて、童《わらわ》などもとても大勢いる。]

一三　十月、春宮、正頼にあて宮入内を要請する。

こんなことがあって何日かして、左大将（正頼）が春宮のもとに参上なさったところ、春宮が、「どうして長い間参上なさらなかったのですか。十月の衣替えの宴の時にも、ご病気だとうかがったので、気の毒に思っていました」。左大将が、「畏れ多いことです。持病の脚気《かっけ》のために、まったく立ち上がることもできずに、少しも出歩くこともいたしませんでした。なんとか治療して治しましたので、今日こうしてやっとのことで参上いたしました」。春宮は、「なんともお気の毒なことです。先日、ここで、人々を召して、聯句《れんぐ》を一句か二句作らせたのですが、左大将殿がおいでにならなかったので、闇の夜の錦を見るような張り合いのない気持ちがしました」などと言って、その詩をお見せ申しあげなさる。左大将は、詩を見て、とても巧みに褒めそやしなさる。

そうして、いろいろとお話をなさった機会に、春宮が、「ここ何か月か、お話ししたいと思っていることがあるのですが、落ち着いて話ができる時がなくて、お話しできませんでした」。左大将が、「どのようなことでございましょう。今日以上に落ち着いてお話しができる時はないでしょうから、うかがいたいと思います」。春宮が、「さあ、どうしましょうか。いざとなると申しあげにくいので」などと言って、「『そちらに、婿たちを集めて住まわせていらっしゃるそうですのに、私をその中に入れてくださらないのはつらい』と申しあげようと思っていたのですよ」。左大将が、「畏れ多いことです。そのようなお言葉もないうえに、まったく見苦しい娘ばかりでございますので、入内《じゅだい》させるのにふさわしい者もおりません。かといって、家に閉じ込めてばかりいるわけにはいくまいと思って、妻が、自分の判断で、いろいろな方と縁組みをなさったことがございました」。春宮が、「そのほかにも、まだ結婚せずにいる方がいらっしゃるように聞きました。せめてその方のことだけでもお忘れにならないでください。私の気持ちはひそかにお伝えしたつもりですので、このままで終わることはないと思っています」とおっしゃるので、左大将は、「まことにかたじけないお言葉です。でも、まだまだ幼いのではないかと思います。少し大人になったら、入内させましょう」と申しあげなさる。春宮が、「とてもうれしいことです。その方にもいつもお手紙をさしあげたいと思っているのですが、『やかましいなどとお思いになるだろう。軽率で非常識な振る舞いだから、不愉快だとお思いになるだろうか』などと思って。時々はお手紙をさしあげるのですが、まったく聞き入れてくださらないようなのです」と申しあげなさるので、左大将は、ひどく恐縮して、「そういうことなら、お言葉に従いましょう」と答えて退出なさった。

［春宮の御殿。左大将が、春宮といろいろとお話をなさっている。］

一四　正頼、大宮にあて宮の入内を相談する。

こんなことがあって何日かして、左大将（正頼）は、あて宮を、まだ、誰と結婚させるのかもお決めにならず、どのようにしたらいいのだろうかと悩んでいらっしゃる。その間にも、春宮が、これまでと同じように、心をこめて、あて宮に何度もお手紙をお贈りになるので、左大将は、大宮に、「あて宮をどのようにしたらいいのだろうと悩んでいるのですが、春宮が、『まだ結婚せずにいる人のことだけでも忘れるな』とおっしゃっています。どのようにしたらいいのでしょうか」とお尋ねになる。大宮が、「お悩みになることはありません。私も、あて宮を入内《じゅだい》させようと思っているのです。でも、春宮には多くのお妃《きさき》たちがお仕えなさっているので、どうしたらいいでしょう。ほんとうに、こうして、あて宮がもう結婚するのに充分なほど成長したということで、求婚なさる人々がいらっしゃるようですのに」。左大将が、「私も、そのことで悩んでいるのです。兵部卿の宮や右大将殿（兼雅）などは、帝《みかど》や春宮でなくても、申し分ない方だと思います」。大宮が、「その方々も、ほんとうに心をこめて求婚してくださっているそうですけれど。やはり、このあて宮は、少し特別な方と結婚させたいと思うのですが、仁寿殿《じじゅうでん》の女御がお仕えなさっていますので、帝のもとにあて宮も入内するわけにはいきません。お断りするわけにはゆくまいとは思うのですが、春宮には寵《ちょう》愛《あい》を深く受けているお妃たちが大勢お仕えしているそうですから、気が進みません。でも、春宮がご自身の口からお願いなさったことを、えらそうにお断り申しあげなさるわけにはいきませんね」。左大将が、「そのとおりです。お断りするわけにはいきません。このような宮仕えは、お妃が千人お仕えしていても、その人の宿縁によるものでしょう。大勢のお妃たちの中で、一人だけが天皇の母ともなるのです。春宮は、近い将来の天皇におなりになる方です。何度も何度もお言葉があるのに、お話をうかがったまま知らぬふりをしているのは、まことに不都合です。確かに、ご心配になるようなことはあります。でも、私も、春宮のもとに入内させることを決心いたしましょう」。大宮は、「ご心配には及びません。宿縁のことはわかりませんが、春宮のもとに宮仕えをしても、ひどく人に劣ることはないでしょう」などとおっしゃる。

［ここに、左大将殿と大宮がお話をなさっている。
寝殿に、女君たちがいらっしゃる。上臈《じょうろう》の侍女たちが、食事などをさしあげている。］

一五　仁寿殿の女御、退出する。

宮中から、仁寿殿《じじゅうでん》の女御が退出したいというご連絡があったので、お迎えするための車や御前駆《ごぜんく》などを、たくさんさし向け申しあげなさる。女御は、夜が明ける前に退出して、西の対でお休みになっているので、まだどなたともお会いになっていらっしゃらない。

大宮が、「女御が退出なさることになった」と言って、ほかの女君たちと一緒に、裳《も》をつけたりなどして、前もって寝殿に来ていらっしゃる。大宮が、「女御に、『こちらへおいでください』とお伝えください。私のほうから、そちらにうかがうことはできません」とおっしゃる。

しばらくして、女御がおいでにならないので、大宮が、あらためて、女御に、兵衛《ひょうえ》の君を使にして、「寝殿に来ております。私のほうから、そちらにうかがいます」と申しあげなさると、女御は、「ひどく気分がすぐれなかったので、こちらで休んでいるところです。今すぐに、私のほうからそちらにうかがいます」と申しあげて、すぐに寝殿においでになった。

大宮が、「私のほうからそちらにうかがおうと思っておりましたのに」と言って、「今回は、ずいぶんと長い間、宮中にいらっしゃいましたね。どうしていらっしゃるのか、いつも気にかかっておりました」。女御が、「お暇《いとま》をお願いしたのですが、帝《みかど》がまったく許してくださらなかったりなどしたので、退出できませんでした。今回は、やっとのことでお許しをいただいたのです」。大宮が、「ご気分がすぐれないとうかがいましたが、また懐妊なさったのですか」。女御が、「わかりません。そうだったらうれしいのですが」。大宮が、「わからないことはないでしょう。この前に懐妊なさった時からずいぶんと時間がたちましたね。いつからですか」。女御は、「ここ二か月ほど前からです。いつもと違って気分がすぐれなかったので、それを口実にして退出したのです。帝が、『もうしばらく宮中にいてくれ。出産する時まで待って退出せよ』とお命じになったのですが」と申しあげなさる。

左大将（正頼）も、寝殿においでになった。ほかの町にいる男君たちも、皆おいでになった。「女御が退出なさったのに、このままではもの足りなくてつまらない」と言って、男君たちのもとから、とても美しく調理した食事をさしあげなさった。

［寝殿に、女君たちや大宮がおいでになっている。

仁寿殿の女御の前に、食事をさしあげている。左大将にも、食事をさしあげる。食膳がとてもたくさんある。］

一六　仁寿殿の女御、あて宮の春宮入内を勧める。

いろいろとお話をなさった機会に、仁寿殿《じじゅうでん》の女御が、大宮に、「あて宮は、結婚するのにちょうどいい年齢におなりになりましたのに、どうして、どうするかまだお決めになっていないのですか」とおっしゃる。大宮が、「そのことを案じていたのです。どうしたらいいでしょう。お考えをお聞かせください」。女御は、「ほんとうにそうですね。私みたいなお婆さんが、間に立っていろいろとお世話をするようです。私が、結婚の仲立ちをいたしましょうか」などと言ってお笑いになる。女御が、「冗談はさておき、とにもかくにも、早く、あて宮にとってふさわしい相手をお決めください」。大宮が、「さあ、どうしたらいいのでしょう。あて宮には求婚していらっしゃる方々がまことに多いので、とまどってしまいます。先日、父上が、『春宮が、まことに真剣に、「せめてあて宮のことだけでも忘れるな」とおっしゃるのだが、どうしたらいいのだろう』とおっしゃっていました。私は、お断りするわけにはいかないと思うのですが、春宮のもとには身分が高いお妃《きさき》たちがとても多くお仕えしていらっしゃるので、娘たちが寵愛《ちようあい》を受けるかどうかもはっきりしないまま宮仕えをなさることになるとどうなるのだろうかと思って、まだ、どのようにも決めずにおります」。女御が、「母上がご判断なさったことですから、まことにすばらしいと思います。今現在、あて宮の結婚相手としてふさわしいのは春宮だけです。女性なら、どなたも春宮のもとに入内《じゆだい》なさることでしょう。今は、嵯峨《さが》の院の小宮だけが、格別に春宮の寵愛を受けていらっしゃいます。そのほかの方々は、たいしたことはないでしょう。ご心配は無用です。お妃は大勢いますが、左大臣殿（季明）の大君《おおいぎみ》などだけが、少し大切に扱われていらっしゃる程度です。それでも、先日も、春宮が、『ぜひ、誰かを入内させたい』とおっしゃっていたそうです。春宮が、『私の所には、若い女性がいない。ぜひ、若くて美しい人がそばにいてほしい』とおっしゃっていましたが、あて宮が入内することを望んでいらっしゃったのですね。あて宮を、早く入内させなさってください。お妃たちは大勢いるけれども、このような宮仕えは思いどおりにならないものです。現在、帝《みかど》のもとにも、どれほどお妃が大勢お仕えしていらっしゃることか。

けれども、夜の御殿《おとど》に参上なさるのは、わずか一人か二人です。春宮の場合も同じでしょう。春宮のもとに入内させることに遠慮なさることはありません」などとおっしゃる。嵯峨の院の小宮は、この大宮の妹でいらっしゃる。大宮が、「さあ、どうしたらいいのでしょう。あて宮のことをかわいいと思っているので、ひょっとしてどんなにつらい目にあうのだろうかと思うと、それが恐ろしいのです。あなたも、そんな目にあわないための肖《あやか》りものとしては悪くはないでしょうね」。女御は、「まあ縁起でもない」などと言ってお笑いになる。

大宮は、東の対にお移りになる際に、侍女たちに、「皆さん、こちらで、眠らずにお仕えしなさい」と言い残してお移りになった。

［女君たちが、食事をなさっている。

大宮が、北の対から、寝殿を通って、東の対にお移りになる。上臈《じょうろう》の侍女たちが大勢いる。四人の女童《おんなわらわ》がさし几帳《きちょう》をしている。

ほかの町から、皆、食事をさしあげる。］

一七　十一月、正頼、忠澄に神楽の準備を命じる。

十一月になって、御神楽《みかぐら》を催すための準備をなさる。左大将（正頼）が、左大弁（忠澄）に、「今回の御神楽は、ぜひとも盛大なものにしたいから、少し人の心を惹《ひ》きつけるようなすばらしいものにしたいと思う」とおっしゃる。左大弁が、「このような催しは、初めのうちはあまり盛大にはせずに、後で次第に盛大になるようにするものだと聞いております」。左大将は、「やはり、さまざまな上達部《かんだちめ》がおいでになって御覧になるのだから、あまりにはなやかさがなかったらみっともないだろう。神楽歌を歌う才《ざえ》の男《おのこ》も、声がいい者たちなどを選んでおきなさい」とおっしゃる。

　左大弁は、政所《まんどころ》に行って、家司《けいし》たちに、左大将の依頼を、「左大将殿が、今月の十三日に御神楽を催したいと言って、その際には、『人々がおいでになって見るのだから、同じことなら、少し人の心を惹《ひ》きつけるようにしたい』とおっしゃっているようです」とお伝えなさる。神楽の責任者である左近少将と、政所の別当《べっとう》である少将滋野和正《しげののかずまさ》が、「現在、宮中の御神楽の召人《めしゅうど》としては、左近将監松方《じょうまつかた》、左兵衛尉時蔭《さひょうえのじょうときかげ》、右近将監平惟則《これのり》、左衛門尉《さえもんのじょう》藤原諸直《もろなお》・平惟輔《これすけ》、宮内少輔《くないのしょうふ》源直松《なおまつ》、玄蕃助《げんばのすけ》藤原遠正《とおまさ》、内蔵允《くらのじょう》平忠遠《ただとお》、内舎人《うどねり》行忠《ゆきただ》・道忠《みちただ》、雅楽允《うたのじょう》楠《くす》武《たけ》・村公《むらきん》・小松敏康《としやす》・治近《はるちか》、大和介《やまとのすけ》直明《なおあきら》、信濃介《しなののすけ》兼幹《かねみき》など、すべて三十人の者たちが、今の世のすぐれた者たちです。この者たちは、帝《みかど》からのお召しがなかったら、容易に催しに参加することはありません。でも、左大将殿がお召しになったら、必ず参上することでしょう」と定め申しあげる。左大弁は、「では、その者たち全員に、巡らし文《ぶみ》を作って送ろう」とおっしゃる。

　左大弁は、次に、義則《よしのり》と、今回の御神楽のことや、才の男たちを饗応《きょうおう》するための食事のこと、また、被《かず》ける禄《ろく》のこと、さらには、歌が上手な官人や舎人《とねり》たちにも禄としてお与えになる布のことなどをお決めになる。義則が、「布は、甲斐国《かいのくに》と武蔵国《むさしのくに》から持って来た物があったのですが、還饗《かえりあるじ》の際の禄や相撲人の禄として、皆お与えになってしまいました。ただ、信濃国《しなののくに》の御牧《みまき》から持って来たと思われる二百反《たん》の布と上野国《こうずけのくに》からの三百反の布は、政所に残っております。それをお使いになればいいでしょう」。左大弁が、「当日のお食事は、ほかに、美作国《みまさかのくに》から二百石の米を献上してきているようだ。また、伊予国《いよのくに》の封戸《ふこ》の物や荘園《しょうえん》の物も持って来ているようだから、それらを使って行えばいいだろう」。義則が、「ところで、お屋敷内の神の祭祀《さいし》などは、この御神楽の時に一緒になさったらいかがでしょう。その祭祀も、充分に尊くなさる行事だと思います」。左大弁は、「その件についても、左大将殿が、『この御神楽の日の昼の間に行え』とおっしゃっていた。今回の御神楽のことは、細かいことについて、あなたと少将（和正）が、相談して、万事遺漏《いろう》なく処理してください」と言い残してお立ちになった。

「ここは政所で、左大弁が、巡らし文を作って、神楽の才の男たちを召し集めている。献上された米を、とてもたくさん盛ってさしあげている。」

一八　神楽の準備が進められる。

少将（和正）と義則が、才《ざえ》の男《おのこ》たちを召すための巡らし文《ぶみ》を、人に持って歩かせて、その返事をお持ちする。左大弁（忠澄）にお渡しし、さらに左大将（正頼）にお渡しする。左大将が、「これは、すばらしい人々が引き受けてくださったようです。美しい禄《ろく》などをご用意なさってください」と申しあげなさると、大宮は、「さあ、どうしたらいいのでしょう。いつもなさっていることなので、見馴れてしまって、どれほど美しくしたらいいのかわかりません」などと申しあげて、左衛門佐《さえもんのすけ》（連澄《つらずみ》）に命じて、絹を取り寄せるために、伊勢守《いせのかみ》のもとに人を遣わしなさる。伊勢守は、白絹三十疋《ぴき》を送ってよこした。大宮は、二十人の召人《めしゅうど》たちの禄にするために細長一襲《ひとかさね》と袴《はかま》一具ずつ用意なさった。

［左大弁がいる。

上﨟《じょうろう》の侍女たちが、布を裁断している。染物《そめもの》をなさっている侍女もいる。左大将と大宮がいらっしゃる。伊勢国から、絹を持って参上する。

政所《まんどころ》で、葉椀《くぼて》などを作っている。山から、榊《さかき》を持って参上している。御神楽《みかぐら》の日は慌ただしいだろうということで、「十一日が吉日だから、お屋敷内の神の祭祀《さいし》を行う」と言って、政所が大騒ぎをしている。］

一九　十一月、正頼家の神楽が行われる。

御神楽《かぐら》の日の当日になって、寝殿の前に、たくさんの幄《あげばり》を張って、これまでに例がないほどの準備を調えた。日が暮れて、才《ざえ》の男《おのこ》たちが全員参上し、御神《みこう》の子も四人控えている。

左大将（正頼）と大宮が、禊《みそ》ぎをするために賀茂《かも》の川原におでかけになる。男君たちのほか、四位、五位、六位の官人たちが、合わせて八十人ほどお供をする。黄金《こがね》造りの車二輛《りょう》、侍女たちの副車《そえぐるま》五輛でおでかけになる。従者たちが、皆、車を建物に寄せるのに大騒ぎをしている。

川原から、暗くなってお帰りになる。御《み》神《こう》の子が四人、車から庭に下りた。左大将の三条の院は、池も築山《つきやま》も、まことに風情がある。

上達部《かんだちめ》は、右大臣（忠雅）・右大将（兼雅）・民部卿（実正）・左衛門督《さえもんのかみ》（忠俊）・平中納言・源宰相（実忠）、親王たちは、いつものように、兵部卿の宮と中務《なかつかさ》の宮など、多くの方々がおいでになる。また、いつものように、仲頼《なかより》・行正・仲忠が、普段よりもとても美しい装束を身につけて、気を遣いながら現れた。

神楽が始まった。寝殿の中には、女君たちや女宮たちをはじめとして、ほかの町に住む五人の女君たちが集まっていらっしゃる。その女君たちの上臈《じょうろう》の侍女たちが八十人ほど、女《おんな》童《わらわ》が二十人ほど、下仕えも同じくらいいる。南の廂《ひさし》の間《ま》には客人の上達部と親王たち、簀子《すのこ》には仲頼・行正・仲忠と源侍従（仲澄）たちが、全員席に着いている。近くでは、神楽のための庭燎《にわび》を焚《た》いている。才の男たちの詰所としての幄《あげばり》では、食台などを置いて、歌が上手な官人たちが、あなたのこと（未詳）を話している。二十人の召人《めしゅうど》たちが一緒に神楽歌を歌っている。

榊《さかき》の葉のいい香りがするので、探し求めてやって来ると、ここには大勢の人々が楽しく集まっていた。

優婆塞《うばそく》が修行している山にある椎《しい》の木の根本は、寝床ではないから、なんともごつごつしていることだ。

これは、私が、八葉盤《やひらで》を手に持って、夜深く折って持ち帰って来た枝についた榊の葉だ。

私が、山深く入って折って来た榊の葉は、神の御前でずっと枯れずにいてほしい。

などと歌っている時に、兵部卿の宮が、宮あこ君を使として、大宮にご連絡をさしあげなさったので、大宮は東の簀子に御座所《おましどころ》をしつらえてお会いになった。

二〇　同日、兵部卿の宮、大宮と語る。

兵部卿の宮が、「ここ何か月も、時々、式部卿の宮の御方にはうかがっているのですが、機会がなくて、こちらにはご連絡もさしあげずにおりました。今夜は、松方と時蔭《ときかげ》の歌声は必ずお聞きになっているだろうと思い、私も近くにおりましたので、この機会にと思って参りました」。大宮が、「私も、おいでになっている時もあると聞いてはいるのですが、気ぜわしいことなどがあって、お話しすることもできないまま、何か月にもなってしまいました。いかがですか。嵯峨《さが》の院へは参上なさっていますか。母宮がご病気だとお聞きしましたが、どんなお加減なのでしょうか。私は、なんとなく、心が落ち着かなくて、何もかも怠けていますので、お見舞いにうかがえません」などと申しあげなさると、兵部卿の宮が、「先日も嵯峨の院にうかがいました。母宮は、特にご病気ということでもありませんでした。いつものように、熱がお出になったのでした」。そんなお話を申しあげなさった時に、兵部卿の宮が、「母宮は、『春宮にも左大将殿（正頼）にも、長い間お会いしていません。そういつまでも生きていられそうもありませんから、左大将殿の所にいる、帝《みかど》の皇子たちにも左大将殿の若い御子たちにも、早く会いたい』などと、とても寂しそうにおっしゃっていました」。大宮が、「とても醜い人たちなので、御覧になっただけでがっかりなさるのではないかと思うと、恥ずかしくてお見せできません。でも、近いうちに連れて参りましょう。皇子たちは、いつも、『大后の宮のもとにうかがいたい』と申しあげていらっしゃるようです」などと申しあげなさる。兵部卿の宮が、「春宮が雪の賀を催しなさった時に、いろいろな人々が参上したのですが、その時に、親しくお話しなさった機会に、こちらにいる女君たちのことなどを話題にして、春宮が、私に、『いかがですか。左大将殿の三条の院には参上していますか。左大将殿にお願いしたことがあるのですが、どういうわけか、聞いたままずっと知らぬふりをなさっているのです。その件は、あなたから大宮にお話し申しあげてくださいませんか』とおっしゃいましたので、『もちろんです。お話をうかがってお伝えいたしましょう』などと申しあげたのですが、春宮は、『わかった。具体的なことは言わずに、ただ、大宮に、「左大将殿にお願いしたことがあるのですが、聞いていらっしゃいますか。もし聞いていらっしゃるなら、お心にかけてください」とだけ申しあげてください』とおっしゃいました。今までこのことをお伝えしていたしませんでしたね。どんなことだったのでしょうか」と申しあげなさると、大宮が、素知らぬふりをして、「わかりません。なんのことでしょうか。春宮のお話をうかがった人は忘れてしまったのでしょうか」と申しあげなさったので、兵部卿の宮は、「左大将殿は、誰にも言わずに、一人で悩んでいらっしゃるのでしょう。左大将殿にご相談なさらずに、姉上お一人でお決めください」などと申しあげなさる。兵部卿の宮は、「この機会に、私の思いをほのめかし申しあげようか」とお思いになったけれど、とんでもないことだと考え直して、「じつは、私のほうにも、申しあげたいと思っていたことがあったのですが、たった今忘れてしまいました。わかりました。またあらためてお話しいたします」と申しあげてお立ちになった。

二一　同日、管絃の遊びと才名告りが行われる。

夜が次第に更けてゆくにつれて、歌を歌い、さまざまな楽器のとても豊かな音色や調子が聞こえてきて、大きな音を立てる、このうえなくおもしろい管絃《かんげん》の遊びとなった。

こうしているうちに、仲忠の侍従が、夜が更けて、きちんと身なりを調えて現れた。左大将（正頼）は、「さあ、こちらへ」と呼んで、前に席を設けてすわらせて、「今夜、あて宮のおかげで、あなたが来てくださって、うれしく思います。ところで、前に琴《きん》をお弾きになった時の禄《ろく》は、今夜、神事《しんじ》の日でもあるから、もう一度あの琴《きん》の音《ね》を聞かせてくださったら、今すぐにでもさしあげましょう」と、心にもないことを言って、琴《きん》を持って来させて、なんとしてでも弾かせようとなさるけれども、仲忠はまったく琴《きん》に手を触れようともしない。御簾《みす》の内で見ていらっしゃる女君たちなども、仲忠のことを、「今日おいでになったたくさんの人々の中で、奥ゆかしく、とても嗜《たしな》みがある方だ」と思って御覧になっている。

御神《みこう》の子などが舞いを終えて、才《ざえ》の男《おのこ》たちに、それぞれ、細長一襲《ひとかさね》と袴《はかま》一具ずつを被《かず》け、歌が上手な官人たちにも、皆、被け物などした時に、そのほかの楽人たちが、これまでになく盛大に演奏する。仲忠は笙《しょう》の笛、行正は横笛、仲頼は篳篥《ひちりき》、あるじの左大将は和琴《わごん》、右大将（兼雅）は琵琶《びわ》、兵部卿の宮は箏《しょう》の琴を、同じ調子に調えて、これまでになく盛大に演奏なさる。

次いで、皆、才名告《ざいなの》りなどをする。あるじの左大将が、「仲頼の朝臣は、何の才があるのですか」。仲頼が、「山臥《やまぶし》の才があります」。左大将が、「さあ、その才を披露してください」。仲頼が、その才を披露しながら、「いやはや。松の葉の臭い匂いがします」と言う。また、左大将が、「行正の朝臣は、何の才があるのですか」。行正が、「筆結いの才があります」。左大将が、「さあ、その才を披露してください」。行正が、その才を披露しながら、「生活が苦しくつらいものは、ただ毛を結うことだ」と言う。左大将が、「仲忠の朝臣は、何の才があるのですか」。仲忠が、「和歌の才があります」と言って、「人並みの身でないことだけがつらい」と言う。左大将が、「仲澄は、何の才があるのですか」。仲澄が、「渡し守の才があります」と言って、「ああ風が激しい」と言い、皆、被け物を肩にかけて、奥に入った。

［寝殿に、女君たちが来て、見物していらっしゃる。上達部《かんだちめ》や親王《みこ》たちはひどく酔っぱらっていて、人々がとてもたくさんいる。

才名告りをした男君たちに、人々が、皆、衣を脱いで、被け物としてお与えになる。

才の男たちに、皆、衣を脱いで被ける。遊女《あそびめ》たちが二十人ほど、このうえなく美しく着飾って、琴《こと》を弾いている。］

二二　同日、仲忠、仲澄にあて宮への思いを語る。

すべて行事が終わって、召人《めしゅうど》たちが退出し、上達部《かんだちめ》も退出なさった後で、藤侍従（仲忠）と源侍従（仲澄）は、源侍従の曹司《ぞうし》に籠もって横におなりになる。その時に、藤侍従が、「左大将殿（正頼）の前で、兵部卿の宮が無理に酒を飲ませなさったので、何がなんだかまったくわからなくなるほど酔ってしまいました」などと言って、「私は、今、正常な判断ができません。ですから、これから申しあげることをお咎《とが》めにならないでください」。源侍従が、「今夜おっしゃることは、誰も咎めることなどおできにならないでしょう。また、酔ったうえでの発言は、神もお咎めになりませんよ」などと言うと、藤侍従が、「夜が明ける前に、御簾《みす》の内で琴《きん》を弾いていらっしゃったのは、どなたですか。私は、今すぐに死んでしまいそうな気持ちです」。源侍従が、「どうして、今すぐに死ぬなんておっしゃるのですか。琴《きん》を弾いていらっしゃったのは、私の妹の九の君にあたるあて宮です」。藤侍従が、「これまでまったく聞いたことがないあて宮さまの琴《きん》の音《ね》を、ほのかにお聞きいたしました。ああ苦しい。私は、どうしたらいいのでしょう」。源侍従が、「何をおっしゃるのですか。あて宮は、あなたが耳をおとめになるくらいにお弾きになることなどできないでしょう」などと言う。藤侍従は、「現在一人か二人の方がお弾きになると、やっとのことで思い浮かびます。あて宮さまの琴《きん》は、その方々にも匹敵するものです。それにしても、とても心に染みて、現代的な琴《きん》の音《ね》でした」などと言って、あて宮のことをとても恋しく思う。

［寝殿に、女君たちがいらっしゃる。
東の対には、皇子たちがいらっしゃる。
源侍従の曹司で、源侍従と藤侍従が話をしている。］

二三　大宮、正頼と、大后の宮の六十の賀の禄の相談をする。

この女君たちの母の大宮は、長年、ひたすら、母宮である、嵯峨の院の大后の宮の六十の賀を催してさしあげたいと思って、前もって準備をさせなさっている。算賀の際の屏風《びょうぶ》のことなどの用意をして、「母大后の宮の歳が満ちて、来年は六十歳におなりになる年だから、お祝いをしてさしあげよう」とお思いになる。大宮が、左大将（正頼）に、「兵部卿の宮に対面して、『嵯峨の院に参上なさいましたか』と申しあげたところ、『いつもうかがっています』とおっしゃいました。兵部卿の宮によると、大后の宮は、『どうして大宮は来てくれないのだろう。人間はいつ死ぬかわからないうえに、私は、こうして寿命も少なくなってしまった気持ちがするので、若い人たちにも会いたいと思う』などとおっしゃっているそうです。実際に、ずいぶんと長い間うかがっていませんから、そうお思いになるのももっともです。ぜひ、私が準備を進めている六十の賀を催して、私の子どもたちを連れてうかがいたいと思います」とおっしゃる。左大将が、「いいお考えです。準備は、すっかり調っているようですから。来年はお祝いをしてさしあげなければならない年ですから、一月の子《ね》の日の遊びをかねて、嵯峨の院にうかがいなさったらいいでしょう」。大宮が、「すばらしいお話です。準備は、すっかり調っていると思うのですが、ただ、人々への被《かず》け物と僧たちへの法服の準備が、まだできていません」。左大将が、「被け物は、すぐに用意できるでしょう。ご心配には及びません。今は、まず、精進落としの宴の準備をなさってください。法服などのことは、改めて、夏か秋の頃にでもなさればいいと思います」。大宮が、「そういうことなら、何も心配いたしません。大后の宮のための折敷《おしき》の準備と、ほかには、童舞《わらわまい》の童などの準備をなさってください」。左大将が、「大后の宮のための折敷の準備は、右大臣殿（忠雅）にお願いしてあります。また、舞の童の準備は、民部卿（実正）にお願いしてあります。準備が始まったとお思いになったら、何も言わなくても急いでくださるでしょう。夫の私がおりますのに、その効《かい》もなく、お一人で悩んでいらっしゃるのは、まったく理解ができません。以前から、

『準備万端調えて、年が改まったら、すぐに嵯峨の院にうかがっていただこう』と思っていたのです。いつも私のほうの催しの準備をしていただいてばかりいて、今回の六十の賀の準備を充分にしてさしあげることができずに申しわけありません」などと言って、心の底から恐縮し申しあげなさる。大宮は、「そんなことをおっしゃらないでください。準備が調っていないことも、多くはありません。ずいぶんとたくさん準備をしてくださっているので、『ゆっくりと準備をすればいいことは、私のほうでしよう』と思います」などと申しあげなさる。

二四　正頼、実正と、大后の宮の六十の賀の童舞の相談をする。

左大将（正頼）は、いつものように左大弁（忠澄）や婿君たちがいらっしゃる時に、「こちらで、以前から、私も、したいと申しあげていて、こちらにいらっしゃる大宮も、長年できずにお嘆き申しあげなさっていることがあります。大宮が碌《ろく》でもない私の饗宴《きようえん》の準備などをいつもしてくださっているのに、私は、まだそれに応《こた》えられずに、今でもしたくてもできないことがたくさんあるのです。大宮が、『来年は、大后の宮が、歳が満ちて、六十歳におなりになる年だから、若菜などを調理して、一月の子《ね》の日にさしあげたい』とおっしゃっているのですが、その準備は、どのようにしたらいいでしょう。また、童舞《わらわまい》の童のことは、どのようにお決めになっていたのでしょう。私が人並みでもない身でありながら、嵯峨の院の女一の宮と結婚したことの代償としては、せめてこの程度のことで悩ませ申しあげたくないと思っています。申しわけないことです」とおっしゃる。民部卿（実正）が、「おっしゃるとおりです。そうお思いになるのももっともです。舞の童のことは、私がお引き受けしたことですから、舞を舞うのにふさわしい子を持っている十四人ほどの者たちには、皆、『それぞれの子に応じて舞を舞わせよ』と命じております。もう六七人は、左大将殿の二人のお子さまたち、私の子、右大臣殿（忠雅）の下のお子さま、ほかには、左大弁殿（忠澄）のお子さまなど、左大将殿の一族のお子さまたちで舞をなさるのがいいでしょう。このこと以外にも、私がすべきことはなんでもいたします」などと申しあげなさる。左大将が、「どなたにも、一つずつ準備をお願いしてあります。民部卿殿は、この舞の童の準備をしてください。宮あこまろに舞を習わせる準備などをしてください」。民部卿が、「宮あこ君は、落蹲《らくそん》をお舞いになるのがいいと思います。近いうちに、左大将殿が、舞の師を召して、お命じください」と申しあげなさる。左大将は、右大臣には威儀の御膳《おもの》と納めの御膳のことを、左衛門督《さえもんのかみ》（忠俊）には贈り物とする衣箱などのことを、一つずつお願い申しあげなさった。

大宮は、布を裁断して、御衣や被《かず》け物を縫わせなさる。充分に準備をしていらっしゃる。

［大宮が、寝殿と東の対で、女君たちや参列する人々の装束などの布を配っていらっしゃる。上臈《じょうろう》の侍女たちが、とても多くいて、それを縫う。また、染物《そめもの》をする侍女たちもいる。大《だ》宰大弐《ざいのだいに》の所から、綾《あや》を三十疋《ぴき》持って来ている。

左大将が、御子たちのお子さまたちにも、いろいろとお話し申しあげていらっしゃる。美《み》濃国《ののくに》から絹六十疋、丹後国《たんごのくに》からこうち絹（未詳）百疋が送られてきている。」

二五　実正たち、大后の宮の六十の賀の童舞の準備をする。

十一月から、民部卿（実正）の所で、舞の師を滞在させて、お子さまたちが舞を習っていらっしゃる。宮あこ君は落蹲《らくそん》、家あこ君は陵王《りょうおう》、ご自分のお子さまは採桑老《さいしょうろう》、右大臣（忠雅）の下のお子さまは万歳楽《まんざいらく》、左大弁（忠澄）のお子さまは府装楽《ふそうらく》などを舞っていらっしゃる。舞の師には、秀遠《ひでとお》・兵衛志《ひょうえのさかん》遠忠《とおただ》などという舞の名手たちばかりが、とても大勢いる。

［ここには、民部卿の北の方がおいでになって、上臈《じょうろう》の侍女たちが騒いでいる。お子さまたちも食事をなさっている。舞の師たちが食事をしている。お子さまたちに舞の装束を身につけさせていらっしゃる。

ここには、右大臣の所で、大后の宮のための折敷《おしき》の準備のために、白銀の折敷が二十置かれている。中の台（未詳）を並べて置くことなど、前もって用意なさった籠《かご》や果物《くだもの》などを並べて置くことを定めなさる。前もって用意なさった物だから、とても豪華で美しい。右大臣がいらっしゃって、おそばに人々も大勢いる。ここで、食膳を作ることをお決めになる。白銀の鍛冶《かじ》師を呼んで、「坏《つき》は、こんなふうに」と、いろいろと指図なさっている。折敷のことなども指図なさる。］

二六　年の果ての御読経。

大后の宮の六十の賀の準備が進むうちに、月が変わって、十二月の中旬ごろに、年の果ての御読経《みどきよう》をおさせになる。大般若経《だいはんにやきよう》を、三日間、二十人ほどの禅師《ぜんじ》たちで読むことにする。結願《けちがん》の夜は仏名会《ぶつみようえ》で、その当日は、比叡山《ひえいざん》の座主《ざす》と、今の世のすぐれた僧たちを招く。読経の禅師たちも僧綱《そうごう》たちも、比叡山と、奈良の東大寺の、尊い僧たちばかりに、請文《しようぶみ》を贈る。陸奥国守種実《みちのくにのかみたねみ》のもとから、銭を一万束（未詳）送ってよこした。米は、西の蔵に三百石積まれているので、それを取り出してお使いになる。四つある蔵は、三つには米、一つには金《かね》などが積まれている。女君たちなどが聴聞なさるための場所を、すべて準備なさる。寝殿の東の方を読経のための御堂《みどう》にしつらえた。僧綱たちの場所は、男君たちが準備なさる。それ以外の場所は、従者の男たちがお世話する。屋敷の内で都合がいい所を、僧のための控え室にした。

十二日から、読経を始める。

「ここには、政所《まんどころ》で、中務少輔義則《なかつかさのしようよしのり》がいて、読経の僧に供養する物のことを指図している。家司《けいし》たちがいる。納殿《おさめどの》から、細布《ほそめ》やさと布《め》（未詳）や紫海苔《むらさきのり》などを取り出している。

いくつもある僧のための控え室には、僧たちの弟子や童子《どうじ》などが、とても大勢いる。ここには、台盤《だいばん》を立てて置いてある。

寝殿。読経のための御堂には、経を花机《はなづくえ》に積んでいる。大徳《だいとく》たちが経を配っている。経を読む禅師たちがいる。

ここに、仲頼・行正・仲忠、それに右近少将が二人、さらに受領たちなど、人々が数限りなくいる。堂童子たちもいる。御読経の最初の夜の非時《ひじ》食《き》は美濃守《みののかみ》、二日目の夜の非時食は摂津守が受け持っている。」

読経の三日目の午《うま》の時（正午）に結願して、大徳たちの布施《ふせ》として、白絹十疋《ぴき》を施《ほどこ》す。夜になると仏名会を催されることになっているので、誰もまだ帰らない。

［これは、寝殿の母屋《もや》の東の方の中の戸を開けて、女君たちが、御堂の様子を御覧になっている。夜の仏名会のために、花が用意されている。とてもたくさんある。いい香りが漂っている。

男君たちは、束帯を着る時の石帯を着けるために準備をなさる。左大将も、これまでにないほどの準備をなさっている。

ここは、寝殿。大宮が、導師の被《かず》け物を与えていらっしゃる。上臈《じょうろう》の侍女たちがとても大勢いる。

政所で、導師の食事を準備している。人々が大勢いる。大徳たちの非時食は、近江守《おうみのかみ》がとても厳かに用意した。それをすべて配っている。導師の食事は、とてもたくさんある。

仏名会をしている所。大徳たちが、序列に従って連れだって、七八人参上する。導師を招いて、仏名会を始める。次第司《しだいし》たちもいる。

いつものように、仲忠・行正・仲頼がいて、ほかにも、左大将（正頼）の婿君たちや男君たちが、とても大勢いらっしゃる。

侍所《さむらいどころ》。人がとても大勢いる。」

仏名会が終わって、月末になったので、正月の装束の準備をなさる。

二七　年末、人々、あて宮に歌を贈る。

こうしているうちに、あて宮に求婚し申しあげていらっしゃる方々は、思いどおりにならないまま年が改まることをも、つらいと思い、どれほどあて宮への思いがつのることか、あて宮を恋しく思うお気持ちは、誰も劣ることはない。

霜がとても白く降《お》りた朝に、平中納言から、

「懲り懲りしてあきらめてしまっても当然なあて宮さまのご様子は、充分に理解していながら、

一人だけで、霜の降りる寒い夜を毎日過ごしている私には、あて宮さまのことを恋い偲《しの》ぶ忍ぶの草さえも生えずにいるのでしょうか。

こんなふうに申しあげるのは、ほんとうに並み並みの気持ちではありません。今回もお返事がいただけないのでしょうか」

とお手紙をさしあげなさるけれど、お返事はない。

源宰相（実忠）から、

「夜ごとに契りを結ぶ人はいませんのに、毎日、朝になっても、涙が凍った、私の袖の氷は解けずにいます。

どうしてなのか、とても不思議です」

とお手紙をさしあげなさるが、お返事はない。

十二月の月末に、あちらこちらの国から、正月の節料《せちりょう》をとてもたくさん送ってよこした。

［これは、寝殿に、女君たちが来て、梅の木に降りかかった雪を見ていらっしゃる。上﨟《じょうろう》の侍女たちが、とても大勢おそばにいる。

ここは、政所《まんどころ》。正月の節料を配り、御魂《みたま》祭りの準備をしている。松明《たいまつ》用の木や炭や餅《もち》などがある。

大宮が、元日の準備をなさっている。］

二八　年始。

年が改まって、元日に、男君たちが、きちんと正装して、北の対に、左大将（正頼）に拝賀するために参上なさった。とても厳かな感じである。大宮が東の対にお移りになるので、男君たちもお供申しあげなさった。男君たちに、食事をさしあげた。

［大宮が、寝殿を通って、東の対にお移りになる。二人の女童《おんなわらわ》がさし几帳《きちょう》をしている。上臈《じょうろう》の侍女たちが二十人ほどお供する。

これは、左大将の婿君たちなどに、正月の節会の食事や酒を振る舞って、盛大にご馳走《ちそう》している。］

二九　正頼、賭弓の節の還饗の準備をする。

左大将（正頼）が、賭弓《のりゆみ》の節《せち》に左方が還饗《かえりあるじ》をすることになるだろうと思って、大宮に、

「今年の還饗は、やはり、ぜひ特にすばらしいものにしたいと考えています。去年の還饗は、右大将殿（兼雅）がとても立派になさいました。三条殿の北の方（俊蔭《としかげ》の娘）は、不思議なほど、嗜《たしな》みがある方です。仲忠の侍従の母上よりもすぐれた方はいませんね」と言って、その準備をお願いになる。大宮は、「おっしゃるとおりです。確かに、仲忠の侍従の母上で、右大将殿の北の方だったら、とりわけすばらしいでしょうね」と言って、被《かず》け物の準備をなさる。

［大宮が、被け物の準備をするために、布を裁断して、伸ばして張りつけさせていらっしゃる。侍女たちが縫っている。

政所《まんどころ》で、還饗の準備をしている。

左大将と大宮が、いろいろとお話をなさっている。］

三〇　源仲頼、在原忠保の娘と結婚する。

左近少将源仲頼は、左大臣祐成《すけなり》の二郎である。この少将は、三十歳で、今の世のすぐれた人として評判だった。穴が空いている物ならなんでも吹き、絃《げん》を張った物ならなんでも弾き、どんな舞でもすべて舞うことができて、あらゆる伎芸《ぎげい》は何もかも誰よりもすぐれていて、容姿も非の打ち所がない。今の世を代表する色好みであった。どんな琴や笛であっても、この人が手を触れない物は、まったく評価をされない。ほかの者たちよりも特別に思っていらっしゃる笛の師であるから、帝《みかど》にも春宮にもいつもおそばにいる。寵愛《ちようあい》をこのうえなく受けていて、帝は、「現在の殿上人の中で、仲頼・行正・仲忠・仲澄よりもすぐれた人はいない。この四人が願う官職は、一年に五度でも六度でも与えたい」とお思いになった。

左大将（正頼）の男君たちも、現在、仁寿殿《じじゆうでん》の女御が帝の寵愛を一身に受けていらっしゃるので、帝は、その親類縁者には、帝の位をも譲りたいとお思いになる。そのようなすぐれた方々の中で、仲忠の侍従は、普通の人とは違った好き者で、なんといっても今を時めく人だったので、住みつくことはないとわかってはいながら、誰もが婿取ろうとなさるけれど、二夜と続けて通うことはなかった。また、仲頼は、天下の一院三宮《いちいんさんぐう》が婿取ろうとなさるけれど、婿取られることなく、白銀《しろがね》・黄金《こがね》、綾《あや》・錦さえもなんとも思っていない、普通の人とは違う、例がないほどの好き者で、「天女が下っていらっしゃる世でなければ、私の妻となる人は現れないだろう。この世には、私の妻にするのにふさわしい人はいない」と思っていた。

　この少将は、心も落ち着かない生活を続けていたが、宮内卿《くないきよう》在原忠保《ただやす》の娘に、心をこめて求婚する。この娘は、今の世で、美しいと評判が高い人だった。また、父の宮内卿も、もともと財力がなく貧しい人で、長年、利得のない官職に就《つ》いて過ごしたので、家計がとても苦しくて、娘は、こんなにも美しくて、春宮も、「入内《じゆだい》させよ」などとおっしゃるけれど、宮仕えなどにも出すことができずにいた。少将から求婚された時、父の宮内卿は、「少将殿は、昔から、こうした好き者だという評判はあっても、私の娘と結婚したら生涯添い遂げるかもしれないから、娘の宿縁をも確かめてみよう。たとえ住みつくことがなくても、恥を見るのは私だけではないのだから、かまわないだろう。一院三宮の姫宮や大臣公卿《くぎよう》の姫君であっても、同じように捨てられているようだ。それを見ていながら、あんなにもたくさんの方が少将殿を婿取ろうとなさるのも、それだけの理由があるのだろう。どんなに綾《あや》や錦を敷いて飾りたてても、住みつくつもりがないなら住みつくまい。私の娘が、葎《むぐら》の下、藁《わら》や芥《あくた》の中に住んでいたとしても、宿縁があるならば、少将殿はきっと住みつくだろう。男は、どんなに大切に世話をしても、添い遂げてくれるわけではないのだ」などと言って、少将を娘に婿取ったが、その愛情は並み一とおりではない。

　二人を結婚させた夜から、少将は、宮内卿の娘のそばを離れることなく、心をこめて深く将来の契りを交わす。片時でもほかの女性のもとに泊まることなく、まれに参内しても、すぐに急いで退出して、それまでのように宮仕えもせず、このうえなく愛情をそそぐ。美しく着飾って、沈香《じんこう》や麝香《じゃこう》の香りに薫《た》き染《し》めて、調度が立派に調えられた、ほかの女性がいても、鬼や獣《けだもの》が住みついた山に入り込んだ気持ちがして、宮内卿の娘だけを、ほかにないほどすばらしい女性だと思う。実際に、ほんとうに美しい。少将は、「生きている間は言うまでもなく、後世《ごせ》でも、同じように夫婦として生まれ変わろう」などとまで約束して、夫婦生活を、五六年続けている。

［宮内卿の屋敷。娘と少将がいて、ほかにも、上﨟《じょうろう》の侍女たちが二人いる。父の宮内卿と母が話し合っている。侍女たちもいる。］

三一　源仲頼、賭弓の節の還饗で、あて宮を垣間見る。

こうして夫婦生活を続けているうちに、一月十八日の賭弓《のりゆみ》の節《せち》に、左方が勝ったので、左大将（正頼）の三条の院に、左近衛府《さこのえふ》の中将と少将たちや、上達部《かんだちめ》と親王《みこ》たちが、左と右の方人《かたうど》とともに楽器を演奏しながらおいでになった。饗宴《きょうえん》の準備は充分に調えなさっていたので、皆、座にお着きになる。食台が運ばれて、酒宴が始まり、食事に箸《はし》がつけられた。左近少将（仲頼）は、これまで弾いたことのない妙技を尽くして演奏する。相伴の客の座には行正、楽人の座には仲頼がいて、多くの楽人たちよりも上手に演奏する。仁寿殿《じじゅうでん》の女御をはじめとして、大勢の女君たちや女宮たちが、数えきれないほど並んですわって御覧になると、どちらも非の打ち所がない人々である。

「寝殿の南の廂《ひさし》の間《ま》に、四尺《ししやく》の屏風《びようぶ》を北側に立てて、それに沿って、中将たちが着く。上達部《かんだちめ》と親王《みこ》たちは、簀子《すのこ》との間の柱のもとに並んで、北向きに、お着きになる。」

とてもおもしろくにぎやかに管絃《かんげん》の遊びをする。少将が、二つの屏風の狭間《はざま》から御簾《みす》の内を見ると、母屋《もや》の東の廂《ひさし》の間《ま》に、大宮腹と大殿《おおいどの》の上腹の女君たちが、数えきれないほど大勢すわっていらっしゃる。どの女君も、あたりまで光り輝くように見えるので、少将は、今にも死にそうなほど思い乱れて、何がなんだかわからなくなり、「不思議なほど、上品で美しい方々だなあ」と思って、心が落ち着かなくなる。そのまま続けて見ていると、あたりが光り輝くように見えた女君たちの中に、今見た女君たちよりもさらにとても美しくて、天女が天から下ったかのような人がいる。少将は、「これがあの、今の世で美しいと評判のあて宮さまにちがいない」と思い当たって、そのまま見ているうちに、どうしたらいいのかわからなくなる。先ほどまでこのうえなく美しいと思って見ていた女君たちは、今見ているあて宮と比べると、格段に劣って見える。少将が、どうしたらいいのだろうと思って途方にくれていると、あて宮は、今宮（女一の宮）と一緒に、母の大宮のもとへおいでになる。その後ろ姿も体つきも、たとえようもないほど美しい。少将は、「灯火に照らされた姿でも、あて宮さまは、これほど美しく見えるのだ。どうしてこの御簾の内を見てしまったのだろうか。こんなに美しい人を見て、何もないまま終わるはずがないだろう。どうしたらいいのだろう」

と思うと、悔やまれてならない。少将は、生きているのか死んでいるのかわからない気持ちがする。それでも、いつもの音楽を、今までにもまして、心に入れて演奏した。

夜が更けて、上達部と親王たちも被《かず》け物をいただきなさって、一人ひとりの舎人《とねり》まで被け物や禄《ろく》などもらって、皆お立ちになった。

夜がほのぼのと明けようとする頃に、少将は、「この屋敷を出ると同時に死んでしまうだろう。私が身につけた伎芸《ぎげい》は、今日すべて出し尽くしてしまおう。私が恋しく思うあて宮さまにも聞いていただきたい」と思って、これまで弾いたことのない妙技を尽くして、一心不乱に演奏して、その場を立つ。ほかの人々も、その場を立った。

少将が屋敷を出ることもなく立ち尽くしていることに気づかずに、あちらこちらの四十人ほどの上臈《じょうろう》の侍女たちが、帰って行く人々を見ようと思って、御簾《みす》の近くまで出て来ていた。その姿が、夜が明けようとする光で、とても美しく見える。少将が、これを見て、歩いて戻って、「離れて見ていらっしゃるよりは、近くで御覧になりませんか」と言うと、「私どものことなど見馴れていらっしゃいますから、おそばにはうかがえません」と言う。少将が、近くに立っていた木工《もく》の君という侍女を引きとめて、「こんな機会にお話しできてうれしく思います。私が仲頼だと知っていらっしゃいますか」。木工の君が、「それは、どなたのことなのでしょうか。お聞きしたこともありません」。少将が、「これからは、私のことを知ってください。お話し申しあげたいこともあるのですよ」などと言っている時に、兵部卿の宮が出ていらっしゃったので、少将は、木工の君に、「わかりました。いずれ、また」と言って、さっと屋敷を出た。

[左大将の三条の院。上達部《かんだちめ》と親王《みこ》たち、あるじの左大将がいらっしゃる。人々は、皆退出なさった。

これは、上﨟の侍女たち。兵部卿の宮が出ていらっしゃったので、少将はその場を立った。]

三二　源仲頼、忠保邸に帰って寝込む。

少将（仲頼）は、茫然《ぼうぜん》とした気持ちで家に帰って来て、五六日、枕から頭も上げられずに思い悩みながら横になっていたが、ほんとうにどうしたらいいのかわからなくて、つらく苦しくてならない。このうえなく美しいと思っていた妻のことも、なんとも思われず、これまでは、片時であっても顔を見ずにいると、恋しく悲しく思っていたのに、今では、目の前で向かい合っていても、目にもとまらない。自分がこれからどうなるのかも、ほかの何もかも、あらゆることが、まったく考えられずにいる時に、妻が、「どうして、いつもと違って、真面目そうな様子をなさっているのですか」と尋ねる。少将が、「あなたに対しては、いつだって真面目なのですよ。浮気心を起こせとお思いなのですか」などと答えるが、その様子が、いつもと違っているので、妻が、「さあ、どうでしょう。

あなたが浮気な方だという噂《うわさ》は、いいかげんな噂だと思って聞いていました。でも、こうして、目の前で見ているうちに末の松山を波が越えているのですね。浮気をなさっているのですね」

と言うと、少将は、あて宮のことで思い乱れながらも、やはり、妻のことがいとしく思われたので、

「浦風が藻を吹きかけている末の松山でも、浮気な心を持った波が、私のあらぬ噂を立てているらしいのです。私は、心変わりをしていません。

いとしい妻よ」と言って泣く。妻は、それを見ても、私のことで泣いているわけではないのだと思って、親のもとに行ってしまった。

妻が、一日中親のもとにいて、夜もこちらで寝ようとするので、母が、「どうして、あちらにお戻りにならずに、ここでお眠りになるのですか。何を考えているのです。少将殿が、きっと不愉快にお思いになるでしょう。こんなふうに、言葉で言いあらわせないほど貧しいと言いながらも、私たちほどの人はいないでしょう。少将殿は、あれほど身分が高い宮さまや殿方と親しくしていらっしゃるのですから、さぞかし、あきれた情けない所だと思っていらっしゃることでしょう。でも、あなたが、見てがっかりするような娘でいらっしゃったとしたら、こんなにみすぼらしい家に、一日であっても、片時であっても、とどまってくださらなかったでしょう。あなたが人並みに美しく成長なさったから、今の世で浮気者と評判な

方が、ここ何年もとどまってくださったのです。少将殿に疎《おろそ》かに思われておしまいになったら、父上（忠保）が、あれほど深く心にとめてお世話なさったのにその効《かい》がなく残念だと、きっとお思いになるでしょう。今の世の男は、妻を迎えようと思ったら、まずはともあれ、『両親は健在か。住む家はあるか。洗濯をしたり綻《ほころ》びを繕ったりしてくれるか。供の者に食事を与えたり、馬や牛に餌をやったりしてくれるか』と尋ねるのです。顔かたちが美しくて、気品があり才気がある人だったとしても、荒れ果てた所で、人が少なくてひっそりとした暮らしをして、寂しそうにしているのを見ると、『ああ嫌だ。こんな女と結婚したら、私が苦労したり困ったりすることになるだろう』と思って途方にくれて、その家のあたりに足を踏み入れさえもしません。『どうしてあの人のもとに通わないのか』と聞くと、『あの人の家に、法師が住みついていたのだ。盗賊が住みついていたのだ』と言って、その後、そのあたりにさえも近寄りません。一方、身分が低い者の子や孫で、顔かたちが鬼に似て、髪の毛が真っ白で、腰が二重に曲がった老女であっても、また、後ろ手に縛った猿みたいな者であっても、財産があった人の妻だ子だという女だったら、世間の人も、聞いてそのままにしておけずに、夢中になって求婚するものです。今の世の男は、そのようなものですから、『私どもの所に、一日であっても、片時であっても、とどまる人もいないだろう』と思って、財産がたくさんある、身分が高い人からのたくさんの求婚話も、『娘を世間の笑いものにしたり、軽々しい扱いを受けさせたりしたくない。「ある人が通っていたけれども、今はもう通って来ていない」なんて言わせたくない』と思って聞き流してきたのです。でも、『そんなふうに言ってばかりはいられまい。娘の宿縁にまかせてみよう。また、たとえ、通って来なくなって、見るのも嫌だとお思いになったとしても、世間の人に、あの浮気者なのだからと、ただひたすら思わせておけばいい』と思ったから、少将殿と結婚させたのです。たくさんあった、親の時の財産や櫛笥《くしげ》のあれこれも、惜しむことなく銭に換えたし、入ってくる地代を待って長年使っていた近江《おうみ》国の荘園《しょうえん》も、少将殿と結婚してから売ったのです。少将殿を、こんなふうに夢中になってお世話した効《かい》があって、今日、今まで結婚生活を続けてくださっているのは、ほんとうにうれしいことです。少将殿は、どんな宮さまや殿方にだって、婿として迎えられておかしくない方です。それなのに、長年、毎晩のように、ここに通って来てくださるのは、ほんとうに名誉なことです。どうして、少将殿に対して、疎《おろそ》かな扱いをなさるのですか。あなたは、少将殿から疎《うと》ましく思われてはいけません」と、泣く泣くおっしゃるので、妻が、「そういうわけではありません。見ていて私までがつらくなる、少将殿の様子を見たので、生きている効がない思いがしたのです。ですから、少将殿と顔を合わせたくないと思って」。母が、「どんなことがあったのですか」と言うと、妻が、「さあ、わかりません。誰かが何か言ったのでしょうか、この前の賭弓《のりゆみ》の節《せち》の還饗《かえりあるじ》から帰って来ると、そのまま、寝ても覚めても、茫然《ぼうぜん》として何か思い詰めていることがあるようですから、私のことを見るのも厭《いと》わしくて醜いと思っているのだろうかと考えると、会いたくないと思ってしまうのです」。母が、泣きながら、「気がつかぬふりをしてお戻りなさい」と言うので、妻は、母に言われて、立って戻って行く。父の宮内卿《くないきょう》（忠保）は、「少将殿が籠もっていらっしゃるが、どんなお世話をしてさしあげたらいいのだろうか」と言う。

少将が横になっている。妻が戻って来たので、少将が、「どうして今までこちらにおいでにならなかったのですか」と言うと、妻が、「さあ、どうなのでしょう。私などがいないほうが、苦しみが静まりなさるのではないかと思って、母上のもとに行っていたのです」。少将は、「何にもまして、ここにいてくださらないことがつらいのです。早くこちらに来てください」と言って横になった。

「ここでは、少将の妻が、母と何か話をしている。」

三三　忠保、仲頼を案じて、世話をする。

その翌朝、父の宮内卿《くないきょう》（忠保）は、少将（仲頼）のもとに参上して、「どうしてこうして籠もっていらっしゃるのですか。結婚したことを、不本意に思っていらっしゃるのでしょう。私は、少将殿を大切に思う気持ちは強いのですが、とても貧しいので、その気持ちを表すことができなくて申しわけなく思っております」。少将が、「畏れ多いことです。そんなことはありません。不本意になど思っておりません。ここ何日か、普段とは違って気分がすぐれないので、宮内卿殿のもとにもご挨拶《あいさつ》にもうかがわずに籠もっているのです」。宮内卿が、「どうしてそんなふうにおなりになったのでしょう」。少将が、「わかりません。今回の左大将殿（正頼）の賭弓《のりゆみ》の節《せち》の還饗《かえりあるじ》にうかがったのですが、その際、兵部卿の宮が、盃《さかずき》を持って、無理に酒を飲ませなさったので、際限もなく飲んで酔ってしまった名残でございましょうか」。宮内卿が、「なんともお気の毒なことです。まったく、酒を飲みすぎなさることは、ほんとうに苦しいことですね」。少将が、「ぜひとも、今の近衛府《このえふ》の官人をやめてしまいたいものです。むやみやたらに酒を飲むのは、『衛府《ゑふ》（酔《ゑ》ふ）』という名の近衛府の官人がすることだったのですね」と言う。

父の宮内卿が、内に入って、「少将殿は、この頃、気分がすぐれずにいらっしゃったのだ。何をしてさしあげたらいいのだろう。お気の毒なことだ」などと言う。

一方、少将の妻は、少将のいつもとは違う様子を見て、とてもつらくなって、前にある硯《すずり》に、手すさびに、

この世では、私に対する冷淡なお気持ちもすっかりわかってしまった。夫婦として生まれ返ろうと約束してくださった後世《ごせ》がどうなるのかを見てみたい。

と書きつけて、丸めて置く。少将は、それを読んで、申しわけなく思う。「恋をしてもどうにもならない人を見て、分不相応な思いを懐《いだ》いて、冷淡だと、妻に思われることは、私の本意ではない。いいかげんな気持ちで愛した妻でもないのだから」と思うと、妻のことがいとしいので、

「昔から、後世までと固い約束をした仲ですから、あなたとは、生きるのも死ぬのも一緒だと思っています。

やはり、いつになく気分がすぐれなかったからなのですよ。あなたに対していいかげんな気持ちを懐いていているわけでは、けっしてありません」などと言って、一緒に横になった。

［母と娘がいて、「少将殿に食事をさしあげよう」と言って、急いで用意する。父の宮内卿は、みずからの手で雉《きじ》を料理する。

ここには、少将に食事をさしあげている。娘がいる。雉などの料理がある。］

三四　大后の宮の六十の賀の準備が進む。

左大将（正頼）は、一月二十七日の子《ね》の日に、嵯峨《さが》の院で大后《おおきさき》の宮の六十の賀を催してさしあげようとお考えになった。お子さまたちは、全員、男君も女君も集ってその準備のお手伝いをなさる。必要な物は、すべて、何もかも、前もって準備して、このうえなく立派に調えて参上なさる。見たこともないような美しい装束に調えて、大后の宮の子や孫が、次々と続いて、糸毛《いとげ》の車六輛《りょう》、檳榔毛《びろうげ》の車十四輛、女童《おんなわらわ》の車五輛、下仕えの車五輛で参上なさった。御前駆《ごぜんく》は、四位の官人が二十人、五位の官人が四十人、六位の官人は何人かわからないほどいる。左大将の婿君たちも、全員お供なさっている。いつものように、楽人たちが数えきれないほどいて、童舞《わらわまい》を舞う子として、童の男君たちは、このうえなく見事に装束を調えて、とてもかわいらしい。お供の者たちを定めて、糸毛の車には、大宮と若い女君たち六人、二番目の車には仁寿殿《じじゅうでん》の女御が、ほかにも、大宮腹と大殿《おおいどの》腹の女君たちが、組み合わせて、全員お乗りになる。侍女たちの副車《そえぐるま》には、女君たちの上﨟《じょうろう》の侍女たちが四人ずつ乗ることになっている。侍女四十人、女童二十人、下仕え十人は、これまでにないほど美しく着飾っている。侍女のうち、二十人には赤色の表着に蘇枋襲《すおうがさね》の袿《うちき》、もう二十人には赤色の表着に葡萄染《えびぞ》め襲の袿と綾《あや》の摺《す》り裳《も》、女童には、全員、青色の汗衫《かざみ》に蘇枋襲の袿、綾の上の袴、綾掻練《あやかいねり》の袙《あこめ》、その色が美しいことは言うまでもない、下仕えには、全員、いつものように、斑摺《むらず》りの裳と檜皮《ひわだ》色の表着と桜襲の袿をお与えになった。

こんなふうに、侍女たちがそれぞれの身分に応じて着飾っているが、舞の師たちは、顔が美しく若い者はともかく、歳老いた者などは、左大将が、このような賀宴の準備を第一にと考えて進めていて、まだ衣もお与えになっていなかったので、じつに忌まわしく口汚くののしって、自分たちが見苦しいことはそっちのけで、泣きながら恨み言《ごと》を申しあげる。けれども、左大将は、「いずれ、落ち着いてから」と思って、聞き入れずに準備をお進めになる。

左大将の婿君たちが、食膳や折敷《おしき》などのことをはじめとして、すべて、何もかも、それぞれで分担して、我も我もと競ってご用意なさったので、大后の宮の六十の賀の準備はとても見事に調った。

三五　仲頼、正頼から、賀宴の供を依頼される。

左大将（正頼）は、楽人たちなどの準備が調っているかを確かめさせなさるために、少将（仲頼）を召しに人をお遣わしになる。少将が、賭弓《のりゆみ》の節《せち》の還饗《かえりあるじ》から宮内卿《くないきょう》（忠保）の屋敷に帰って来て以来、還饗での興趣など何も感じられずに横になっている所に、使の者が来て、「左大将殿がお呼びです」と言うので、「どんなご用事なのでしょう」と尋ねさせると、「明日の子《ね》の日に、嵯峨《さが》の院に参上なさることになっていますので、その件だと思います」と答える。

少将が、「ここ数日、体調がすぐれませんので」と言って参上せずにいると、左大将が、「残念だな。仲頼と仲忠が参加しない饗宴は、おもしろいものにはならないから」と言って、ご自身で手紙をお書きになる。嵯峨の院に長い間参上なさっていないことなどを書いて、「子の日に、嵯峨の院で、若菜を少しさしあげたいと思っているのですが、少将殿が参加してくださらないと、とてもつまらないものになるでしょう。体調がすぐれずにいらっしゃるとうかがって、気の毒にお思い申しあげておりますが、それほど悪い状態でいらっしゃらないのなら、どんなにかうれしいことでしょう。私が重大事だと思っている催しです。ぜひともご参加ください。ご参加くださったら、どんなにかうれしいことでしょう」と書いてお贈りになる。少将は、手紙を見て、驚いて、すぐれない気持ちを奮い起こして参上した。

左大将が、少将に、明日、嵯峨の院にお供するようになどとおっしゃる。少将が、「春宮からも、春宮坊の帯刀仲正《たちわきなかまさ》をよこして、『明日、嵯峨の院にうかがうつもりなので供をせよ』とお命じになりましたけれども、『ここ数日気分がすぐれずにいて、お供することはできません』と申しあげました。でも、左大将殿からお手紙をいただいて恐縮したので、参りました」。左大将が、「そうでした。春宮も、うかがうつもりだとおっしゃっていました。お供の者が決められたりなどしていた時に、仲正の朝臣が、『少将は、左大将殿のお供をすることになっているようです』と申しあげましたから、春宮も知っていらっしゃるのでしょう」。少将が、「そういうことなら、お供いたしましょう」。左大将は、「そうしてくださるなら、ほんとうにうれしく思います」とおっしゃる。

三六　人々、嵯峨の院に出発する。

左大将（正頼）は、これまでになく盛大に、楽人などを従えて、嵯峨の院にお出かけになる。上達部《かんだちめ》と親王《みこ》たちは、春宮のお供をしようとなさった。

一月二十七日、朝早く、三条の院に車を寄せて、女宮たちや女君たちも、車に乗るために並んでいらっしゃる所に、大宮の乳母《めのと》の夫である備後守《びんごのかみ》や、左大将の祖母宮の弟の入道など、普段は嵯峨の院に参上しない人々が、今回の行列に加わって、「私も、昔は羽振りがよかった時もあったのだから、お供としてお仕えしたい」と言ったけれど、誰も聞き入れない。それでも、見物はしようと思っている。

全員、車に乗って、次々と続いてお出かけになる。御前駆《ごぜんく》は、四位、五位、六位の官人たちが、合わせて二百人ほどいた。

祭の使

この巻の梗概

この巻は、年立のうえからは、第七巻「吹上《ふきあげ》・上」と第八巻「吹上・下」の間に位置して、四月から七月までの内容が語られている。「吹上・上」の巻で登場する源涼《すずし》が、「紀《き》伊国《のくに》の吹上の君」「紀伊国の源氏」として、紀伊国からあて宮に歌を贈っている。

四月の賀茂《かも》祭りの奉幣の使に、源正頼《まさより》邸から、三男祐澄《すけずみ》たちが出発した。五月五日には、正頼の三条の院の馬場で、正頼の男君と婿たちなどによって競《くら》べ馬《うま》が催され、さらに、藤原兼雅《かねまさ》が左の馬寮を引き連れて訪れ、右近と左近の競馬が催された。六月には、三条の院で納涼の宴が催され、桂川《かつらがわ》では祓《はら》えが行われた。七月七日には、かねてよりあて宮に思いを寄せていた勧学《かんがく》院《いん》の藤原季英《すえふさ》（藤英《とうえい》）が、三条の院での七夕の宴に臨んで、正頼に認められて、あて宮の求婚者とし

主要登場人物および系図(祭の使)

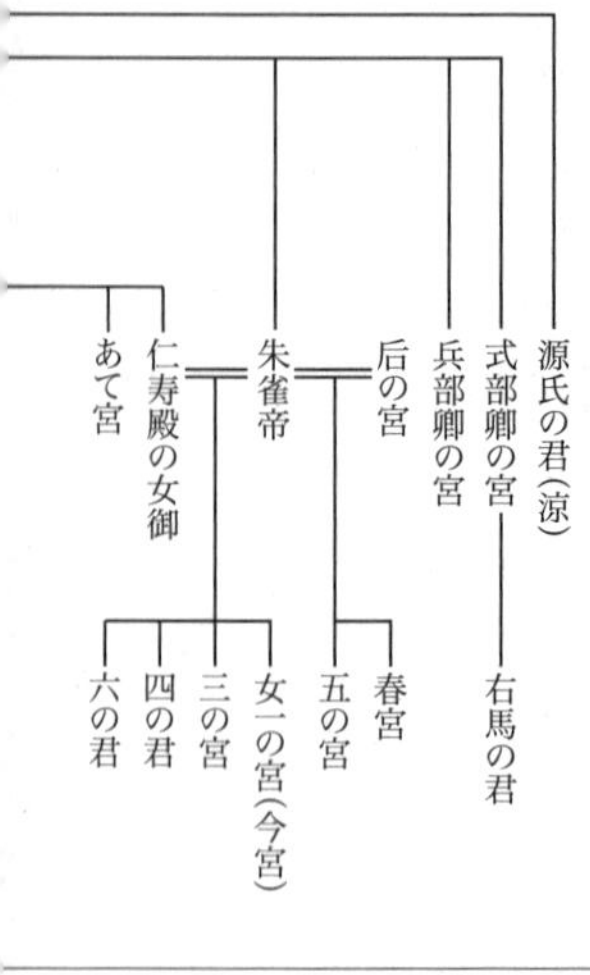

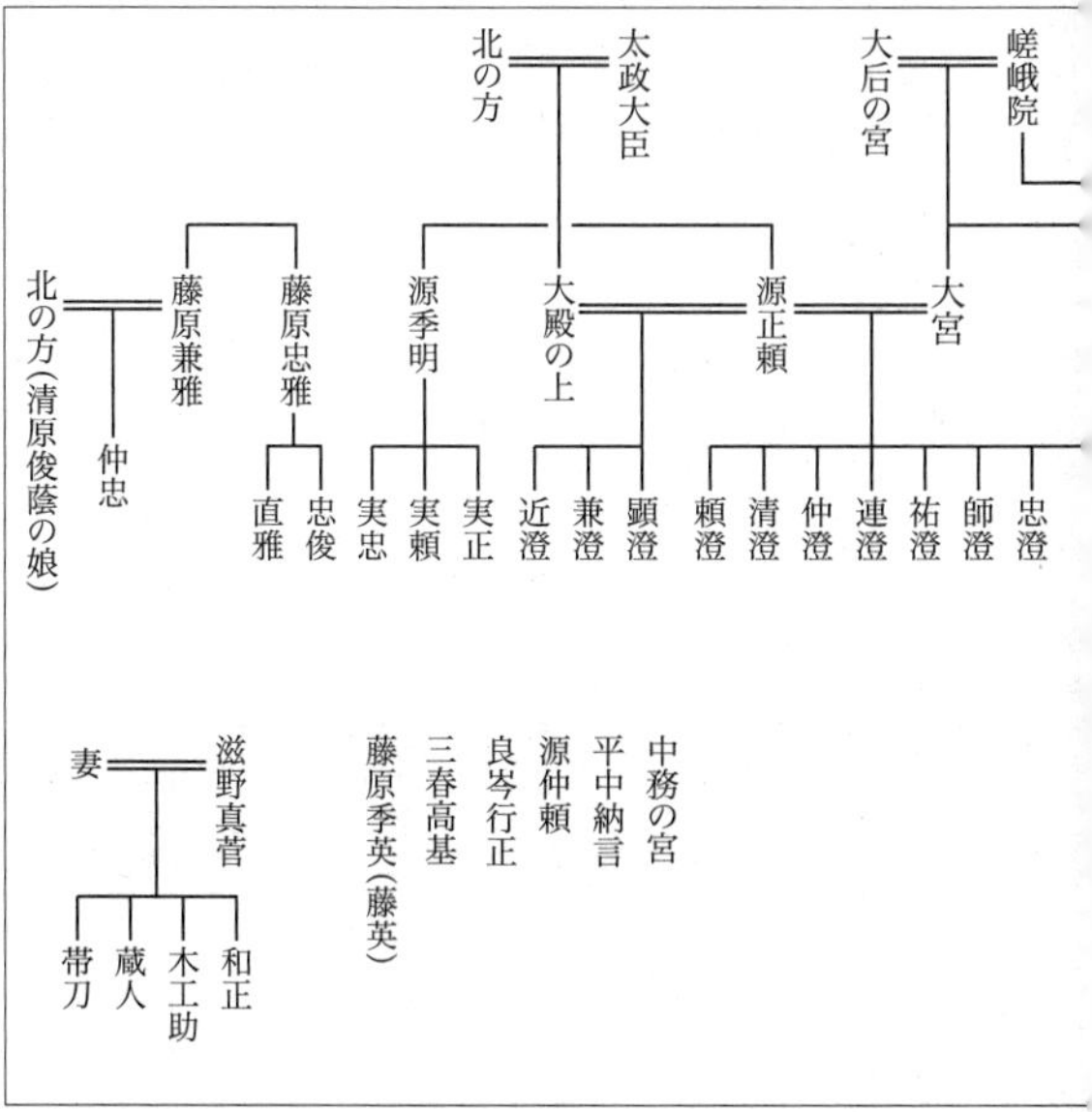

て登場する。身寄りもなく貧困にあえいでいた藤英にとって、正頼家と結びつくことは、上昇してゆくための手段でもあった。

なお、この巻でも、「春日詣《かすがもうで》」の巻と同じく、底本では、ほかの巻では左大将だった正頼が右大将、右大将だった兼雅が左大将となっている。これは単なる誤写とは考えられないので、底本の表記を尊重して本文を立てた。

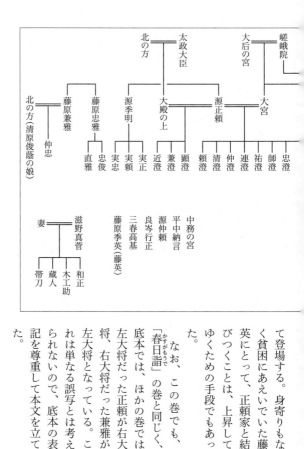

一　祐澄たち、祭りの使に立つ。

かくて、殿[一]より、祭り[二]の使出《い》で立ち給ふ。近衛府《このゑづかさ》[1]の使には中将[三]の君、内蔵寮《くらづかさ》の使には内蔵頭《くらのかみ》[四]かけたる行正[2]、馬寮《むまづかさ》のには式部卿の宮の右馬《むま》[五]の君と出で立ち給ふ。

あるじのおとど、この[3]三所の使を労《いたは》り出だし給ふ。皆出で立ち給ふに、父おとど、使の中将に[4]挿頭《かざし》奉り給ふとて、

正頼[六]　二葉なるまつら桂《かつら》と見しものを挿頭折るまでなりにけるかな

使の中将、

祐澄　もと見れば高き桂も今日よりや枝劣りすと人の言ふらむ

とて出で給ふに、桂[七]より、左大将[八]ぬし、よき御馬《むま》二つ、一つは飾[九]り、一つは設け[一〇]の[5]御馬にて、舎人《とねり》三十人、えも言はず装束《さうぞ》かせて、[一一]採物《とりもの》せさせて、金《かね》の枝に小さき壺をつけて、それに桂川の水を入れて、仲忠して、

一 「殿」は、三条の院。
二 「祭りの使」は、四月の中の酉の日に行われる賀茂の祭りの奉幣使。近衛の中将や少将が勅使として参向し、馬寮や内蔵寮の使も同行した。その行列は華麗で、人々は争って見物した。
三 「中将の君」は、正頼の三男祐澄。
四 兵衛佐である行正が内蔵頭を兼ねていることは、ここにだけ見える。
五 「右馬の君」は、正頼の五の君の婿式部卿の宮の子。ただし、五の君腹ではない。「菊の宴」の巻【二】注五、【三七】注三参照。
六 賀茂の祭りの挿頭は、葵とともに桂を用いる。参考、『小右記』治安三年四月十六日「今日無二別挿頭一、於二内蔵寮一請二桂・葵一、使少将・陪従等同挿頭耳」。
「まつら桂」は、未詳。

兼雅「挿頭取る袖の濡るるは白波の桂川より折れるなりけり
これにさへ、あやしう」

とのたまへり。使の君、かく聞こえ給ふ。

祐澄一二「みなかみに挿頭《かざ》しつるかな桂川今日ひとなみの心地のみして
今日は、暮れにのみなむ」

と聞こえて出で立ち給ひぬ。

大宮、使の君見給はむとて、車十ばかりして出で立ち給ひぬ。

「大将殿の一三南のおとどに、使三所着き給へり。一四垣下《ゑんが》に、親王四所《よところ》、上達部《かんだちめ》五所《いつところ》、四位五位、合はせて六十人ばかりあり。御馬《おほんむま》ども引き立て、一五手振りども立ち並みたり。

一条の大路《おほち》に、物見車ども数知らず。殿の御《おほん》車ども、ものしたる榻《しぢ》ども立てつつ、四位五位、撒《ま》き散らしたるごと立てる。」

七　藤原兼雅の桂の別荘。
八　「左大将ぬし」は、兼雅。祐澄の上司。この巻も、ほかの巻とは異なり、「春日詣」の巻と同じく、兼雅が左大将、正頼が右大将。
九　「飾り」は、「飾り馬」の略。装飾を施した馬。
一〇　「設けの馬」は、予備として用意した馬。
一一　「採物」は、神楽の際に人長が手に持って舞う物。
一二　「みなかみ」に「水上」と「皆髪」、「ひとなみ」に「一波」と「人並み」を掛ける。「水上」「一波」「桂川」は、縁語。
一三　「南のおとど」は、【八】注四参照。
一四　「垣下」は、饗宴の宴席での相伴の客の座。
一五　「手振り」は、従者、供人の意。

二　春宮をはじめ、人々、あて宮に歌を贈る。

かくて、物御覧じて帰り給へるに、春宮より聞こえ給へり。

春宮一 今年より摘むべきものかちはやぶる賀茂《かも》の祭りに挿頭《1かざ》すあふひは

と聞こえ給ふ。

例の宰相、二弥生《やよひ》ばかりに、実忠「まろにこそのたまはざらめ。君たちとものののたまふをだに聞かせ給へ」など、切《せち》にのたまひければ、近き所に据ゑて、御琴《こと》弾かせ奉り、もの言はせ奉りなどしけるを聞きてより、思ひ入りて臥しにしままに、ものおぼえねど、三かく聞こえたり。

実忠四 「奥山の古巣を出《い》でて時鳥《ほととぎす》旅寝に年ぞあまた経にける

2あが君や、3かくだに、今は、え4聞こえさすまじきこそいみじけれ」

一 「ちはやぶる」は、「賀茂」の枕詞。「あふひ」に「葵」と「逢ふ日」を掛ける。今年はあて宮と結婚できるのではないかとの期待を詠む。

二 物語は、現在四月。時間を遡らせている。「吹上・上」の巻【三〇】注一六参照。

三 物語が四月に戻る。

四 「時鳥」に実忠自身、「奥山の古巣」に妻がいる実忠の家をたとえる。「旅寝」は、三条の院に居続けていることをいう。「藤原の君」の巻【三七】注五、「嵯峨の院」の巻【一〇】注二一参照。

五 「板井の清水」に、あ

など聞こえたり。あて宮、

　夏ばかり初《う》ひ立ちすなる時鳥巣には帰らぬ年はあらじな

兵部卿の宮より、

　五温《ぬる》みゆく板井の清水手に汲《く》みてなほこそ頼め底は知らねど

あて宮、

　六あだ人の言ふにつけてぞ夏衣《なつごろも》薄き心も思ひ知らるる

平中納言、

　七いつとてもわびしきものを時鳥身をうの花のいとど咲くかな

あて宮、

　八かひもなき巣を頼めばや時鳥身をうの花の咲くも見ゆらむ

仲忠、空蟬《うつせみ》の身に、かく書きつけて奉る。

「九言の葉の露をのみ待つうつせみもむなしきものと見るがわびしさ

　まして、いかならむ」

と聞こえたり。あて宮、

て宮の心をたとえる。

六「夏衣」は、「薄き」の枕詞。この歌は、前の兵部卿の宮の歌と照応しない。兵部卿の宮へのあて宮の返歌と、藤原兼雅のあて宮への求婚歌が脱落したか。

七「う」に「卯」と「憂し」の語幹「憂」を掛ける。参考、『敦忠集』「わがごとくもの思ふ時は時鳥身をうの花の陰に鳴くらむ」。

八「かひ」に「卵」と「効」、「う」に「卯」と「憂（し）」を掛ける。「卵もなき巣」は、時鳥が、自分で巣を作らず、鶯などの巣に托卵することをいう。

九「うつせみ」に「空蟬」と「現身」を掛ける。「言の葉の露」は、あて宮からの返事をたとえる。『風葉集』恋五「女のもとに、空蟬の身に書きつけて遣はしける　うつほの右大将仲忠」。

「一〇言の葉のはかなき露と思へどもわがたまづさと人もこそ見れ
と思ふになむ、聞こえにくき」

と聞こえ給へり。

紀伊国《きのくに》の一一吹上の君の御もとより、いかでと思ひけるを、一二人さへ語り聞かせ給へれば、静心もなくおぼえければ、あるが中に才《かど》ある童して、かく聞こえ奉る。

「源涼一三おぼつかないかで心をつく波嶺《ばね》の6ます陰なしと嘆くなるらむ
かつは、あさましくなむ」

と聞こえ給へり。大将のおとど、見給ひて、「正頼ただ今ののしる人にこそはあんめれ。上達部《かんだちめ》になりぬべき君なめれば、つれなく言ひくたしたるなめりかし」などのたまひて、御返りなし。

三の皇子《みこ》、

一四ながめする五月雨《さみだれ》よりも嘆きつつ月日のふるぞ袖は濡《ぬ》れける

と聞こえ給へり。御返り言《こと》なし。

仲頼、

一〇 「たまづさ」に「玉梓」と「魂」を掛ける。

一一 「吹上の君」は、源涼。この巻は、年立的には、吹上・上」の巻の後になる。

一二 仲頼が吹上を訪れてあて宮のことを語っている。「吹上・上」の巻【九】参照。

一三 引歌、『古今集』東歌「筑波嶺のこのもかのもに陰はあれど君が御蔭にます陰はなし」。『拾遺集』恋一「音に聞く人に心をつくばねのみねど恋しき君にもあるかな」(詠人不知)。

一四 「ながめ」に「長雨」と「眺め」、「ふる」に「降る」と「経る」を掛ける。物語は五月に入っている。『風葉集』夏「女に遣はしけるうつほの弾正尹の親王」。

一五 『風葉集』恋二「つれなく見えける女に遣はしけるうつほの右少将仲頼」、

一五 思ふことなすこそ神も難からめしばし慰む心つけなむ

行正、

一六 言ふことにいらへぬ人はつらからで思ひ初めたる身をぞ恨む
る

と聞こえ給へり。

五月五日、つとめて、長く白き根一七を見て、侍従の君聞こえ給ふ。

仲澄一八 涙川汀《みぎは》の菖蒲《あやめ》引く時は人知れぬねの現るるかな

と聞こえ給へど、聞き入れ給はず。侍従の君、「かく思したるを、思ふやうなる御心と後ろやすけれど、返す返す思ひ忍ぶれど、えあるまじければこそ、死ぬる身と思ひ給へて聞こゆれ。一九 二所に聞こえたらむことは、人の知るべくもあらぬを、いみじうこそおはすれ」と、泣く泣く聞こえ給へば、あて宮、うち笑ひ給ひて、「など、かくのみはのたまふぞ。誰と思したるぞ」などのたまふ。

二句「なすこそ神の」。仲頼を、「右少将」としている。『拾遺集』恋五「思ふことなすこそ神の難からめしばし忘るる心つけなむ」（詠人不知）。『風葉集』仮名序「さても、うつほの『なすこそ神』といへる歌は、『拾遺集』に入り……、かかるたぐひ多かれど、いづれも物語や先ならむとて、漏るべきならねば、今これを除かぬなるべし」。

一六 参考、『拾遺集』恋五「忘れぬる君はなかなかつらからで今まで生ける身をぞ恨むる」（詠人不知）。

一七 「根」は、菖蒲の根。

一八 「ね」に「根」と「音」を掛ける。

一九 「二所」はあて宮と仲澄で、「二所に」は二人の間での意か。「藤原の君」の巻【三六】注一参照。

三　正頼家の五月五日の節供を用意する。

かくて、その日の御節供《せつく》、よき御荘《しやう》ある国々の受領《ずりやう》にあてられたり。[一][1]女御の君・皇子《みこ》たちまでは[2]近江守《あふみのかみ》、[二]中のおとどには伊勢守、[三]北のおとどは紀伊守《きのかみ》、[四]御婿七所の御前《まへ》には大和、山城守、[五]あなたの北の方の御前《まへ》には播磨介《はりまのすけ》、男君たちの御前《まへ》には備前介《びぜんのすけ》、臨時の[3]客人《まらうど》には丹波守《たんばのかみ》と[4]あてられたり。

その日になりて、まづ、[六]西のおとどに、近江守、[七]浅香《せんかう》の折敷《をしき》二十《ち》づつ、例のごとして、二十人の[八]まうち君達《きんだち》取りて参る。髪丈《たけ》にあまり、装束《さうぞく》あざやかなる下仕《しもづか》へ、[九]釵子《さいし》・元結《もとゆひ》して、二十人出《い》で来て、御前《おまへ》に参る。赤色の上の衣《きぬ》、綾《れう》の袴着たるうなゐ子に、綾《あや》襲《がさね》の装《よそ》ひしたる大人、参り据う。皇子《みこ》たちの御前《おまへ》ごとに参り、果つる度《たび》、二十人の童を出だして、興《けう》ある[一〇]薬玉《くすだま》を賜ふ。二十人のまうち君達、御階《みはし》のもとに立ちて舞踏したり。かくて、方々の[5]男君

一　仁寿殿の女御と、その腹の皇子たち。
二　「中のおとど」は、寝殿。あて宮以下の、大宮腹の未婚の女君と、仁寿殿の女御腹の皇女たちが住む。
三　「北のおとど」は、北の対。正頼と大宮が住む。
四　「御婿七所」は、中の君以下八の君までの婿君。
五　「あなたの北の方」は、正頼の妻、大殿の上。
六　「西のおとど」は、西の対。仁寿殿の女御の居所。
七　「浅香」は、沈香の、材質が柔らかくて軽いもの。
八　「まうち君達」は、正頼家の四位五位の令外家司たちをいうか。
九　「釵子」は、簪の一種。髪を上げて髻をとめる道具。「元結」は、髻を結ぶ糸。長く垂らして飾る。女性の正装の時の髪の恰好である。
一〇　「薬玉」は、袋に薬草

達にも、前ごとに参りたり。

四　五月五日、三条の院で競馬を催す。

かくて、御前《まへ》近く、[一][1]四町通りて、馬場《むまば》、池のほとりにあり。[2][3]御《み》厩《まや》、西・東《ひんがし》として、[二]別当《べたう》・預かり・寄人《よりうど》ども多くて、御馬《おほみむま》ども、十づつ立てて飼はせ給ふ。

[正頼]「今日、脚《あし》御覧ぜむ」とて、[三]職事《しきじ》よりはじめて、[四]乗尻《のりじり》、装束《さうぞく》して、御馬、左右《ひだりみぎ》と引かせて参りたり。おとど、[正頼]「男ども、這《は》ひ乗りて試みよ」とのたまふ。御婿ども、[五]数のごとおはします。君達《きんだち》聞こえ給ふ、「この御馬ども、同じくは、[六]手番《てつがひ》にして比べばや」とのたまひて、一番に、式部卿の宮・右のおとど比べ給ふ。おとど勝ち給ふ。二番に、[4]中務《なかづかさ》の親王《みこ》・あるじのおとど、[5]おとど勝ち給ふ。三番に、[七]三の皇子《みこ》・[6]民部卿、皇子勝ち給ふ。四番に、四の皇子・[八]左衛門督《さゑもんのかみ》、[7]督《かん》の君勝ち給ふ。五番に、[8][九]五の皇子・[一〇]藤宰相、皇子

や香料を入れて造花で飾り、五色の糸を垂らした物。邪気を払う。

一　「四町通りて」は、四つの町を貫いて中央にの意。
二　以下、廏の長官・次官・職員たち。
三　「職事」は、別当と預かりをいう。
四　「乗尻」は、競べ馬の騎手。
五　七人とも揃って。四の君の婿の源実頼が見えない。
六　「手番」は、競技者を、左右に分けて組み合わせること。
七　以下、三、四、六の皇子は、仁寿殿の女御腹。皇子たちの年齢は、「蔵開・上」の巻【一五】に見える。
八　「左衛門督」は、正頼の八の君の婿、藤原忠俊。
九　「五の皇子」は、后の宮腹。

勝ち給ふ。六番に、六の皇子、一9左大弁に勝ち給ふ。七番に、兵衛《ひやうゑ》督《のかみ》・10左衛門佐の君、督の君勝ち給ふ。八番に、兵衛佐・兵部少輔《せうふ》、佐勝つ。九番に、式部丞《しきぶのじよう》・侍従、11侍従勝ち給ふ。十番に、大夫《たいふ》の君、右衛門尉《うゑもんのじよう》に、君勝つ。

五　同日、引き続き、騎射と打毬が行われる。

かかるほどに、殿、右の馬寮《むまづかさ》の検校《けんげう》し給ふ。明日一御府《つかさ》の1手番《てつがひ》なり、二2比べの官人《くわんにん》3ごとに賜《た》ぶべき御馬《むま》の脚《あし》4調べ御覧ぜむとて、御馬十引かせて、馬頭《むまのかみ》・助《すけ》・下部《しもべ》5ら、右近中将・少将、物の節《ふし》ら、引きて参りたり。

おとど、「〔正頼〕興《けう》あるわざかな。切《せち》に、三聞こしめさましかばなど思ひつるに」などて、幄《あげばり》ども打ちて、四上《かみ》よりはじめて着き、中、少将、馬頭・助着き並み、馬寮の御馬に、右近将監《ぜう》よりはじめて這《は》ひ乗りつつ、騎射《むまゆみ》仕うまつる。

一〇「藤宰相」は、正頼の三の君の婿。藤原忠俊の弟。

一一「左大弁」は、正頼の長男、忠澄。以下は、正頼の男君たち。その官名については、「藤原の君」の巻【四】、「春日詣」の巻【三】参照。三男祐澄の名が見えない。

一「府の手番」は、近衛府の騎射。真手番。五月六日は、右近衛府の真手番。正頼がこの巻では右大将であることの証となる。「馬射」は、馬に乗って弓を射る競技。

二「比べの官人」は、騎射の競技をする官人の意。

三 帝が。村上天皇の天暦九年五月五日以来、武徳殿での騎射は停止されていた。

四「上」は、右近衛府の長官である右大将正頼。

騎射果てて、舎人《とねり》ども[五]駒形《こまかた》つきて舞ひ遊ぶ。あるじのおとど、[六]大いなる毬《たま》を、舎人どもの中に投げ出《い》だし給ふ。舎人ども、毬杖《きうちやう》を持ちて遊びて打ち、勝ちては舞ひ遊ぶ。

六　兼雅、左の馬寮を連れて三条の院を訪れる。

御馬《むま》ども池に引き立てて冷やし、秣飼《まぐさか》ひなどするに、[一]左大将のぬし、[二]手《て》番《つが》ひ給はむとて、[三]馬場《むまば》に着い給へりけるを、[四]この殿に右近の馬寮《むまづかさ》参りぬと聞こしめして、「[兼雅]興《けう》あることかな」とて、馬場より、次将《すけ》たちよりはじめて物の節《ふし》まで、左の馬寮率ゐて、次将たち[1]よりはじめて馬に乗りて、大将の[2]ぬし、御車の前《さき》に[五]駒形《こまかた》舞はせつつ遊びてものし給ふを、大将のおとど聞こしめして、「[正頼][3]左の府《つかさ》の楽の、近く聞こゆるかな。祐澄《すけずみ》が笙《さう》にこそあなれ。さやうの者、[六][4]右《う》方楽《はうがく》の引き連れて来る、[七]切《せち》ならむかし、見よや」とのたまふ。[5]牛飼《うしかひ》の預かり、「大将の[6]おとどの、左近の馬寮引き連れてお

五「駒形」は、頭に馬の作り物をかぶった舞人。
六 以下は、打毬のこと。打毬は、毬杖で毬を打って勝負を争う遊び。

一「左大将のぬし」は、藤原兼雅。
二 五月五日は、左近衛府の真手番。兼雅が左大将であることの証となる。
三 左近の馬場。一条西洞院の東にあった。
四「この殿」は、三条の院。
五 この「駒形」は、壱越調の二人舞。右方舞。「狛龍」の俗名。左近衛府が右方楽を舞うのは、右近衛府に対する敬意を表す。
六「右方楽」は、右方楽を奏する者たち。
七 挿入句。

はしますなりけり」と申す。おとど、[正頼]「切に興あることかな」と
て、御佩刀《はかし》の緒《を》したたかに結び垂れ、[八]御衣《ぞ》の裾《しり》走り引きて、笙の
[7]御笛取りて、[九]右近の、右の馬寮引きて、限りなく遊びて出《い》で給ふ。
[8]左近、[9]右の馬寮見つけて崩れ下りぬ。遊びて、左右見入れて、[一〇]広
くよき[10]大路《おほち》に、若く盛りなる大将たち、左右の近衛府《このゑづかさ》・馬寮を引
きて、遊びて、殿へ入り給ふ[一一]夕影、切なること限りなし。
[一二]東の御階《みはし》より左の府、西の階《はし》より右の府、等しく見合はせて上《のぼ》
り給ひて、[一三][11]左、南向きに着き給ひぬ。御前《まへ》ごとに、御机参りぬ。
かはらけ始まり、御箸下《はしくだ》りぬ。

七　帝、行正を使にして、正頼に引出物を贈る。

かかること、内裏《うち》に聞こしめして、[帝]「にはかに、いかにすらむ」
などて、[一]右近の蔵人《くらひと》をして、后《きさい》の宮に、「右大将の、にはかなる
客《かく》得たなるを、訪《とぶら》ひになむ遣はす。設けの物候はば、少し賜はり

八　下襲の後身の裾。「走り引く」は、裾を長く伸ばすさまをいう。下襲の裾を長く伸ばすのは、威儀を調えたさま。

九　「右近」は、右近の官人の意か。

一〇　「広くよき大路」は、大宮大路をいう。

一一　「夕影」は、夕日に照らされた姿の意。

一二　「南のおとどの東の御階」と解した。

一三　客である左近が南面し、右近が北面して座す。

一　女蔵人。「右近」は、その名。

二　「長持の唐櫃」は、長持のように持ち手のついた唐櫃か。

三　「白張袴」「大袿」は、ともに、被け物用。

四　内蔵寮や蔵人所の物を

てものせむ」と聞こえ給へれば、[1][二][2]長持《ながもち》の御唐櫃《からひつ》一具《ひとよろひ》に、女の装ひ[3]一具《ひとぐ》、[三]白張袴《しらはりばかま》添へて、大袿《おほうちき》十襲《とかさね》入れて、[后]「かく、よくもあらぬなむ残りたりける」とて奉れ給へり。

帝《みかど》、[四]内蔵寮《くらづかさ》の絹三百疋《さんびやくひき》、[五]三唐櫃《みからうづ》に入れさせ、寮《つかさ》の御衣《おほみぞ》、[六]十に入れ、蔵人所の御果物《くだもの》、櫃《ひつ》十に積みて、大将に奉り給はむとするに、殿上、蔵人一人もなし。[帝]「ただ今までありつる男《をのこ》ども、かしこへ往《い》にけるかな。[七]次将《すけ》は高き人にてあるかな」とのたまひて、[八]蔵人の兵衛佐《ひやうゑのすけ》行正《ゆきまさ》を召して、大将殿に、かく言ひ遣はす。

[帝]「にはかなる客《かく》得ものせられたなるを、饗《あるじ》のことなどを、いかにとなむ。引出物《ひきいでもの》なども乏《とも》しくは、[九]ないし料などもあまたものせらるらむを、御心《み》にまかせてものせられよ」

とて、かはらけに、かく書きつけ給ふ。

[帝][一〇]所狭《ところせ》き身はよそなれど遊ぶなる宿に心を我も遣[4]るかな
とて遣はすに、[一一][5]左のおとど・平中納言、夜に入るまで候ひ給ふを、[帝]「大将の朝臣訪《とぶら》はるべきものなり」と仰せらる。もろ声に御答《おほん》へ

贈ることは、「内侍のかみ」の巻【三】注三にも例が見える。
五　百疋ずつ、唐櫃三つに入れさせるの意か。
六　「唐櫃十に入れ」の意か。
七　「次将」は、頭の中将祐澄のこと。殿上の蔵人たちが、祐澄の供で、三条の院に全員行ったことをいう。
八　行正は、式部丞をかけた六位の蔵人だったが、叙爵後も蔵人として残ったのか。「藤原の君」の巻【三八】注八参照。また、行正は、兵衛佐として、兵衛の陣にいたのか。
九　「ないしれう」、未詳。正頼が管理する官物だろう。
一〇　「心を遣る」に、心を行かせるの意と、心を慰めるの意を掛ける。
一一　「左のおとど」は、左大臣源季明。正頼の兄。

してまかで給ふを、御使の蔵人、奉れ給ふ物を持て連ねて、大将殿に参る。

おとど、御かはらけを見給ひて、驚きかしこまり給ふ。[一二][6]朝使《てうし》の蔵人を[一三]階《はし》に据ゑて、下《お》りて舞踏《ぶたふ》して、大袿《おほうちき》[7]被《かづ》き給ひて、かしこまり申し給ふ。

[正頼][一四]雲居より降る白玉を袖に入れてもる人さへぞ心行《ゆ》きぬる

など奏せさせ給ふ。

蔵人参りて、左のおとど・平中納言連ねて入り給ふを、え知り給はず、御前《ごぜん》の[一五]御前松《さいまつ》灯したる兵衛尉《ぜう》どもにはかに入るに、驚き見給ふ。右のおとど、式部卿の親王《みこ》と、崩れ下り給ふ。左のおとど、[季明]「さらに、何か」とて上《のぼ》りて着き給ひぬ。おとど、[正頼]「いともかしこく、[8]夜深くなりぬるに渡りおはしましたるをなむ」。左のおとど、「今朝内裏《うち》にも参りて、今まで候ひつるを、ある人の、かく[9]近衛・馬寮《むまづかさ》・諸卿集はれたりと奏しつれば、上、驚かせ給ひて、[帝]『蔵人奉り給[一六]ふべきに、[10][一七]垣下《ゑが》に参れ』と仰せられつれば」などの

一二 底本「とうし」。「朝使」の誤りと解した。
一三 「階」は、「階隠しの間」か。建物の正面の階の上に勅使の座を設けた。
一四 「もる」に「漏る」と「守る」を掛ける。「白玉」に嵯峨の院の女一の宮である妻大宮をたとえ、それを守る私までもうれしい気持ちがすると答えたもの。
一五 「前松」は、松明（たいまつ）に同じ。
一六 「給ふ」は、間接話法的な敬語の表現。
一七 「垣下」は、饗宴の宴席での相伴の客。

一 以下「おはします」まで挿入句。「頭」は、競技者を左右に分ける時の、それぞれの中心になる人。
二 （上達部と親王たちを）左右の方人に分けて。

たまふ。あるじのおとど、喜びかしこまり給ふ。

八　三条の院で、左右の馬寮の競馬が行われる。

かくて、左右《ひだりみぎ》の馬寮《むまづかさ》[1]の御馬、[一]左右の大将、頭《とう》にておはします、上達部《かんだちめ》・親王《みこ》たち、[二]方分《かたわ》きて比べ給ふ。左の乗尻《のりじり》は、左近将監《ぜう》[2]よりはじめて物の節《ふし》まで逸物《いちもち》を選ひ、右の乗尻は、[3]右近将監まで選ひ、西・東《ひんがし》、幄《あく》[4]打ちて、馬寮着き並みたり。御前松《おほんさいまつ》灯したること、[三]埒《らち》[5]より南に、[四]御前《まへ》に向きて、[五]馬出《むまだ》しより馬とどめまで、隙《ひま》なく、[六]褐《かち》の衣《きぬ》着たる男ども灯したり。皆、これは、[七]兵部の男《をのこ》どもなり。[6]埒より北の、御前《まへ》にあたりては、兵衛尉《ぜう》よりはじめて[八]宮の帯刀《たちはき》まで、丈調ひたるを選ひて、[九]上《かみ》より下《しも》まで灯したり。

皆、乗り連ねて、[一〇]埒[7]より上《のぼ》る。札《ふだ》結ひて、皆引き立てて、左右、乱声《らんじやう》して、勝ち負けに、楽《がく》の舞す。[一一]兵部丞《じよう》、飾り馬《むま》に乗りて、埒に向きて、[一二]馬の毛申し給へり。[一三]こはてはなかつきて、右勝つ。乱《ら》

「方人」は、左右に分けて競う競技でそれぞれの方を応援する人。
三　馬場の柵。ここは、東西に延びる。
四　正頼たちが、馬場での競べ馬を見るのは、【二】注三の「南のおとど」か。
五　馬の出走地点から馬をとめる所まで。
六　「褐」は、濃い藍色。
七　兵部省の下級役人。
八　春宮坊の帯刀舎人。
九　「南のおとど」から馬場までの意か。
一〇　埒の柵に沿って。
一一　下の「給ふ」の敬語から見て、「兵部少輔」の誤りで、正頼の六男兼澄か。
一二　出走前に、乗尻の名と、馬の産地や毛色を紹介する。
一三　「こはてはなかつきて」、未詳。一番は勝負がつかないことをいうか。「右勝つ」は、二番目の勝負のことか。

声《ざう》して舞す。三つに出《い》づる御馬、左勝つ。四つに、右勝つ。五つ、左勝つ。六つ、右勝つ。七つ、左勝つ。八つ、右勝つ。九つ、左勝つ。勝ち負けして、一四数さし、一五後《しり》の[8]ことわりに、左には一六まつりごと人近正、右には一七同じき松方、[9]さる御馬《おほんむま》どもに、ただ今の上手《じやうず》乗りて出で来、一八頭《とう》よりはじめて、大願を立て給ふ。御前《おまへ》までは等しく見えしを、一九右のとううちこめられて、左負け給ひぬ。

九　同日、季明、実忠のことを正頼に頼む。

かくて、かはらけ度《たび》々になりぬ。御遊び盛りなり。内に、一君達《きんだち》、母屋《もや》の御簾《みす》に壁代《かべしろ》かけ、御簾の内に、四尺《ししやく》の御屏風《びやうぶ》ども立てわたしたる内に、ある限り、立て並めて見給ふ。

左のおとど、（季明）二「ここには、え思《おぼ》し捨つまじき人々ものし給ふらむかし。かかるついでに、かはらけなども賜へや」などて、三「実《さね》忠《ただ》も殿に候ふなるを、などかまかで来《こ》ぬ」。あるじのおとど、

一四「数さす」は、勝った数を数えるの意か。

一五「後のことわりに」は、最後の決勝にの意か。

一六「まつりごと人」は、将監。ただし、「春日詣」の巻【三】注四七には、「兵衛尉」とあった。

一七 右近将監。「春日詣」の巻【三】注四八参照。

一八「頭」は、左右の頭である兼雅と正頼。

一九 底本「右のとううちこめられて」、未詳。

一「君達」は、正頼の女君たちをいう。
二 御簾の内に向かっての発言。
三 正頼に向かっての発言。
四「あが君」は、正頼をいう。
五 左大臣季明の次男。実忠の兄。正頼の四の君の婿。実頼は中将、実忠は宰相。

（正頼）「労《いたは》るところものし給ふとなむ承る」。左のおとど、（季明）「あやしく、さもあらざりし者の、[1]病だたしくなりにたるかな。年ごろ、[四][2]あが君に聞こえむと思ふこと、今宵、酔《ゑ》ひのついでに聞こえむ。下臈《げらふ》なる[五][3]実頼をだに候はせ給ふめるを、などか[4]実忠をしも召し入れぬ。あまた侍る中に、らうたしと思ふ者なり。[六]侍従の朝臣に思しなずらへて、かれをも顧み給へ」と聞こえ給ふ。あるじのおとど、うち笑ひて、（正頼）「仲澄になずらへ聞こえむには、[七]よろづのことも思ひ給へ知るまでこそあなれ。まめやかに、さ思ひ給ふることぞや。[八]かの者見給ふべき人ぞ侍らぬ。さはれ、いかがすべき。[九]五月雨にもなりにけるを」。[5]左のおとど、かはらけ取り給ひて、「いでや。さ承りても久しくなりぬ」とて、

　[一〇]時鳥《ほととぎす》鳴く音《ね》久しくなりぬるをさみだれながらいく世ふればぞ

あるじのおとど、

「[一一]時鳥花橘《はなたちばな》に宿ればぞなほさみだれも常磐《ときは》なるべき

思ひ給へつつぞや」などて、夜《よ》一夜《ひとよ》遊び明かして、上達部《かんだちめ》・親王《みこ》

六 「侍従の朝臣」は、仲澄。正頼の七男。
七 何かにつけて心配ばかりすることになりそうです。
八 仲澄と結婚してくださるような方はおりません。
九 五月に結婚することを忌む習慣があった。「藤原の君」の巻【三五】注一参照。
一〇 「時鳥」に実忠をたとえ、「さみだれ」に「五月雨」と「さ乱れ」、「ふれ」に「降れ」と「経れ」を掛ける。『風葉集』夏「中納言実忠を左大臣（この婿脱か）になすべきよし申し侍りけるに、五月雨になりにけりと申しければ　うつほの源太政大臣」、三句「なりぬるは」。
一一 「花橘」に実忠の北の方をたとえ、「さみだれ」に「五月雨」と「さ乱れ」を掛ける。「橘」「常磐」は、縁語。

たちには女の装ひ一領《くだり》、[一二]馬頭《むまのかみ》、左右の中将まで。それより下《しも》は、白張袴《しらはりばかま》、[一三]品に添へて[6]賜はりぬ。[7]下部《しもべ》の人[8]ども、馬寮の男《をのこ》ども、物の[9]節らに、[一四]腰絹《こしぎぬ》さしなどす。[10]遊び明かして、つとめて帰り給ふ。

一〇　春宮をはじめ、人々、あて宮に歌を贈る。

かかるほどに、春宮より、かく聞こえ給へり。

「[一]ためしにも人の引くべき時鳥《ほととぎす》この五月雨《さみだれ》を今もあへなむ

ねたくも思ほされずや。なほ、早くを」

と聞こえ給へり。あて宮、

忌まざらむことぞ苦しき憂きにこそ世のためしにもあると言ふなれ

兵部卿の親王、

[二]よそにのみ思ひけるかな夏山の繁《しげ》き嘆きは身にこそありけれ

左大将殿より、

一二　上達部や親王たちと同じ物を「馬頭、左右の中将まで」の意か。

一三　それぞれの身分に応じて。

一四　「腰絹」は、腰ざしとして与える巻き絹。

一　「時鳥」に、あて宮をたとえる。「五月雨」は、【九】注九参照。

二　「嘆き」の「き」に「木」を掛ける。『風葉集』夏「藤壺の女御いまだ参り侍らざりける頃遣はしける　うつほの兵部卿の宮」。

三　夏の短夜の発想を逆転させて、あなたを思って眠れない夜は長いと詠んだも

兼雅三 わび果てて何の心もなけれどもなほ夏の夜《よ》は長くもあるかな

中納言殿より、

平中納言四 わびぬれば五月ぞ惜しきあふちてふ花の名をだに聞くと思へば

源宰相、

実忠五「沈みぬる身にこそありけれ涙川浮きてもものを思ひけるかな

六身のいたづらになるとも思ひ給へず、心ざしのむなしうなりぬることそいみじけれ」

など聞こえ給へり。七あはれと見給へど、御返りなし。

三の皇子《みこ》、

八君がため軽《かろ》き心もなきものを涙に浮かぶ頃にもあるかな

紀伊国《きのくに》より、

源氏の君九 いづこともまだしら雲のわびしきは言ひやる空のなきにぞありける

藤侍従、五月のつごもりの日、一〇朽ちたる橘《たちばな》の実に、かく書きつ

の。

四 「あふち」に「樗」と「逢ふ」を掛ける。

五 「沈む」「浮く」は、縁語。『風葉集』恋一「藤壺の女御いまだ参り侍らざりける頃遣はしける　中納言実忠」。

六 『拾遺集』恋五「あはれとも言ふべき人は思ほえで身のいたづらになりぬべきかな」（藤原伊尹）による表現。

七 「あはれ」は、注六の藤原伊尹の歌の初句による表現。

八 「軽し」「浮かぶ」は、縁語。「軽き心」は、変わりやすい心の意。

九 「白雲」の「しら」に「知ら（ず）」を掛ける。「白雲」は、涼をたとえる。

一〇 橘は、冬に実をつける。七十二候の六十候を「橘始黄」といい、初冬にあたる。

けて、

一一「橘《仲忠》の待ち[1]し五月に朽ちぬれば我も夏越《なごし》をいかがとぞ思ふ

一二五月雨の過ぐるも、恐ろしくなむ」。

侍従の君、

一三うらやましやがて入りぬる夏虫や絶えぬ思ひぞわびしかりける

少将、

一四眺《仲頼》めつつ[2]ひに朽[3]ちにし橘は常に空なるみとやなりなむ

一五良佐《らうすけ》、

一六山《行正》も野も繁くなれどもわが宿にまだ言の葉の見えずもあるかな

一一　六月十二日、三条の院で、納涼の宴が催される。

かかるほどに、六月の頃ほひにもなりぬ。大将殿[1]は、池広く深

一一　引歌、『古今集』夏「五月待つ花橘の香をかげば昔の人の袖の香ぞする」（詠人不知）。

一二　結婚することを忌むという五月雨の季節が過ぎることも。

一三「やがて入りぬる夏虫」は、火のまわりを飛んでそのまま火の中に入ってしまう火取り蛾。「思ひ」に「火」を掛ける。

一四「み」に「実」と「身」を掛ける。「空なる実」は、枝についたまま人に採ってもらえない実の意で、仲頼をたとえるか。

一五「良佐」は、「良岑兵衛佐」の略。良岑行正。

一六「言の葉」は、あて宮からの返事をたとえる。

一「浮橋」は、船や筏などの上に板を渡した橋。

二「暇の日」は、宮中の

く、色々の植木、岸に沿ひて[2]生ひたり。水の上に枝さし入りなどしたる中島に、片端は水に臨《のぞ》き、片端は島にかけて、厳《いか》めしき釣《つり》殿《どの》造られて、をかしき船ども下ろし、一浮橋《うきはし》渡し、暑き日盛りには、人々涼みなどし給ふに、十二日、二暇《いとま》の日にて参り給はぬを、正頼三「釣殿にて、今日涼ませ奉らむ。興《けう》あらむ果物《くだもの》など賜へよ」など聞こえ置き給ひて、釣殿に出《い》で給ひぬ。

四君たちさながら候ひ給ふに、おとど、御扇に、かく書きつけて、式部卿の宮の御方に奉れ給ふ。

正頼五 枝繁《しげ》み露だに漏らぬ木《こ》隠れに人まつ風の早く吹くかな

とて、六侍従の君して奉れ給ふ。親王、[3]見給ひて、かく書き七つけて、右の大殿《おほとの》に奉れ給ふ。

式部卿八「木《こ》隠れに寒く吹くらむ風よりも内なる枝の陰ぞ涼しき

釣殿より、かくなむ」

とて[4]奉れ給へり。右のおとど、見給ひて、[5]中務《なかづかさ》の宮に奉れ給ふ。

忠雅九 [6]風渡る枝にぞ誰も涼み居るもとの陰をも頼むものから

勤務のない日。官人は六日ごとに休日が認められていた。参考、『假寧令』に、「凡在京諸司。毎二六日一。並給二休假一日一」とある。
三 以下、妻大宮への発言。
四 正頼の男君たちが全員。
五 「まつ」に「待つ」と「松」を掛ける。婿君たちを招く歌。『風葉集』夏「暑き日、釣殿に涼みて、式部卿の親王に遣はしける うつほの左大臣」。
六 「侍従の君」は、正頼の七男仲澄。
七 正頼の歌が書かれた扇に書きつけて。以下の婿たちの歌も、正頼の扇に書かれた。
八 「内なる枝」は、自分の妻をたとえる。
九 「風渡る枝」に自分たちの妻、「もとの陰」の「もと」に、その父親である正頼をたとえる。

親王、見給ひて、かく書きつけ、民部卿殿に奉れ給ふ。

中務一〇 木隠れは陰に円居《まとゐ》[7]るもと[8]松の根より生ひたる末にあらずや

民部卿殿、

実正一一 おほかたの陰とは見つつこち風の吹く木隠れと知らずぞありける

左《さ》衛門督《ゑもんのかみ》殿、

忠俊 わが頼む千年《ちとせ》の陰は漏らずして松風のみぞ涼しからなむ

藤宰相殿、

直雅一二 円居する千年《ちとせ》の陰のうれしきは漏るともなげの松の陰かは

中将、

実頼一三 人ごとに千年《ちとせ》の陰を添ふる松いく世限れる齢《よはひ》なるらむ

など奉れ給ひて、七所ながら、釣殿にまうで給ひぬ。正頼「女君たちも出で立ち給へ」と聞こえ給へば、御車どもして、船一四編みて据ゐて渡り給ひぬ。うなゐ・下仕《しもづか》へらは、さし[9]続き、浮橋[10]より渡る。母屋《もや》に、御簾《みす》かけ、御几帳《きちやう》立てわたして、君たちおは

一〇 「もと松」は、正頼をたとえる。
一一 「東風（こちかぜ）」の「こち」に「此方」を掛ける。
一二 参考、『古今集』春下「いざ今日は春の山辺に交じりなむ暮れなばなげの花の陰かは」（素性）。
一三 『風葉集』賀「同じ産屋に詠み侍りける　参議実頼」。二句「千年の松を」。
一四 船を結び合わせた上に車を乗せて釣殿に渡るのである。この釣殿は、対と廊でつながっていない。
一五 「御琴」は、箏の琴。
一六 「磬」は、中国渡来の打楽器。『和名抄』調度部伽藍具「磬　宇知奈良之」。
一七 「菱」は、ヒシ科の水生多年草。実は、食用になる。「水蕗」は、鬼蓮の異名。『和名抄』菜蔬部藻類「芡　美豆布々岐」。

します。簀子《すのこ》に、上達部《かんだちめ》・親王たちおはしまして、女君たち[一五]御琴《おほんこと》ども掻き合はせ、男君たち[11]笛ども[12]吹き合はせ、琵琶《びは》・御琴《こと》、[一六]磬《けい》打たせ、[13]呂の声に合はせて遊ばし、御前《まへ》の池に、網下ろし、鵜《う》下ろして、[14]鯉《こひ》・鮒《ふな》取らせ、よき[一七]菱《ひし》・大きなる水蕗《みづふぶき》取り出でさせ、厳めしき[一八]山桃・姫桃など、中島より取り出でて、をかしき[一九]胡瓶《こへい》ども水に[二〇]拾ひ立てなどして、涼み遊び給ひて、あるじのおとど、正頼「今日、ここに、この好き者ども一人[15]もなき、さうざうしや。仲澄《なかずみ》は、藤侍従呼びに遣れかし。深き契りある人は、よしある折を過ぐさぬぞよき」などのたまへば、驚きてのたまひ遣はしたれば、[二一]三所《みところ》ながら、遊び人と出で来て、船に乗りて、釣殿へまうづ。

あるじのおとど、白き綾の御衣《おほんぞ》脱ぎて、侍従《じじう》に賜ふとて、

正頼[二二]　深き池の底に生ひつる[16]菱摘むと今日来る人の衣《ころも》にぞする

侍従、

仲忠[二三]　底深く生ひけるものをあやしくも上なる水のあやと見るかな

などて、同じやうなる御衣《ぞ》脱ぎて賜ふ[二四]。

一八　『和名抄』果蓏部果蓏類「楊梅　夜末毛々」。「姫桃」は、未詳。
一九　「胡瓶」は、胡国産の水瓶。口は鳳凰の頭の形をしていて、饗宴の酒瓶として用いられた。
二〇　「拾ひ立つ」は、点々と立てるの意か。【三】注一九にも見える。
二一　正頼の男君と「はらからの契り」を結んだ仲忠・仲頼・行正の三人。「俊蔭」の巻【六三】注一参照。
二二　「菱」に、あて宮をたとえる。引歌、『万葉集』巻七「君がため浮沼の池の菱摘むとわが染めし袖濡れにけるかも」（人麿歌集）。
二三　「あや」に「紋」と「綾」を掛ける。正頼から賜った御衣が菱形文様だったのだろう。
二四　仲頼と行正にも。

二五君たちの御前《おまへ》なれば、人々、心遣ひして、物の音《ね》など掻き鳴らしつつ、明くるほどに、二六鳰鳥《にほどり》のほのかに鳴く、藤侍従聞きて、箏《さう》の琴に、かく掻き鳴らす。

我《仲忠》のみと思ひしものを鳰鳥の一人浮かびて音《ね》をも鳴くかな

と、二七あるかなきかに掻き鳴らす。あて宮、琴《きん》の御琴に、

鳰鳥の常に浮かべる心には音《ね》をだに高く鳴かずもあらなむ

などのたまふほどに、内裏《うち》より、「藤侍従、ただ今参り給へ。宣《せん》旨《じ》なり」と言ふ。仲忠、「あなわりなや。折しもこそあれ、わりなき召しかな」と言ひて、《仲忠》「ただ今、参りてなむ二八」とて参り給ひぬ。

一二　正頼、兼雅の別荘がある桂での神楽を計画する。

かくて、あるじのおとど、一弁の君に聞こえ給ふ、《正頼》二「神楽《かぐら》すべきが近うなりぬるを、水深く、陰涼しからむ所求められよ」。弁の

二五「君たち」は、正頼の女君たち。
二六「鳰鳥」は、「藤原の君」の巻【一四】注一参照。
二七 聞こえるか聞こえないかの程度に。
二八 下に「すぐにまた戻って参ります」の意の省略がある。

一「弁の君」は、左大弁源忠澄。正頼の長男。
二 夏神楽。
三「東川」は、桂川を西川と言うのに対して、賀茂

君、《忠澄》[三]「東川には見えずなむ侍る。左大将殿の住み給ふ桂《かつら》[四]のわたりなむ、めづらかなる心ばへし出《い》だされておもしろく侍る」。《正頼》「さあらむかし。かの殿の心とどめて造らせ給ふと聞く所なり。[五]家々の男《をのこ》どもにつけられたることだに、殿の例として、心殊に事し出でらるるを、かの殿は、心に造らせ給ふめれば、見どころあらむ。人のし出だすことは、心に従ふものなり。興《けう》ある道にもすぐれ、朝廷《おほやけ》の器《うつはもの》[六]にも調ひ給へる殿にこそあれ。人の式[七]につきて見給へしに、親王《みこ》たち・上達部《かんだちめ》、ある限り参り給ふ中に[八]、[1]左大将・侍従、[九][2]一つに奉り[3]て下《お》り給ひしこそ、ありがたく見えしか。そが中にも、侍従を見給へしこそ、常は厭《いと》はしき女の子のよき、欲しかりしかな」とのたまふ。

かくて、[一〇]君達、方々に帰り給ふ。

おとど、[一一]内に参り給ひて、《正頼》「などか、涼みには出で給はざりつる。[4]釣殿御覧ぜさせむとしつるを。[一二]『闇の夜の錦《にしき》』とか言ふやうもなむ」。宮、《大宮》[5]「人々涼み給へれば。[一三]ここまでなむ」とて、

川をいう。
四「桂のわたり」は、藤原兼雅の桂の別荘をいう。「春日詣」の巻【八】参照。
五「家々の男」は、家司たちをいうか。「つく」は、託す、任せるの意。
六「うつはもの」は、漢語「器」の訓読語。器量・才能のある人物の意。
七「式」は、様子、有様の意か。
八 参内なさっている中で。
九 同じお車にお乗りになって。
一〇「君達」は、正頼の女君たちをいう。
一一「内」は、正頼夫婦が住む方をいう。「嵯峨の院」の巻【三】注二参照。
一二「闇の夜の錦」は、「嵯峨の院」の巻【三】注五参照。
一三 松風（琴の音）は、ここまで聞こえてきました。

大宮一四
枝ごとに分かずや風の吹きつらむ籠もれる根さへ涼しかりつる

おとど、

正頼一五
奥山に松の古根を残しては岸に靡《なび》くぞ効《かひ》なかりつる

などて、「神楽、十七日になむすべき。その設けせさせ給へ」。宮、「おもしろからむ所こそよからめ」。おとど、「左大将のぬしの、一六仲忠が母据ゑ給ひたる所の、仲忠が心に入れて造らせたる所思ほしやれ。一七またはありなむやは」などのたまふ。

一三　正頼の桂での神楽に、兼雅と仲忠が桂の別荘から訪れる。

かくて、御神楽《かぐら》に出《い》で立ち給ふ。大宮・女御の君・一あなたの北の方よりはじめ奉りて、二二十の人は青朽葉《あをくちば》、三それよりこなたは二《ふた》藍《あゐ》の御小袿《おほんこうちき》ども。御供《おほん》の人は、大人・童《わらは》、赤色に二藍襲《ふたあゐがさね》、四御神《みかう》の子、青色に二藍、下仕《しもづか》へ、檜《ひ》皮《はだ》色と着たり。御車二十《はたち》ばかり、四

一四「枝」に正頼の子どもたち（特に、大宮腹）、「根」に大宮自身をたとえる。『風葉集』雑一「左のおほいまうち君、子ども具して釣殿にて涼み侍りけるに、もろともならぬことを聞こえ侍りけるに　うつほの嵯峨の院の女一の皇女」。

一五『風葉集』雑一に、前の歌に続いて、「返し」として見える。三句「残しても」五句「効なかりける」。

一六【三】の冒頭部分には、兼雅が自分の思いどおりに造ったとあった。

一七 反語表現。「またはあらじ」の強調表現。

一「あなたの北の方」は、大殿の上。太政大臣の娘。
二 二十歳以上の人の意か。
三 それ（二十歳）以下の人の意か。
四「御神の子」は、神楽

位五位数知らずして、桂川《かつらがは》に出で給ふ。

榊左右《さかきさう》にさして、一の車より御神の子[3]下ろして舞ひ入る。御車に続きて、促し入る。御桟敷《さじき》に下り給ひて、御祓《おほんはら》へ仕うまつりぬ。御神楽《みかぐら》の召人《めしうと》、[五]さへかはら仕まつるべき右近将監《ぞう》松方、笛仕うまつる左近[4]将監《ぞう》[六]近正、篳篥《ひちりき》仕うまつるべき右兵衛尉《ぜう》[七]時蔭、[八]大御歌《おほみうた》仕うまつるべき、殿上人のただ今の上手《じやうず》ども、皆[5]召しつけつ。上達《かんだち》部《め》・親王《みこ》たち、むつましきは出で給ふ。殿上人、残るなし。

[6]御前《おほんまへ》よりはじめ、召人《めしびと》らまでも参り、[九]御かはらけ始まり、御箸下《くだ》りぬるほどに、左大将のぬし、川のあなたより、をかしき小船、興《けう》あるさまに調じて造り、[7]をかしき物を、興《けう》ある御幣《ごへい》[8]に[9]調じて、かはらけ取りて、侍従[一〇]に[10][一一]高麗《こま》の楽せさせて渡り給ふ。右大将の[11]おとど、限りなく喜び給ひて、川面《かはつら》に、右の[12]府《つかさ》[13]の遊び人・殿上人・君達《きんだち》[14]率ゐて、遊びて待ち給ふとて、[一二]「大君《おほきみ》来まさば」といふ声振《こわぶ》りに、から歌ひ給ふ。

正頼[一三]　底深き淵《ふち》を渡るは水馴《みな》れ棹《ざを》長き心も人やつくらむ

を舞う巫女のこと。
五　「さへかはら」、未詳。
六　「近正」は、【八】注一六参照。
七　「時蔭」は、「春日詣」の巻【三】注四九参照。
八　「大御歌」は、神楽歌。
九　「御机参り」の誤りか。
一〇　「侍従」は、仲忠。
一一　「高麗の楽」は、唐楽の左方楽に対して、右方楽。この右方楽の演奏は、右大将正頼への敬意を表す。
一二　催馬楽「我家」の歌詞「我家は　帷帳も　垂れたるを　大君来ませ　聟にせむ　御肴に　何よけむ　鮑栄螺か　石陰子よけむ……」による表現。
一三　「つく」に「突く」と「付く」を掛ける。「水馴れ棹」「突く」は、縁語。「長き心」に、あて宮に対する、いつまでも変わらない気持ちの意をこめる。

左大将《兼雅》のぬし、一四「伊勢の海」の声振りに、

人はいさわがさす棹の及ばねば深き心を一人とぞ思ふ

とて渡りて、左右《ひだりみぎ》、遊びて着き並み給ひぬ。

また、兵部卿の親王も、御祓へしに、同じき川原に出で給へるを、喜びて御迎[15]へして、同じ御前《まへ》に着き給[16]ひぬ。

かかるほどに、春宮より、蔵人《くらひと》を御使にて、かく聞こえ給へり。

一五 うちはへて我につれなき君なれば今日の禊《みそ》ぎも効《かひ》なかるらむ

あて宮、

一六「逢《あ》ふことのなごしの祓へしつるかな大幣《おほぬさ》ならむ人を見じとて

今日の禊ぎは、神も耳疾《と》くなむ」

と聞こえて、御使に、女の装ひ一具《ひとぐ》賜ふ。

かくて、夕暮れに、君達、御簾《みす》上げて、一七糸木綿《いとゆふ》の御几帳《きちやう》ども立てわたして、一八御前《おほんまへ》の前に、なだらかなる石、角《かど》ある岩など一九拾ひ立てたる中より、川の湧《わ》きたる、滝落ちたるなど見給ふとて、二〇孫《そ》王《わう》・中納言・兵衛・[17]帥《そち》の君など、よき童部《わらはべ》など、岩の上ごとに出

一四　催馬楽「伊勢海」「伊勢の海の　清き渚に　潮間に　なのりそや摘まむ　貝や拾はむや　玉や拾はむや」。「我家」の歌詞「鮑栄螺か　石陰子よけむ」に対して、この歌詞の「玉や拾はむや」に、あて宮を妻にしたいの意をひびかせたもの。

一五　参考、『古今集』恋一「恋せじと御手洗川にせし禊ぎ神は受けずぞなりにけらしも」（詠人不知）。

一六　「夏越」の「な」に「無（し）」を掛ける。「大幣ならむ人」は、春宮。参考、『古今集』恋四「大幣の引く手あまたになりぬれば思へどえこそ頼まざりけれ」（詠人不知）。

一七　「いとゆふ」を糸木綿と解する説に従った。

一八　正頼の女君たちの御前。

一九　【二】注二〇参照。

だし据ゑ、[二一]御琴《こと》掻き鳴らし、人々に歌詠ませなどして出で居給へるを、[二二][18]男方の御前《まへ》[19]、めでたう興ありと思す。

藤侍従、御前《まへ》のわたりに立ち寄りて、孫王《そわう》の君にもの言ひなどするに、[20]湧き出でた[21]る水を見て、

[仲忠][二三]「川辺なる石の思ひの消えねばや岩の中より水のわくらむ

[二四]『礫瓦《たびしかはら》も』と言ふとても」。孫王《そわう》の君のいらへ、

[孫王の君][二五]底を浅み石間《いしま》を分けて行く水はわくと見れども温《ぬる》まざりけり

など言ふほどに、例の宰相、兵衛の君のもとにある文を、[二六]君達、これかれ、見給ひてうち笑ひつつ、[二七]もののたまはぬを聞きて、また、かく聞こえたり。

[実忠]わが文は八百万世《やほよろづよ》の神ごとに読むとも数は尽きずやあるらむ

など聞こえたれど、もののたまはず。

夜《よ》に入りて、御神楽《おほんかぐら》始まりて、夜一夜《よひとよ》遊ぶ。御神楽《みかぐら》果てて、[二八]才《ざえ》の男《をとこ》など取るに、兵部卿の親王、「好き者の才侍る」などのたまひて、[二九]御前《まへ》なる岩の上に居給ひて、大宮にもの聞こえ給ふついで

二〇　以下、あて宮づきの侍女。「帥の君」は、初出。「中納言の君」は、「藤原の君」の巻【三六】注三参照。
二一　正頼の女君たちが。
二二　正頼の男君たちの御前。
二三　「思ひ」に「火」、「わく」に「湧く」と「沸く」を掛ける。「石の火」は、「春日詣」の巻【三】注三六参照。「思ひ」は、あて宮への恋の思いをいう。
二四　「たびし」は、「たびいし」の約。「礫瓦」は、小石や瓦のように取るに足らないもののたとえ。漢語「瓦礫」の訓読語か。歌の「石の思ひ」の縁。
二五　「わく」に「湧く」と「沸く」を掛ける。仲忠の愛情の浅さをいう。
二六　正頼の女君たち。
二七　あて宮が何もおっしゃらずにいるのを聞いて。
二八　「才の男を取る」は、

に、兵部卿[三〇]「月ごろ、聞こえさせまほしきことのあるを、ついでなくてのみなむ。今宵は、神[三一]だにもの聞き入れ給へばなむ。年ごろ、御[三二]仲らひに聞こゆることあるを、あさましくなむ、人よりも思ほし捨てたる。『さはあるまじき[22]人ぞ』とやは聞こえ知らせ給はぬ」。大宮、うち笑ひて、「いでや。かやうの折には、神[三三]ほかにのみぞ思ほゆるや。わづらはしきことなどのたまはずは、さも[三四]のたまひ知らせてまし」。親王、「あるが中に思ほし捨てたれば、いづれの度《たび》かねたく思ほえぬ時なけれど、この度こそ、身はいたづらになるとも、え思ひ忍ぶまじけれ」。大宮、「まめやかには、見[三五][23]給ひつべき人あらばと思ふを、さりぬべきがなければなむ。いましばしありては、さ聞こゆる折もありなむ」。親王、「命あらずは、さてややみなむ」とて立ち給ひぬ。

暁に、上達部・親王たちには女の装ひ、召人《めしびと》らには白張袴《しらはりばかま》、左[24]大将ぬしによき馬・鷹《たか》など奉り給ふ。

かくて、皆帰り給ひぬ。

「才名告り」に同じ。「嵯峨の院」の巻【三二】注八参照。
二九 「女方の御前」の意。
三〇 「嵯峨の院」の巻【三〇】の兵部卿の宮の発言に、「さるは、聞こえさせむと思ひつることありつれど、ただ今忘れぬ。よし。ことさらにを」とあった。
三一 参考、『古今六帖』一帖〈夏越の祓へ〉「祈ぎことも聞かで荒ぶる神だにも今日の夏越の祓へといふなり」。
三二 兵部卿の宮は、大宮の弟。あて宮は、姪にあたる。
三三 「神ほかに」は、神が不在で聞きとどけてくれないの意か。「菊の宴」の巻【三九】注一三参照。
三四 「のたまふ」は、申しつけるなどの意。「俊蔭」の巻【三四】注一五参照。
三五 結婚していただける娘がいたらと思っているのですが。

「[25]ここは、[26]川原。[27]御神の子、三六「妹山《いもやま》」と舞ひて入[28]る。才《ざえ》の男《をとこ》取る。三七人長《にんぢやう》、長《をさ》、左右《ひだりみぎ》に立てり。三八採物《とりもの》ども奉る。三九遊女《うかれめ》どもふさなり。」

一四　春宮をはじめ、人々、あて宮に歌を贈る。

かくて、殿に帰り給ひて、春宮より、常夏《とこなつ》の花を折りて、かく聞こえ給へり。

「一一人のみわが臥す宿のとこ夏は常にをりうきものにぞありける

今は、住みにくくさへなむ」。

あて宮、

二白露の置き変はるなるとこ夏をいづれの折に一人見るらむ

例の宰相、久しく照りたる日盛りに、

実忠三大空もわがごとものや思ふらむ草木焦《こ》がれて照れる夏の日

三六　「妹山」、未詳。大和の妹背山の妹山か。「妹山と舞ふ」は、「妹山」と歌いながら舞うの意か。神楽歌「早歌十二」の中に、「あちの山背山背山や背山」がある。

三七　「人長」は、神楽の行事を指揮する者。近衛の舎人が務める。「長」は、舞人の長と解した。

三八　「採物」は、【一】注二参照。

三九　「遊女」は、「藤原の君」の巻【三六】注二九参照。

一　「常夏（とこなつ）」に「床」、「をりうき」に「折りうき」と「居りうき」を掛ける。

二　「常夏」に「床」を掛ける。「白露の置き変はるなる床」は、春宮に妃が多くいて寝所に奉仕する女性が夜ごとに変わることをいう。

あて宮、

[四]時の間《ま》にいらぬ宿なく照る日には君さへなどか劣らざるらむ

兵部卿の宮より、夕立ちのいたうする折に、

[五]年経れどいとどつれなくなる神の響きに[1]さへや驚かぬ君

あて宮、

[六]響けどもつれなき人は驚かで天雲のみも騒ぐべきかな

左の大将殿より、海に臨《のぞ》きたる海人《あま》立てる洲浜《すはま》に、かく書きつく。

兼雅[七]わたつ海の底[2]にみるめの生ふればぞ我さへ頼む深き心を

あて宮、漁《あさ》りしたる洲浜に、かく書き[3]つく。

[八]漁りする海人は何ぞもうみといへどいかなる底に生ふるみるめぞ

平中納言殿より、

[九]見る人は牡鹿《をじか》の角《つの》にあらねども慰むほどのなきぞわびしき

あて宮、

三 「焦がる」は、日光にさらされて色が変わるの意。参考、『好忠集』「下紅葉秋も来なくに色づくは照る夏の日に焦がれたるかも」。「焦がる」に、あて宮を思い焦がれるの意をたとえる。

四 「いら」に「入ら」と「焦ら」を掛ける。

五 「鳴る神」の「なる」に「成る」を掛ける。

六 「つれなき人」は、あて宮自身をいう。

七 「みるめ」に「海松布」と「見る目」を掛ける。

八 「うみ」に「海」と「倦み」、「みるめ」に「海松布」と「見る目」を掛ける。

九 「牡鹿の角」は、短い時間のたとえ。参考、『古今六帖』二帖〈鹿〉〈夏〉「夏野行く牡鹿の角のつかの間も見ねば恋しき君にもあるかな」。

一〇 「しかと」に「鹿と」

一〇 思ふらむことは知られて夏の野に角落ち変はるしかとこそ聞け

藤侍従、祓《はら》へしに、難波《なには》の浦まで下《くだ》りて、それより、

仲忠一一 惑ひつつ摘みに来《こ》[4]しかど住吉の生ひずもあるか恋忘れ草

あて宮、

一二 あだ人の心をかくる岸なれや人忘れ草摘みに行くらむ[5]

三の皇子《みこ》、

一三 鳴く蟬《せみ》も燃ゆる蛍も身にしあれば夜昼ものぞ悲しかりける

紀伊国《きのくに》より、

源氏の君一四 常よりも夏越《なごし》の月のわびしきは忌むてふことのなきにぞありける

と聞こえ給へるを、一五 君たち見給ふを、侍従の君取りて見て、端《はし》に、かく書きつけて、あて宮に奉り給ふ。

仲澄一六 人はいさ夏越の月ぞ頼まれし瀬々の禊《みそ》ぎに忘らる[6]やとて

[7]とて奉り給へど、誰も誰も聞こえ給はず。

と副詞「確と」を掛ける。「角落ち変はる鹿」は、心変わりをすることをいうか。
一一 引歌、『古今集』墨滅歌「道知らば摘みにも行かむ住の江の岸に生ふてふ恋忘れ草」（紀貫之）。
一二 引歌、『古今集』雑上「住みよしと海人は告ぐとも長居すな人忘れ草生ふと言ふなり」（壬生忠岑）。
一三 参考、『古今六帖』六帖〈蛍〉「昼は泣き夜は燃えてぞ長らふる蛍も蟬もわが身なりけり」。
一四 「忌む」は、結婚することを忌むの意。【九】注九参照。
一五 正頼の女君たち。
一六 【一三】注一五の『古今集』の歌参照。『風葉集』恋五「あるまじきことを思ひけるに、その女のもとに、『夏越の月のわびしきは忌むてふことのなきにぞありける』

少将、水無月《みなづき》つごもりに、

仲頼　衣手《ころもで》も干さで過ぎぬる夏の日を惜しむにさへも濡《ぬ》れまさるかな

兵衛良佐《ひやうゑのらうすけ》、七月一日、

行正　一七繁《しげ》かりし時[8]だにあるに言の葉の秋立つ今日の色はいかにぞ

一五　高基、あて宮に手紙を贈る。

一致仕《ちじ》のおとどの御《おほん》もとより、二宮内《くない》の君のもとに、

高基「日ごろ、え申し給へ三でなむ。そなたにもまうで来まほしけれど、四公所《おほやけどころ》の人目騒がしきによりてなむ。人知れず計らひ申すべきことなむある。あからさまに渡り給へ。車奉る」

とのたまへり。宮内まかでたり。

おとど、会ひて、「いかに。殿は、何とかせしめ給ふ」。宮内、「ただ今は、殊なることも侍らず。一日《ひとひ》なむ、御祓《おほんはら》へ、やがて、

と、人の言ひおこせたるを見て、傍らに書きつけ侍りける　うつほの侍従仲澄」。

一七「繁かりし時だにあるに」は、夏の間繁っていた時でさえすでに色変わりしていたのだからの意で、頻繁にお手紙をさしあげた時でさえお返事をいただけなかったからの意を込める。「繁し」「言の葉」は、縁語。

一「致仕のおとど」は、三春高基。「致仕」は、官職を退くの意で、高基が大臣を辞職したことをいう。「藤原の君」の巻【三四】参照。

二「宮内の君」は、高基とあて宮の仲介をつとめていたあて宮づきの侍女。「藤原の君」の巻【三五】参照。

三「給へ」は、下二段活用の補助動詞「給ふ」が、動詞「申す（言ふ）」につ

夏の御神楽《かぐら》せさせ給ふめりし」。おとど、「いづこにてかせられし。公卿たちは、誰々かものせられし」。宮内、「[五]西川原、左大将殿にてなむ。人は、殿におはします限り、[2]さては、兵部卿の宮・左大将のおとど・源宰相、殿上人は、例のごとなむ」。おとど、「大いなる[六]御《み》経営《けいめい》にこそはありけれ。さ知らましかば、いささか酒肴《すかう》構へてまうで来[3]なましものを。すべて、殿は、かかる好き者ども語らひ集へ給ひて、物尽くし給ふこそ。誹《そし》りも取り、ものの費《つひ》えとあらむ。賜はり給ふ官《つかさ》は、[七]盗人のみ集ひて、人の衣《きぬ》を剝《は》ぎ取り、飯《いひ》・酒を探し食《は》む衛《ゑ》府司《ふづかさ》、取り給ふ御《み》婿は、皆好き者、あるは痴《し》れ、あるは酔《ゑ》ふ。[八]かけてきらう大臣・公卿と、これは、皆、あて人・好き者ども、いささかに構[4]へ渡らふ心もなし。ただ、物の音《ね》を上手《じやうず》に弾き、[九]和歌もいささかに人の誹りは取らじ、[5]仮名書き、和歌詠み、[一〇][6]容貌《ようめう》よき女をば、雲の上、地の下を求めても懸想《けさう》し、笑ふ人をば、[7]耳にも聞き入れず、人の、[一一]田畑《たはたけ》作り、商はば、労《らう》して貯へ、渡らひごとすれば、口を開《あ》きてをる人をば、婿には取り

いた珍しい例。
四　「公所」は、御奉公先の意で、三条の院をいう。
五　「西川原」は、桂川の川原。
六　「けいめい」は、「けいえい」の転。客を饗応接待すること。参考、『源氏物語』「総角」の巻「例の、中納言殿（薫）おはしますとて経営し合へり」。
七　「盗人のみ集ふ」は、近衛大将が、賭弓や相撲の還饗などで、府の官人に禄を与えたり饗応したりしなければならないことをいう。
八　「かけてきらう」、未詳。
九　挿入句。
一〇　黒川本『色葉字類抄』「容貌　ヨウメウ」。
一一　「田畑作り、商はば」と「労して貯へ、渡らひごとすれば」は、並列の表現。「商はば」は「商へば」の誤りか。

給《たう》ぶべきものか。娘に男会《をとこ》はする心は、やもめなる人の、貧しく便りなくて、親のわづらひとあるによりするにはあらずや。殿のせしめ給ふごとくにては、婿取りの本意《ほい》なし」。宮内、うち笑ひて、「見る目や、さあらむ。御方々は、豊かに勢ひて、[一二]七つの宝を遣らむ方なくこそおはしますめれ」。おとど、「物は、屋《や》・蔵に積み満てて動かさであるこそ頼もしけれ。もしは、望みある者の、[一三]勢徳《せいとく》を蒙《かぶ》らむとて、[一四]荘物《せうもち》・[一五]贄《にへ》ばし奉《たいまつ》る物[8]にこそあらめ。すなはち、家人《いへびと》・随身・童、[9]皆失ひつらむものを。なほ、今だに、かかるはかなわざし給はで、確やかなることし給[10]はなむ。ただ今、世に、人の婿は、[一六]滋野《しげの》の宰相こそあらめ。御歳《みとし》や少し老い給[11]ひつらむ。さりとも、七十にはまだやあまり給はざらむ。よき人なり。御《み》心全《また》く確かに、物尽くさず、貯へ心よく知りて、事もなき人なり。[一七]さては、ここらにこそ、その九の君は得め[12]。あたらよく聞こえ給ふ君に、例のわざし給ふらむに、なほ、[一八]北の方・あるじの君に聞こえ給へ。『「若き時に貯へ渡らひ心ある人につきて家刀自《いへとうじ》づ

一二 「七つの宝」は、「七宝」の訓読語。金・銀・瑠璃・玻璃・硨磲・珊瑚・瑪瑙の七種。ただし、経典により異同がある。

一三 「勢徳」は、権勢と財産、あるいは、その恩恵の意。黒川本『色葉字類抄』「勢徳 セイトク」。参考、『今昔物語集』巻二六―五「今ハ昔、陸奥国ニ勢徳アル者、兄弟アリケリ」。

一四 「荘物」は、荘園の物の意。「藤原の君」の巻【三〇】注九参照。

一五 「贄ばし」の「ばし」は、係助詞「は」に副助詞「し」がついた副助詞。通説では、副助詞「ばし」は鎌倉時代に、会話文や心内文で用いられたとされる。

一六 「滋野の宰相」は、滋野真菅。「藤原の君」の巻【三〇】には、「歳六十ばかり」とあった。

き、家の内になき物[13]なくてある人なむ、行く先頼もしき。末の世衰へて果つる、家貧しき人の聞くぞかし。心浮きたるにつき、さては、宮仕へなどする人は、[14]世心《よごころ》も知らで、一九親の後《のち》の世後ろめたく、末の世悪きものなり。かの君は、なほ、ここにおはせさせ給へ。殿の二〇御《おほん》いたつき入れず、子の世、孫《むまご》の世、後ろやすくておはしまさせむ」となむ聞こゆる』と聞こえ給へ」。宮内「前《さき》にも、『かくなむ聞こえ給ふ』と、二一宮に、『ただ今、殿に、北の方もおはしまさず、一所《ひとところ》』など二二聞こえさせしかば、『げに似つかはしきことにはあんなれど、ただ今、さあるべきが[15]なきこと。あて宮は、ただ今、春宮に切《せち》に聞こえ給ふを、いかがはせましとなむ二三思ほしわづらふ』とぞ[16]のたまはせし」。おとど、二四爪弾《つまはじ》きをして、「幸ひなき君にもいますかなるかな。その二五[17]坊の君は、いかにいますなる君ぞ。ただ今は、この、二六左大将のぬしの子よ、仲忠とかいふ好き者を心に入れて、夜昼遊女《あそびめ》据ゑて、好き者[18]にいますかめる宮に参り給ひては、何わざ[19]はし給はむと。親の綾《あや》・錦《にしき》に纏《まと》はれて、清らを好み、

一七　滋野真菅以外では。
一八　「北の方・あるじの君」は、あて宮の母大宮と父正頼をいう。
一九　「親の後の世」は親が死んだ後の世、「末の世」はその人自身の晩年の意。
二〇　「いたつき」は、経済的な苦労の意。
二一　あて宮の母大宮。
二二　以下の宮内の君の話は嘘だが、助動詞「き」で表現することで事実めかしているのである。
二三　「思ほしわづらふ」は、宮内の君の立場からの間接話法的な敬意の表現。
二四　「爪弾き」は、腹を立てたり、侮蔑したりする時にするしぐさ。「藤原の君」の巻【三】注八参照。
二五　「坊の君」は、春宮。
二六　挿入句。

容貌《かたち》を繕ひて、遊びわざうちして、行く末はかなくてあるばかりぞかし。あな心苦しや。この坊の君も[20]、かくは聞こえ給はざりき。多くは、この侍従のしなしつるをや。また知らぬはかな者にこそあれ。装束《さうぞく》をし、従者《ずさ》を使ふことのいみじう、容貌・身の才《ざえ》のすぐれたるぞ、用なきや。内はむなしとて、その容面《ようめい》をやは蔵には積まむとすや。その筋には[21]、親まし給ふとも、宿世《すくせ》なり、二七天下《てんげ》に国王・儲《まう》けの君に奉り給ふとも。かの君、幸ひおはせば、ここにもおはしましなむを。なほ、よろしきにを聞こえ給へ」とて、し二八こぶちに古めきたる箱二つに、東絹《あづまぎぬ》一箱、遠江綾《とほたあふみあや》一箱入れて、肌粗《あら》く強《こは》き二九中紙《ちうし》に、かく書きて奉れ給ふ。

高基「人知れぬ宮仕へは年経ぬれど、御方の、呼ばひを見給[22]はぬをなむ、思ひ給へ嘆く。三〇おのづから、この候ひ給ふ、聞こえ給ひてむ、ここには、三一後ろめたき人も侍らず。ただ、三二高き山とのみ頼み聞こえてなむ。必ず、御顧《かへり》み蒙《かうぶ》らむ。さて、これは、いとなけれど、御方の下仕《しもづか》へらにも賜はせよとてなむ」。

二七 「天下に」以下は、倒置法。「まし給ふ」は、特殊な敬語表現。
二八 「しこぶちなり」は、無骨で頑丈なさま。参考、『書言字考節用集』「醜物シコブツ　本朝俗謂二膚肉壮健一為二醜物一」。
二九 「中紙」は、あまり品質がよくない紙の意か。
三〇 以下「聞こえ給ひてむ」まで挿入句。何かの折に、お仕えなさっている宮内の君がお耳に入れてくださっているでしょう。
三一 「後ろめたき人も侍らず」は、高基に妻がいないことをいう。
三二 参考、『竹取物語』「船に乗りては、楫取りの申すことをこそ、高き山と頼め」。

宮内に銭取らせて帰し給ふ。[23]

一六　真菅、あて宮との結婚を催促する。

かくて、また、帥《そち》のぬし、[一]殿守《とのもり》の御《ご》を家に迎へて、[真菅][二]「かの若君の御《み》迎へすべき日、二十日あまり一日の日となむ定めたる。かの[三]御《み》忌みは、いづれぞ」。[殿守]「え、くはしくは知り給へず[1]。いづれの日にかおはしますらむ。さても、ふと御迎へはし給はで、まづよく聞こえおもむけてこそ定めさせ給はめ」。帥、「何かは。疑ひある身ならばこそ。[四]荘物《せうもち》せむとて侍り、やもめにも侍る。官爵《つかさかうぶり》、はた持てり。何ごとをかは、[五]女人《によにん》の嫌はしむ[六]べきにあらしめずや」。殿守、「げに、さなむものし給ふ。[七]何かは許し聞こえ給はざらむ。そがうちにも、殿守ら侍れば、御願ひも、必ずかなへ奉り侍らむ」と、「さはありとも、またまた御消息《おほんせうそこ》聞こえ給へ」と言ふ。

帥のぬし、[八]蔵人《くらひと》・木工助《もくのすけ》に言ふほに[2]、[真菅][九][3]「真人《まうと》たちの後見《うしろみ》せしめ

一「殿守の御」は、あて宮づきの老侍女。「藤原の君」の巻【三三】【三五】参照。

二「かの若君」は、あて宮をいう。

三「御忌み」は、御忌日の意。結婚を避けなければならない日。

四「荘物」は、荘園の物の意。荘園の物をさしあげようと思っています。

五「によにん」は、僧侶や学者、老人などの言葉遣い。「藤原の君」の巻【三二】注五参照。

六 真菅の発言に見える「しむ」は、使役・尊敬ではない特殊な助動詞。「藤原の君」の巻【三〇】注八参照。

七 反語表現。「許し聞こえ給はむ」の強調表現。

八 蔵人と木工助は、真菅の子どもたち。

九「真人」は、ここは、二人称。

む女人《にょにん》愛《め》づらしめつべからむ歌一つ作らしめむ」と言ふ。蔵人のぬし、うち笑ひて、「みづからのために多くし侍れども、殊に、人なむ愛《め》で侍らぬ」[4]。[真菅]「さらば、誰か、女人らは愛でさしむる」。[蔵人][一〇]「少将ぬし・帯刀《たちはき》などなむ、人の驚くばかりは仕まつる」。ぬし、[真菅]「その帯刀[一一]が和歌に愛でざりきや。少将に言はむ」とて、少将にのたまふ。[和正]「いとやすきことなり」とて詠みて奉り給ふ。よき色紙に書き給ふ。

[真菅]「日ごろ、仲立ち[5]になむ怠らず聞こえしむるを、この頃は、御《み》先《さい》賜[6]はるべき汚き所[一二]は、掻き払ひ、掻き拭《のご》はすとてなむ、御消《み》息《せう》《そく》聞こえしめざりつる。はや、渡ます[一三]べき心遣ひせしめ給へ[7]。いつしか、目《ま》のあたりにて、つぶさなる[一四]御物語も申し承らむ[8]となむ嘆き申す。さて、かかることは若々しければ、若き男《をとこ》どものにぎはしむるを、音に聞くに」

とて、

[真菅][一五]君恋ふとみなかみ白くなる滝は老いの涙の積もるなるべし

一〇　少将と帯刀も、真菅の子どもたち。
一一　帯刀が真菅に代わって詠んだ歌。「藤原の君」の巻【三】注三参照。
一二　「汚き所」は、自分の屋敷をいう。
一三　「渡ます」は、「渡ります」の転。主体敬語の補助動詞「ます」は、「藤原の君」の巻【三】注三参照。
一四　「つぶさなり」は、漢文訓読語で、和文では珍しい語。参考、『浜松中納言物語』巻三「つぶさなることの旨を聞こしめし申させ給はむや、よく候はむ」。
一五　「みなかみ」に「水上」と「皆髪」、「なる」に「成る」と「鳴る」を掛ける。参考、『古今集』雑上「落ちたぎつ滝の水上歳積もり老いにけらしな黒き筋なし」（壬生忠岑）。

絹・綾、禄《ろく》に取らせて帰しつ。

一七　学生藤英、あて宮への思いをつのらせる。

かくて、[一]勧学院の西曹司《にしざうし》に、身の才《ざえ》もとよりあるうちに、身を捨てて学問をしつつ、計りなく迫りて、院の内に、すげなく[二]せうから、雑色《ざふしき》・厨女《くりやめ》、言ふことも聞かず[三]かはやいて、[1]まれまれ座に着けば、院の内笑ひ騒ぎて、日に一度《ひとたび》、[四]短籍《たんざく》を出《い》だして、一笥《ひとけ》の飯《いひ》を食ふ、[五]院司《ゐんじ》・鎰取《かいとり》、「藤英《とうえい》が[六]はてへの捻《ひね》り文」と笑はれ、博《はか》士《せ》たちに、いささか数まへられず、父母、筋・族《やから》、一度《ひとたび》に滅びて、計りなく便りなき学生《がくしやう》、[2]字《あざな》藤英、[七]さくな[3]季英《すゐふさ》、歳三十五、容貌《かたち》事もなく、才かしこく、心かしこき学生なり。

かかる心にも、思ふ心あり。[八]いかでと思ふに、ある衆《しゅ》、藤英、[4]かく、計りなく[5]迫るを見て、「事もなき男なりや。[6]右の大将殿も、かばかりの婿は、え取り給はじかし。容面《ようめい》・才はありがたしや」

一「勧学院」は、藤原氏出身の大学寮学生に学問を奨励するための施設。大学寮別曹の一つ。三条大路の北、壬生大路の西にあった。

二「せうかう」、未詳。「すげなくせうかう」は、冷淡に扱われるなどの意か。

三「かはやく」は、がやがや騒ぐの意。

四「短籍」は、紙の札。ここは、給食票の類か。

五「院司」は、「知院司」の略で、勧学院政所の職員。「鎰取」は、倉庫の鍵の出納を掌る役。

六「はてへ」、未詳。「膳夫」の誤りか。注三参照。「膳夫」は、食膳の意。「捻り文」は、「短籍」に同じ。

七「さくな」、未詳。本名の意か。

八「いかでと思ふ」は、あて宮への思いをいう。

など、これかれうち笑ふを、藤英、紅《くれなゐ》の涙を流して、恥づかしく悲しと思ひて、夏は、[九]蛍を涼しき袋に多く入れて、書《ふみ》の上に置きてまどろまず、まいて、日など白くなれば、窓に向かひて、光の見ゆる限り読み、冬は、雪をまろかして、そが光にあてて、[一〇]眼《まなこ》の穿《う》[7]ぐるまで学問をし、（藤英）「こくばく斎《いは》はれ給ふ[一一][8]妙徳《めうとく》、学問の力に、恥済《すく》ひ、願ひ満て給へ」と、心の内に祈り申しつつ、身の沈むことを嘆きつつあるに、院より出でたる人の、[一二]旅籠《はたご》振るひの饗《あるじ》する日、曹司《ざうし》に、[9]雑色を使にて、（忠遠）「今日、座に奉れ。[一三][10]忠遠《ただとほ》、座にまか[11]り着きたる日なり」と言はす。藤英、「はなはだかしこくかしこし、[12]召し数まふること。入学して、今年二十余《よ》年、いまだ左右《さう》の念に[一四]預からず。たまたままかり着きし昔、身の恥厚かりしによりてなり」と言はす。[一五]曹頭進士《さうとうしじ》、夏の衣《きぬ》の破《や》れたる、朽葉《くちば》色《いろ》の下襲《したがさね》の[13]極《ごう》じたるを取りに遣りて、かく言ひやる。

（忠遠）[一六]夏衣わが脱ぎ着する今日よりは見るなる恥も薄くなりなむ[14]

藤英、紅の涙を流して、

九　以下、車胤・孫康の故事による。参考、『晋書』列伝第五三車胤「家貧不㆓常得㆒レ油、夏月則練嚢盛㆓数十蛍火㆒以照レ書、以レ夜継レ日焉」、『蒙求』孫康映雪車胤聚蛍「康家貧无レ油、常映レ雪読レ書」。

一〇　参考、『白氏文集』海漫漫「眼穿不レ見㆓蓬莱島㆒」。天永四年点「眼は穿（うぐれ）ども」。

一一　「妙徳」は、文殊菩薩の別称。

一二　「旅籠振るひ」は、勧学院の出身者で地方官として任官する人の門出の祝宴。

一三　「忠遠」は、注一五の「曹頭進士」の名。

一四　「……に預かる」は、漢文訓読的な表現。

一五　「曹頭進士」は、西曹司の責任者である進士の意か。藤原忠遠。

一六　「夏衣」「薄く」は、縁

恥をのみ八重着る衣《きぬ》に脱ぎ替へて薄き衣《ころも》に涼みぬるかな

とて返す。曹頭進士、台盤《だいばん》一つが盛り物、藤英が曹司に遣る。皆、これに詩《ふみ》ども作れり。

「ここは、勧学院の西、[15]藤英が曹司。藤英、[16]文机《ふみづくえ》に向かひて、書ども、巡りに山のごと積みて、虫、袋に入れて、書の上に置きて、太き布の帷子《かたびら》一つを着て居たり。厨女、黒き[17]強飯笥《こはいひけ》に入れて、[一七]黄《さは》菜《やけ》の汁して持て来たり。

これ、東曹司。[一八][18]自由《じいう》の[19]学衆《がくす》ども、着き並みて、酒・肴《さかな》[一九]召し、院司・雑色、集ひてののしる。[二〇]政所《まどころ》の別当ども着き並みたり。米《よね》、数知らず積み置きたり。

[二一]大炊殿《おほゐ》。男、御膳《おもの》す。[二二][20]長女《をさめ》・厨女あり。「藤英が[二三]膳夫庭《かしはで》のみたさう」と言ひては[二四]いかへり。

これ、座に着きたる進士《しんじ》・[21]秀才《すさい》らの[22]学生、合はせて八十人ばかり、台盤に向かひて、物食ふ。[二五][23]旅籠の御饗《みあるじ》したり。[二六]紙ども配る。厨女、[二七]しはりかけてうつ。」

語。
一七 『和名抄』飲食部菓菜類「黄菜 一云佐波夜介」。
一八 「自由の」は、勝手気ままの意。
一九 「召す」は、主体敬語ではない用法か。
二〇 勧学院政所。
二一 「大炊殿」は、食物を調理する建物。
二二 「長女」は、身分の低い老女。
二三 底本「かしはて庭のみたさう」、未詳。「膳夫の御短籍」などの誤りか。注六参照。
二四 「はいかへり」、未詳。「笑ひ合へり」の誤りと見て訳した。
二五 底本「たこの守あるし」を「旅籠の御饗」の誤りと解する説に従った。
二六 何のための紙か未詳。
二七 「しはりかけてうつ」、未詳。

一八　七月七日、三条の院で七夕の宴が催される。

かかるほどに、七月七日に、大将殿に、明くる日つ[1]とめて、西のおとどより、青色に蘇枋襲《すはうがさね》、綾《れう》の上[2]の袴《はかま》、[一]三重襲《みへがさね》の袴、一重襲の綾掻練《あやかいねり》の衵《あこめ》着たる童《わらは》、髪・丈等しき八人、中のおとどより、赤色に二藍襲《ふたあゐがさね》の衵・袴同じき八人、北のおとどより、薄物《うすもの》に綾《あや》・縑《かとり》重ねたる女郎花《をみなへし》色の汗衫《かざみ》、衵・袴同じやうにて八人、方々より歩み出《い》でて、御前《おまへ》の前栽《せんざい》・松の下に、[二]反橋《そりはし》・浮橋を渡しつつ、色々の糸どもを一つづつ織女《たなばた》に奉る。次ぎて、簀子《すのこ》に蒔絵《まきゑ》の棚厨子[3]《たなづし》七つ立てて、廂《ひさし》に御簾《みす》かけ並べ立てて、よき削り棹《さを》渡して、色々の御衣ども、色を尽くし、解きほどき、御衣架《おほいか》を並べ、御調度、色を尽くし、品[4]を調へ、御鬘《かづら》ども、丈を調へ、数を尽くして、方々栄されたり。風に競《きほ》ひて、物の香《か》ども吹き加へぬ所々なし。

節供《せちく》、例のごと、預[三]かりごとに、折敷《をしき》・参り物、同じ数に参り、

一「三重襲の袴」は、上の「綾の上の袴」の説明。

二「反橋・浮橋」は、前栽や松の木に糸を渡したさまの形容。

三「預かり」は、この節供の準備を担当した者たち。【三】の五月五日の節供の際と同じく、「よき御荘ある国々の受領」たちだろう。

四「本家」は、大宮をいうか。「藤原の君」の巻【三】注五参照。

---

1 以下、「おはします」まで、および、「請け申しける……別当し給ふ」は、挿入句。
2「外戚」は、母方の意。「春日詣」の巻【二】注五参照。
3 大学別曹の勧学院。
4「別当」は、勧学院政

預かりどもに、女の装ひ一具《ひとぐ》、[四]本家の御方より、召し並べて賜ふ。並み立ちて舞踏したり。

一九　藤英、三条の院の試策に参加する。

かかるほどに[1]、[一]おとど、源氏におはしませども、[二]外戚《げしやく》藤氏におはします、請《う》け申しけるによりて、[三]大学の[2]勧学院の[四]別当《べたう》し給ふ、朝廷《おほやけ》の[五]試策《しさく》聞こしめさすとて、博士《はかせ》・文人《もんにん》八十余《よ》人、仁寿殿《じじゆうでん》に参るべきを、朝廷《おほやけ》の、にはかにとまりぬ[3]。「さうざうしきわざかな。例よりも興《けう》あるべき試策なるべきを。ただに過ぐさじ。別当殿にこのよしを申させて[4]、大学より、[六]三条の院近し、徒歩《かち》[5]より歩まむ」とて、列《れち》引きて立てる所に[6]、西曹《にしざう》の藤英、常は、ののしりて出《い》で立つを見れど、思ひもかけぬを、今日は、えとどまるまじく思ほゆ。[七]縠《こめ》の衣《きぬ》のわわけ、下襲《したがさね》の[八]半臂《はんぴ》もなき、[九]太帷子《ふとかたびら》の上に着て[7]、上の袴《はかま》・下の袴もなし。冠《かうぶり》の、破《や》れひしげて、[一〇]巾子《こじ》の限りある、

所の公卿別当。藤原氏出身の大納言が務めるのが例。

五「試策」は、策問によって学生などを試みること。

六 挿入句。「三条の院」は、正頼邸。大宮（嵯峨の院の女一の宮）が伝領した屋敷だから、「院」という。

七「縠」は、目の透いた薄絹。夏の衣に用いる。『和名抄』布帛部錦綺類「縠 古女」。「わわく」は、破れるの意。【一七】で、忠遠から贈られたもの。

八「半臂」は、束帯の時、袍と下襲の間に着る短い衣。

九「太帷子」は、【一七】の「絵解き」に、「太き布の帷子」とある。

一〇「巾子」は、冠の、髻を納める部分。漆を塗り固める。『和名抄』装束部冠帽具「巾子、幞頭具、所二以挿レ髻者也」。「こじ」は、「こんじ」の約。

[一一]尻切れの尻の破れたる履《は》きて、気《け》もなく青み痩せて、揺《ゆ》るぎ出で来て、「《藤英》季英《すゑふさ》、今日の御歩《み》みの列[8]に入らむ」と交じり立つ[9]。博《はか》士《せ》・文人[10]たちより末まで、笑ふこと限りなし。[一二]うものすそあらくてけさうす。「かの別当《べたう》殿の殿、[一三]上の御殿《ごてん》に劣らず、宿徳《しうとく》[11]、かう、ある限り集ひ立ちて、例の人をだに許し給はぬ世の中に、いはむや、学生《がくしやう》の名[一四]こうの[一五]衣裳《えさう》にて参り給はば、氏《うぢ》の院の長き名になりなむ。すみやかにまかりとどまり給へ。いと不便《ふびん》なり。院をも追ひ棄《す》てむ」など言ひて、取り寄りて、打ち引かぬばかり、引[12]き退《しぞ》け、押し倒しなどすれど、とまるべくもあらず。騒ぎ満ちて、歩みやみなむとす。

曹頭進士《さうとうしじ》、参りて、「《忠遠》などか、御歩みのまだしかりける。忠遠が[13]参りつるを待たれつるか」。衆《しゆ》のいらへ、「さもあり。また、この藤英出で立ち給ふに、事乱れて。[一六]試策のこさめうにのおもくいたらて歩みぬるは」。曹頭進士、「などか、藤英の、別当殿に参り給[一七]ふらむから[14]に、歩みのやまむ。藤英は、氏の院の学生にはあら

一一「尻切れ」は、藁草履の一種。

一二「うものすそあらくてけさうす」、未詳。「あらくてけさうす」は、【三〇】の「荒く警策す」と同じか。

一三「上の御殿」は、清涼殿をいうか。『禁中方名目鈔校註』上巻「御殿（ゴテン）清涼殿。又ハ中殿」。

一四「名こう」、未詳。藤英のみすぼらしい姿の形容だろう。

一五「えさう」は、「衣裳」の呉音。

一六 底本「しさくのこさめうにのおもくいたらてあゆみぬるは」、未詳。

一七 底本「給らん」。「給ふらむからに」の語法不審。あるいは、「給はん」の誤りか。

一八「右て」、未詳。注一四の「名こう」と同じ語か。

一九「下沓」は、束帯を着

ずや。衣裳右[一八]てなることは、いはゆる大学の衆《す》なり。冠畳《たた》なはり、橡《つるばみ》の衣《きぬ》破れ崩れ、[一九]下沓《したうづ》破れて、憔悴《せうすい》したる人の、身の才《ざえ》あるをなむ、学生と言ふ。これ、さこそ出で立ちもすれ。親ある人の、身の才もなくて、[二〇]高家《かうけ》を頼み、財《たから》を尽くして、[二一]下に潜《くく》りをしつつはなやぐ人は、学生にはあらず。さても、なぞの[二二]文屋童《ふやわらは》か、ものわづらひはする。はや出で立ち給はむ」などて、「藤英、立ち給へ。これなむ、まことの大学の衆」とて[二三]。

二〇　藤英、正頼に見出される。

おとど《正頼》、「例より興《けう》ある試策《しさく》なるを、え見過ぐすまじく思ほえつるを、いと切《せち》なる歩みなり」とのたまひて、[一]中島の釣殿《つりどの》に、家《けい》司《し》ども渡りて調へ、上達部《かんだちめ》・親王《みこ》たち、衛府《ゐふ》・院司《ゐんじ》まで着き並《な》み、博士《はかせ》・[1]文人《もんにん》、列《れち》引きて着き並みぬ。[二][2]早々に、[三]臨時客《りんじかく》の所より、御前《おまへ》ごとに机参り、かはらけ始まり、

る時に、靴の下に履く白の平絹の靴下。「したくつ」に同じ。『和名抄』装束部履襪類「襪　之太久豆」。

二〇 「高家」は、権勢のある家の意。

二一 「下に潜る」は、ここは、人に見えない所でいろいろと工作することをいう。

二二 「文屋」は、ここは、大学寮のこと。「文屋童」は、大学寮学生藤英をいう。

二三 接続助詞「て」でとめた表現。

一 この「中島の釣殿」は、三条の院の東北の町の中島にある釣殿。この釣殿は、対と廊でつながっていない。

【二】 注二四参照。

二 底本「さうとう」。「早々」の誤りと解した。黒川本『色葉字類抄』「早々　サウく」。

三 「臨時客の所」は、不

箸下《くだ》りて、[3]あるじのおとど、題出《い》だし給ふ。四探韻《たうゐん》賜はりて、五八韻《はちゐん》の詩《ふみ》作る。上達部・親王たち、宮、家の子作り給へり。作り果てて、御前《おまへ》に出でて、詩奉る。六式部丞《じよう》、講師《かうじ》して読み上ぐ。七もろ誦《ず》す。夜に入りて、[4]灯籠《とうろ》間《ま》ごとにかけ、灯台間《ま》なく立て、八続松《ついまつ》灯しわたしつ。[5]

藤英は、九文人も、かくたより一〇詩《ぶみ》奉るにも、御前《おまへ》にて作り出だしたる詩は、上達部見給はむに名高くなりぬべければ、講師、取り隠して読まずなりぬ、上達部・親王たち、あるものとも知り給はず。あるじのおとどよりはじめ奉りて、琴《きん》遊ばす限り、一一その声に調べて、今日の詩《ふみ》の興《けう》ある句を[6]合はせて[7]遊ばすに、夜も更けゆくに、琴《こと》の音《ね》・人の声、豊かに高し。[8]藤英、おのれが作れる詩を、声の限り振り立てて誦《ず》する声、一二高麗《こま》鈴を振り立つるに劣らず。あるじのおとど、聞こしめして、正頼「今日の詩に聞こえざりつる句を、一人[9]誦《ず》する人あなり。誰ぞ」とのたまふ。博士・[10]文人ら聞こえ紛らはす。正頼「ここら興《けう》ある句を、おもしろき声に、多くの人の誦《ず》す

意に訪れた客の接待を行う所か。
四 「探韻」は、韻字を一字ずつ探り取って詩を作ること。また、その韻字。
五 八聯十六句の詩。
六 この「式部丞」は、名未詳。「式部丞」は、「俊蔭」の巻【二】注二参照。大丞と小丞、各一人。正頼の八男清澄と真菅の子が、式部丞だった。
七 「もろ誦す」を「もろ声に誦す」の誤りと見る説もある。
八 「ついまつ」は、「つぎまつ」のイ音便。松明。
九 このあたり、文脈が調わない。以下「読まずなりぬ」までを挿入句と解した。
一〇 「たより詩」、未詳。
一一 「その声に調べて」は、披講のための調子に調えての意か。
一二 「蔵開・中」の巻【七】

る声に交じらず、いみじきものかな」とて、一三鳴りを静めて、[11]御口《おほん》づから問はせ給ふ、正頼「学生《がくしやう》らの末に、異句《ことく》を[12]誦《ず》する侍《はべ》なり。[13]何まろといふ学生ぞ」と、[14]高くのたまふ。藤英、驚き申す、「勧学院西曹司《にしざうし》の学生、藤原季英《すゑふさ》」と申す。正頼「興ある学生かな。こなたにまうでよ」とのたまふ。そこばくの中を分けて、昼よりも明かく照り満ちたる火影《ほかげ》に見えたる姿、限りなく一四めづらし。え念ぜず、一度《ひとたび》にさと笑ふ声のす。荒く一五警策《けうさう》して、鳴り静まりぬ。

二一　正頼、藤英の素性を知る。

あるじのおとど、藤英に問はせ給ふ、正頼「誰《た》が[1]後《のち》として、一誰が職《しき》に侍る学生《がくしやう》ぞ」と問はせ給ふ。季英《すゑふさ》、藤英「二遣唐《けたう》の大弁南蔭《なんかげ》の[2]朝臣の一男として、三料賜はれる[3]文屋童《ふやわらは》に侍り。南蔭の四左大弁、参議に侍りしほど、兵《つはもの》のために命《めい》終はり、兄弟《けいてい》、遠く、残る屍《かばね》なく滅び果てて、季英一人なむかれが後《のち》とて侍る。五三月のあいれしゐひはす

注一三では、仲忠の講書の声を、「鈴を振りたるやうにて」と形容している。

一三　「鳴りを静めて」は、喧騒を静めての意。

一四　「めづらし」は、ここは、異様だの意。当日の藤英の恰好は、【一九】参照。

一五　「警策す」は、制し戒めるの意。

一　「誰が職なる学生ぞ」は、誰の庇護を受けている学生かの意か。「職」は、「藤原の君」の巻【一六】注三参照。

二　「遣唐の大弁」は、遣唐使に選ばれた大弁の意。

三　「料」は、学問料。

四　「左大弁」は、左弁官局の長官。俊蔭も左大弁だった。「俊蔭」の巻【一八】注三参照。

五　「三月のあいれしゐひはする」、未詳。

る輩《ともがら》、一生一人《いつしやういちにん》なし。[六]七歳《さい》にて入学して、[4]今年は三十一年、それより、[5]いくそばく、眼《まなこ》の抜け、臓《ざう》の尽きむを期《ご》に定めて、大学の窓に光ほがらかなる朝《あした》は、[七]眼も交はさずまぼる、光を閉ぢつる夕べは、叢《くさむら》の蛍を集め、冬は雪を集へて、部屋に集へたること、年重なりぬ。しかあれど、当時の博士、あはれ浅く、貪欲《とんよく》深くして、料賜はりて、今年二十余《よ》年になりぬるに、一つの[八]職《しき》あてず。兵《つはもの》を業《げふ》として、悪を旨として、[九]角鷹狩《くまたかがり》・[一〇]漁《すなどり》に進める者の、昨日今日入学して、[一一]黒し赤しの悟りなきが、[一二][6]贖労《ぞくらう》奉《たいまつ》るを、序《ついで》を越して、季英、多くの序を過ぐしつ」と、[7]そこばくの博士の前にて、紅《くれなゐ》の涙を流して申す。聞こしめす人、涙を流し給はぬなし。あるじのおとど、「この学生、かく申すは、いかなることぞ」と問はせ給へば、博士ども聞こゆ。「季英、まことに悟り侍る者なり。されど、[一三][8]しが魂定まらずして、朝廷《おほやけ》に仕うまつるべくもあらず。これまかり出《い》でたらば、公私《おほやけわたくし》妨げとあるべきによりて、[9]えせず侍るなり」と申す。季英、[一四]爪を弾《はじ》き、[一五]天を仰《あふ》ぎて候ふ。大将のおと

六 「七歳」は、勧学院に入学した歳をいうか。大学寮の入学資格は、十歳。【三七】には、「入学して、今年二十余年」「歳三十五」とあった。

七 「眼を交はす」は、瞬きをするの意。

八 この「職」は、注一の「職」に同じか。

九 「角鷹」は、鷹の一種。大型で、鷹狩に用いる。『和名抄』羽族部鳥名「角鷹 久万太加」。

一〇 『和名抄』調度部漁釣具「漁音魚、説文云、補㆑魚也、訓㆓須奈度利㆒」。

一一 「黒し赤しの悟りなし」は、白黒の判断もつかないの意。

一二 「贖労」は、官位を得たり昇進したりするために納める財物の意。

一三 「し」は、代名詞「そ」の古形。

ど、「さ侍る者か」と、あまねく問はせ給ふ。

心を合はせて静むる中に、曹頭進士《さうとうしじ》《忠遠》、「ただ今、氏《うぢ》の院に、魂定まり、身の才《ざえ》すぐれたる者、これのみなむ侍る。人のために、犯し・過ち、一期《ご》一生なし。身の便りなきを怠りとして、かう、ただ院内すげなくして、私《わたくし》豊かに、悟りなき学生どもには、豊かに賜[一六]へれども、季英が、便りを失ひ、学問に疲るるをば、一度《いちど》の職《しき》行ふ恐[一七]れて、疲れ臥することなし。跡を断《た》ちて籠もり侍る学生なり」と申す。おとど、「大学の勧学院[10]といふものは、大臣・公卿よりはじめ奉りて、[一八]封《ふ》を分け、荘《さう》を入れ、賜《たう》ばりを置きたる所なり[11]。大学の道に、かく、贖[12]労といふことあらむや[13]。高家《かうけ》としてある正頼だに、殊にせぬことなり。[一九]皇女《みこ》たちの御賜《おほんたう》ばり、数あまたあり、みづからも、一往《いちわう》賜はる。かかれども、家に[二〇]功《くう》[14]ある者に[二一]賜ひて、あまる[15]をこそ、料物　奉《たいまつ》るには賜《た》べ。季英が申すごとくには、朝廷《おほやけ》に仕うまつりぬべき者にこそあなれ。堪へたることなき人だに、身の沈むをば憂へとすることを。ことわりなりや。

一四　「爪を弾く」は、「爪弾きをす」に同じ。【一五】注一四参照。

一五　「天を仰ぐ」は、ため息をつく時の動作。「空を仰ぐ」に同じ。

一六　「職」をお与えになるけれども。

一七　「恐る」は、漢文訓読語。

一八　「封」は、「食封」「封戸」に同じ。参考、『小右記』治安三年十一月二十五日「宗族曩祖贈太相国（藤原冬嗣）以来、登㆓槐位㆒列㆓第直㆒者、各割㆓百戸之封邑㆒、以充㆓両院（施薬院・勧学院）之資用㆒、事出㆓深図㆒、已為㆓恒典㆒」。

一九　妻大宮たちの年官年爵。

二〇　「功」は、手柄、功績の意。「くう」は、「功」の呉音「く」の転か。

二一　皇女たちがお与えになって。

貧しきを怠りにせば、正頼こそは交じらはざらましか。魂に於《お》きては、身の憂へある時、公私《おほやけわたくし》に愁へをなし、よき人も静まらず。事かなふ時には、二二ふあくの者も修まりぬるものなり」などのたまふ。博士たち、かしこまりて候ふ。

おとど、二三作れりける詩《ふみ》を二四一人に誦《ずん》ぜさせて、御琴《こと》に合はせて、[16]ますことなくおもしろし。おとど、季英に御かはらけ賜ふ。

正頼二五 色変へぬ松をば措《を》きて藤が枝《え》[17]を秋の山にも移してしかな

季英、賜はるとて、

藤英二六 粗金《あらかね》の土の上より藤葛《ふぢかづら》[18]這出《はひづ》る今日ぞうれしかりける

と聞こゆ。

二二　正頼、藤英に、元則の装束を与える。

おとど、藤英が姿を思ほすほどに、一民部丞《じよう》藤原元則《もとのり》、あざやかにうるはしき[1]装ひし、すぐれたる二帯さして出《い》で来たるを御覧じ

二二 「ふあく」、未詳。
二三 藤英が作った詩。
二四 「一人に誦ぜさせて、御琴に合はせて」は、「御琴に合はせて、一人に誦ぜさせて」に同じか。
二五 松に這いかかる藤の枝に、勧学院に寄宿する藤英をたとえる。「秋の山」は三条の院の築山をいい、藤の枝を「秋の山に移す」は藤英を殿人にしたい意を込めるか。
二六 「粗金の」は、「土」の枕詞。「藤葛」は、藤英自身をたとえる。「這出る」は、「這ひ出づる」が変化したもの。

一 「民部丞」は、式部丞とともに、二部の丞と称される栄誉の職。「俊蔭」の巻【二】注二参照。「元則」は、この場面だけに見える人物。この元則も、勧学院

てのたまふ、〔正頼〕「この学生《がくしやう》、[三]石え[2]衣《え》裳《さう》なる。元則、しばし[四]布衣《ほい》になりて、その装束《さうぞく》、この学生に取らせよ」。元則、かしこまりて、藤英を呼び隠して、鬢《びん》掻き、[3]髭《ひげ》剃《そ》り、装束せさせつつ言ふ、〔元則〕「ぬしは、運に[4]堪へ給ふなめり。元則らも、[5]道のことのいみじう悲しきとは知り給へたり。細かなる[五]こしかうたいも侍らず。ぬしも、はた、さもし給はざなり。一向にあひ仕うまつらむ。元則がもと[6][7]に[六]越し給へ」など言ひて繕ひ立てたり。装束・容貌《かたち》、笑ひつる[七]すうはうに、こよなくまさりたり。作り出だせる詩《ふみ》、そこばくの中にすぐれたり。衆の中に、ただ[八]尤一《いういつ》なり。

二三　藤英、あて宮への歌を書きつけて帰る。

かくて、垣下《ゐが》の所の物の音《ね》出《い》だして遊び明かして、暁方に、皆、[一]博士・四位には女の装ひ、五位には白張《しらはり》一襲《かさね》づつ袷《あはせ》の袴《はかま》一襲づつ賜ふ。藤英も賜はれり。

の出身者なのだろう。

二 「帯」は、束帯を着る時に着ける石帯。「忠こそ」の巻【二】注二参照。

三 「石え」、未詳。【一九】注一四の「名こう」、注一八の「右て」と同じ語か。

四 「布衣」は、もともと布製の狩衣をいったが、後に、絹で作って、納言以下の平常服となった。

五 「こしかうたい」、未詳。「(親身になってくれる)親族」などの意か。

六 「越す」は、来るの意。

七 「すうはう」、未詳。【三〇】で藤英を笑った者たちのことをいうのだろう。

八 「尤一」は、最もすぐれているの意。

一 「博士」は、文章博士。従五位相当の文章博士が、四位の人々と同じ禄をもらっている。

藤英、二かしこき心に思ひ狂ひて出で立ちしを、効《かひ》なくて、殿をまかづる、三伴《とも》の剣《つるぎ》にあたるごと思ほゆ。四しかありとて、すべきことも思ほえねば、五中のおとどの東面《ひんがしおもて》なる竹の葉に、かく書きつく。

藤英六　彦星のあひ見て帰る暁も思ふ心の行《ゆ》かずもあるかな

と書きてまかづ。

院の内、七曹司《ざうし》にて、思ふこと限りなし。

二四　春宮をはじめ、人々、あて宮に歌を贈る。

春宮より、

「一つれもなき人を待つ間《ま》に七夕の逢《あ》ふ夜《よ》もあまた過ぎにけるかな

常にもうらやませ給ふかな。なほ、かうのみあめる。そこにや参り来べき」

二「かしこき心」は、あて宮への思いをいう。【一七】注八参照。
三　伴の兵が持つ剣の意か。「伴の兵」は、「俊蔭」の巻【三】注二参照。
四「しかありとて」は、漢文訓読語的表現。平安時代の仮名作品にほかに例が見えない表現。
五「中のおとど」は、あて宮がいる寝殿。
六「帰る」と「行かず」を対比する。
七　勧学院の西曹司。

一『風葉集』恋五「藤壺の女御いまだ参り侍らざりけるに、七月七日賜はせける　うつほの帝の御歌」。
二「逢ふ夜をあまた聞く」は、春宮に妃が多いことをいう。
三　春宮の「そこにや参り来べき」に、戯れに答えた

などのたまへり。あて宮、

[二]「織女《たなばた》のあひ見ぬ秋を待つものを逢ふ夜《よ》をのみもあまた聞くか
　な

ゆゆしきものうらやみをのみもとなむ。まことや、[三]真木《まき》の板戸
は鎖《さ》さでのみなむ」

と聞こえ給ふ。

源宰相、中のおとどの簀子《すのこ》にて、[1]男君達《をとこきんだち》、御碁遊ばしなどする夕暮れに、御簾《みす》のもとにて、兵衛の君に、〔実忠〕「などか、[四]一夜《ひとよ》は下《お》り給はずなりにし。今は君さへつれなくなりまさり給ふこそわびしけれ」。兵衛、「[五]変はらぬものは、さぞ見ゆるや。一夜は、賄ひに候ひしかばなむ」など言ふほどに、蜩《ひぐらし》、立ち返り鳴く。宰相の君、

〔実忠〕[六]夕されば丸寝《まろね》する身のわびしきに鳴く蜩の声や何なり

とのたまへど、聞き入れ給はず。

兵部卿の宮より、

[七]「置く露に萩の下葉は色づけど衣《ころも》打つべき人のなきかな

もの。引歌、『古今集』恋四「君や来む我や行かむのいさよひに真木の板戸も鎖さず寝にけり」（詠人不知）、五句を「鎖さで寝にけり」とする本も多い。

四「一夜」は、前の七月七日の夜のことをいうか。「下る」は、兵衛の君が自分の局に下りるの意。七日の夜の釣殿での接待をするためにか。

五「変はらぬものは」は、『小町集』「今はとて変はらぬものをいにしへもかくこそ君につれなかりしか」による表現か。

六「丸寝」は、旅先などで、衣服を着たまま寝ること。【三】注四の実忠の歌参照。「……や何なり」の表現については、「俊蔭」の巻【三九】注一〇参照。

七「衣打つべき人」は、衣替えの衣を打ってくれそ

いかがせむ。かくてのみは、えあるまじきを、つれなき御気色に見給ふるこそ、いとわびしけれ」

と聞こえ給へり。御返りなし。

左大将、

兼雅[八]「いく度《たび》か夜に返すらむ唐衣《からころも》返す返すもうらみらるるは

かつは、あやしく」

など聞こえ給へど、御返りなし。

平中納言殿より、

[九]「浦風は荒るる海にも吹くものをなど嵐しも早き川瀬ぞ

ありがたき御心となむ」

[2]と聞こえ給へり。

三の皇子《みこ》、

[一〇]おぼつかなまだふみもせぬものゆゑに君はあたごと思ほゆる

かな

と聞こえ給へり。

うな人（妻）の意。参考、『拾遺集』秋「風寒みわが唐衣打つ時ぞ萩の下葉も色まさりける」（紀貫之）。『風葉集』秋下「秋の頃、女に遣はしける　うつほの兵部卿の親王」。

八　「うらみ」に「裏見」と「恨み」を掛ける。「唐衣」は、「返す返す」の枕詞。衣の袖口を折って寝ると、思う人を夢で見ることができるという俗信があった。参考、『古今集』恋二「いとせめて恋しき時はむばたまの夜の衣を返してぞ着る」（小野小町）。

九　「嵐」は言の葉を散らすもので、あて宮の手紙が来ないことを嘆く歌か。

一〇　「ふみ」に「文」と「踏み」、「あた（ご）」に「仇」と「愛宕」を掛ける。参考、『拾遺集』雑下「なき名のみ高尾の山と言ひ立つる君はあ

二五　仲忠、あて宮に歌を贈る。

月のおもしろき夜、[一]今宮・あて宮、簾《す》のもとに出《い》で給ひて、琵《び》琶《は》・箏《さう》の琴《こと》、おもしろき手を遊ばし、月見給ひなどするを、仲忠《なかただ》の侍従、隠れ立ちて聞くに、調べよりはじめ、違[1]ふ所なく、わが弾く手と等しくと聞[2]くに、静心なし。身はいたづらになるとも、取りや隠してましなど思ふにも、[二]母北の方の御ことを思ふに、なほ、いとほしく思ほゆ。思ひわづらひて、[三]隠れたる簀子《すのこ》に立ち入りて、孫王《そわう》の君に、[仲忠][四]「などか、一日《ひとひ》の御返りはのたまはずなりにし」。いらへ、[孫王の君][五]「侍従の君と、御碁遊ばす折なりしかばなむ」。侍従、[仲忠][六]「風間《かざま》からにやありけむ、あはれ、手つき思ひやられても遊ばすなるかな。箏《さう》の御琴は、[七]さなり。琵琶《びは》は、誰《た》[3]が遊ばすぞ」。いらへ、[孫王の君]「一の宮にやおはしますらむ」。侍従、「今だにかかる御琴《こと》ども、[八]いかにあらむとすらむ。いでや、かくもののおぼゆれば

たごの峰にやあるらむ」（八条の大君）「藤原の君」の巻【三四】注七参照。

一　「今宮」は、仁寿殿の女御腹の女一の宮。
二　「母北の方」は、俊蔭の娘。
三　「隠れたる簀子」は、今宮やあて宮からは見えない簀子。後の孫王の君の発言に、「東の簀子」とある。
四　仲忠は、【二四】注二の歌には返歌を得ている。それ以後に仲忠が歌を贈ったことは、物語に見えない。
五　「侍従の君」は、源仲澄。あて宮の同腹の兄。
六　「風間」は、風がやんでいる間の意。
七　あて宮さまが弾いていらっしゃったのですね。
八　どれほど上達なさることでしょう。

や、人の誤り[九]をもすらむ。限りなく思ひ忍べど、え堪ふまじくもあるかな」。いらへ、「《孫王の君》よくもあらぬ者こそ、さる心もあれ。うたてものたまふかな」。侍従、「いくそ[一〇]度《たび》か思ひ返さぬ。されど、さてのみは、えこそあるまじけれ。いかがせむ」。孫王の君、「ものなのたまひそ」とて立ち入れば、「《仲忠》[4]見給へ。さ聞こゆとも、よに悪《あ》しきわざせじや」などて引きとどめて、「まめやかには、いかで、よそながら、もの一言《ひとこと》聞こえさせてしかな。さはありぬべしや」。「《孫王の君》いで。あなむくつけ。時々のたまふ返り言《こと》、いと聞こえがたうし給ふを、とかくしてこそあれ[一一]。思ほしだにかくるこそ、いとめざましけれ」。「《仲忠》あやしや。内裏《うち》にては、仁寿殿《じじゆうでん》などにても、時々召して、もののたまひ[一二]などはせずやは。など、人は[一三]。えのたまひ触れぬにこそあめれ」。いらへ、「《孫王の君》[一四]それも、人してこそは聞こえ給はめ。ここにも、おのら[5]は聞こえずやは」など言ふ。

侍従、[一五]龍胆《りんたん》の花押し折りて、白き蓮《はちす》の花に、笄《かうがい》の先して、かく書きつけて奉る。

九 「誤り」は、恋の過ちの意。
一〇 反語表現。「いくそ度も思ひ返す」の強調表現。
一一 私があれこれと執りなしてお返事をいただいているのですよ。
一二 反語表現。「もののたまひなどはす」の強調表現。動作主体は、仁寿殿の女御か。ただし、このことは語られていない。
一三 「人」を、あて宮と解した。
一四 仁寿殿の女御がお話しなさる場合でも。
一五 黒川本『色葉字類抄』「龍胆　リウタン・リンタウ」。
一六 「くれ」に「榑（皮がついたままの丸太）」と「暮れ」、「ながれ」に「流れ」と「泣かれ」を掛ける。

「[一六]浅き瀬に嘆きて渡る筏師《いかだし》はいくらのくれかながれ来ぬらむ

かく思う給[6]へては久しくなりぬるを、いかで、今宵だに、一言だに聞こえさせてしかな。いらへこそのたまはざらめ。聞こしめすばかりには、何の罪もあらじ」

とてなむ奉る。

[一七]宮、見給ひて、「《女一の宮》いづこにあるぞ」とのたまふ。孫王《そわう》の君、「東の簀子《すのこ》に」。「《女一の宮》さは、琴《こと》弾きつるは聞きつらむな。あな恥づかしや。[一八]皆、上手《じやうず》ぞや。我は聞かじ」とて入り給ひぬ。

侍従、聞きて、「あな心憂のことや。なほ、[一九]あが君仏《ほとけ》、今宵ならずとも、たばかり給へ。[二〇]人よりも、親に仕うまつらむと思ふ心深きを、かかる思ひつきにしより、片時世に経べくは思ほえねば、今さらに不孝《ふけう》の人になりぬべきがいみじければ、いささか思ひ静まるやとてなむ」と、泣く泣く、夜一夜《ひとよ》物語し明かして、つとめて、黒方《くろはう》に白銀《しろかね》の鯉《こひ》[二一]くはせて、その鯉に、かく書きつけて奉れた[二二]り。

一六　「浅き瀬に嘆きて渡る筏師」は、あて宮の冷淡さを嘆き続けている仲忠自身をたとえる。

一七　「宮」は、今宮。注一参照。

一八　「皆」は、あて宮と仲忠をいう。

一九　「あが君仏」は、自分が大切に思っている人に呼びかける言葉。「あが仏」は、「俊蔭」の巻【三七】注六参照。「あが君仏」の例は、「楼の上・上」の巻【三六】注三九にも見える。

二〇　「俊蔭」の巻【三六】以下に展開される仲忠孝養譚参照。

二一　「くはす」は、はめこむの意。黒方を夜の川に見立てて、その上に白銀の鯉を泳がせるような形にする。

二二　仲忠は、翌朝、自分の家（父藤原兼雅の三条殿）に帰った後、あて宮に贈る。

仲忠[二三]　夜もすがら我浮かみつる涙川尽きせずこひのあるぞわびしき

とて奉れたり。

あて宮、もののたまはず。孫王《そわう》の君、「この度《たび》は、なほのたまはせよ。殊にもののたまはせず、静かなる人の、[二四]心魂もなく泣き惑ひ給へば、いとほしくなむ」と聞こゆれば、あて宮「聞きにくきこと出で来ば、君の御罪になさむ」とて、白銀の川に、[二五]沈《ぢん》の松灯[7][8]して、沈の男《をのこ》に持たせ、書きつけて遣はす。

あて宮[二六]　川の瀬に浮かべるおのが篝火《かがりび》[9]の影をやおのがこひと見つらむ

などのたまふ。

二六　源氏の君、あて宮に歌を贈る。

近きほどにだに、かく思ほし焦《い》らるめれば、まして、[一]紀伊国《きのくに》の源氏、限りなく思ひ嘆くままに、[二]容貌《かたち》清らに、心ある童部《わらはべ》・人の子どもに、装束《さうぞく》[1]を清らにせさせて、時々に、めづらしき花・紅葉、

二三　「こひ」に「鯉」と「恋」を掛ける。
二四　「心魂もなし」は、悲しみのあまり、正常な判断ができなくなるさまをいう。
二五　松明の形にした沈香に火を灯して、沈香の男の人形に持たせる。
二六　ここも「こひ」に「鯉」と「恋」、さらに、「ひ」に「火」も掛ける。川を白銀にして返したのは、鯉などいないではないかという気持ちを込める。

一　源涼。【三】注二参照。
二　【三】には、「あるが中に才ある童して」とあった。ここは、その思いがより痛切になったことを表す。
三　「名草（の浜）」の「なぐさ」に「慰（む）」、「かひ」に「貝」と「効」を掛ける。「名草の浜」は、和歌山県和歌山市の海岸。引歌、『後

おもしろき枝に、ありがたき紙に書きて、日に従ひて奉らるるに、[2]
かくなむ。

源涼三「数知らぬ身よりあまれる思ひにはなぐさの浜のかひもなきかな

とのみなむ。いでや、四塵《ちり》もこそ積もる所あなれ。とまる影もおぼえぬこそ、おぼつかなけれ」

など聞こえたり。

おとど、見給ひて、正頼五「大衆《たいす》の所にうち出《い》でたるにかたはらいたからぬ文かな」などのたまへど、御返りなし。

二七　仲澄をはじめ、人々、あて宮に歌を贈る。

中のおとどに、一庚申《かうしん》し給ひて、男女、二方分《かたわ》きて、三石弾《はじ》き[1]し給ふ。

侍従、御前《まへ》なる硯《すずり》に、手まさぐりして、

仲澄四寝る間《ま》なく嘆く心も夢にだに逢《あ》ふやと思へばまどろまれけり

撰集』雑三「紀伊国のなぐさの浜は君なれやことの言ふかひありと聞きつる」（詠人不知）。

四　参考、『古今六帖』一帖〈塵〉「積もりては山となるてふものなれど憂くもあるかな塵泥の身よ」。『大智度論』釈経論部「譬如下積二微塵一成レ山難上レ可二得移動一」。

五　「大衆」は、大勢の人の意。『色葉字類抄』「大衆タイシウ」。

一　庚申の夜に眠ると、体内の三尸虫（さんしちゅう）が抜け出してその人の悪事を天帝に告げるために、命を縮めると考えられた。人は、詩歌を詠んだり管絃の遊びをしたりして眠らずに夜を明かす習慣があった。

二　「方分く」は、左右の二方に分けるの意。

三　「石弾き」は、碁石な

と書くままに消えぬ。あて宮、見ぬやうにて、もののたまはず。

源宰相、伏し沈みて、死ぬ死ぬと、天《あめ》の下《した》に惜しまれつつ、籠もり臥して思ひ嘆きて、かく聞こえたり。

[実忠]「数ならぬ身を思ひ給へ[2]知らぬやうなるがかしこきに、聞こえさせじと[3]、返す返す思う給ふれ[4]ど、いたづらになりぬるばかりも、おぼつかなくてやみぬるがいみじければ。いでや、

五 涙だに川となる身の[5]年を経てかく水茎《みづくき》やいづち行《ゆ》くらむ

ただ今も死ぬる身なれど、もしやと頼み聞こえさせてなむ、今のほど巡らひ侍る。あが君あが君、助け給へ」

と聞こえ給へり。あて宮、「かくも言はぬものを、いとほしくも言ひたるかな」とはのたまへども、もののたまはず。六木工《もく》の君、「なほ、この度《たび》ばかりはのたまはせよ。いみじくなりにたりとていとほしがり給ふを、人を助くると思せかし」。あて宮、「我に[6]負《お》ほすることそあやしけれ。さても、かかる人には、またなむ言はぬぞよき」[7]。[木工の君]「なども、人に情けなく」。[あて宮]七[8]「『なほなほに、さあらでも

どを指ではじいて当てて勝負を争う遊び。

四『風葉集』恋四「庚申しける夜、書きて女に見せ侍りける　うつほの侍従仲澄」。

五「水茎」は、手紙の意で、「川」の縁語。「かく」に「搔く」と「書く」を掛ける。

六 木工の君は、あて宮の侍女で、実忠の理解者。「藤原の君」の巻【三】注三参照。

七「なほなほに」は、素直にの意。『万葉集』に例がある。

見えぬるぞ』[八]などのたまへば、[九]さは聞こえつべき人にこそは、時々ものすれ」などて、もののたまはず。

兵衛良佐《らうすけ》、思ひ惑ひて、ただ、かくなむ。

行正[一〇]　数ならぬ身をはつ秋のわびしきは時雨《しぐれ》も色に出《い》でぬなりけり

など聞こえたり。

八　下に「よき」などの省略がある。

九　「のたまへば」の主語を、母大宮と解した。

一〇　「はつ」に「恥づ」と「初」を掛ける。「時雨」は、晩秋から初冬にかけて降るにわか雨。『万葉集』巻一〇「長月の時雨の雨に濡れ通り春日の山は色づきにけり」（作者未詳）のように、晩秋に、木々を色づかせるものである。

祭の使

一　祐澄たち、祭りの使に立つ。

右大将（正頼《まさより》）の三条の院から、賀茂《かも》祭りの使が出発なさる。近衛府《このえふ》の使としては左近中将（祐澄《すけずみ》）、内蔵寮《くらづかさ》の使としては内蔵頭《くらのかみ》を兼任している行正《ゆきまさ》、馬寮《うまづかさ》の使としては式部卿《しきぶきょう》の宮の御子の右馬頭《うまのかみ》とが出発なさる。

あるじの右大将は、この三人の使を大切に世話をして出発させなさる。三人とも出発なさる。その時、父の右大将が、使の左近中将に挿頭《かざし》をさしあげようとして、

あなたは、まだ二葉の桂《かつら》だと思って見ていたのに、今では、賀茂祭りの挿頭として手折るまでに生長したのですね。

と詠みかけなさると、使の左近中将は、

木高く繁った桂の木も、その幹を見ると、今日からは、人は、枝は見劣りすると言うのでしょうか。

と詠んで出発なさる。

その時、左大将（兼雅《かねまさ》）が、桂の別荘から、立派な馬を二頭お贈りになる。一頭は飾り馬、

一頭は設けの馬で、舎人《とねり》三十人を、とても美しく着飾らせて、採物《とりもの》を持たせ、金の枝に小さい壺《つぼ》をつけて、その壺の中に桂川の水を入れて、仲忠《なかただ》を使にして、

「中将殿に贈るための挿頭を取った時に袖が濡《ぬ》れたのは、白波の立つ桂川から折ったからだったのです。

こんなめでたい時にまで袖が濡れるのは、不思議なことです」

と手紙をお贈りになった。左近中将は、

お贈りくださった挿頭は、すべて髪に挿しました。今日は、人並みになった気持ちがするばかりです。

今日は、日が暮れてからうかがいます」

とお返事申しあげて、賀茂に出発なさった。

大宮は、左近中将の晴れ姿を見たいと思って、車十輛《りょう》ほどで出発なさった。

［右大将の三条の院の南のおとどに、三人の賀茂祭りの使たちが座に着いていらっしゃる。相伴の客の座に、親王《みこ》が四人、上達部《かんだちめ》が五人、さらに、四位と五位の官人たちが合わせて六十人ほどいる。馬を立てて、供人たちも並んで立っている。

一条の大路に、物見車が数えきれないほど並んでいる。右大将家の車が、持ってきた榻《しじ》を立てて停《と》めてあって、四位と五位の官人たちが物を撒《ま》き散らしたように大勢立っている。］

二　春宮をはじめ、人々、あて宮に歌を贈る。

賀茂《かも》祭りの使の行列を御覧になってお帰りになると、春宮《とうぐう》から、
　今年からは、賀茂の祭りに挿頭《かざ》す葵《あおい》は摘むことができるのでしょうか（今年はあて宮さまと結婚できるものと期待しています）。

と、あて宮にお手紙をさしあげなさる。

　あの宰相（実忠《さねただ》）は、三月ごろに、兵衛《ひょうえ》の君に、「あて宮さまは、私には話しかけてくださらないでしょう。でも、せめてあなたたちと話していらっしゃる声だけでもお聞かせください」などと、強くお願いなさったので、兵衛の君は、宰相をあて宮に近い所にすわらせて、あて宮に琴をお弾かせ申しあげたり、話をさせ申しあげたりなどした。宰相は、それを聞いてから、思いがつのって寝込んでしまったまま、どうしていいのかわからないけれど、

「時鳥《ほととぎす》は、奥深い山にあった古巣を出て、長い年月、旅寝をしたまま時を過ごしてきました（私は、妻のもとを離れて、ずっとこちらに居続けています）。

あて宮さま、これからは、こんなお手紙さえさしあげることができないのではないかと思うと、とてもつらくてなりません」

などと手紙をさしあげる。あて宮は、
　初めて巣を離れて夏の間だけ旅立つという時鳥は、もとの巣には帰らない年はないでし

ょうね（あなたも、いずれ奥さまのもとにお帰りになるのでしょう）。
とお返事をなさる。
兵部卿の宮が、
夏になってだんだん温《ぬる》くなってゆく板井の清水を手で汲《く》んで、清水の底はわかりませんが、いずれもっと温かくなるのではないかと期待しています（あて宮さまがお心を開いてくださるのをお待ちしています）。
とお手紙をさしあげなさる。あて宮は、
浮気者の兵部卿の宮さまが言うのを聞くにつけて、その薄情なお気持ちも悟られます。
とお返事をなさる。
平中納言が、
どの季節もつらい思いをしているのですが、夏になると、卯《う》の花が咲いて、時鳥はわが身の憂さをますます感じることです。
とお手紙をさしあげなさる。あて宮は、
時鳥は、期待する効《かい》（卵）もない巣をあてにしているから、卯の花が咲くのを見て、自分の身の憂さを感じているのでしょうか。
とお返事をなさる。
仲忠が、蟬《せみ》の抜け殻《がら》に、

「木の葉から落ちてくる露ばかりを待っている空蟬《うつせみ》も、それを報われることがないものだと思って見ているのはつらくてなりません。ましてて、あて宮さまからのお返事ばかりをむなしく待っている私は、どうなのでしょうか」

と書きつけて、お手紙をさしあげなさる。あて宮は、

「木の葉から落ちてくる露などは、はかないものだと思います。でも、人が、それを私の心がこもった返事だと思って見ると困ります。

と思うと、お返事ができないのです」

とお返事をさしあげなさる。

紀伊国《きのくに》の吹上《ふきあげ》にいる源氏（涼《すずし》）は、もともと、ぜひあて宮と結婚したいと思っていたのだが、吹上を訪れた人まであて宮のことを語って聞かせなさったので、居ても立ってもいられなくなる。そこで、童《わらわ》たちの中でも特に才気がある者を使にして、

「よくわかりません。どうして、私が思いを寄せている筑波嶺《つくばね》（あて宮）のことを、人々はこれ以上の陰がないと嘆いているのでしょうか。

一方では、自分がどうしてこんな気持ちになったのか驚いています」

とお手紙をさしあげなさる。右大将（正頼）が、その手紙を見て、「今評判の方のようですね。いずれ上達部《かんだちめ》になる方だから、平然として貶《おとし》めるような言い方をするのでしょう」など

とおっしゃって、あて宮からのお返事はない。

三の宮が、

長雨が降る五月雨《さみだれ》よりも、もの思いに沈んで嘆きながら月日を過ごしているために、私の袖は涙で濡《ぬ》れるのですね。

とお手紙をさしあげなさる。お返事はない。

仲頼《なかより》が、

私の思いをかなえてくれることは、たとえ神であっても難しいことでしょう。それなら、その思いを、しばらくの間でも紛れさせる心を与えてほしいものです。

行正が、

私が言うことに答えてくれないあて宮さまのことは冷淡だと思わずに、あて宮さまのことを恋しく思い始めてしまった自分自身のことを恨めしく思っています。

とお手紙をさしあげなさる。

五月五日、朝早く、菖蒲《しょうぶ》の長く白い根を見て、源侍従（仲澄《なかずみ》）が、

私が流した涙でできた川の汀《みぎわ》に生えている菖蒲《あやめ》の根を引いた時に、隠れていた根が現れるように、誰にも知られずに泣いていた私の声が外に漏れ出てしまいました。

と申しあげなさるけれど、あて宮はお聞き入れにならない。源侍従が、「このようなお考えでいらっしゃることを、兄として、願ってもないものだと安心していますが、何度もあなた

への思いを抑えようとしてもできそうもありませんので、このまま死んでゆく身だと思って申しあげるのです。私たち二人の間で申しあげることは、ほかの人が知るはずもないのに、ずいぶんとそっけない態度をおとりになるのですね」と、泣く泣く申しあげなさると、あて宮は、笑って、「どうしてこんなことばかりおっしゃるのですか。私は母の同じ妹なのですよ」などとおっしゃる。

三　正頼家の五月五日の節供を用意する。

五月五日の節会《せちえ》の食事は、立派な荘園《しょうえん》がある諸国の受領に割り当てられた。仁寿殿《じじゅうでん》の女御と女御腹の皇子たちまでは近江守《おうみのかみ》、寝殿にいる女君と女宮たちには伊勢守《いせのかみ》、北の対の右大将（正頼）と大宮には紀伊守《きのかみ》、七人の婿君たちには大和守《やまとのかみ》と山城守《やましろのかみ》、大殿《おおいどの》の上には播磨介《はりまのすけ》、男君たちには備前介《びぜんのすけ》、臨時の客人には丹波守《たんばのかみ》と割り当てられた。

当日になって、まず、西の対に、近江守が、浅香《せんこう》の折敷《おしき》を二十ずつ用意して、いつものように、二十人の家司《けいし》たちが受け取って運んで来る。髪は背丈よりも長く、美しく着飾った下仕えが、髪を上げて釵子《さいし》を挿し、元結《もとゆい》で結んで、二十人出て来て、女御たちの前に持って来る。赤色の上の衣《きぬ》と綾《あや》の袴《はかま》を着た女童《おんなわらわ》と、綾襲《あやがさね》の装束を着た侍女が、それを持って来て置く。皇子たちの前にさしあげて、それが終わった後、二十人の童を出して、趣深く飾った薬玉《くすだま》をお与えになる。二十人の家司たちが、御階《みはし》のもとで立って拝舞《はいぶ》した。同じように、ほかの町にいる男君たちの前にも折敷をさしあげた。

四　五月五日、三条の院で競馬を催す。

三条の院の東北の町の庭の近くに、四つの町を貫いて、馬場が、池のほとりにある。廏《うまや》が、東と西にあり、それぞれに、別当と、預かりや寄人たちが大勢いて、馬を十頭ずつ立てて飼わせていらっしゃる。

右大将（正頼）が、「今日、馬の調子を調べてみよう」とおっしゃったので、職事《しきじ》をはじめとして、乗尻《のりじり》が、正装して、左右の廏の馬を引かせて参上した。右大将が、「男たちは、馬に乗って、調子を調べてみよ」とおっしゃる。婿君たちも、七人とも揃《そろ》っていらっしゃる。男君たちが、「同じことなら、この馬を手番《てつがい》にして走らせて比べたいと思います」と申しあげなさって、一番に、式部卿の宮と右大臣（忠雅《ただまさ》）が比べなさる。右大臣がお勝ちになる。二番に、中務《なかつかさ》の宮とあるじの右大将、右大将がお勝ちになる。三番に、三の宮と民部卿《みんぶきょう》（実正《さねまさ》）、三の宮がお勝ちになる。四番に、四の宮と左衛門督《さえもんのかみ》（忠俊《ただとし》）、左衛門督がお勝ちになる。五番に、五の宮と藤宰相（直雅《なおまさ》）、五の宮がお勝ちになる。六番に、六の宮と左大弁（忠澄《ただずみ》）、六の宮がお勝ちになる。七番に、兵衛督《ひょうえのかみ》（師澄《もろずみ》）と左衛門佐《さえもんのすけ》（連澄《つらずみ》）、兵衛督がお勝ちになる。八番に、兵衛佐《ひょうえのすけ》（顕澄《あきずみ》）と兵部少輔《ひょうぶのしょうふ》（兼澄《かねずみ》）、兵衛佐が勝つ。九番に、式部丞《しきぶのじょう》（清澄《きよずみ》）と侍従（仲澄）、侍従がお勝ちになる。十番に、大夫（近澄《ちかずみ》）と右衛門尉《うえもんのじょう》（頼澄《よりずみ》）、大夫が勝つ。

五　同日、引き続き、騎射と打毬が行われる。

同じ日に、右大将（正頼）は、右の馬寮《うまづかさ》の馬の点検をなさる。「明日は、右近衛府《うこのえふ》の真手《まて》番《つがい》だ。騎射《うまゆみ》をする官人たちに与える馬の調子を調べておこう」と言って、馬十頭を右の馬寮から引かせて、馬頭《うまのかみ》や馬助《うまのすけ》や下部《しもべ》たちと、右近中将や少将と、歌が上手な官人たちが、その馬を引いて参上した。

右大将が、「おもしろい見物《みもの》だなあ。帝《みかど》が、このことをお聞きになったら、うらやましくお思いになるだろうになどと、心の底から思っていたのに」などと言って、幄《あげばり》を張って、右近衛府の長官である右大将をはじめとして、中将と少将と、馬頭と馬助が並んで座に着き、右近将監《うこんのじょう》をはじめとして、官人たちが、右の馬寮の馬に乗って、騎射を行う。

騎射が終わって、舎人《とねり》たちは駒形《こまかた》をかぶった舞人がついて舞い遊ぶ。あるじの右大将が、大きな毬《たま》を舎人たちの中にお投げになる。舎人たちは、毬杖《きゅうじょう》を持って毬を打って遊び、勝ってはまた舞い遊ぶ。

六　兼雅、左の馬寮を連れて三条の院を訪れる。

三条の院で、馬を池に引き立てて冷やし、秣《まぐさ》を与えたりなどしている時に、左大将（兼雅）は、左近衛府《さこのえふ》の真手番《まてつがい》をするために、左近の馬場にお着きになっていた。右の馬寮《うまづかさ》の者たちが右大将（正頼）の三条の院に参上したと聞いて、左大将は、「興味深いことだなあ」と言って、左近の馬場から、中将と少将たちをはじめとして、歌が上手な官人たちまで、左の馬寮の者たちを引き連れて、中将と少将たちをはじめ、皆が馬に乗って、車の先に駒形《こまかた》を舞わせて、楽器を演奏しながらおいでになる。右大将が、それを聞いて、「左近衛府の楽が近くで聞こえるな。祐澄《すけずみ》が吹く笙《しょう》の笛も聞こえる。左近衛府の者たちが、右方楽《うほうがく》を演奏する者たちを引き連れて来るのを見てみよ。きっとすばらしいだろう」とおっしゃる。牛飼《うしかい》の預かりが、「左大将殿が、左の馬寮を引き連れておいでになりました」と申しあげる。右大将は、「とても興味深いことだね」と言って、御佩刀《みはかし》の緒をしっかりと結んで垂らし、下襲《したがさね》の裾を長く引き伸ばして、笙の笛を手に取って、右近衛府の官人や右の馬寮の者を引き連れて、このうえなくすばらしく楽器を演奏しながら出ていらっしゃる。左近衛府の人々が、右の馬寮の者を見つけて、崩れるように馬から下りた。左と右の者たちが顔を見合わせながら、演奏していて、広くて美しい大宮大路《おおみやおおじ》で、若くて今が盛りの二人の大将が、それぞれ、左右の近衛府と馬寮の者たちを引き連れて、楽器を演奏しながら、三条の院にお入りになる。夕日に照らされたお二人の姿は、このうえなくすばらしい。

南のおとどに、東の御階《みはし》からは左近衛府の官人たち、西の御階からは右近衛府の官人たちが、たがいに目を合わせながら上って、左近衛府の人々が、南向きに座にお着きになった。人々の前に、食台が運ばれた。酒宴が始まり、食事に箸《はし》がつけられた。

七　帝、行正を使にして、正頼に引出物を贈る。

帝《みかど》が、このことを聞いて、「急に、どのような催しを行っているのだろう」などと言って、右近という名の女蔵人《にょくろうど》を遣わして、后《きさき》の宮に、「右大将殿（正頼）が、急な客を迎えたということなので、様子を見に行かせたいのです。前もって用意なさっている物がありましたら、少し分けていただいて贈りたいと思います」とお願い申しあげなさると、長持《ながもち》の唐櫃一具《からびつひとよろい》に、白張袴《しらはりばかま》を加えた女の装束一具《ひとぐ》と大袿十襲《おおうちきとかさね》を入れて、「こんなふうに、よくもない物ばかりが残っていました」と言って、それをさしあげなさった。

帝は、内蔵寮《くらづかさ》の絹三百疋《さんびゃくひき》を三つの唐櫃に入れさせ、内蔵寮の御衣を十の唐櫃に入れて、蔵人所《くろうどどころ》の果物《くだもの》を十の櫃に積んで、右大将にお贈りしようとなさったが、殿上の間《ま》には蔵人が一人もいない。そこで、帝は、「たった今までいた殿上の男たちは、左近中将（祐澄）の供をして、右大将の三条の院に行ってしまったのだな。左近中将は信望があるなあ」などと言って、蔵人の兵衛佐《ひょうえのすけ》行正を召して、右大将に、

「急な客を迎えられたと聞きましたが、どのように饗応《きょうおう》なさるのかと案じています。引出《ひきで》物《もの》なども足りなかったら、ないし料（未詳）などもたくさんおありでしょうから、思いどおりにお使いください」

と手紙を書いて、盃《さかずき》に、

天皇として制約が多い私は、残念ながら参加することはできませんが、楽しみ遊んでいらっしゃるという右大将殿の屋敷に心を行かせて、自分を慰めています。

と書きつけてお贈りになる。その時、夜になるまで宮中においでになった左大臣（季明《すえあきら》）と平中納言に対して、「右大将殿の屋敷を訪れなさるといい」と、声をおかけになる。お二人が、声を揃《そろ》えて返事をして退出なさると、使の蔵人行正が、右大将への贈り物を持って連れだって、三条の院に参上する。

右大将は、帝から贈られた盃を見て、驚いて恐縮なさる。勅使の蔵人を階隠《はしがく》しの間《ま》にすわらせて、庭に下りて拝舞《はいぶ》し、大袿を肩にかけて、恐縮して、

空から降る白玉を袖に入れると、漏れて濡《ぬ》れる人までうれしくなるように、嵯峨《さが》の院の女一の宮さまを妻に迎えて、それを大切に守っている私も、うれしい気持ちがしております。

などとお返事申しあげなさる。

右大将は、蔵人の後に、左大臣と平中納言が連れだって入っていらっしゃったことに気づかずに、松明《たいまつ》を灯《とも》した御前駆《ごぜんく》の兵衛尉《ひようえのじよう》たちが急に入って来たので、驚いて御覧になる。右大臣（忠雅）と式部卿の宮は、御階《みはし》から崩れるように庭に下りていらっしゃる。左大臣は、「そんなお心遣いはご無用に願います」と言って、御階《みはし》を上って御座所《おましどころ》にお着きになった。右大将が、「こんなに夜が深まったのに来てくださって、まことに恐縮です」。左大臣は、

「今朝参内して、今まで宮中におりましたが、ある人が、こうして近衛府《このえふ》と馬寮《うまづかさ》の者や公卿《くぎよう》たちが集まっていると奏上したので、帝が、驚いて、『使に蔵人をさし向けるから、おまえたちが相伴役として参れ』とおっしゃったので、二人でうかがいました」などとおっしゃる。あるじの右大将は、喜んで恐縮なさる。

八　三条の院で、左右の馬寮の競馬が行われる。

左と右の馬寮《うまづかさ》の馬で、左大将（兼雅）と右大将（正頼）が頭《とう》になって、上達部《かんだちめ》と親王《みこ》たちを左右の方人《かたうど》に分けて、競馬《くらべうま》をなさる。左方の乗尻《のりじり》は、左近将監《さこんのじよう》をはじめとして官人たちまですぐれた者を選び、右方の乗尻は、右近将監まで選び、馬場の西と東に幄《あげばり》を張って、馬寮の者たちが並んで座に着いた。松明《たいまつ》は、馬場の柵《さく》の南に、南のおとどに向いて、馬の出走地点から馬をとめる所まで、隙間《すきま》なく、褐色《かちいろ》の衣を着た男たちが灯している。この者たちは、皆、兵部省の下級役人である。馬場の柵より北の、南のおとどの側《がわ》は、兵衛尉《ひようえのじよう》をはじめとして春宮坊《とうぐうぼう》の帯刀《たちわき》まで、背丈が揃《そろ》っている者たちを選んで、南のおとどから馬場まで灯している。

乗尻たちが、皆、馬に乗って列をなして、馬場の柵に沿って現れる。皆、札《ふだ》を結んで、馬を出走地点に立てて、左方と右方が乱声《らんじよう》して、勝負がつくと、楽の舞を舞う。兵部丞《ひようぶのじよう》が、飾り馬に乗って、馬場の柵に向いて、馬の毛色などを報告申しあげなさる。一番は勝負がつかず、二番は、右が勝つ。乱声して舞を舞う。三番に出た馬は、左が勝つ。四番は、右が勝つ。五番は、左が勝つ。六番は、右が勝つ。七番は、左が勝つ。八番は、右が勝つ。九番は、左が勝つ。九番までの勝負がついて、勝った数を数え、最後の決勝は、左方は左近将監近正《ちかまさ》、右方は同じく右近将監松方《まつかた》で、決勝にふさわしい馬に、現在の名手が乗って現れて、左右の頭《とう》の大将たちをはじめとして、勝ちを祈って大願をお立てになる。馬は南のおとどの前までは並んで見えたが、右のとううちこめられて（未詳）、左が負けておしまいになった。

九　同日、季明、実忠のことを正頼に頼む。

競馬《くらべうま》が終わって、酒宴になり、人々は、酒を何杯もお飲みになる。管絃《かんげん》の遊びの真っ盛りである。南のおとどの内に、母屋《もや》の御簾《みす》に壁代《かべしろ》をかけ、御簾の内には、四尺《ししゃく》の屏風《びょうぶ》を立て並べてあって、その中で、右大将（正頼）の女君たちが、皆、並んで御覧になっている。

左大臣（季明）が、「こちらには、見過ごすことがおできにならない人々が来ていらっしゃるのでしょう。この機会に、盃《さかずき》などもお与えになったらいかがですか」などと言って、右大将に、「実忠《さねただ》もこちらのお屋敷にいると聞いていますが、どうしてやって来ないのですか」とお尋ねになる。あるじの右大将が、「体調をくずしていらっしゃると聞いております」。左大臣が、「健康そうに見えた者が、どうして病気がちになってしまったのでしょう。長年、右大将殿にお願いしたいと思っていることがあるのですが、今夜、酔った機会にお話ししたいと思います。身分が低い実頼《さねより》でさえ婿にしてくださっているのに、どうして実忠は婿として迎えていただけないのですか。実忠は、大勢いる子どもたちの中でも、かわいいと思っている者です。ご子息の侍従の朝臣（仲澄《なかずみ》）と同じように思って、実忠のことも目をおかけください」と申しあげなさる。あるじの右大将が、笑って、「仲澄と同じようにお思い申しあげたら、何かにつけて心配ばかりすることになりそうです。冗談はさておき、仲澄のことでは、私も兄上と同じように心配しているのですよ。仲澄と結婚してくださるような方はおりません。それはともかく、どうしたらいいのでしょう。結婚することを忌む五月雨の頃にもなってしまいましたのに」。左大臣は、盃を取って、「いやはや。そのことをうかがってからも長い月日がたちました」と言って、

時鳥《ほととぎす》（実忠）はずいぶんと長い間鳴き続けていますが、五月雨《さみだれ》が降る中で、思い乱れながら、どれほど過ごしているからなのでしょうか。

とお詠みになると、あるじの右大将は、

「時鳥（実忠）は、花が咲いている橘《たちばな》に住まいがあるから、五月雨が長く降り続けるように、このままずっと思い乱れることになるのでしょう。

宰相殿（実忠）のことは心にとめているのですが」などとおっしゃって、一晩中管絃の遊びをして夜を明かして、上達部《かんだちめ》と親王《みこ》たちには女の装束一領《ひとくだり》、馬頭《うまのかみ》と左右の中将までも同じ物を。それより身分の低い者たちは、白張袴《しらはりばかま》を、それぞれの身分に応じていただいた。下部《しもべ》の

者たち、馬寮《うまづかさ》の男たち、近衛《このえ》の官人たちに、腰絹《こしぎぬ》を与えたりなどする。管絃の遊びをして夜を明かして、翌朝お帰りになった。

一〇　春宮をはじめ、人々、あて宮に歌を贈る。

こうしているうちに、春宮から、

「前例として、人が引くことになるでしょう。時鳥（あて宮）よ。結婚することを忌むこの五月の雨が降る今でも、来て鳴くのはかまわないでしょう。忌々《いまいま》しいとお思いになりませんか。やはり、早く入内《じゅだい》なさってください」

とお手紙をさしあげなさった。あて宮は、

結婚することを忌む五月雨でもかまわないとおっしゃるのは、困ります。時鳥は、憂きものとして、世の例でもあると言うそうです。

とお返事をなさる。

兵部卿の宮から、

今までは、自分とは関係のないものと思っていました。でも、生い繁った夏山の木のように多い嘆きは私自身のものだったのですね。

左大将（兼雅）から、

つらい思いの限りを尽くして、今は何も考えられない気持ちですが、あて宮さまのことを思って寝ると、短い夏の夜でも、やはり長く感じられるものですね。

平中納言から、
つらい思いをしていると、五月が過ぎてゆくことが惜しまれます。「棟《あふち》（逢《あ》ふ）」という花の名さえも聞くことになると思うので。

源宰相（実忠）から、

「私は、流した涙でできた川に沈んでしまった身だったのですね。その川で、いつも浮いているような不安なもの思いをしていました。

わが身が破滅することなどどうでもいいのですが、あて宮さまへの愛情がいつまでも報われないことが悲しいのです」

などとお手紙をさしあげなさった。あて宮は、気の毒だと思って御覧になるけれど、お返事はない。

三の宮から、
あて宮さまのために変わりやすい軽い心もありませんのに、この頃は、涙に浮かぶ気持ちでいます。

紀伊国《きのくに》の源氏（涼）から、
あて宮さまがまだどこにいらっしゃるのかもわからずにいる白雲（涼）がつらいのは、思いを伝える空がないことだったのです。

とお手紙をさしあげなさった。

藤侍従（仲忠）は、五月の末日に、腐った橘《たちばな》の実に、

「橘の実は、待っていた五月になって、香ることもなく腐ってしまっています。だから、私も、夏越《なごし》の祓《はら》えをして生きていられるのだろうかと案じています。結婚することを忌むという五月雨の季節が過ぎることも、恐ろしく思われます」

と書きつけてお贈りした。

源侍従（仲澄）が、

火のまわりを飛んで、そのまま火の中に入ってしまう夏虫は、うらやましいことです。私は、夏虫と違って、絶えることない思いの火でつらいを思いをしているのです。

右近少将（仲頼）が、

もの思いにふけりながら、結局は腐ってしまった橘（仲頼）は、人に採ってもらえないまま、ずっと枝についたままになってしまうのでしょうか。

兵衛佐《ひょうえのすけ》（行正）が、

山も野も草木が繁っているのに、私の家にはまだ草木の葉が見えません。同じように、私はあて宮さまからのお返事もいただけないのですね。

とお手紙をさしあげた。

一一　六月十二日、三条の院で、納涼の宴が催される。

こうしているうちに、六月ごろにもなった。右大将（正頼）の三条の院は、池が広くて深く、色とりどりの植木が、岸に沿って生えている。水の上に枝がさし込んだりなどしている中島に、片端は水に臨み、片端は中島にかけて、立派な釣殿《つりどの》が造られていて、美しく飾りたてた船をいくつも池に浮かべて、その上に浮橋《うきはし》を渡し、暑い日の盛りには、人々がその釣殿で涼んだりなどをなさっていたが、十二日は、右大将が、休暇の日で参内なさらないので、大宮に、「今日は、釣殿で人々を涼ませてさしあげたいと思います。趣向を凝らした果物《くだもの》などをご用意ください」などと言い残して、釣殿にお出になった。

釣殿には、右大将の男君たちがこちらに皆来ていらっしゃるので、右大将は、扇に、

枝が木《こ》深く繁っているので露さえも漏れてこない木の陰に、人を待つかのように松風が強く吹いています。一族の者たちが集まって、しきりに宮のおいでをお待ちしています。

と書きつけて、源侍従（仲澄）を使にして、式部卿の宮のもとにお贈り申しあげなさる。宮は、それを見て、その扇に、

「そちらの木の陰に寒く吹いている風よりも、私の所にある木の枝が作る陰のほうが涼しいと思います。私は、妻のもとにいたいので、うかがうつもりはありません。

釣殿から、こんなふうに言ってきました」

と書きつけて、右大臣（忠雅）にお贈り申しあげなさる。右大臣は、それを見て、

風が吹く、それぞれの木の枝では、その枝のもとの木の陰のことを頼みにしながらも、誰もが涼を楽しんでいます。私も、右大将殿のお誘いはありがたいのですが、妻のもとにいたいと思います。

と書きつけて、中務《なかつかさ》の宮にお贈り申しあげなさる。宮は、それを見て、民部卿（実正）にお贈り申しあげなさる。

木の陰と言っても、どれも、その陰に楽しく集まっているもとの一つの松の根から生えた末ではありませんか。

民部卿は、

こちらの木の陰は、ごく普通の木の陰だと思って見ていて、東風がこちらに向かって吹く木の陰だとは知らずにいました。右大将殿がお誘いくださるとは思いませんでした。

左衛門督《さえもんのかみ》（忠俊）は、

私が頼みに思っている千年の松が作る陰は、雨が漏れることなく、松風だけが涼しく吹いてほしいと思います。

藤宰相（直雅）は、

千年の松が作る陰に楽しく集まっていてうれしいのは、たとえ雨が漏れたとしても、充分に頼みにすることができる松の陰だからです。

左近中将（実頼）は、

婿たちの誰にも千年の陰をあたえてくれるもとの一つの松は、いつまでも限ることのない齢《よわい》を保つことでしょう。

などと書いて、歌を書きつけた扇をお返しして、七人揃《そろ》って釣殿に参上なさった。

右大将が、「女君たちもおいでください」と申しあげなさったので、女君たちは、車に乗って、船を結び合わせた上にその車を載せて、釣殿にお渡りになった。女童《おんなわらわ》と下仕えたちは、それに続いて、浮橋を通って渡る。女君たちは、釣殿の母屋《もや》に、御簾《みす》をかけ、几帳《きちょう》を立て並べてお着きになる。簀子《すのこ》には、上達部《かんだちめ》と親王《みこ》たちがいらっしゃって、女君たちは琴を弾き、男君たちは笛を吹いて合奏する。琵琶《びわ》と箏《しょう》の琴を弾き、磬《けい》を打たせて、呂《りょ》の調子に合わせて演奏して、庭の池に、網を入れ、鵜《う》を浮かべて、鯉《こい》や鮒《ふな》を捕らせ、立派な菱《ひし》や大きな水蕗《みずふぶき》を採り出させ、中島から大きくて立派な山桃や姫桃などを採って来させて、趣がある胡瓶《こへい》を水に点々と立てたりなどして、涼んで楽しんでいらっしゃる。

あるじの右大将が、「今日、ここに、いつもの風流人たちが一人もいないのは、もの足りなくてつまらないな。仲澄は、藤侍従（仲忠）を呼びに行かせよ。兄弟の契りを固く結んだ人は、こんなおもしろい催しを見のがさないものだ」などとおっしゃるので、驚いて言いに行かせなさった。すると、藤侍従とともに、同じく右大将の男君たちと兄弟の契りを結んだ右近少将（仲頼）と兵衛佐《ひょうえのすけ》（行正）が、三人揃って、楽人と一緒にやって来て、船に乗って、釣殿に参上する。

右大将が、白い綾《あや》の御衣を脱いで、藤侍従に、

この衣は、深い池の底に生えた菱（あて宮）を摘むために今日やって来た人に、濡《ぬ》らした衣の代わりとしてさしあげます。

と言ってお与えになる。藤侍従は、

菱は深い池の底深く生えていたとおっしゃいましたが、不思議なことに、見ると、水の上に浮かぶ綾の紋様だったのですね。

などとお答えする。右大将は、同じような御衣を脱いで、右近少将と兵衛佐にもお与えになる。

人々が、女君たちの前なので、気を遣って、琴《こと》など掻《か》き鳴らしていると、夜が明ける頃に、鳰鳥《におどり》がかすかに鳴く。藤侍従は、それを聞いて、箏の琴で、

つらい思いをして泣いているのは私だけだと思っていましたが、鳰鳥も一羽だけで水に浮かびながら鳴いているのですね。

と、聞こえるか聞こえないかの程度に掻き鳴らす。あて宮は、琴《きん》の琴《こと》で、

鳰鳥のようにいつも浮ついている心ならば、せめて大きな声では鳴かずにいてほしいと思います。

などとお答えになる。そんな時に、宮中から、「藤侍従よ、今すぐに参内なさってください。

帝《みかど》のご命令です」とお召しがある。藤侍従は、「ああつらいこと。よりによってこんな時にお召しになるなんて、困ったことだ」と言って、「参内して、すぐにまた戻って参ります」と言って参内なさった。

一二　正頼、兼雅の別荘がある桂での神楽を計画する。

あるじの右大将（正頼）は、左大弁（忠澄）に、「神楽《かぐら》を催さねばならない時期が近づいてきたので、水が深く、木陰が涼しい所を探してくれ」と申しあげなさる。左大弁が、「賀茂《かも》川《がわ》のあたりには見あたりません。左大将殿（兼雅）が住んでいらっしゃる桂《かつら》の別荘は、ほかに見たことがないすばらしい趣向を凝らした、風情がある所です」。右大将が、「そうだろうな。左大将殿が心をこめて造らせなさったと聞く所だ。それぞれの家の家司《けいし》たちにまかせられたことでさえ、左大将殿はいつも格別にすばらしくなし遂げられるのだ。桂の別荘は、心に入れて造らせなさったようだから、さぞかし見どころがあるだろう。人がすることは、その人の趣味趣向によるものだ。左大将殿は、風情がある諸芸道にもすぐれ、公人としての器量も備わっていらっしゃる方だ。いろいろな人の様子を見ていたが、上達部《かんだちめ》や親王《みこ》たちが全員参内なさっている中で、左大将殿と侍従（仲忠）が同じ車に乗って来て下りていらっしゃった時は、これまで見たことがないほどすばらしいと思った。その中でも、侍従を拝見した時には、女の子はいつもはわずらわしいと思っていたが、かわいい女の子がほしくなったよ」とおっしゃる。
女君たちは、それぞれのお住まいにお帰りになる。
右大将が、奥に入って、大宮に、「どうして涼みにおいでにならなかったのですか。釣殿《つりどの》をお目にかけようと思いましたのに。来てくださらなかったので、『闇夜の錦』とかいうような張り合いのない気持ちがしました」と申しあげなさると、大宮は、「皆さまが涼んでいらっしゃるので、遠慮してうかがいませんでした。松風（琴の音）は、ここまで聞こえてきました」と言って、
松風は、どの枝にも分け隔てなく吹いていたのでしょう。奥に籠《こ》もっている根（大宮）まで涼しい思いをいたしました。
とおっしゃる。右大将は、
松の枝が、奥深い山に松の古い根を残したまま岸で靡《なび》いても、なんの効《かい》もありませんでした。
などと言って、「神楽は、六月の十七日に催すことにします。その準備をなさってください」とお願いなさる。大宮が、「風情がある所で催されるのがいいと思います」。右大将は、「左大将殿が、侍従の母を住まわせていらっしゃって、侍従が心に入れて造らせた桂の別荘のことを思い浮かべてください。ほかにはないでしょう」などとおっしゃる。

一三　正頼の桂での神楽に、兼雅と仲忠が桂の別荘から訪れる。

右大将（正頼）は、御神楽《みかぐら》を催すために出発なさる。大宮と仁寿殿《じじゅうでん》の女御と大殿《おおいどの》の上をはじめとして、二十歳以上の人は青朽葉《あおくちば》色、それより歳下の人は二藍《ふたあい》色の小袿《こうちき》をお召しになっている。お供の者のうち、侍女と女童《おんなわらわ》は赤色の表着や汗衫《かざみ》に二藍襲《ふたあいがさね》の袙《あこめ》、御神の子《みこう》は青色の表着に二藍襲の袙、下仕えは檜皮《ひわだ》色の衣を着ている。車は二十輛《りょう》ほどで、御前駆《ごぜんく》には四位と五位の官人たちが数え切れないほどついて、桂川《かつらがわ》に出発なさる。

桂川に着いて、先頭の車から御神の子を下《お》ろすと、榊《さかき》を左右に挿《さ》して、舞いながら斎場に入る。大宮たちの車に続いて、女君たちの車を急《せ》きたてて入れる。人々が桟敷《さじき》に下りていらっしゃったので、祓《はら》えをしてさしあげた。御神楽の召人《めしゅうど》、さへかはら（未詳）をする役の右《う》近将監《こんのじょう》松方、横笛を吹く役の左近将監近正《ちかまさ》、篳篥《ひちりき》を吹く役の右兵衛尉時蔭《うひょうえのじょうときかげ》、殿上人の中で神楽歌を歌う役の現在の名手たちを、皆呼び寄せていらっしゃった。右大将と親しい上達部《かんだちめ》や親王《みこ》たちは、皆来ていらっしゃる。殿上人は、誰一人として都に残っている者はいない。

右大将の前をはじめとして、神楽の召人《めしゅうど》たちまでにも食台が運ばれ、酒宴が始まり、食事に箸《はし》がつけられた。その時に、左大将（兼雅）が、桂川の向こう岸から、風情がある小船を美しく飾りたてて造り、趣がある物を趣向を凝らした幣《ぬさ》としてこしらえて、盃《さかずき》を手にして、藤侍従（仲忠）に右方《うほう》の高麗楽《こまがく》を演奏させながら渡っていらっしゃる。右大将は、とても喜んで、川のほとりに、右近衛府《うこのえふ》の楽人や、殿上人と男君たちを引き連れて、楽器を演奏しながら待ち受けて、「大君来《おおきみ》まさば」の声振《こわぶ》りで、

底が深い淵を渡る時には、長い水馴《みな》れ棹《ざお》で底を突くのですが、同じように、人は、いつまでも変わらぬ長い心を持っていらっしゃるのでしょうか。

とお歌いになる。左大将は、「伊勢の海」の声振りで、

ほかの人はさあどうだかわかりませんが、私がさす棹は底までとどかないので、深い心を持っているのは私だけだと思っています。

と歌って、桂川を渡って来て、左右の大将が、楽器を演奏しながら、並んで座にお着きになった。

また、兵部卿の宮も、祓えをするために、同じ川原に出ていらっしゃったので、右大将が喜んで迎えて、宮も同じ座にお着きになった。

こうしているうちに、春宮から、蔵人《くろうど》を使にして、

私に対してずっと冷淡なあて宮さまなのですから、今日の禊《みそ》ぎも、その効果はないでしょう。

とお手紙をさしあげなさった。あて宮は、

「大幣《おおぬさ》のような引く手あまたの春宮さまにはお逢いしたくないと思って、私は、お目にかかることのないまま、夏越《なごし》の祓えをしてしまったのです。

今日の禊ぎは、神もすぐに聞きとどけてくださるでしょう」

とお返事して、使の蔵人に、女の装束を一具《ひとぐ》お与えになる。

夕暮れに、女君たちが、御簾《みす》を上げて、糸木綿《いとゆう》の几帳《きちょう》を立て並べた座の前に、なめらかな石や角《かど》ばった岩などを点々と立てた中から、水が湧《わ》いて川となったり、滝が落ちていたりなどしているのを御覧になるために、孫王《そんおう》の君・中納言の君・兵衛の君・帥《そち》の君などや、かわいい女童などを出して、岩の上ごとにすわらせて、女君たちも、端のほうに出て、琴《こと》を掻き鳴らしたり、人々に歌を詠ませたりなどしてすわっていらっしゃるのを、男君たちの座では、見事でおもしろいとお思いになる。

藤侍従が、女君たちの座のあたりに立ち寄って、孫王の君に話しかけたりしている時に、湧き出ている水を見て、

「川辺にある石の思いの火が消えないために、岩の中から水が沸《わ》くように湧き出ているのでしょうか。

たとえ私が『礫瓦《たびしかわら》も』と言うような取るに足らない身であっても」とおっしゃると、孫王の君が、

川の底が浅いので、石の間を分けて流れる水は、湧き出ていると見えても、沸いているわけではないので、温《ぬる》くはならないものでした。

などと返事をする。その時に、あの宰相（実忠）は、女君たちが、兵衛の君のもとに送られ

たいろいろな手紙を見て笑っていらっしゃるのに、あて宮が何もおっしゃらずにいるのを聞いて、また、

私がお贈りした手紙はあまりにもたくさんあって、八百万世《やおよろずよ》の神が皆お読みになったとしても、数が尽きることはないでしょうか。

などとお手紙をさしあげたけれど、あて宮は何もおっしゃらない。

夜になって、御神楽が始まって、一晩中管絃《かんげん》の遊びをする。御神楽が終わって、才名告《ざいなの》りなどをすると、兵部卿の宮が、「好き者の才があります」などと言って、女君たちの座の前にある岩の上にすわって、大宮にいろいろとお話し申し上げなさる。その機会に、兵部卿の宮が、「お話ししたいことがあるのですが、ここ何か月も、いつも機会がなくてお話しできずにいました。今夜は、神でさえも願いを聞きとどけてくださる日ですからお話しいたします。長年、姪《めい》にあたるあて宮さまにお願いしていることがあるのですが、どういうわけなのでしょうか、ほかの人よりも私のことを軽んじていらっしゃるのです。姉上から、『そんな扱いをしてはならない人だ』と言い聞かせてくださいませんか」。大宮が、笑って、「何をおっしゃるのですか。このような時には、神は聞きとどけてくださらないと思われますよ。やっかいなお願いなどなさらないのなら、そのように言い聞かせるのですが」。兵部卿の宮が、「求婚なさっている大勢の方々の中でも、あて宮さまは、特に私のことを軽んじていらっしゃるので、いつも恨めしく思っていたのですが、今回は、たとえわが身が破滅することにな

ったとしても、この思いを抑えることはできません」。大宮が、「真面目な話、結婚していただける娘がいたらと思っているのですが、ふさわしい娘がおりませんので。もうしばらくしたら、お願いする時もきっとあるでしょう」。兵部卿の宮は、「それまでに死んでしまったら、何もないまま終わってしまうのでしょうか」と言ってお立ちになった。

夜が明ける前に、上達部や親王たちには女の装束、神楽の召人たちには白張袴《しらはりばかま》、左大将には立派な馬や鷹《たか》などをさしあげなさる。

こうして、皆お帰りになった。

［ここは、桂川の川原。御神の子が、「妹山《いもやま》」と歌いながら、舞って斎場に入る。才名告りをしている。神楽の人長《にんじょう》と舞人の長《おさ》が、左右に立っている。採物《とりもの》を奉納する。遊《うかれ》女《め》たちが大勢いる。］

一四　春宮をはじめ、人々、あて宮に歌を贈る。

右大将（正頼）の一行が三条の院にお帰りになると、春宮から、常夏《とこなつ》の花を折って、

「この常夏の花は、折ることが難しいものでした。私の住まいでたった一人で寝ている寝床も、いつも居心地が悪いものでした。

今は、独り住みはつらいとまで思われます」

とお手紙をさしあげなさった。あて宮は、

一人で寝ているとおっしゃっても、その寝床には、白露が常夏の花に置き替わるように、いつも代わる代わるお妃《きさき》たちを御覧になっているのでしょう。

とお返事なさる。

あの宰相（実忠）が、長く日が照り続いた日の暑い盛りに、

草も木も日光にさらされて色が変わるほど日が照り続く夏の日に、大空も、私と同じように恋のもの思いをしているのでしょうか。

あて宮は、

あっという間にどの家でもさし込んでくる夏の日に比べたら、宰相殿の思い焦がれるお気持ちなどたいしたことはないでしょう。

兵部卿の宮から、夕立ちが激しく降っている時に、

お手紙をお贈りして何年にもなるのに、ますますそっけなくなるあて宮さまは、雷の響きにも驚くことはないのですね。

あて宮は、

雷が響いても、それに何も感じない私は驚くことなく、空の雲ばかりが騒いでいるのでしょうね。

左大将（兼雅）から、海人《あま》が海に臨んで立っている洲浜《すはま》に、

海の底には海松布《みるめ》が生えていますので、私も、見る目（逢う機会）があるのではないか

と、あて宮さまの深い愛情を頼みに思っています。

と書きつけてお贈りになると、あて宮は、海人が漁をしている洲浜に、

この海人は、どうして漁をしているのでしょうか。海とはいっても、どんな海の底に海松布が生えているのでしょうか。どんなにうんざりしても、見る目はありません。

と書きつけてお返しになる。

平中納言から、

私が逢いたいと思っている人は牡鹿《おじか》の角ではないのに、ほんの束《つか》の間《ま》も心が慰まる時がないことがつらいのです。

あて宮は、

中納言殿がどんなお気持ちでいらっしゃるのかはわかっていて、夏の野に角が落ち変わる鹿のように、すぐに心変わりをなさると、確かに聞いています。

藤侍従（仲忠）が、祓《はら》えをするために、難波《なにわ》の浦まで出かけて、そこから、

道がわからないので、迷いながら摘みに来たのですが、ここ住吉には恋忘れ草は生えていないのでしょうか。

あて宮は、

住吉は、浮気心を持った人が期待をかける岸なのですか。人忘れ草を摘むために住吉にお出かけになったのでしょう。

三の宮は、
昼に声をあげて鳴く蟬《せみ》も、夜に声をあげずに思いの火に燃える蛍も、どちらも私の身そのものですから、私は夜も昼も悲しい思いをしているのでした。
紀伊国《きのくに》の源氏（涼）から、
普段の月よりも六月の夏越《なごし》の月がつらくて悲しいのは、結婚することを忌むということがないからでした。
とお贈り申しあげなさった。右大将の女君たちがその歌を御覧になっていると、源侍従（仲澄）がそれを手に取って見て、その手紙の端に、
ほかの人はさあどうだかわかりませんが、私は、あちらこちらの川の瀬で禊《みそ》ぎをすることでつらい恋の思いも忘れられるのではないかと思って、夏越の月が頼もしく思われました。
と書きつけてさしあげなさったけれど、どなたにもお返事を申しあげなさらない。
少将（仲頼）が、六月の月末に、
涙で濡《ぬ》れた袖を干すこともなく過ぎてしまった夏の日を惜しむ時にも、ますます涙で濡れることです。
兵衛佐《ひょうえのすけ》（行正）が、七月一日に、
言の葉は、夏の間に繁っていた時でさえすでに色変わりしていたのですから、秋が来た

今日は、いったいどんな色をしているのでしょう。

一五　高基、あて宮に手紙を贈る。

致仕《ちじ》の大臣（高基《たかもと》）から、宮内《くない》の君のもとに、

「ここ数日、ご連絡できずに申しわけありません。そちらにもうかがいたいのですけれど、ご奉公先の人目が多くてやっかいなのでうかがえません。内密にご相談したいことがあります。ちょっとこちらにおいでください。迎えの車をさし向けます」

とお手紙をさしあげなさった。宮内の君は退出した。

致仕の大臣が、宮内の君に会って、「いかがお過ごしでしたか。右大将殿（正頼）は、どうしていらっしゃいますか」。宮内の君が、「今は、特別なこともございません。先日、夏越《なごし》の祓《はら》えを、続いて、夏の御神楽《みかぐら》をなさったようです」。致仕の大臣が、「どこでなさったのですか。公卿《くぎょう》の方々は、どなたがおいでになったのですか」。宮内の君が、「桂川《かつらがわ》の川原にある左大将殿（兼雅）の別荘でなさいました。おいでになったのは、三条の院にお住まいの方全員と、そのほかには、兵部卿の宮・左大将殿・源宰相（実忠）たち、また、殿上人は、いつもの方々でした」。致仕の大臣が、「盛大な饗応《きょうおう》接待だったのですね。そうと知っていたら、少し酒と肴《さかな》を用意してうかがいましたのに。右大将殿は、いつも、このような好き者たちを呼び集めて散財なさいますが、私にはそれが理解できないのです。非難を受けることにもな

りますし、どれほどの費用がかかることでしょう。右大将殿がいただいていらっしゃる官職は、盗人のような者ばかりが集まって、人の着物を剝《は》いで奪い取ったり、飯や酒を探し出して食べたり飲んだりする近衛府《このえふ》なのですし、婿としてお迎えになった方々は、どなたも好き者で、ある方は愚か者、ある方は酔っぱらいなのです。かけてきらう（未詳）大臣や公卿とはいっても、これは、皆、身分が高い方や風流を好んで、工夫して生計を立てる気持ちなど少しもない方々です。ただ、楽器を巧みに弾き、和歌も少しも人から非難を受けることはないでしょうが、見事に仮名を書き、和歌を詠んで、美しい女性を、雲の上や地の下を探し求めてでも求婚し、それを笑う人が何を言っても聞き入れずに、田畑を作って商売したり、働いて貯《たくわ》えて生活したりするのを見て、口を開けてあきれているような人を、右大将殿は婿にお迎えになってはなりません。親は、娘が独身でいて、貧しくて生活の手段がなく、もてましたために結婚させるのではありませんか。右大将殿がなさるようにしていては、婿取りの本来の意味がありません」。宮内の君が、笑って、「端《はた》から見ると、そのように見えるかもしれません。でも、婿君たちは、どなたも、裕福で財力があって、七種の財宝を使いきれないほど持っていらっしゃいます」。致仕の大臣が、「財産は、建物や蔵いっぱいに貯えて使わずにいるのが頼りになるのです。右大将殿の財産といっても、もしかしたら、野心がある者が、右大将殿の権勢と財産の恩恵を受けようと思って、荘園《しょうえん》の物や贈り物を献上した物なのでしょう。それも、すぐに、家人や随身《ずいじん》や童《わらわ》たちが、すべて使ってなくなってしまうでしょう。やはり、せめてこれからは、このようなつまらないことをなさらずに、堅実なことをなさったほうがいいと思います。現在、この世で、婿としてふさわしいのは、滋野《しげの》の宰相（真《ま》菅《すげ》）でしょう。少しお歳を召していらっしゃると思います。でも、七十歳はまだ過ぎてはいらっしゃらないでしょう。すばらしい人です。ほんとうに堅実な性格で、いたずらに浪費をせず、貯蓄の心を充分に理解していて、非の打ち所がない人です。この滋野の宰相を別にすれば、私が、あて宮さまの婿になるのがふさわしい。あんなにもすばらしいと評判のあて宮さまに、これまでと同じような婿取りをなさるのでしょうから、やはり、北の方（大宮）とあるじの右大将殿に、私が、『若い時に貯蓄をしながら生活する心を持っていた人と結婚して、一家の主婦となって、家の内になんでもあって不自由のない生活ができる人が、将来頼もしいのです。歳をとって落ちぶれて生涯を終えるのは、貧しい人と結婚した時に聞く話です。生活力がない人と結婚したり、あるいは、宮仕えに出たりした人は、この世をどうやって生きていいのかもわからずに、親が死んだ後の世のことが不安で、晩年はみじめなものです。あて宮さまには、やはり、私のもとに来てくださるようにお勧めください。右大将殿に経済的な苦労をおかけすることはありませんし、子や孫の代までも安心して暮らしていただくつもりです』と言っていたとお伝えください」。宮内の君が、「以前にも、大宮さまに、『致仕の大臣殿が、あて宮さまと結婚したいと申しあげていらっしゃいます』と言って、『現在、致仕の大臣殿は、北の方もおいでにならず、独り暮らしをしていらっしゃいます』などと申しあげたところ、大宮さまは、『ほんとうに、あて宮にとってふさわしいお話だと思いますが、今は、致仕の大臣殿に結婚していただけるような娘がいないことが残念です。あて宮は、現在、春宮が心をこめて求婚してくださっているので、どうしたらいいだろうかと思い悩んでいるのです』とおっしゃいました」。致仕の大臣は、爪弾《つまはじ》きをして、「あて宮さまは、運がつたない方でいらっしゃるのですね。春宮は、どのような方だとお思いですか。今は、左大将殿の子の仲忠とかいう好き者を気に入って、夜も昼も遊女《あそびめ》をそばに侍らせて風流三昧《ざんまい》の生活をしていらっしゃるようです。そんな春宮のもとに入内《じゅだい》なさって、どうするおつもりなのでしょう。親が用意した綾《あや》や錦にくるまれて、贅沢《ぜいたく》を好み、化粧で飾りたてて、慰みごとにうつつをぬかしたあげくに、将来みじめな暮らしをするだけです。ああおいたわしい。春宮も、昔はこんな評判はおありではありませんでした。多くは、この仲忠の侍従が仕向けたのです。仲忠は、ほかに例がないほどいいかげんな者です。美しく着飾り、従者を大勢従えて、容姿や学才はすぐれていますが、そんなものはなんの役にも立ちません。蔵の中が空《から》だからといって、その容貌《ようぼう》を蔵に積んで貯えることなどできないでしょう。結婚に関しては、親がいらっしゃったとしても、たとえ帝《みかど》や春宮と結婚させなさったとしても、宿縁次第です。あて宮さまは、運がおありだったら、きっと私のもとにおいでになるでしょう。やはり、上手にお話し申しあげてください」と言って、頑丈だが無骨で古めかしい箱二つに、東絹《あずまぎぬ》と遠《とお》江綾《うみあや》を一箱ずつ入れて、表面がざらざらしてこわばっているあまり品質がよくない紙に、

「ひそかにお手紙をお贈りして何年にもなりますが、あて宮さまが私の求婚の手紙を見てくださらないことを思い嘆いております。お仕えなさっている宮内の君が、何かの折にお耳に入れてくださっているでしょうが、私のもとには、あて宮さまが気にかける妻もおりません。私は、あて宮さまを、ひたすら、高い山だとばかりに頼みに思っております。ぜひとも、ご恩顧をいただきたいのです。ところで、これは、さほど多くはありませんが、あて宮さまの下仕えの者たちにもお与えくださいと思ってお送りいたします」

と書いて、あて宮にさしあげなさる。

致仕の大臣は、宮内の君に銭を与えてお帰しになる。

一六　真菅、あて宮との結婚を催促する。

また、帥《そち》（真菅）が、あて宮の侍女の殿守《とのもり》を家に迎えて、「あて宮さまをお迎えする日を、今月の二十一日と決めました。あて宮さまが結婚を避けなければならない日は、いつなのでしょうか」とおっしゃる。殿守が、「くわしくは存じておりません。何日でいらっしゃったでしょうか。それにしても、あて宮さまを急にお迎えすることはなさらずに、まずは充分にご説得申しあげてからお決めになった方がいいのではないでしょうか」。帥が、「そんな必要はありません。何か疑わしいところがある身ならばともかく、そうではないのですから。あて宮さまのために荘園《しょうえん》の物をさしあげようと思っていますし、独身でもあります。また、官位も持っています。どれをとっても、女性が不満に感じるものなどあるはずはありません」。殿守が、「ほんとうに、おっしゃるとおりでいらっしゃいます。あて宮さまとの結婚をお許し申しあげなさるでしょう。とりわけ、私がお世話いたすのですから、帥殿の願いも、必ずかなえてさしあげられることでしょう」と言って、「それはそれとして、さらにまたお手紙をさしあげなさってください」と言う。

帥が、蔵人《くろうど》と木工助《もくのすけ》に、「おまえたちの後ろ盾となる女性が必ず感心するような歌を一首作ってくれ」と言う。蔵人が、笑って、「自分のためにたくさん作りましたけれども、特に、誰も感心してくれません」。帥が、「それならば、誰が、女性たちを感心させられるのか」。蔵人が、「少将（和正《かずまさ》）や帯刀《たちわき》などが、人が驚くほどの歌を作ります」。帥が、「その帯刀が作った歌に感心しなかったではないか。少将に頼もう」と言って、少将にお願いなさる。少将は、「まことに簡単なことです」と言って詠んでさしあげなさる。美しい色紙に、

「これまでずっと、仲立ちの者に、絶えることなくご連絡をさしあげてきましたが、この頃は、おいでいただくことになる汚いわが家を掃除したり拭《ぬぐ》い清めたりしていたために、お手紙をさしあげずにいました。お移りになる心づもりを、早くなさってください。すぐにでも、直接お目にかかって、細々とした話を、私のほうから申しあげたり、あて宮さまからもうかがったりしたいと思って嘆いております。ところで、このように歌を詠むことはおとなげないので気が進まないのですが、若い者たちがにぎやかに詠んでいた歌を耳

にして真似《まね》たものです」

と書いて、

あて宮さまのことを恋しく思っているうちに、髪がすっかり白くなりました。それは、

老いの涙が積もったからなのでしょう。

と書いて渡し、殿守に禄《ろく》として絹と綾《あや》を与えてお帰しになった。

一七　学生藤英、あて宮への思いをつのらせる。

勧学院《かんがくいん》の西の曹司《ぞうし》に、もともと学問の才があるうえに、命がけで学問をしながら、どうしようもなく生活に困っている学生がいた。勧学院では、冷淡に扱われ、雑色《ぞうしき》や厨女《くりやめ》は、その学生が言うことも聞かずにがやがや騒ぐし、たまに座に着くと、勧学院の人々が全員笑い騒いで、日に一度、短籍《たんじゃく》を出して、器一つの飯を食べる時にも、院司《いんじ》や鎰取《かぎとり》が、「藤英《とうえい》の食膳の捻《ひね》り文だ」と言って笑う。そんな辱めを受けて、博士たちには、少しも認めてもらえない。この学生は、父も母も、親族も一族の者も、一度に滅んで、まったく頼る者もいない。字《あざな》は藤英、本名は季英《すえふさ》、三十五歳で、顔はとても美しく、漢学の才にすぐれ、思慮分別もある。

こんな藤英も、心の中では、ひそかな思いを懐《いだ》いていた。ぜひあて宮に求婚したいと思っていたが、ある学生が、藤英がこんなふうにどうしようもなく生活に困っているのを見て、「婿として申し分のない男だなあ。右大将殿（正頼）も、これほどの婿を迎えることはおで

きにならないだろう。容貌といい、学才といい、これほどの婿はめったにないことだ」などと言って、誰もが笑うので、藤英は、紅《くれない》の涙を流して、恥ずかしく悲しいと思う。そこで、藤英は、夏の夜は、薄く透けて見える袋に蛍をたくさん入れて、書物の上に置いてまどろむこともせず、夜が明けて明るくなると、それにもまして、窓に向かって、光が見えている間はずっと読み続ける。また、冬は、雪を丸めて、その光に当てて書物を読み、眼に穴が空くまで学問に励む。その間にも、「誰からも大切に祭られていらっしゃる文珠菩薩《もんじゅぼさつ》さま、学問の力によって、私の恥を雪《そそ》いで、願いをかなえてください」と、心の中でお祈り申しあげて、不遇な思いをしていることを嘆いていた。

そんな時に、勧学院出身の人が地方官に任官して出発する祝宴の日に、曹頭進士《そうとうしんじ》（忠遠《ただとお》）から、藤英の曹司《ぞうし》に、雑色を使にして、「今日、祝宴の座に参列してください。今日は、私も、そこに参列することにしています」と伝言がある。藤英は、「私を一人前に扱って呼んでくださって、まことに恐縮です。でも、私は、勧学院に入学して、今年で二十年以上がたつのですが、まだ具体的な恩顧をこうむったことがありません。昔、同じような宴にたまたま参列した時に、着る物もなく、恥ずかしい思いをしたので、参列することができないのです」と返事をさせる。曹頭進士は、破れた夏の衣と、朽葉色の古びた下襲《したがさね》を取りに行かせて、藤英に歌を、

私が着ていたこの夏の衣を脱いで、あなたにお着せするのですから、今日からは、あな

たがこれまで体験してきたという恥もきっと薄くなることでしょう。

と書いて贈る。藤英は、紅の涙を流して、
私は、これまで何度となく恥ずかしい思いばかりをしてきましたが、いただいたこの薄い夏の衣に着替えることで、私の恥も雪《そそ》がれるのだと思います。

と返事をする。曹頭進士は、一つの台盤に盛った食べ物を、藤英の曹司に送る。このことをきっかけに、皆、詩を作った。

［ここは、勧学院の西にある、藤英の曹司。藤英が、文机に向かって、周囲に書物を山のように積み、書物の上に蛍を袋に入れて置いて、太い布の帷子《かたびら》一枚を着てすわっている。厨女が、黒い強飯《こわいい》を器に入れて、黄菜《さわやけ》の汁と一緒に持って来ている。

これは、勧学院の東の曹司。勝手気ままな学生たちが、並んで座に着いて、酒を飲み、肴《さかな》を食べて、院司と雑色が集まって騒いでいる。政所《まんどころ》の別当たちが並んで座に着いている。米が、数え切れないほど積んで置いてある。

大炊殿《おおい》。男が料理をしている。長女《おさめ》と厨女がいる。皆が、「藤英の食膳の短籍だ」と言って笑っている。

これは、座に着いた進士や秀才たちの学生が、合わせて八十人ほど、台盤に向かって、食事をしている。地方官に任官して出発する人のための祝宴を催している。紙を配っている。厨女が、しはりかけてうつ（未詳）。］

一八　七月七日、三条の院で七夕の宴が催される。

　こうしているうちに、七月七日に、右大将（正頼）の三条の院で、夜が明けるとすぐに、西の対からは、青色の表着に蘇枋襲《すおうがさね》の汗衫《かざみ》、綾《あや》の三重襲《みえがさね》の上の袴《はかま》、一重襲の綾掻練《あやかいねり》の袙《あこめ》を着た、髪と背丈が等しい八人の女童《おんなわらわ》、寝殿からは、赤色の表着に袙と袴が同じ二藍襲《ふたあいがさね》の八人の女童、北の対からは、薄い絹織物の表着に綾と縑絹《かとりきぬ》を重ねた女郎花《おみなえし》色の汗衫や同じような袙と袴を着た八人の女童が、それぞれの方から歩み出て、庭の前栽《せんざい》や松の木の下に、糸を反橋《そりはし》や浮橋《うきはし》のように渡して、色とりどりの糸を一つずつ織女に奉納する。それに続いて、簀子《すのこ》に蒔絵《まきえ》を施した棚厨子《たなずし》を七つ立て、廂《ひさし》の間《ま》に御簾《みす》をかけて並べ、削った美しい棹《さお》を渡し、色とりどりの御衣の糸をほどいて、衣桁《いこう》を並べ、色とりどりの調度の種類を揃《そろ》えている。添え髪をつけて背丈を揃えた侍女たちが、数えきれないほどいて、あちらもこちらもはなやかに装《よそお》われている。どこもかしこも、吹く風に競うかのように、薫物《たきもの》の香りも一緒に漂っている。

　節会の食事は、例年のように、割り当てられた諸国の受領たちが、折敷《おしき》や食べ物を、同じ数に用意してさしあげる。右大将は、大宮のもとから取り寄せて並べて、その受領たちに、女の装束を一具ずつお与えになる。受領たちは、並んで立って拝舞《はいぶ》する。

一九　藤英、三条の院の試策に参加する。

右大将（正頼）は、源氏でいらっしゃるけれども、母方は藤氏でいらっしゃったので、お引き受けして、大学別曹の勧学院の別当をなさっていた。

三条の院の七夕の宴と同じ日に、帝《みかど》に試策《しさく》を聞いていただくために、博士《はかせ》と文人《ぶんじん》八十人以上が仁寿殿《じじゅうでん》に参上することになっていたが、宮中での試策が急に中止になってしまった。博士と文人たちが、「もの足りなくてつまらないことだ。例年よりもおもしろい試策になるはずだったのに。このまま何もせずにすましたくはない。別当殿にこのことを申しあげて、三条の院は近いのだから、勧学院から歩いて行こう」と言って、列を作って立っている。その場に出くわして、西の曹司の藤英《とうえい》は、普段は、人々が大騒ぎをして出発するのを見てもなんとも思わないのに、今日は、勧学院に残っていられそうもない気持ちになる。藤英は、破れた縠《こめ》の衣と、半臂《はんぴ》もない下襲《したがさね》を、太い布の帷子《かたびら》の上に着て、上の袴《はかま》も下の袴も穿《は》いていない。そんな藤英が、破れて巾子《こんじ》だけが残っている潰《つぶ》れた冠をかぶり、後ろが破れた尻切れ草履《ぞうり》を履き、生気もなく痩せて青白い顔をして、ふらふらと現れて、「私も、今日の三条の院への歩みの列に加わりたい」と言って、その列の中に交じって立つ。博士と文人たちをはじめとして、身分が低い者たちまで、誰もが大笑いする。うものすそあらくてけさうす（未詳）。誰もが、藤英に、「別当殿のお屋敷は、宮中の清涼殿《せいりょうでん》に劣らず、身分も教養もある立派な方々が、皆、あんなふうに集っていて、普通の人が入り込むことでさえ許してくださらない所なのですから、まして、学生がみすぼらしい衣装を着て参上なさったら、勧学院にとっての、将来まで続く不名誉な評判になることでしょう。すぐに思いとどまってください。ほんとうに具合が悪い。勧学院からも追い払ってしまいましょう」などと言って、近づいて来て、責めさいなまんばかりに、引き退《の》けたり押し倒したりなどするけれど、藤英は思いとどまろうともしない。誰もかれもが騒いで、三条の院への歩みが中止になりそうになる。

その時、曹頭進士《そうとうしんじ》（忠遠）が、参上して、「どうして三条の院への歩みをまだ始めていなかったのです。私が参上するのを待っていらっしゃったのですか」。学生が、「それも理由の一つです。また、この藤英が一緒に出発しようとなさるので、混乱して、まだ始められずにいるのです。試策のこさめうにのおもくいたらて（未詳）歩みぬるは」。曹頭進士が、「藤英が別当殿のお屋敷に参上しようとなさっているからといって、どうして歩みが中止になるのか。藤英は、勧学院の学生ではないのか。衣装がみすぼらしいことこそが、世に言うまことの大学の学生なのだ。冠が折れ重なり、橡染《つるばみぞ》めの衣が破れてぼろぼろになり、下沓《しとうず》が破れていて、痩せ衰えている人で、学問の才がある者を、学生と言うのだ。こういう者が、別当殿のお屋敷に出発するのにふさわしい。学問の才がないのに、後ろ盾となる親がいて、家が権勢のあることを頼りにして、財の限りを尽くして、人に見えないところでいろいろと工作をしてはなやかに振る舞っている人は、学生ではない。それにしても、大学寮の学生たる藤英が、どうしてぐずぐずしているのか。早く出発なさればいい」などと言って、「藤英よ、お立ちなさい。あなたがまことの大学の学生だ」と言って。

二〇　藤英、正頼に見出される。

右大将（正頼）が、「例年よりもおもしろい試策《しさく》であるから、見のがすことができないと思っていたが、これはこれでとてもすばらしい歩みだ」とおっしゃるので、家司《けいし》たちが東北の町の中島の釣殿《つりどの》に渡って準備をする。そこに、上達部《かんだちめ》や親王《みこ》たちをはじめとして、近衛府《このえふ》の官人と院司《いんじ》までが並んで座に着き、そこに、博士《はかせ》と文人《ぶんじん》たちが列を作ってやって来て並んで座に着いた。

すぐに、不意の客の接待を行う所から、人々の前に食台が運ばれて、酒宴が始まり、食事に箸《はし》がつけられる。そのうちに、探韻《たんいん》が始まって、あるじの右大将が詩の題をお出しになる。博士や文人たちが、韻字をいただいて、八韻《はちいん》の詩を作る。上達部と親王たちや、親王と殿方のご子息も詩をお作りになる。作り終えると、右大将の前に出て、詩を提出する。その詩を、式部丞《しきぶのじょう》が講師《こうじ》を務めて朗誦《ろうしょう》する。人々も一緒に吟詠する。夜になると、灯籠《とうろう》を一間《ひとま》ごとにかけ、灯台を隙間《すきま》なく立てて、周囲に松明《たいまつ》を灯した。

文人も、こうしてたより詩《ぶみ》（未詳）を提出するが、藤英《とうえい》が右大将の前で作って提出した詩は、上達部が御覧になると評判が高くなってしまいそうなので、講師は、その詩をこっそり隠して朗誦しないままになってしまった。だから、上達部や親王たちは、ここに藤英が来ているともおわかりにならない。あるじの右大将をはじめとして、琴《きん》をお弾きになる方が、皆、披講のための調子に調えて、今日の詩の中の風情がある句を合わせて弾いていらっしゃると、夜も更けてゆくに従って、琴《こと》の音《ね》も人の声も豊かに高く響く。その時、藤英は、自分が作った詩を、ありったけの声を張りあげて吟詠する。その声は、高麗《こま》鈴を振り鳴らすのに劣らず美しい。あるじの右大将が、それを聞きつけて、「今日の詩の中で朗誦されなかった句を、一人で吟詠している人がいるな。あれは、誰だ」とおっしゃる。博士と文人たちは、口ごもってはっきりお答え申しあげずにいる。右大将が、「とても風情がある句を、美しい声で、大勢の人の吟詠する声に紛れることなく、すばらしいことだなあ」と言って、喧騒《けんそう》を静めて、ご自身で、「学生たちの末席に、ほかの者たちのとは違う風情がある句を吟詠している者がいますね。何という名前の学生か」と、大きな声でお尋ねになる。藤英は、驚いて、「勧学院の西の曹司の学生、藤原季英《すえふさ》です」とお返事申しあげる。右大将は、「興味深い学生だなあ。こちらにやって参れ」とおっしゃる。多くの人々の中を掻き分けて、昼よりも明るく光り輝く灯火の光で見えた藤英の姿は、このうえなく異様である。我慢できずに、一度にどっと笑う声がする。だが、きつく叱って制し戒めたために、喧噪が静まった。

二一　正頼、藤英の素性を知る。

あるじの右大将（正頼）が、藤英《とうえい》に、「誰の子孫で、誰の庇護《ひご》を受けている学生ですか」とお尋ねになる。藤英は、「遣唐使として選ばれたことのある大弁南蔭《なんかげ》の朝臣の長男として、学問料をいただいている大学寮の学生でございます。南蔭の左大弁が、参議だった時に、戦乱によって命を落とし、弟たちも、遠くの地で、屍《しかばね》を遺《のこ》すことなく死に果てて、父の子孫として遺されたのは、私一人だけです。三月のあいれしゐひはする（未詳）仲間は、生涯に一人もいません。七歳で入学して、今年は三十一年目、入学して以来、長い年月、眼が抜け落ち、内臓が尽きてなくなるまで学問に励もうと心に決めて、勧学院の曹司の窓に光がさして明るい朝は、瞬《まばた》きもせずに書物を読みふけり、日が落ちて暗くなった夕暮れは、部屋に、夏は叢《くさむら》の蛍を、冬は雪を集めて、年月を重ねてきました。それなのに、ただ今の博士は、情愛の心が薄く、貪欲《どんよく》の心が強いので、私は、学問料をいただいて、今年で二十年を過ぎたのに、誰からの庇護も受けていません。一方、弓矢を持つことを仕事だと思い、悪事をもっぱらにして、角鷹狩《くまたかがり》や魚釣りにうつつをぬかしている者で、昨日今日入学して、白黒の判断もつかないくせに、賄賂《わいろ》を贈る者を、序列を越して登用しています。そのために、私は、登用の機会をずいぶんとのがしました」と、大勢の博士の前で、紅《くれない》の涙を流して訴え申しあげる。聞いていらっしゃる方は、どなたも涙をお流しになる。あるじの右大将が、「この学生が、こんなことを申しているが、いったいどういうことなのか」とお尋ねになると、博士たちは、「藤英は、まことに学問がある者です。しかし、その心構えがしっかりしていないので、朝廷にお仕えする者としてはふさわしくありません。こんな者が出仕したら、朝廷にとっても民間にとってもさし障りがあるにちがいないので、登用できずにいるのです」と申しあげる。藤英は、爪弾《つまはじ》きをして、天を仰いですわっている。右大将が、「この者が言うことはほんとうなのか」と、皆にお尋ねになる。

皆が一緒になって黙っている中で、曹頭進士《そうとうしんじ》（忠遠）が、「現在、勧学院で、心構えがしっかりしていて、学問の才がすぐれている者は、この藤英だけでございます。人に対して犯した罪や過ちは、生涯に一度もございません。引き立ててくれる人がいないことを本人の過失として、こんなふうに、勧学院の者たちは誰もが冷淡に扱っているのです。学問がなくても、私財が豊富にある学生たちには、充分に庇護なさるのに、後ろ盾となる親族を失い、学問に励んで疲弊している藤英に対しては、一度でも庇護することを恐れるために、藤英は疲れても横になることもできません。そのために、姿を隠して籠もっている学生でございます」と申しあげる。右大将は、「大学の勧学院というものは、大臣や公卿《くぎよう》をはじめとして、封戸《ふこ》や荘園《しようえん》からの収入を分け入れることで、恩恵を受けている所だ。学問の道に、藤英が言うような、賄賂などということはあってはならない。権勢のある家の一人である私でさえ、そんなことを特にしたことはない。大宮をはじめとする皇女《みこ》たちがいただいている年官《ねんかん》と年《ねん》爵《しゃく》はたくさんあるし、私自身もそれなりにいただいている。その場合でも、皇女たちは、わが家に功績があった者にお与えになり、それでもあまった物は、財貨を献上した人にお与えになっている。藤英が今申したとおりなら、藤英こそ、朝廷にお仕えするのにふさわしい者だ。充分な学問の能力のない者でさえ、不遇な思いをしていることを嘆いている。だから、まして、藤英の嘆くのはもっともなことだ。貧しいことが悪いとするなら、私は宮仕えをすることはなかっただろうに。また、心構えに関しては、しっかりしている人であっても、自分の身に嘆きがある時には、公にも私にもその嘆きを訴えて、心が乱れるものだ。望みがかなう時には、ふあく（未詳）の者も心が修まるものだ」などとおっしゃる。博士たちは、右大将のおそばで恐縮している。

右大将は、藤英が作った詩を、琴《こと》に合わせて、一人の者に吟詠させる。すると、このうえなくおもしろい。右大将は、藤英に盃《さかずき》を与えて、

緑のまま色を変えることのない松はそのままにしておいて、その松に這《は》いかかる藤の枝（藤英）を秋の山にも移してみたいものです。

とお詠みになる。藤英は、盃をいただいて、

藤の蔓《つる》ならぬ私は、今日、土の上から這い出ることができて、うれしい思いがいたしました。

と申しあげる。

二二　正頼、藤英に、元則の装束を与える。

右大将（正頼）が、藤英《とうえい》の異様な姿を気の毒に思っていらっしゃる時に、民部丞《みんぶのじよう》藤原元則《もとのり》が、美しい装束できちんと正装して、立派な石帯をさして現れる。それを見て、右大将は、元則に、「この学生は、みすぼらしい衣装を着ている。おまえは、しばらく布衣《ほい》姿になって、今着ている装束をこの学生に与えよ」とおっしゃる。元則は、恐縮して、藤英を物陰に呼び寄せて、鬢《びん》を調え、髭《ひげ》を剃《そ》り、装束を着させながら、「あなたは、運に恵まれていらっしゃるようですね。私も、学問の道がとてもつらく悲しいものだとは知っております。私は、親身になってくれる親族もおりません。あなたも、また、おありでないそうですね。私が、すべてお世話いたしましょう。私のもとにおいでください」などと言って、しっかりと身なりを調えてやる。藤英の装束も容姿も、笑っていた者たちよりも、格段にまさっている。藤英が作って提出した詩は、その日のたくさんの詩の中でも一番すばらしい。藤英は、ただ今の学生たちの中で、最もすぐれている。

二三　藤英、あて宮への歌を書きつけて帰る。

相伴の客の座の所で一晩中楽器の演奏をして、夜が明ける前ごろに、右大将が、全員に禄《ろく》をお与えになる。博士と四位の官人には女の装束、五位の官人には白張《しらはり》と袷《あわせ》の袴《はかま》を一襲ずつお与えになる。藤英《とうえい》も禄をいただいた。

藤英は、分不相応なあて宮への思いで、理性を失ってやって来たのだが、その効《かい》がないまま、三条の院を退出するのは、兵士が持つ剣に切られたかのような思いがする。だからといって、どうしていいのかわからないので、あて宮がいる寝殿の東側の庭にある竹の葉に、

一年に一度彦星が織女に逢って満足して帰る暁でも、あて宮さまに逢うことのできない私の心は満足できずにいます。

と書きつけて退出する。

藤英は、勧学院の曹司に戻って、あて宮のことを思って身も世もなく嘆く。

二四　春宮をはじめ、人々、あて宮に歌を贈る。

春宮から、

「私に冷淡なあて宮さまが入内《じゅだい》するのを待っている間に、一年に一度彦星と織女が逢う七夕の夜もたくさん過ぎてしまいました。

いつも私に彦星をうらやましく思わせなさるのですね。これからも、このような状態が続くようですね。彦星と同じように、私のほうからそちらにお訪ねしなければならないのですか」

などとお手紙をさしあげなさった。あて宮は、

「織女は逢うことのないまま秋を待っているのに、春宮は人に逢う夜がたくさんあるとばかり聞いています。

それなのに、彦星のことをひどくうらやんでばかりいらっしゃるのですね。それはそうと、真木の板戸は閉めずにおきますから、いつでもおいでください」

とお返事申しあげなさる。

源宰相（実忠）が、右大将（正頼）の男君たちが寝殿の簀子《すのこ》で碁を打ったりなどなさっている夕暮れに、御簾《みす》のもとで、兵衛の君に、「先日の夜は、どうして局《つぼね》にお下がりにならなかったのですか。今はあなたまでがますます冷淡になさることがつらいのです」。兵衛の君が、「昔から変わることなく冷淡でいらっしゃったから、今でもそう見えるのですよ。先日の夜は、食事のお世話をするために、あて宮さまのおそばにおりましたので」などと話をしている時に、蜩《ひぐらし》が何度も鳴く。宰相の君が、
夕方になると、家に帰ることもなく、こちらで衣を着たままで寝ているわが身がつらく悲しいのですから、その泣き声に比べると、鳴く蜩の声などなんでもありません。

とおっしゃるけれど、あて宮は聞いても心にかけなさらない。

兵部卿の宮から、

「秋になって、置く露で萩の下葉は色づくけれども、寒さをしのぐための衣を打ってくれそうな人はいないのです。

どうしたらいいのでしょう。いつまでもこのように一人ではいられないのに、冷淡なご様子を拝見すると、とてもつらい思いがいたします」

とお手紙をさしあげなさった。お返事はない。

左大将（兼雅）が、

「夢の中であて宮さまにお逢いすることができるのではないかと思って、夜に、いったい何度衣を返して寝たことでしょうか。それでもお逢いすることができずに、ほんとうに恨めしくてなりません。

一方では、自分がどうしてこんな気持ちになったのか不思議な思いです」

などとお手紙をさしあげなさったけれど、お返事はない。

平中納言から、

浦風は荒れる海にも吹くものなのに、どうして、こちらの川瀬では、まるで嵐のように、風が激しく吹くのですか。

例がないほど強情なお心ですね」

とお手紙をさしあげなさった。

三の宮が、

どうしてなのでしょう。お手紙をさしあげても、まだお返事もいただけないので、あて宮さまのことが、足を踏み入れたことのない愛宕《あたご》の峰のように思われることです。

とお手紙をさしあげなさった。

二五　仲忠、あて宮に歌を贈る。

月が美しい夜、今宮（女一の宮）とあて宮が、御簾《みす》のもとに出て、今宮が琵琶《びわ》、あて宮が箏《しょう》の琴で、風情がある曲を弾いて、月を見たりなどなさる。仲忠の侍従が、隠れて立ってそれを聞いて、「調子をはじめとして、何もかも、私が弾く奏法と同じだ」と思うと、心が動《どう》顚《てん》して平静ではいられない。「わが身が破滅することになったとしても、あて宮を奪い取って隠してしまおうか」などと思うが、母北の方（俊蔭《としかげ》の娘）のことを思うと、やはり、申しわけなく思われる。思い悩んで、立って、お二人から見えない簀子《すのこ》に入り込んで、孫王《そんおう》の君に、「あて宮さまは、どうして先日のお返事はくださらなかったのですか」。孫王の君が、「侍従の君（仲澄）と碁を打っていらっしゃる時でしたので」。仲忠の侍従が、「風がやんでいる間だからなのでしょうか、今聞こえてきたのは、ああ、どれほど上達なさるのかが想像されるような音色でしたよ。箏の琴は、あて宮さまが弾いていらっしゃるのですね。琵琶は、どなたがお弾きになっているのですか」。孫王の君が、「女一の宮さまでいらっしゃると思います」。仲忠の侍従が、「今でさえこれほど上手に弾くことがおできになるのですから、お二人は、将来どれほど上達なさることでしょう。それはそうと、こんなふうにもの思いをしていると、人は恋の過ちも犯すのでしょうか。懸命に思いを抑えているのですが、堪えられそうにありません」。孫王の君が、「身分も教養もない者が、そのような気持ちになるものです。困ったことをおっしゃいますすね」。仲忠の侍従が、「私は、過ちを犯しそうになっては、何度も何度も考え直しているのですよ。でも、いつまでもこのままではいられそうもありません。どうしたらいいのでしょう」。孫王の君が、「これ以上、何もおっしゃらないでください」と言って、立って奥に入ろうとするので、仲忠の侍従が、「見ていてください。口ではこんなふうに申しあげても、けしからん振る舞いはけっしてしないつもりですよ」などと言って引きとめて、「真面目な話、物を隔ててでも、ぜひ一言お話ししたいのです。そんな機会はあるでしょうか」。孫王の君が、「何をおっしゃるのですか。そんなお話は聞きたくもありません。時々お贈りになるお手紙のお返事も、いつもしようとなさらないので、私があれこれ執りなしてお返事をいただいているのですよ。直接お話ししたいなどとお考えになることだけでも、けしからんことです」。仲忠の侍従が、「何をおっしゃるのですか。宮中では、仁寿殿《じじゅうでん》などにいても、女御が、私を時々召して、直接いろいろとお話をしてくださるのですよ。それなのに、どうしてあて宮さまは直接お話をしてくださらないのですか。言葉をかけることができない方のようですね」。孫王の君が、「仁寿殿の女御がお話しなさる場合でも、人が取り次いでお話し申しあげなさっているのでしょう。ここでも、私たちはお話し申しあげているではないですか」などと言う。

仲忠の侍従は、龍胆《りんどう》の花を折り取って、白い蓮《はす》の花に、笄《こうがい》の先で、

「筏《いかだ》乗りは、浅い川の瀬を嘆きながら渡っていますが、どれほどの榑《くれ》が流れてきているのでしょうか。私も、どれほどの夕暮れ、涙を流してきたことでしょう。

こんな思いをしたまま長い年月がたってしまいましたが、せめて今夜だけでも、ぜひ一言だけでもお話しいたしたいのです。返事はしてくださらなくてもかまいません。私の話を聞いてくださるだけならば、誰も咎《とが》めはしないでしょう」

と書きつけてお贈りする。

今宮が、それを見て、「藤侍従は、どこにいるのですか」とお尋ねになる。孫王の君が、「東の簀子にいらっしゃいます」と答えると、今宮は、「それでは、私たちが琴《こと》を弾いていたのを聞いていたのでしょうね。まあ恥ずかしい。あて宮さまも藤侍従殿も、琴《こと》の名手です。私は、もう聞きたくありません」と言って、奥に入っておしまいになった。

仲忠の侍従が、それを聞いて、「ああつらいことです。孫王の君さま、今夜でなくてもかまいませんから、やはり、お話しできるように工夫をしてください。私は、ほかの誰よりも、親孝行をしようとする思いが強いのに、このような気持ちになってからは、片時も生きていられそうにも思われませんので、今になって親不孝者になってしまいそうです。それがとても悲しくて、少しもの思いが静まるかと思ってお願いしているのです」と言って、泣きながら、一晩中いろいろと話をして夜を明かして、翌朝、帰ってから、黒方《くろぼう》で作った川に、白銀の鯉《こい》をはめこんで、その鯉に、

私は、自分が流す涙でできた川に、一晩中浮かんでいます。その川に鯉がいるように、
　私も恋の思いが尽きることがないことがつらいのです。

と書きつけてお贈りした。

あて宮は、これを見ても、何もおっしゃらない。孫王の君が、「今回は、やはりお返事をなさってください。いつもは特にあて宮さまのお返事も求めず、もの静かな方が、思慮分別も失って泣いて取り乱していらっしゃるので、気の毒に思って」と申しあげると、あて宮は、「外聞を憚《はばか》るようなことが起こったら、あなたの罪にしますよ」と言って、白銀で作った川に、沈香《じんこう》で作った松明《たいまつ》に火を灯して、同じ沈香で作った男の人形に持たせて、

川の瀬に浮かんでいる、ご自分で持っている篝火《かがりび》の光を、鯉ならぬ、ご自分の恋の火だ
　と思って見ていらっしゃるのでしょうか。

などと書きつけてお贈りする。

二六　源氏の君、あて宮に歌を贈る。

あて宮の近くにいる方々でさえ、こんなふうにいらいらする気持ちを抑えられないのだから、まして、紀伊国《きのくに》の源氏（涼）は、身も世もなく嘆いて、顔が美しく、嗜《たしな》みがある童《わらわ》や子どもたちに、立派な装束を着せて、折節ごとに、なかなか手に入れられないようなすばらしい紙に書いた手紙を、見たこともないような美しい花や紅葉、あるいは、風情がある木々の

枝につけて、紀伊国から毎日のようにお贈り申しあげなさる。その手紙には、

「私の身からあふれる、計り知れないほどの思いには、貝があるという名草《なぐさ》の浜であっても、心を慰める効《かい》もないことです。

とばかり思っています。それはそうと、塵《ちり》も積もれば山となるというのに、私の思いはかなわないのですね。遠く離れていて、あて宮さまの面影も心に浮かばないことが、もどかしいのです」

などと書かれている。

右大将（正頼）が、その手紙を見て、「多くの方々の前に出して見せても恥ずかしくない手紙ですね」などとおっしゃるけれど、あて宮はお返事をなさらない。

二七　仲澄をはじめ、人々、あて宮に歌を贈る。

右大将（正頼）の三条の院の寝殿では、庚申《こうしん》待ちをなさって、男君と女君を左右に分けて、夜を徹して石弾《はじ》きをなさる。侍従（仲澄）は、前にある硯《すずり》に、手慰みに、

寝る間《ま》もなく嘆いている私も、せめて夢にだけでも、あて宮さまに逢うことができるかと思って、寝てはならない庚申の夜なのに、思わずまどろんでしまいました。

と書いたが、その歌はすぐに消えてしまった。あて宮は、見ないふりをして何もおっしゃらない。

源宰相（実忠）は、すっかり沈みこんで、今にも死ぬのではないかと、世間の人々から惜しまれながら、籠もって横になって思い嘆いて、

「人並みでない身ですが、それをわきまえていないと思われることが畏れ多いので、何度も、もうお手紙をさしあげるのはよそうとは思うのですが、今にも死にそうになっても、お手紙をさしあげられないまま終わってしまうことがとても悲しいので、お手紙をさしあげてしまいました。それはそうと、

私があて宮さまのことを思って流す涙でさえ、今は川となって流れています。そんな私が長い年月をかけてお贈りした手紙は、いったいどこに行ったのでしょう。

すぐにも死にそうな私ですが、もしかしたらお返事がいただけるのではと期待して、今でもどうにか生きています。あて宮さま、私をお助けください」

とお手紙をさしあげなさった。あて宮は、「いつもはこんなことは言わない人なのに、こんなふうに言うとは気の毒なことですね」とはおっしゃるけれども、源宰相にはお返事もなさらない。木工《もく》の君が、「やはり、今回だけはお返事をなさってください。宰相殿がたいへんなことになっていると言って、皆さまが心を痛めていらっしゃるのですから、人助けだと思ってお返事をさしあげてください」。あて宮が、「私のせいにするのはおかしいと思います。それにしても、このような人には、もう何も言わないのがいいのです」。木工の君が、「どうして宰相殿に対して思いやりがおありでないのですか」。あて宮は、「母宮が、『素直に振る

舞って、人々から、冷たい女だと思われないのがいい』などとおっしゃるので、お返事をさしあげなければならない人には、時々はさしあげています」などと言って、お返事もなさらない。

兵衛佐《ひょうえのすけ》（行正）は、どうしていいのかわからなくなって、ただ、

人並みでない身を恥ずかしく思っている私は、初秋の時雨が木々を色づかせることがないように、あて宮さまへの思いをうち明けることができずにつらい思いをしています。

などとお手紙をさしあげた。

吹上・上

この巻の梗概

この巻は、年立のうえからは、第六巻「祭の使」に先立ち、第四巻「春日詣《かすがもうで》」に続き、二月下旬から四月上旬までの内容が語られていて、男主人公藤原仲忠《なかただ》をも凌駕《りょうが》する求婚者源涼《すずし》を物語に登場させるために一巻を費やす。ただし、涼の名は、次の「吹《ふき》上《あげ》・下」の巻で明らかになる。

紀伊国《きのくに》の吹上の浜に、嵯峨《さが》の院の落胤《らくいん》の源氏の君（涼）が、祖父神南備種松《かんなびのたねまつ》という長者に育てられていた。その地を訪れた清原松方《まつかた》の勧めで、源仲頼《なかより》は、良岑行正《よしみねゆきまさ》と仲忠を誘って、二月の末に吹上を訪問する。源氏の君は、三月三日の吹上の宮での節供をはじめ、林の院での花の宴、渚《なぎさ》の院での上巳《じょうし》の祓《はら》え、藤井の宮での藤の花の賀などを催して歓待する。四月の初めに仲忠たちが帰京する際には、豪華な贈り物があった。源氏の君は、かねてからあて宮の噂《うわさ》を聞いて、求婚したいと願っていた。源氏の君は、丹比弥行《たじひのいやゆき》から琴《きん》を伝授さ

主要登場人物および系図(吹上・上)

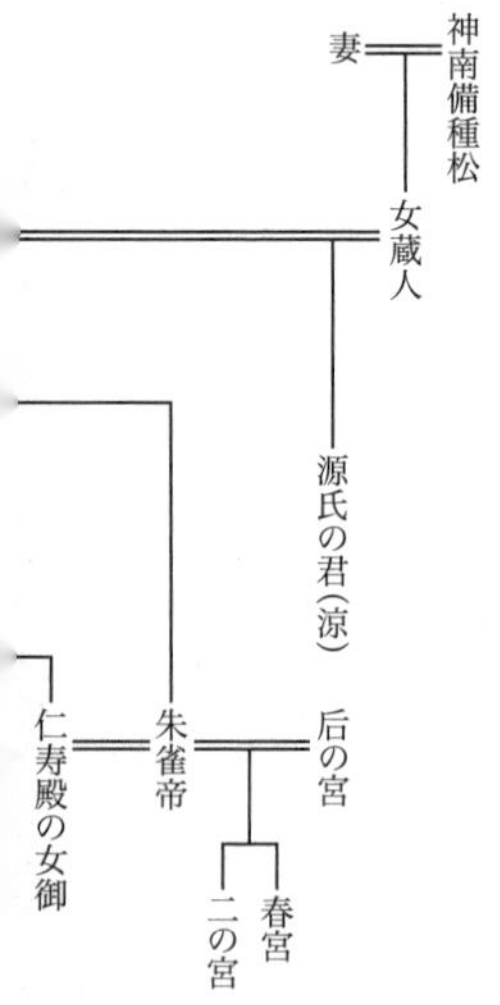

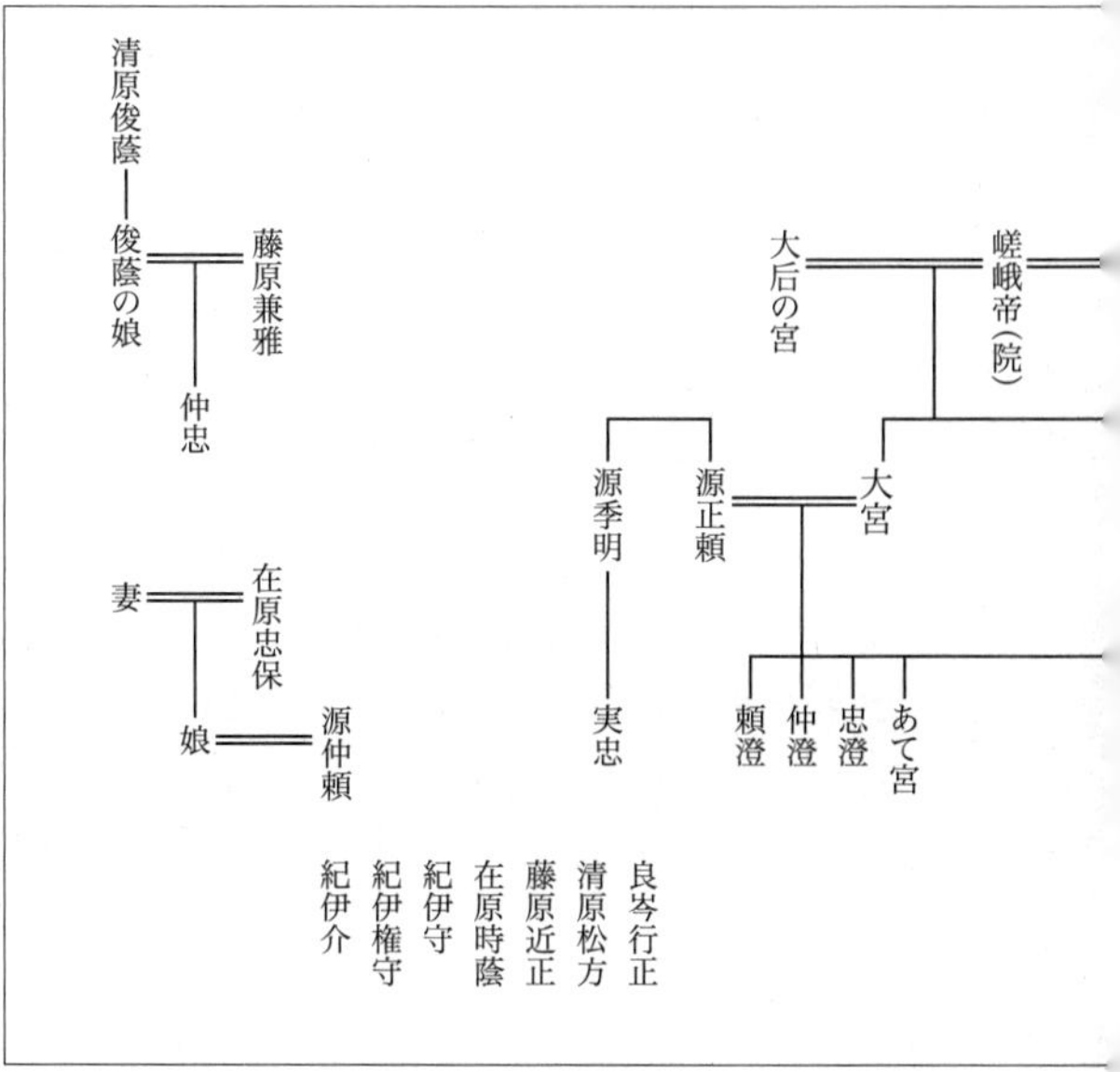

れていて、仲忠の好敵手となる。

なお、この巻でも、「春日詣」の巻、「祭の使」の巻と同じく、底本では、源正頼《まさより》が右大将、藤原兼雅《かねまさ》が左大将となっている。この巻も、底本の表記を尊重して本文を立てた。

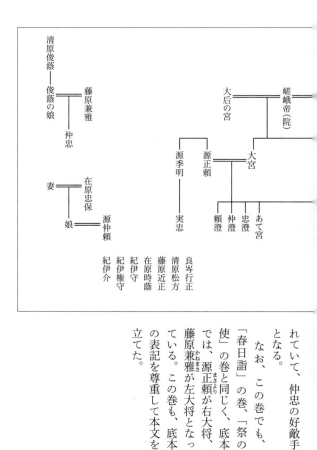

一　源氏の君（涼）、紀伊国の吹上の宮で、祖父種松に育てられる。

かくて、紀伊国《きのくに》牟婁郡《むろのこほり》[一]に、神南備種松《かみなびのたねまつ》といふ長者《ちやうじや》、限りなき財《たから》[1]の王にて、ただ今、国のまつりごと人[二]にて、容貌《かたち》清げにて、心つ[三]きてあり。それが妻《め》にては、源恒有《つねあり》と申しける大納言の娘、よき婿取りなどしたりけるを、ほどもなく親も夫《をとこ》も失ひて、世の中に住みわづらひたるを、種松たばかり取りて、その腹によき娘一人ありければ、内裏《うち》の蔵人《くらひと》[四]仕うまつりけるが腹に、源氏[五]一所《ひとところ》生《む》まれ給ひけり。母、生み置きて隠れぬ。帝《みかど》知ろしめさず、母奏せずなりにけり。かかれど、祖父《おほぢ》・祖母《うば》、二人[2]をり。

吹上[六]の浜のわたりに、広くおもしろき所を選ひ求めて、金銀《こんごん》・瑠璃《るり》の大殿《おほとの》を造り磨き、四面八町《しめんはつちやう》[七]の内に、三重《みへ》の垣をし、三つの陣を据ゑたり。宮の内、瑠璃を敷き、[3]おとど十、廊・楼なんどして、紫檀《したん》・蘇枋《すはう》・黒柿《くろがい》[八]・唐桃《からもも》などいふ木どもを材木として、金

一　紀伊半島の南端で、現在の和歌山県田辺市から三重県尾鷲市までを含む地域。
二　紀伊掾。紀伊国の第三等官。
三　「心つく」は、思慮分別があるの意。
四　女蔵人。
五　この「源氏」は、「吹上・下」の巻【五】で、「涼」という名だとわかる。
六　現在の和歌山県和歌山市の海岸。参考、『いほぬし』「この浜（吹上の浜）は、天人常に下りて遊ぶと言ひ伝へたる所なり」。吹上の浜は牟婁郡ではなく名草郡。種松の勢力が紀伊国全体に及ぶことを示す。
七　「四面八町」は、二町四方。
八　『和名抄』草木部木類「黒柿　久侶加岐」。
九　吹上の宮は、四方四季

銀・瑠璃・硨磲《しやこ》・瑪瑙《めなう》の大殿を造り重ねて、[九]四面《よおもて》巡りて、東の陣の外《と》には春の山、南の陣の外には夏の陰、西の陣の外には秋の林、北には松の林、面《おもて》を巡りて植ゑたる草木、ただの姿せず、咲き出《い》づる花の色・木の葉、この世の香《か》に似ず。[一〇]梅檀《せんだう》・[一一]優曇《うだう》、交じらぬばかりなり。孔雀《くじやく》・鸚鵡《あうむ》の鳥、遊ばぬばかりなり。

種松、財は天《あめ》の下《した》の国になき所なし。[一二]新羅《しらぎ》・[4]高麗《こま》、常世《とこよ》の国まで積み納むる財の王なり。その種松思ふ[一三]ほに、わが君は、わが娘の腹に生まれ給はざりせば、親王《みこ》にもなり、帝にも知られ奉りて、都にてぞ生ひ出で給はまし、わがつたなき娘の腹に生まれ給へれ[5]ば、かく知られぬ君に[6]もあるなり、その代はりにも、[一四]わが国の内にだに、我一人して、国王の位に劣らぬ住まひせさせ奉らむとて、仕うまつること限りなくめでたし。

春は、一二万町の田に、苗代《なはしろ》を設《ま》き、苗を植ゑても、これわが君の御年の料に乏《とも》しかるべしと嘆き、二三十万疋《びき》の綾《あや》・[一五]秘錦《ひごん》を数へ納めても[7]、御飾りに乏しかるべしと急ぎ、上下《かみしも》、仕うまつる人、

の館である。

一〇「梅檀」は、「俊蔭」の巻【三】注五参照。

一一「優曇波羅華」の略。優曇華。参考、『竹取物語』「庫持の皇子は、優曇華の花持ちて上り給へり」。

一二「新羅・……」は、全世界の意。「藤原の君」の巻【六】注三参照。

一三「ほに」は、「俊蔭」の巻【五】注一参照。

一四 紀伊国を「わが国」とする種松の意識に注意。

一五 金糸を織り込んだ赤い錦。『続日本紀』天平十三年閏三月甲戌の記事などに例がある。観智院本『類聚名義抄』「秘錦　ヒコム」。「緋金錦」とも。参考、『源氏物語』「梅枝」の巻「高麗人の奉れりける綾・緋金錦どもなど」、『河海抄』「綾緋金錦　金を織付たる錦也金爛の類歟」。

女三十人ばかり、男《をとこ》、上下《かみしも》、合はせて百余《よ》人ばかり、女は、[一六]髪上げて、唐衣《からぎぬ》着では、御前《まへ》に出でず、男は、冠《かうぶり》し、上の衣《きぬ》着では、御前《まへ》に出でず。あざやかに清らなる装束《さうぞく》を替へて着せむ、[8]豊かに飽き[9]満てむとてすること、同じく作る田といへども、車の輪の[10]大きさなる日七つ出でて年のうち照らすとも、一筋焼くべからず、天と等しき水湛《たた》へて浸《ひた》すとも、一筋流るべからず。山の末、巌《いはほ》の上にも、種松が落とせる種は、[一七]一粒《ひとつぶ》に一二石取らぬはなし。蚕飼《こか》ひをすれども、種松が蚕《こ》一つに、糸の十、[一八]二十両取らぬなし。

かくて、[一九]名ある限りは父しをて、[11]鋳物師《いもじ》、絵師、[二〇]作物所《つくもどころ》の人、金銀《こんご》の鍛冶《かぢ》[12]などを、所々に多く据ゑて、世にありとある[二一]物の色を、ありがたく清らかに調じ設くること限りなし。山を崩し、海を埋《う》めても、わが君の願ひ給はむ物を仕まつらむと急ぐ。

二　源氏の君（涼）、成長し、琴の上手から伝授を受ける。

一六　髪を上げるのは、侍女が貴人の前に出る時などの髪の恰好。参考、『紫式部日記』「御膳参るとて、女房八人、一つ色に装束きて、髪上げ、白き元結して、白き御盤持て続き参る」。

一七　「つび」は、「つぶ」の古形。

一八　「両」は、令制での重さの単位。一両は、三七・五グラム。

一九　「名ある限りは父しをて」、未詳。有名な者たちばかりを選んでなどの意か。

二〇　「作物所の人」は、宮中の調度類を製造する人。ここは、それに準じた表現。【三】の「絵解き」の作物所に見える「細工」「轆轤師」のことだろう。

二一　「物の色」は、さまざまな種類の物の意。

一　以下、「俊蔭」の巻【五】

[1]かく仕まつりありく源氏の君のおはしますほどに、この世には生《む》まれ生ひ立つ人もあらず、顔かたちよりはじめ奉りて、さま・心、才《ざえ》にいたるまで、相手《かたき》なし。[一]書《ふみ》を読み、遊びをし給へど、習はす師に多くしまし給ふ。都の[二]物の師といふ限りは迎へ取りつつ、かれが[2]才をば習ひ取り、わが才をばかれに教へつつ、[三]かしこき琴《きん》の上手《じやうじゆ》、朝廷《おほやけ》を恨みて山に籠もれるを迎へ取りて、さながら習ひ取りなどして経給ふほどに、[四]二十一なり、御妻《おほんめ》なし、よき人の娘ども奉れども、思ふ心ありて、得給はず。

三　松方、仲頼を吹上に誘う。

かかるほどに、右近将監《ぞう》清原[一]松方《まつかた》、[二]琴《きん》の師、[三]府《つかさ》の少将仲頼に[四]陣にて言ふほどに、「松方は、いと興《けう》ある人に見給へつきて、[五]露塵《つゆちり》も参り侍らざりつる」。少将、「いづこなる人ぞ」。松方、「紀伊《き》のまつりごと人、神南備《かんなび》種松と申す、言ひ知らぬ財《たから》の王侍り、それが

の仲忠の勉学の様子参照。

二「物の師」は、特に音楽の師をいう。

三「かしこき琴の上手」は、丹比弥行。「吹上・下」の巻【三】注二参照。

四「二十一なり」「御妻なし」は挿入句。


一「松方」は、「春日詣」の巻【三】注四八参照。

二「琴の師」は、松方の説明。松方が、清原俊蔭の一族で、俊蔭の琴を伝えていることは、「内侍のかみ」の巻【三】に見える。

三 仲頼は、右近将監松方の「府の少将」であるから、右近少将。この巻は、「春日詣」の巻と同じく、仲頼は、右近少将である。

四「陣」は、右近の陣。紫宸殿の西、月華門にある。

五「露塵」は、「忠こそ」の巻【六】注三参照。

孫《むまご》にものし給ふ君なり。それ、かれよりしばしば召ししかども、宮仕へ忙しきうちに、何かはとてまかり下《くだ》らざりしを、種松、参《まう》上《のぼ》り来て、切《せち》に恨み申ししかば、あからさまにとてまかり下りしかば、いとこそめでたく侍りしか。かの君の住み給ふ所は、吹上の浜のほとりなり。[六]宮より東は海なり。その海面《うみつら》に、岸に沿ひて、大いなる松に藤かかりて、二十町《ちやう》ばかり並《な》み立ちたり。それに次ぎて、樺桜《かばざくら》、一並《ひとなみ》並み立ちたり。それに沿ひて、紅梅並み立ちたり。それに沿ひて、躑躅《つつじ》の木どもきたに[七][1]並み立ちて、春の色を尽くして立ち並みたり。秋の紅葉《もみぢ》、西面《にしおもて》、大いなる川面《かはつら》に、[八]唐《から》のごと波を染め、[2]色を尽くし、町を定めて植ゑわたし、北・南、[九]時を分けつつ、同じやうにしたり。宮の内にはさらにも言はず、あさましく、見る効《かひ》ある所になむ侍る。かの御容貌《かたち》、身の才《ざえ》などぞ、[一〇]侍従の君と等しき人になむものし給ひし」。仲頼、「いと興《けう》あることかな。かの侍従と等しき人の、またあるよ。神南備の蔵人《くらひと》の腹に生《む》まれ給ふと聞きし君ぞかし。『[一一]ただ今の中に、めづらしき人

六 吹上の浜は、実際は紀伊半島の西岸であるが、東岸であるかのように設定されている。
七 「きたに」、未詳。大勢、たくさんなどの意と思われる。『落窪物語』にも一例見える。この物語には、ほかに、「にたに」「にたなる」の例もある。校訂せずにそのままの本文を残した。
八 「唐」は、「唐織」の略か。
九 それぞれの季節に割り当てて。【九】の「絵解き」参照。
一〇 「侍従の君」は、仲忠。
一一 「ただ今の中」は「ただ今の国の中」の誤りか。
一二 後に、「今、春宮には琴の御琴、若宮には琵琶仕うまつり給ふめれば、御暇ぞなかめる」とある。また、

生ひ出《い》で給ふ』なんど、紀伊守の院に奏せし君にこそあれ。いかで、さは生ひ出で給ふらむ。忍びて、これかれ行《い》かばや。一二藤侍従は御暇《みいとま》ぞなかめる。一三良佐《らうすけ》ぬしなどしてものせむ」。松方、「いとおもしろきことかな。御先《さい》賜はらむ。しか。一四府《つかさ》の次将《すけ》の君、藤侍従の君、良佐ぬしの御《おほん》遊びなどのかしこきこと語り申ししかば、『《源氏の君》いかならむ世に、対面賜はりて、御遊びども承らむ』など申さるなりき。わいて3一日《ひとひ》も下《くだ》り給ひなば、とみにや、え帰り給はざらむ。かしこ見給ふるには、つたなき松方らだに、都のこと思ひ出でられずなむ侍る。まして、一五君達《きんだち》の物の音《ね》掻《か》き合はせつつおはしまさむは、一六古里は思ほしかけてむや。あやしく、見給ふるに効《かひ》ある君になむものし給ふ4」。仲頼、「忍びて、必ずものせむ。侍従、いかにたばかりて具して下らむ」。松方、「忍びて誘ひ聞こえ給へかし。かの君ばかりぞ、源氏の君の御琴《おほんきん》には一七向かひものし給ふらむ。一八聞こしめし比べばや」。仲頼、5「まさにせむやは。一九仰せ言《ごと》をだに承らぬ心は。さても、騒がれなむ。今、春宮には琴《きん》の御

「俊蔭」の巻【六〇】注三参照。
一三　「良佐」は、「良岑兵衛佐」の略。良岑行正。
一四　「府の次将の君」は、右近少将仲頼。
一五　「君達」は、二人称複数。
一六　反語表現。「古里は思ほしかけじ」の強調表現。「古里」は、吹上の宮に対して、都をいう。浦島伝説を踏まえるか。参考、『続浦島子伝記』「而内生㆓旧郷之恋慕㆒」。
一七　「向かふ」は、匹敵する、肩を並べるの意。
一八　終助詞「ばや」は自分の動作に対する希望の表現に用いるが、ここは、仲頼を主体とした表現になっている。私も仲頼と一緒に聞き比べたいの意だろう。
一九　帝の仰せ言。「春日詣」の巻【四】注一五参照。

琴、二〇若宮には琵琶《びは》仕うまつり給ふめれば、御暇《みいとま》ぞなかめる。我こそやすけれ、唐土《もろこし》に渡るとも、制し給ふ親もなく、許し給はぬ君もおはせねば」。松方、「それも、二一苦しげにものし給ふ時もあめりき」など言ふ。

四　仲頼、行正を吹上に誘う。

かくて、仲頼、まかづるままに、兵衛の府《つかさ》1に立ち寄りて、「良《らう》佐《すけ》ぬしは、ここにか、一上に候はぬは」と言ふ。行正出《い》で来たり。仲頼、「久しう対面賜はらずなりにければ、そのかしこまりも聞こえむとてなむ」。行正は二、三「はなはだかしこし。などか久しう参り給はざりつる」。仲頼、「一日《ひとひ》、四春日《かすが》にて、こよなく食べ酔《ゑ》ひにける名残に、なほ苦しう侍ればなむ」。五まことや、仲頼、いと興《けう》あることを承りて、六ぬしに聞こえむとてなり」。行正、「何ごとぞや。君の御耳に入り給ふは、事もなきことならむ」。少将、〔仲頼〕「この紀伊《きの》

二〇 「若宮」は、朱雀帝の后腹の二の宮か。「藤原の君」の巻【三六】注二参照。
二一 あて宮に対する思いをいうと解する説もあるが、過去の助動詞「き」があるので、かつての宮内卿の娘に対する執着ぶりをいうと解する。「嵯峨の院」の巻【三〇】参照。

一 「上」は、殿上の間。
二 「は」は、あるいは、衍か。
三 「はなはだかしこし」は、まことに恐縮ですの意の慣用的な挨拶の言葉。男性同士で用いることが多い。「嵯峨の院」の巻【一】注六参照。
四 正頼家の春日詣でのこと。「春日詣」の巻参照。

国《くに》の源氏の御上を、松方が語り申しつるに、仲頼、静心なし。あからさまにまかり下らむとするを、いざ給へ」。行正、「神南備《かんなび》の蔵人《くらひと》の腹なな[2]り。いとありがたき君と聞き奉るぞ。行正も[3]、[七]早くより承りて出で立ち侍るを、暇《いとま》の侍らねばなり。必ず仕うまつらむ。いつかはものし給ふ」。仲頼、「二十九日ばかりにとなむ」。行正、「いかに。藤侍従《とうじじう》は、《仲忠》『ものせむ』とのたまふや。必ず、かのぬしをこそ率《ゐ》て下《くだ》り給はめ」。少将、「まだ申さず。[八]それをぞ思ひ侍る。御暇《みいとま》のなかめれば」。佐《すけ》、《行正》「御暇なくとも、かのぬしは出で立ち給ひなむ。[九]いざ給へ、桂《かつら》へ」とて、桂に[4]行く。

五　仲頼と行正、桂にいる仲忠を吹上に誘う。

かくて、桂殿《かつらどの》に[一]までて、藤侍従《とうじじう》を呼び出《い》でて、[二]このことを言ふ。仲忠、「いとうれしきことなり。例の、殿や勘当せむ。申しやはし給はぬ」と言ふ。

ただし、飲酒のことは語られていない。
五　「まことや」は、話題を変える時の言葉。
六　「ぬし」は、二人称。
七　私も以前から源氏の君のことをうかがって出かけようとしていたのですが。「出で立ち侍る」とあるが、まだ出かけてはいない。
八　そのことで悩んでいるのです。
九　さあ、一緒に桂に行きましょう。「桂」は、藤原兼雅の桂の別荘をいう。「春日詣」の巻【八】参照。内裏に居続けていた仲忠も、今は、桂の別荘に行っていることになる。「春日詣」の巻【三】注一・注一〇参照。

一　「まで」は、「まうで」に同じ。
二　「殿」は、父藤原兼雅。

仲頼、[三]左大将のおとどに聞こゆ。「明後日《あさて》ばかり、いと興《けう》ある所の侍るなる見給へにまかり出で立つを、侍従の君おはしまさせむとなむ思ひ給へ立つを、いかならむ」。左大将、兼雅「いづこへぞ」[1]。仲頼「紀伊国《きのくに》、吹上[2]の浜のわたりへなり」。あるじのぬし、兼雅「もし、源氏の御《み》もとへか」。仲頼、「さなり。今朝、[四]府《つかさ》のまつりごと人松方が語り申しつるに驚きてなむ、にはかに出で立ち侍る」。あるじ、「仲忠も、常に、『ものせむ』とて出で立つ所なり。されど、許し[五]のたうばねばなむ、えまからざめるを。何かは。率《ゐ》て下《くだ》り給へかし。一人は、えものせじ。人々ものし給ふなれば、いと後ろやすかなり」。仲頼、「いとうれしきことなり、取り[3]申さむに、いとかしこしと思う給へつる[4]を」などて帰りぬ。

六　仲頼、忠保たちに吹上に行くことを告げる。

かくて、仲頼、[一]宮内《くない》卿殿に帰りて、「明後日《あさて》ばかり、ものにあ

三　この巻も、「春日詣」の巻や「祭の使」の巻と同じく、左大将が兼雅、右大将が正頼である。「春日詣」の巻【二】注三、「祭の使」の巻【二】注八参照。

四　「府のまつりごと人」は、右近将監。

五　「のたうぶ」は、「のたまふ」に同じ。「のたうぶ」は、主体敬語ではなく、申しつける、申し聞かせるなどの意。「俊蔭」の巻【三四】注一五参照。

一　「宮内卿殿」は、在原忠保の屋敷。仲頼の婚家。忠保は、「嵯峨の院」の巻【三〇】参照。

二　少将には、随身が二人つく。ただし、ここは、私的なお供の者をいうか。

三　この前の節会で仲頼殿が身におつけになった佩刀

からさまにものせむと思ふを、いかにおぼつかなからむ[1]」。娘、[2]「いづちかものし給ふらむ」。少将、[仲頼]「近き所なり。藤侍従《とうじじゅう》・良佐《らうすけ》などしてものすべき所ぞ」など言ふ。

娘、父母に、「明後日、ものにものし給ふなるに、かの御《み》[二]随身などを、いかにせむ」など言ふに、父母、「あぢきなし。何せむにか思ひものし給ふ。ものにものし給ひなむほど、この[三]節会《せちゑ》に佩《は》き給ふ御佩刀《はかし》を質に置かむ」。娘、[3]「さて、正月の節会などには、いかがせむ。とみに、え取り出《い》でずもこそあれ」。[父母]「あぢきなし。[4]稲多く出で来なば、いと疾《と》く出だしてむ。[四][5]そゐに、[五]恥を見むや」。御佩刀取り出でて、[六]大蔵史生《ししやう》の家に、[七]銭十五貫が質に遣《や》りて、御供の人、道のほどの破子《わりご》などせさす。[6]母、「御膳《おもの》など、清げにせさせよ。便《びん》なき[八]なへに悪《わろ》くしたらば、やさしからむ」。あるじのぬし、[忠保]「世間は、同じこと。わが婿の君だに心とめ給はば。財《たから》を尽くして労《いたは》る所にも居給はで[7]、わがかく貧しき所におはすれば、恥は隠れぬ」など言ふ。

を質に入れましょう。「御佩刀」は、武官が、束帯姿の時に身につける太刀。それを婿家で準備したことになる。

四　「そゐに」は、「そゆゑに」の約。訓点資料に多く見られる語。

五　反語表現。「恥を見じ」の強調表現。

六　「大蔵史生」は、大蔵省の下級職員。無位。大同四年（八〇九）以降、定員二十人。参考、『今昔物語集』巻三一—五「高助、量リナカリケル徳人ニコソアリヌレ。当任ノ領ナドニモマサリテアリケレバコソ、サハ振ル舞ヒケム」。

七　「貫」は、銭の単位。「忠こそ」の巻【二】注七参照。

八　「なへに」は、上代語で、平安時代には、多く、和歌の中に用いられた。

七　仲忠・仲頼・行正たち、吹上を訪問する。

かくて、皆、出《い》で立ちて、狩衣装束《かりぎぬさうぞく》をして、直衣装束《なほしさうぞく》は持たせて、少将は、良佐《らうすけ》[1]と、藤侍従《とうじじう》の住み給ふ桂《かつら》にまうづ。それより、侍従、やがて出で立ち給ふ。いとになく、都のつとに何をせむと思ふに、かしこになき物なかるべし、昔、[一]所々に別《あか》[2]れし琴《きん》の残り、宿守風《やどもりかぜ》といひしを、かの[二]京極といひし所に埋《うづ》みたりしを、母に問ひ聞きて、夜、みそかに取りに童一人を率《ゐ》ていましして取り出でさせて、それをなむ持て下《くだ》り給はむとする。

大将殿、出で立つ人に饗《あるじ》し給ふ。[三]三所《みところ》の君たちに、蘇枋《すはう》の机四つづつ立てて、随身などにも、[四]さまざまにつけて賜ふ。

かくて、皆出で立ち給ふ。

紀伊国《きのくに》に至り給うて、松方、まづ、吹上の宮に這《は》[3]ひ入りて、[五]君《源氏の君》の御前《まへ》につい居る。君、「あなめづらし。いと心もとなくて帰り

一　「所々に別れし」は、俊蔭が、持ち帰った琴を、嵯峨の院以下に配ったことをいう。「俊蔭」の巻【一九】参照。
二　「京極」は、清原俊蔭の京極殿。「俊蔭」の巻【三〇】参照。「宿守風」については、【一九】に「宿守風といひしを残して」とあった。
三　「三所の君たち」は、仲忠・仲頼・行正の三人。
四　「さまざまにつけて」は、それぞれの身分に応じての意。
五　「君」は、源氏の君。
六　「はなはだかしこし」は、【四】注三参照。
七　「手番」は、競技者を、左右に分けて組み合わせること。「祭の使」の巻【四】注六参照。ここは、「嵯峨の院」の巻【三二】の賭弓の節の手番のことをいうのだろう。

ものせられにしを、うれしうも対面するかな」。松方、「[六]はなはだかしこし。候はむと思う給へしを、[七]手番《てつがひ》のことなど侍りしかば、それに障《さは》りてなむ急ぎ参上《まうのぼ》りにし。今日は、府《つかさ》の源少将、[八]粉河《こかは》に詣で給へる供になむ候ひつる」。あるじの君《源氏の君》、「いとうれしきことかな。[九]このわたりに便りあらば、おはしまさせ給へ。御馬《おほんむま》など休め[4]させ奉らむ」。松方、「さやうになむ思ひて[一〇]侍《はうべ》り給ふめる」。あるじの君、『かしこまりて候ふ[5]』と申し給へ」などのたまふ。

あるじの君、内に這ひ入り給ひて、よき装束《さうぞく》などし給ひて、南の階《はし》より下《お》りて、客人《まらうと》たち迎へて、寝殿の南の廂《ひさし》に[一一]四所《よところ》着きつつ居[6]給ひぬ。

八　源氏の君（涼）、仲頼たちを饗応する。

かくて、まづ[一]御饗《おほみあるじ》仕まつる。かはらけなど度々《たび》になりて、思ひしごと、物の音《ね》など搔《か》き合はせつつ遊び給ふに、[二]少将・良佐《らうすけ》な

八　「粉河」は、粉河寺。和歌山県紀の川市。本尊は千手観音で、平安中期以降、観音信仰の霊場となった。参考、『枕草子』「寺は」の段「寺は、……石山。粉河。志賀」。

九　もしこちらにおいでになるついでがあるなら。

一〇　底本「はうへり給める」。「はうべり」は、「はんべり」の「ん」を「う」と表記したもの。「給」は「たうぶ」と読むべきか。「侍り給ぶ」は、平安時代前期から中期に用いられた特殊な敬語。「春日詣」の巻【二】注四参照。

一一　「四所」は、注三の「三所」に、源氏の君（涼）を加えた四人。

一　「饗」は、饗応するための食事の意。

ど、いとあはれにめでたき人の、かく[1]籠もりもの[2]し給ひけるに、げに仲忠の等しき容貌《かたち》なるを見るままに、めでたしと見ること限りなし。少将、あるじの君に聞こゆ。「仲頼、多くは[三]、ここにと[3]参り来《こ》しなり。松方、事のついでに語り申ししを承りしに[4]、異心《こと》[四]なくて、夜を昼に[五]なしてなむ急ぎまうで来し[5]。げに、効《かひ》ありて、思う給へしごと[6]対面賜はりぬるがうれしきこと。あが君や、などか、かくては籠もりおはしますらむ。春宮の、『ただ今、物の音《ね》めづらかに出《い》ださむ、いかで得む』とのたまふを[7]、いかに喜び聞こえ給はむ。京におはしまして、さやうの御《おほん》宮仕へなどをもせさせ給へかし」。あるじの君《源氏の君》[六]「はなはだかしこし。げに、かくむつかしき所にのみ籠もり侍れば、いとどつたなき心地するを、京に上《のぼ》りて、宮仕へをも仕うまつらまほしう侍れど、かくて籠もり侍りたる人の、にはかに交じらひなどせば[8]、見苦しきこと多く、累代《るいたい》のたとひにもやならむとて、年ごろを、かくて過ぐし侍りつるを、便りに、このわたりになど承りて、かしこまり申しつるを、

二 「少将・良佐など」は、「めでたしと見る」に係る。
三 粉河寺に参詣するために来たというのは口実で、じつは、こちらにうかがうつもりで参りました。
四 こちらにうかがうことばかり考えて。
五 「夜を昼になす」は、昼夜兼行で行うの意。夜を日に継いで。参考、『竹取物語』「中納言、喜び給ひて、……男どもの中に交じりて、夜を昼になして（子安貝を）取らしめ給ふ」。
六 「はなはだかしこし」は、【四】注三参照。
七 わざわざ私の所に来てくださったのだとお聞きすると。前の仲頼の注三の発言を受ける。
八 お返しする言葉もなく。
九 何ほどのことがございましょうか。
一〇 慎まなければならない

まして、七ことさらに承れば、八取り申す限りにあらず、かしこまり申し侍る」。少将、「はなはだかしこし。あやしうものたまふかな。都に侍る人は、九などか侍る。田舎《ゐなか》におはしませども、わが君をこそ、世のためしには聞こえめ。春宮、かくておはしますと聞こしめして、『いかで対面賜はらむ。一〇忌みなき身なりせば、そのわたりにこそはものせめ。しか、えさあるまじきを、上《のぼ》りやはし給はぬ』など聞こえ給ひき」など言ふ。

九　三月三日、吹上の宮で宴を催す。

種松、三月三日の節供《せく》なんど、かばかり仕うまつれり。あるじの君・1客人三所《まらひとみところ》の御前《まへ》に、白銀《しろかね》の折敷《をしき》、金《かね》の台据ゑて、花文綾《ふれう》に2薄物《うすもの》重ねて一表、二織《おり》・綾《あや》・縑《かとり》に薄物重ねて打敷《うちしき》にし、蓮《はす》の白銀《しろかね》の三鐺飯《たうはん》四にたたに据ゑて参り、五唐果物《からくだもの》の花、いと殊なり。六梅《むめ》・紅梅・柳・桜一折敷、藤・躑躅《つつじ》・山吹一折敷、さては、緑の松・五葉《ごえふ》・

春宮という身でなかったら、私のほうから紀伊国に出かけたい。

一　「表」は、下の「打敷にし」に対して、「表にし」の意。

二　「織」は、「織物」の略か。

三　「鐺飯」は、足つきの小鍋。『和名抄』器皿部金器「鐺　唐韻云、鎗、音楚庚反字、字亦作レ鐺、阿之奈倍、或説云、俗云非レ甑而所レ炊之飯、謂二之鐺飯一者、音訛也、小鼎也」。

四　「にたに」、【三】注七参照。

五　「唐果物の花」は、花の形に作った唐菓子。

六　以下「春の枝に咲きたるに劣らず」まで、「唐果物」の説明。

七すみひろ一折敷、その花の色、春の枝に咲きたるに劣らず。乾《から》物《もの》・果物《くだもの》・餅《もちひ》など調じたるさま、めづらかなり。山・海・川、天《あめ》の下《した》にある物のなきなし。八沈《ぢん》の台盤《だいばん》[3]二つ、九糸木綿《いとゆふ》に薄物重ねて表、沈《ぢう》を一尺二寸ばかりのからわ一〇に轆轤《ろくろ》一一に挽《ひ》きて、さまざまに彩《いろど》りて、一二威儀の御膳《おもの》参る。納め[4]、紫檀《したん》の御《おほん》折敷四つ[5]づつして参る。御酒《おほみき》参る。机[6]二つ[7]、一三いしき盃《さかづき》など、いとめづらしく殊なり。

客人《まらうと》たちの御供《おほん》の人は、少将の供の人に、まつりごと人松方・一四将曹[8]《さうくわん》 春日村蔭《かすがのむらかげ》・府生《ふしやう》 嶋安則《しまのやすのり》・番長《つがひのをさ》 大倭定松《おほやまとのさだまつ》・府掌《ふしやう》[9]山辺数《かず》成《なり》、舎人《とねり》八人、一五節舎人《ふしとねり》ども同じ数なり。これらは、物の師・舞人、声あり、容貌《かたち》ある者選ひたり。御馬副《みむまぞひ》・小舎人・侍《さぶらひ》の人、容貌《かたち》を選ひ、装束《さうぞく》を調へて、多かり。それらが前ごとに、机ども立てて、厳《いか》めしき饗《あるじ》をし給ふ。

かくて、御かはらけ始まり、箸下《くだ》りぬ。人々の御前《まへ》の折敷どもを見給ひて、仲忠の侍従、花園の胡蝶《こてふ》に書きて、

一六花園に朝夕分かず居る蝶を松の林はねたく見るらむ[10]

七 「すみひろ」、未詳。
八 以下、「威儀の御膳」の説明。
九 「いとゆふ」を糸木綿と解する説に従った。
一〇 「からわ」、未詳。
一一 「轆轤に挽く」は、轆轤鉋で削るの意。沈香を轆轤鉋で削って器を作る。
一二 「威儀の御膳」は、節会の際に用意される正式な食事。「嵯峨の院」の巻【三四】注三参照。また、「納め」は、「納めの御膳」のことか。
一三 形容詞「いし」は、立派だ、巧みだの意。
一四 以下の「将曹」「府生」「番長」「府掌」は、いずれも、近衛府の役職名。
一五 「節舎人」は、「物の節」の舎人の意か。「物の節」は、「嵯峨の院」の巻【一七】注一六参照。
一六 次の仲頼の歌とともに、

少将、林の鶯に書きつく。

仲頼一七 常磐《ときは》なる林に移る鶯を11とぐらの花もつらく聞くらむ

あるじの君、水の下の魚《いを》に、

源氏の君一八 底清く流るる水に住む魚の溜《た》まれる沼をいかが見るらむ

12良佐《らうすけ》、山の鳥どもに、

一九行正 葦《あし》繁る島より巣立つ鳥どもの花の林に遊ぶ春かな

かくて、仲忠の侍従《じじう》、あるじの君に13宿守風《やどもりかぜ》を奉り給ふとて、「これ、昔、所々に別《あか》れけるを、御料にとてなむ一つ残して侍りける」。二〇舞踏《ぶたふ》して取り給ひて、二一楽《がく》一つ弾き給ふを聞きて、仲忠、大きに喜ぶ。仲忠「世の中にありがたき御手なり。これは、昔、二二仲忠が祖《おや》と等しき人14ものし給ひける、その御伝へにこそあめれ」など、かしこく驚く。あるじの君、「この御琴《こと》は、まづ試みさせ給ひてこそよからめ」。仲忠、「さること仕うまつらで久しうなりぬれば、掻き鳴らさむことなむ思ほえず侍る」など、つれなく言ふ。

かくて、物の声掻き合はせ、ある限り、声合はせ、調子合はせ

折敷の「花園の胡蝶」「林の鶯」を詠んで、この吹上の浜の春の美しさを寿ぐ歌。
一七 「とぐら」は鳥の巣。鶯の「とぐら」の花は、梅の木の花。
一八 「底清く流るる水に住む魚」に仲忠たち都人、「溜まれる沼」に閉鎖的な田舎である吹上の浜をたとえる。
一九 「葦繁る島より巣立つ鳥ども」に自分たち、「花の林」に源氏の君の住まいをたとえて、吹上の浜を訪れた喜びを歌う。
二〇 「舞踏」は、お礼のための拝舞。「俊蔭」の巻【六二】注七参照。
二一 「楽」は、「楽の声」に同じ。「俊蔭」の巻【六三】注五参照。
二二 「祖」は、祖先の意で、祖父俊蔭をいう。「仲忠が祖と等しき人」は、【三】注三参照。

つつ遊び暮らす。少将、[二三]「御前《ごぜん》にて、節会《せちゑ》ごとに、惜しむ手なく仕うまつる折々も、殊に、かかる物の音《ね》などは聞こえぬを、いとめづらかにもあるかな。一所《ひとところ》に遊ばす御琴《こと》の音《ね》に、多くの人の手なむまさりぬる」。行正、[二四][15]「右大将殿の、[二五]春日《かすが》にてし給ひし遊びをなむ、めづらしき心地せし。それにも、今日は、こよなくまさりてなむ思ほゆる」など言ふ。

少将、かくおもしろき所に、ある限りの上手《じやうじゆ》集ひて、明け暮れ遊びわたれど、[二六]心に思ふことはなほ忘れぬままに、あるじの君にも聞こゆ。[仲頼]「かくおもしろき所に、などか、[二七]心すごき住まひはし給ふらむ。[二八]天下《てんげ》のものの興《けう》も、一人見るには効《かひ》なきことなり。見る人ある時になむ、いま少しまさるものになむ。[16]ここを一所《ひとところ》御覧ずるは、[二九]秋の池に月の浮かばぬに思ほされずやは」。あるじの君、「げに。いと住みにくく思ほゆれど、かく深き[三〇]蓬《よもぎ》の住みかを見すべき人もなければなむ。心にもあらぬ住まひにて久しうなりぬるを、世の中に不用なる人もなかりければ、このわたりまでは思ほ

二三 「御前」は、帝の御前をいう。
二四 「右大将殿」は、源正頼。この巻では、正頼は右大将である。
二五 正頼家の春日詣での時のことをいう。「春日詣」の巻参照。
二六 「心に思ふこと」は、あて宮への思いをいう。
二七 「心すごき住まひ」は、妻もいない寂しい暮らしの意。
二八 どんなにおもしろい物でも。
二九 「秋の池に月の浮かばぬ」は、「俊蔭」の巻【五九】注二参照。
三〇 「蓬の住みか」は、荒れ果てた住まいの意。もちろん、源氏の君（涼）の謙辞である。
三一 「片端」は、欠点・難点の意。
三二 「心ある人の娘ども」

えずなむ」。少将、「京に見給ふるに、人の御覧ぜむも殊なる三一片端《かたは》なき女などは多かるものにこそあめれ。品賤《いや》しからず、三二心ある人の娘どもなどは、いと多くて、男少なき所なれば、三三仲頼らがけしからぬ者に、よき女、いと多くつきてなむ時めかすめる。よき女といへど、一人あるは、悪《あ》しき二人に劣りたるものなれば、我も我もと、男一人に女二人三人《ふたりみたり》つきてなむある」と言へば、あるじの君、「いと多かなる中にも、三四御府《つかさ》の大将、さては、三五宮内《くない》卿殿の御娘どもなむ、ありがたき容貌《かたち》・心になむものし給ふと承る」。仲頼「宮内卿の娘は知らず、大将殿の君たちは、さものし給ふなり。男女など、人にこよなくまさり給へり。その中にも、男は三六七郎にあたり給ふ侍従《じじゅう》、女の中には三七九にあたり給ふなむ、いとこよなくものし給ふ。かの女君をば、ただ今の天《あめ》の下の人、え聞き過ぐし給はず、これかれ聞こえ給ふめれど、三八思ほしたることあなれば、三九えあるまじと知りながら、なほ人々聞こえ給ふめる。げに、いとあやしうおはしますなり。御容貌《かたち》よりはじめて、御心なむ、また、

の「心ある」は、風流を解するの意で、「人の娘」に係る。

三三「嵯峨の院」の巻【三〇】に、「仲頼は、天下の一院三宮婿取り給へど、取られず」とあった。

三四「府の大将」は、右近大将正頼。仲頼は右近少将。
三五　宮内卿在原忠保の娘。源仲頼の妻。「嵯峨の院」の巻【三〇】参照。
三六　正頼の七男仲澄。「藤原の君」の巻【四】、および、「藤原の君」の巻【一四】注二参照。
三七「九にあたり給ふ」は、正頼の九の君あて宮。

三八「思ほしたること」は、正頼があて宮を春宮のもとに入内させるつもりでいることをいう。

三九「えあるまじ」は、あて宮と結婚できるはずはないの意。

かかるこそ、いとあやしけれ」。仲忠、「まづ、いとあやしかなるは、四〇17致《ち》仕《じ》のおとどの、四一不動の御《み》蔵《くら》開きて、多くの財《たから》失ひ給ふなるこそは、いとめづらかなれ。そがうちにも、この春、四二春日にて遊ばしし18胡《こ》笳《か》の声にこそ、仲忠多く涙は落としてしか。鶯の遥かなる声、松風の遠き響きに、のどかなる声を調べ合はせ給ふには、鳥・獣《けだもの》、山臥・山人、耳振り立てぬはなかりき」。少将、「その中にも、四三源宰相の御《み》気色の、あれにもあらで聞き居給へりしを見給へしにこそ、老いの世に、もののあはれ知られず侍るを、多く思う給へ知られにしか」。あるじの君、「げに、いかなる心地しけむ、よそに承るだにあるものを」とのたまふ。

「吹上の宮。四四南面《みなみおもて》、大きなる野辺のほとり、松の林二十町《はたまち》ばかり、丈等しく、姿同じやうなる。野、清く広し。鹿・雉子《きぎす》、数知らずあり。

四五東面《ひんがしおもて》、浜のほとり、花の林二十町《はたまち》ばかりなり。四六花の、御垣《みかき》のもとまで並み立ち、満つ潮は御《み》垣《かき》のもとまで満ち、干《ひ》る潮は花の

四〇 「致仕のおとど」は、三春高基。「藤原の君」の巻【三〇】【三四】参照。
四一 「不動の御蔵」は、まったく開けることがなかった蔵の意。「祭の使」の巻【五】に、「物は、屋・蔵に積み満てて動かさであることそ頼もしけれ」とあった。
四二 「春日詣」の巻【三】参照。
四三 「源宰相」は、実忠。正頼家の春日詣でに実忠も参加しているが、このことは語られていない。
四四 【二】に、「南の陣の外には夏の陰」とあった。
四五 【二】に、「東の陣の外には春の山」とあった。また、【三】参照。
四六 「花の」は、「花の木」の意か。
四七 【二】に、「西の陣の外には秋の林」とあった。ま

林の東を限れり。潮満てば、花の木は、海に立てるごと見ゆ。砂子《いさご》うるはし。木の根[19]しるからず。色々の小貝ども、敷けるごとあり。

[四七]宮より西、大きなる川のほとり、二十町《はたまち》ばかり、紅葉の林の、[四八]丈等しう、数同じ。[四九]

[五〇]宮より北面《きたおもて》、大きなる山のほとり、山より下《しも》まで、常磐《ときは》の木、色を尽くしたり。町のほど・木の数、南と等し。

宮の内、四面《よおもて》巡りて、[五一][20]三重《みへ》の垣、三つの陣の面《おもて》ごとに、檜皮葺《ひはだぶ》きの御門《みかど》三つ立てたり。馬場《むまば》殿。大きなる池、大きなる山の中に、厳《いか》めしき反橋《そりはし》あり。池の巡りに、花の木、巡りて立てり。[五二]埒《らち》結ひたり。傍らに、西、東《ひんがし》の御廏《みまや》、別当《べたう》・預かりことことしう、御馬《むま》十づつ。鷹屋《たかや》に、鷹十づつ据ゑたり。

[五三]おとど町。[五四]檜皮葺きの、金銀《こんごん》・瑠璃《るり》して造り磨きたるおとど・渡殿、さらにも言はず照り輝《かかや》けり。[五五]住み給ふおとど、[五六]内造り・御座所《おましどころ》、心殊なり。

た、【三】参照。
四八　「紅葉の林の」は、「紅葉の林の木」の意か。
四九　「同じ」は、「東面の花の木と同じ」の意か。
五〇　【二】に、「北には松の林」とあった。
五一　底本「みつのかき」。【二】に「三重の垣」とあるのに従った。
五二　「埒」は、馬場の柵。
五三　「おとど町」、未詳。主人や北の方が住む町の意か。「藤原の君」の巻【三】注六参照。
五四　「檜皮葺きの」は、「おとど・渡殿」に係る。
五五　源氏の君が住んでいらっしゃる建物。
五六　「内造り」は、建物内部のしつらいの意。「楼の上・上」の巻【三〇】には、「あらはなる内造りなどには、……蘇枋・紫檀をもちて造らせ給ふ」とある。

[21]客人三所《まらうとみところ》。あるじの君に琴《きん》奉り給へり。あるじの君、舞踏《ぶたふ》して賜はり給ふ。[五七]少将、箏《しやう》の琴《こと》、良佐《らうすけ》、琵琶《びは》奉り給ふ。」

一〇　林の院で花の宴を楽しむ。

かかるほどに、[一]浜のほとりの花、盛りになりぬ。君たち、花御覧じに、林の院に出《い》で給ふ。その日の御設《おほん》け、[二]種松が妻《め》仕うまつり給ふ。今日の御装ひは、皆[三]直衣《なほし》の御衣《ぞ》ども、御供の人、例の、上の衣《きぬ》、桜の下襲《したがさね》など[1]着たり。皆、徒歩《かち》より出で給ひぬ。御前《まへ》の物、皆、妻《め》の仕うまつり給ふなれば、賄ひよりはじめて、[四]女の仕[2]うまつる。沈《ぢん》の折敷《をしき》二十、沈の轆轤《ろくろ》挽《ひ》きの御坏《おほんつき》ども、敷物・打敷《うちしき》、[3]心ばへ[4]めづらかなり。青い白橡《しらつるばみ》の唐衣《からぎぬ》、綾《あや》の摺《す》り裳《も》、綾の掻練《かいねり》の袿《うちき》、袷《あはせ》の袴《はかま》着[5]たる大人、髪丈にあまり、色白くて、歳《とし》二十歳よりうちの人、十人。同じ青色に[五]蘇枋《すはう》、綾《れう》の袴、綾の掻練の袙《あこめ》一襲《かさね》、袷の袴着たる童、髪丈と等しくて、歳十五歳よりうちなる、丈等

五七　仲頼が箏の琴、行正が琵琶を源氏の君（涼）に贈ったことは語られていない。

一「浜」は、吹上の宮の東面の浜。

二「種松が妻」は、故大納言源恒有の娘。【二】参照。種松の妻の動作は、主体敬語で表現されている。

三　この「直衣の御衣」は、【七】に、「狩衣装束をして、直衣装束は持たせて」とあったもの。

四　この「女」は、侍女。

五「蘇枋」は、「蘇枋襲」の略。襲の色目の名。表は蘇枋色、裏は赤色。

六「詩」は、漢詩。後の「絵解き」に、「君たち、御詩作り給へり。あるじの君の御、博士の大学助、講師して読み上ぐ。君たち、琴

しく、姿同じき、十人。男《をとこ》ども、庭・御階《みはし》のもとまでは、十の御折敷を取り続きて立ち並《な》み、下仕《しもづか》へは御簾《みす》のもとまで取り次ぎ、童は御前《まへ》に参り、大人四人は、御前のこと、賄ひをば、童の手より次ぎて参るに、丈高くうるはしき盛り物を四盛《よも》り、折敷一つに据ゑて、遠くより参るに、いささかなる過ちせず。男君たちの御前《まへ》に、立ち居仕うまつるに、めやすく労《らう》ある童部《わらはべ》なり。

かくて、物の音《ね》など掻《か》き立て、例の、遊びなど振る舞ひて、六詩《うた》作りなどしつつ、読み上げて、6琴《きん》に合はせて、もろ声に誦《ずん》じ給ふ。

かかるに、少将、かく、おもしろき所に、ある限りの上手《じやうず》集ひて、世の一《いち》の、琴《こと》・笛、吹き立て、掻き鳴らしつつ、清らを尽くして遊びわたれど、七病につき、伏し沈みて思ひしことは、慰むべくもあらず嘆きわたるに、八花誘ふ風も心すごく吹きて、浜辺を見わたし給ひつつ、九花は、色を尽くし、ただ今盛りなり、風に競《きほ》ひて散り交《か》ひ、漕ぎ渡る小船《をぶね》近く帰る、花一つに続きて見ゆれば、少将、

に合はせて誦じ給へり」とある。

七「病につき、伏し沈みて思ひしこと」は、あて宮への思いをいう。「春日詣」の巻【七】注二八には、「この賭弓の御饗に垣間見て後は、伏し沈み、病になりてありしを」とあった。なお、「あて宮」の巻【六】注三参照。

八「花誘ふ風」は、花を散らす風の意。「春日詣」の巻【五】注一参照。参考、『後撰集』春下「吹く風の誘ふものとは知りながら散りぬる花のしひて恋しき」（詠人不知）、『落窪物語』巻二「誘ふなる風に散りなば梅の花我や憂き身になり果てぬべき」。「花誘ふ風」の表現は、「国譲・下」の巻【五五】注三の歌にも見える。

九 以下、「盛りなり」、および、「風に……帰る」は、挿入句。

仲頼一〇 行く船の花に紛《まが》ふは春風の吹き上げの浜を漕げばなりけり

あるじの君、

涼 春風の漕ぎ出づる船に散り積めば籬《まがき》の花をよそに見るかな

侍従《じじゅう》、

仲忠一一 行く船に花の残らず降り敷けば我も手ごとにつまむとぞ思ふ

良佐《らうすけ》、

行正 風吹けばとまらぬ船を見しほどに花も残らずなりにけるかな

などのたまふほどに、一二宮より、種松が妻君《めぎみ》、合はせ薫物《たきもの》を山の形《かた》に作りて、黄金《こがね》の枝に白銀《しろかね》の桜咲かせて立て並べ、花に蝶《てふ》どもあまた据ゑて、その一つに、かく書きつく。

種松の妻一三 桜花春は来れども雨露《あめつゆ》に知られぬ枝と見る[7]ぞ悲しき

とて、よき童して、林の院に奉れり。

君たち、見給ひて、蝶ごとに書きつけ給ふ。侍従《じじゅう》、

仲忠一四 雨露に梢《こずゑ》は分かずかかればや花の枝とは人の知るらむ

少将、

一〇「吹き上げ」に「吹上」を掛ける。『風葉集』春下「吹上の林の院にて、色を尽くせる花、風に競ひて散り交ひ、漕ぎ渡る小船も一つにつきて見えければ　うつほの右少将仲頼」。

一一「つま」に「摘ま」と「積ま」を掛ける。

一二 吹上の宮。

一三「雨露」に父院の愛情、「知られぬ枝」に源氏の君(涼)をたとえる。『風葉集』雑一「中納言涼、宮仕へもせで吹上といふ所に籠もり居て侍りける頃、人々まうで来て遊びけるに、出だしける物の中に書きつけて侍りける　うつほの紀伊守種松が妻」。五句「見るぞ悲しき」。『風葉集』に従って五句を改めた。

一四 種松の妻の歌の「雨露」

仲頼一五　春風の吹き上げに匂ふ桜花雲の上にも咲かせてしかな

あるじの君、

源氏の君一六　桜花雲に及ばぬ枝なれば沈める影を波のみぞ見る

良佐《らうすけ》、

行正　桜花染め出だす露の分かねばや底まで匂ふ枝も見ゆらむ

松方、

一七　桜狩濡《ぬ》れてぞ来にし鶯の都にをるは色の薄さに

近正《ちかまさ》、

一八　人伝てに聞き来《こ》しよりも桜花あやしかりけり春の風間《かざま》は

時蔭《ときかげ》、

一九　白雲と見ゆる桜もあるものを及ばぬ枝と思はざらなむ

種松、

撫《な》で生ほす効《かひ》もなきかな桜花匂ふ春にもあはずと思へば

など言ひて、夜《よ》一夜《ひとよ》遊び明かす。

その日の被《かづ》け物、種松が妻君《めぎみ》、装ひ一具《ぐ》づつ、紋《あや》も物の色も、

を種松夫妻の愛情にとりなして詠んだ。

一五「吹き上げ」に「吹上」を掛ける。「桜花」に源氏の君、「雲の上」に宮中をたとえる。

一六「雲に及ばぬ枝」に、宮中に出仕することなど思いも寄らぬ自分をたとえる。「沈める影」は、不遇な自分の姿の意。

一七「をる」に「をる」と「折る」を掛ける。「桜」に源氏の君、「鶯」に自分たちをたとえる。

一八「風間」は、風がやんでいる間の意。

一九「及ばぬ枝」は、「雲に及ばぬ枝」の意。参考、『古今六帖』六帖〈桜〉「春立てば里にたなびく白雲は咲ける桜の遠目なりけり」、『後撰集』春下「み吉野の吉野の山の桜花白雲とのみ見え紛ひつつ」（詠人不知）。

めづらかに清らなり。[二〇]将監《ぞう》どもに。[二一]院に、広くおもしろき浜に、花の、色を尽くして並み立てる中に、高く清らなるおとど立てり。そこに、君たち並み居給へり。[二二]袍《うへのきぬ》装束《さうぞく》の人[9]八十人、立ち続きつつ、[二三]人たまへに塞《ふた》がりつつ参る。

君たち、御詩《ふみ》作り給へり。あるじの君の[10][二四]御、[二五]博士《はかせ》の大学助《だいがくのすけ》、講《かう》師《じ》して読み上ぐ。君たち、琴《きん》に合はせて誦《ずん》じ給へり。侍従、[二六]「さらにも言はぬ才《ざえ》なり」。

被け物三箱持て出でたり。あるじの君、取り給ひて、侍従よりはじめて被け給へり。」

一一　三月十二日、渚の院での上巳の祓えを行う。

かくて、三月十二日に、初めの巳《み》の日出《い》で来たり。君たち、御[一]祓《はら》へしに、渚の院に出で給ひて、海人《あま》・[二]潜《かづ》き召し集へて、よき物

二〇　「将監ども」は、「右近将監」で、松方・近正・時蔭たちをいう。以下、脱文があるか。底本「可有落字」(付箋)。
二一　この「院」は、林の院。この前にも脱文を想定する説がある。
二二　この「袍装束の人」は、源氏の君（涼）の従者たち。
二三　「人たまへ」は、「人たまり」の誤りで、詰め所の意か。
二四　「御」は、「御詩」の略。
二五　「博士」は、ここは、学問に秀でた人の意。
二六　「さらにも言はぬ才なり」を、涼の詩に対する仲忠の評と解した。

一　上巳の祓え。
二　「潜き」は、「潜き女」に同じ。

潜かせ、三漁父《むらきみ》召して、大網引かせなど。その日の折敷《をしき》、白銀《しろかね》の折敷二十《はたち》、打敷《うちしき》、唐《から》の薄物《うすもの》、綾《あや》・縑《かとり》の重ねしたり。金《かね》の御坏《つき》どもして、御前《まへ》ごとに参りたり。将監《ぞう》どもに、蘇枋《すはう》の机ども二つづつ賜へり。

かくて、例の、君たちは琴《こと》弾き、下部《しもべ》・童、笛吹き交はす。遊び暮らして、夕暮れに、大きなる釣船に、海人《あま》の四栲縄《たくなは》を一船繰《ひとふねく》り置きて漕ぎ渡るを、少将見て、仲頼五「これ、かく見ゆとも、仲頼が心ざしよりは短からむかし」など言ふを、あるじの君、うち笑ひて、

源氏の君六　くる人の心の内は知らねども頼まるるかな海人の栲縄

侍従《じじう》、仲忠「ここまで参り来るも劣らじかし」とて、

仲忠　道遠き都よりくる心にはまさりしもせじ海人の栲縄

少将、

仲頼　ここにくる長き心に比ぶれば名にや立つらむ沖つ栲縄

と言ふほどに、日傾《かたぶ》きぬ。

あるじの君、かくおもしろき所に、勢ひある住まひはし給へど、

三「漁父」は、漁師の長老。『和名抄』人倫部男女類「漁父　一名漁翁、無良岐美」。

四「栲縄」は、「楮」の古名「栲」の皮で作った縄という。ここは、「潜き」に結びつけて引き上げる縄。

五「これ」は、栲縄をいう。「栲縄の」は、「長し」の枕詞でもある。参考、『後撰集』恋一「伊勢の海に延へてもあまる栲縄の長き心は我ぞまされる」（詠人不知）。

六「くる」に「繰る」と「来る」を掛ける。以下の仲忠と仲頼の歌も同じ。『風葉集』雑三「吹上に人々まうで来て遊び侍りけるに、大きなる釣船に海人の栲縄を繰り置きたるを見て、『右少将仲頼が心ざしよりは短からむかし』と言ひければ　うつほの中納言涼」。

よき友達に会ひ給ふこと、この度《たび》なれば、かくてのみおはしまさなむと思ほせど、さてものし給ふべき人々にもあらぬを思ほすほどに、渚より都鳥連ねて立つ折に、浜千鳥[1]の声々鳴くを聞きて、

あるじの君、

七都鳥友を連ねて帰りなば千鳥[2]は浜に鳴く鳴くや経む

侍従、「《仲忠》わが君をば、八まさに」などて、

仲忠雲路をば連ねて行《ゆ》かむさまざまに遊ぶ千鳥の友にあらずや

少将、

仲頼九都鳥千鳥を羽《はね》に据ゑてこそ浜のつととて君に取らせめ

行正、

一〇君問はばいかに答へむ浜に住む千鳥誘ひに来《こ》し都鳥

などて、夜《よ》一夜遊び明かす。

［渚の院。大きに高きおとど、潮の干満つ潟[3]に立てり。巡りは、をかしき島どももあまたあり。

一一頭《かしら》包みたる女ども、一二藻[4]掻《か》き集めて、潮汲《しほく》みかけたり。塩釜に

七 「都鳥」に仲忠たち一行、「千鳥」に源氏の君（涼）自身をたとえる。

八 下に「残して帰らむや」などの省略がある。

九 「都鳥」に自分たち、「千鳥」に源氏の君をたとえる。「君」は、春宮。【八】の仲頼の発言参照。

一〇 「君」は、春宮。ここも、「都鳥」に自分たち、「千鳥」に源氏の君（涼）をたとえる。

一一 「頭包む」は、労働のために髪を束ねて頭を布で覆うことをいう。

一二 以下、海水から塩を取っている様子。海水をかけて塩分を多く含ませた海藻を焼き、それを水に溶かした上澄みを釜で煮つめる。「塩釜」は、その釜。

潮《うしほ》汲み入れ、遥[5]かなる海人《あま》の、魚《いを》どもあまたかけて干す。[一三]泊木《はつき》築《つ》きて、[6]藻干したり。」

一二　三月中旬、藤井の宮での藤の花の賀を催す。

三月中の十日ばかりに、藤井の宮に、藤の花の賀し給ふ。君たち出《い》で給ふ。御装束《さうぞく》は、[一]闕腋《わきあけ》の青き白橡《しらつるばみ》[1]の綾《あや》の上の衣《きぬ》、蘇枋《すはう》の下襲《したがさね》、綾《れう》の上の袴《はかま》、[二]螺鈿《らでん》の太刀《たち》、唐組《からくみ》の緒《を》つけ給へり[2]。御馬副《おほんむまぞひ》二十人、紫の衣《きぬ》、白絹の打ち袴着つつ、四所《よところ》に二十人づつ仕うまつる。[3]客人《まらうと》の御前《ごぜん》、[三]三所《みところ》には、[4]衛府《ゑふ》の将監《ぞう》どもは、青色に柳襲《やなぎがさね》着、あるじの君の御供には、[四]宮の侍《さぶらひ》の人十人、青色の[五]松葉[5]の上の衣《きぬ》[6]に、柳襲着、童四人、青色の上の衣《きぬ》、柳襲着たり。

その頃の紀伊守《きのかみ》は、[六]蔵人《くらひと》より出でたる人なれば、この少将などの下り[7]たるを聞きつけて、吹上の宮に、国の官《つかさ》ども率ゐてまうで給ひて、藤井の宮に渡り給へり[8]。

一三「泊木」は、枝のある木を二本立てた柱に縄や竿などを渡して物を干すようにしたもの。

一「闕腋の上の衣」は、闕腋の袍。五位以下の武官の正装。行動しやすいため、年少の貴人も用いた。ここは、武官ではないが、仲忠や源氏の君（涼）も、馬に乗るために着ている。

二「螺鈿の太刀」は、鞘に鸚鵡貝や鮑貝などの薄片で装飾した飾り太刀。

三「三所」は、底本「御所」。「三所には、衛府の将監ども、その将監どもは……」という文脈か。

四「宮の侍の人」は、吹上の宮の侍の人。

五「松葉」は、「松葉色」の略。

六 仲頼も蔵人だった。「吹上・下」の巻【一】注四参照。

かくて、皆着きわたり給ふ。[9]その日の御設《おほん》け、種松仕うまつれり。君たち四所《よところ》、国の守《かみ》までに、紫檀《したん》の折敷《をしき》二十《はたち》、紫檀の轆轤《ろくろ》挽《ひ》きの坏《つき》ども、敷物・打敷《七うちしき》。御《おほん》供の人の前ごとに立てわたし、かはらけ始まり、御《おほん》箸下《くだ》りて、守《かん》のぬし、少将にのたまふ、《紀伊守》「下り給へりけるを、え承らざりけるかな」。少将、《仲頼》「願《ぐわん》侍るを果たさむと思う給へしかども、思ひ立たず侍りしに、この吹上の宮を承りてなむ、八神の御もとにだにもの憂く侍りしを、にはかに出で立ちて侍りし。みづからをと思う給へしほどになむ怠りにける」。守のぬし、「この宮に参り来ざりせば、え対面賜はるまじくこそありけれ。いかに、京には、何ごとかあらむ。あさましう、前《さき》の守《かみ》のし乱りける国にまうで来て、郡家《九ぐうけ》の使どもの入り乱れてののしり、公事《おほやけごと》は慰む方もなきに、見給へわづらひて、いはゆる田舎《ゐなか》人になむなりにて侍る。一〇大将殿も平らかにやはおはしますらむ」。少将、「ただ今は、大将殿には平らかにおはしましき。京には、殊なることなし。この国の前の守、愁へをなむ言ひののしる」など

七　以下、脱文があるか。文脈が調わない。
八　「神」は、粉河寺の本尊である千手観音をいうか。
九　「郡家」は、郡司の政庁。このあたりの発言は、前の紀伊守の非法に対して郡司および農民たちが反発して訴えたために前の紀伊守は解任されたが、その争いがいまだに治まらずにいるということか。
一〇　「大将殿」は、仲頼の「府の大将」である右大将源正頼。
一一　「大和歌」は、林の院での漢詩に対して、和歌をいう。【一〇】注六参照。
一二　『風葉集』賀「中納言涼の吹上の宮にて藤の花の賀し侍りけるに、藤の花を折りて松の千年を知るといふことを詠める　う

言ひて、例の、物の音《ね》ども掻《か》き合はせて、かはらけ度々《たび》になりて、君たち、一一大和歌《やまとうた》遊ばす。「藤の花を折りて、松の千年《ちとせ》を知る」といふ題を、国の守《かみ》のぬし、

一二 藤の花挿頭《かざ》せる春を数へてぞ松の齢《よはひ》も知るべかりける

あるじの君、

源氏の君一三 春雨の匂へる藤にかかれるを齢ある松のたまかとぞ見る

侍従《じじゅう》、

仲忠一四 藤の花染め来る雨も降りぬれば玉の緒結ぶ松にぞ見えける

少将、

仲頼 汀《みぎは》なる松にかかれる藤の花影さへ深く思ほゆるかな

良佐《らうすけ》、

行正一五 円居《まとゐ》していづれ久しと藤の花かかれる松の末の世を見む

一六 国の権《ごん》の守《かみ》、

一七 藤の花かかれる松の深緑一つ色にて染むる春雨

右近 将監《しやうげん》松方、

つほの前の紀伊守」。
一三 「たま」に「玉」と「魂」を掛ける。
一四 「玉の緒」は、玉を貫き通す糸。また、命の意。「玉の緒結ぶ松」は、雨滴のついた藤の花房が松の木にかかっているさまをいう。
一五 「いづれ久し」は、松と藤のどちらの寿命が長いかの意。前の紀伊守の歌に続いて、『風葉集』賀に、「参議良岑行平」として載る。「行平」は、誤り。
一六 国の守と権守が同時に在庁していることは、異例。注九の国内事情と関係があるか。
一七 『風葉集』春下「吹上にて、人々歌詠み侍りけるに、藤の花を　うつほの紀伊権守」、四句「一つ色もて」。この歌以下、「藤の花を折りて、松の千年を知る」の題を詠んでいない。

一八紫のいとど乱るる藤の花映れる水を人しむすべば

一九右近将監《ぞう》近正、

二〇藤の花宿れる水のあはなれば夜の間《ま》に波の折りもこそすれ

右近将監《ぞう》時蔭《ときかげ》、

二一藤の花色の限りに匂ふには春さへ惜しく思ほゆるかな

国の介《すけ》、

匂ひ来る年は経ぬれど藤の花今日こそ春を聞き始めけれ

まつりごと人種松、

二二春の色の汀《みぎは》に匂ふ花よりも底の藤こそ花と見えけれ

などて遊び暮らす。

その日の被《かづ》け物、二三やがて設けたり。二四君たち四所《よところ》[11]、国の守《かみ》と権《ごん》の守《かみ》まで、青き白橡《しらつるばみ》の唐衣《からぎぬ》重ねたる女の装ひ一具《ひとぐ》づつ、衛府《ゑふ》の将監《ぞう》どもよりはじめて、国の介《すけ》には、濃き紫の袷《あはせ》の細長《ほそなが》一襲《ひとかさね》、袷《あはせ》の袴一具《ぐ》[12]、それより下《しも》は、一重《ひとへ》なる物など、賜はらぬ人なし。

夜《よ》に入りて、続松《ついまつ》参る。居丈《ゐたけ》三尺ばかりの白銀《しろかね》の狛犬《こまいぬ》、二五口仰《あふ》げ

一八 「いとど」に「糸」と副詞「いとど」、「むすべ」に「結べ」と「掬べ」を掛ける。「紫の糸」は、藤の花をたとえる。「糸」「乱る」「結ぶ」は、縁語。

一九 「右近将監」は、「春日詣」の巻【三】注四七参照。

二〇 「あは」に「泡（あわ）」と「淡（あは）」を掛ける。参考、『拾遺集』夏「手も触れで惜しむ効なく藤の花底に映れば波ぞ折りける」（凡河内躬恒）。

二一 「藤の花」に、源氏の君（涼）をたとえる。

二二 「（水）底の藤」に、源氏の君をたとえる。

二三 「やがて」は、「その日の御設け」に引き続いての意。

二四 「君たち四所」は、源氏の君を含めるか。ただし、源氏の君に被け物を被けること、不審。

て八つ据ゑて、沈《ぢん》を、唐《から》の細組して続松に長く[13]結ひて、夜《よ》一夜灯《とも》したり。

「藤井の宮。大いなる巌《いはほ》のほとりに、五葉百樹《ごえふももき》ばかり、あるは川に臨《のぞ》き立てるに、おもしろき藤、木ごとにかかりて、ただ今盛りなり。[二六]木の下の砂子《いさご》を敷きたるごとうるはし。[二七]木の根しるく見えず。池の広きこと、遠海《とほうみ》に[14]劣らで、水の清きこと、鏡の面《おもて》に劣らず。巌の立てる姿、[二八]植ゑたる物のごとくして、苔《こけ》生ひたること繁《しげ》く青し。その池の上に、うるはしう高き檜皮《ひはだ》のおとど、三つ立てり。巡りに、藤かかれる五葉《ごえふ》、巡りて立てり。

そのおとどに、藤の花の絵描《か》きたる御屏風《びやうぶ》ども立てわたし、言ひ知らず清らなる、おもしろき褥《しとね》・上筵《うはむしろ》敷き並《な》べて、君達《きんだち》着き並み給へり。おとどの柱の隅、藤の花挿頭《かざ》しわたしたり。御前《おまへ》ごとに、折敷《をしき》ども参りわたしたり。[二九][15]藤の花、松の枝、沈の枝に[16]咲かせて、金銀《こんごん》・瑠璃《るり》の鶯《うぐひす》に食はせて、歌の題書きて、種松参らす。君たち、御覧じて、かはらけ取りて、[三〇]大和歌詠み給へり。」

二五　口を上に向かせて。下二段活用の「仰ぐ」は、平安時代の仮名作品にほかに例が見えない。

二六　「木の下の」は「木の下は」の誤りか。

二七　松の木の根は、はっきり見えない。【九】の「絵解き」には、「砂子うるはし。木の根しるからず」とあった。

二八　「植ゑたる物のごとくして」は、（巌が）木々を整然と植えたような姿での意か。この物語特有の表現。「菊の宴」の巻【三五】注三、「蔵開・上」の巻【九】注三参照。

二九　「藤の花、松の枝、沈の枝に咲かせて」は、藤の花を沈香で作った松の枝に咲かせての意。「沈の枝」は、「松の枝」の説明。

三〇　「大和歌」は、注二参照。

一三　三月下旬、種松、贈り物を用意する。

三月つごもりになりぬれば、[1]客人《まらうと》たち帰り給ひなむとす。あるじの君、種松にのたまふ、《源氏の君》「人々の帰り給ふべきほどの近うなりぬるを、そのことはものせらるや。弄《もてあそ》び物などの、京づとにしつべからむなむ奉らむとなむ思ふを、御《み》心とどめてせられよ」。種松、「思ほゆる限りは仕うまつらせ侍り。つたなき一百姓《ひやくさう》らは、興《けう》ある筋をなむ思ひ寄らず侍らむ。しかありとも、わが君の二御会釈《おほんゑさく》の筋侍らば、やすくし思ひいたること[2]ども侍らむ」など。

かくて、種松調ぜさするほど、三贈り物に、一所《ひとところ》に白銀《しろかね》の四旅籠《はたご》一《ひと》掛《かけ》、五山の心ばへ組み据ゑて、それに唐綾《からあや》・薄物《うすもの》など入れて、白銀の馬《むま》に沈《ぢん》の六結鞍《ゆひくら》置きて、白銀の男《をのこ》に引かせたり。沈の檜《ひ》破子《わりご》一掛、合はせ薫物《たきもの》・沈を、同じやうに沈の男[3]に引かせ、七丁子《ちやうじ》の薫衣香《くのえかう》・麝香《ざかう》などを破子《わりご》の籠《こ》ごとには入れ、薬・香《かう》などを飯《いひ》などのさまに

一「百姓」は、もろもろの民の意で、種松のもとで働く者たちのことをいう。

二「会釈」は、仏教語「和会通釈」の略。自分の考えを教え伝えるの意。

三 底本「ほと」。「は」の誤りか。

四「旅籠」は、旅行用の食物などの容器。装飾的な作り物だろう。『和名抄』調度部行旅具「筂 波太古 俗用二旅籠二字一」。

五 山の風情の装飾をして。

六「結鞍」は、荷物を載せて結びつけるための鞍。『和名抄』調度部鞍馬具「鞍 久良、俗云有二唐鞍移鞍結鞍等名一、馬鞍也」。

七「丁子の薫衣香」は、「丁子・薫衣香」の誤りか。

八『和名抄』調度部行旅具「篚 音匪、楊氏漢語抄云、篚子、須利 竹篋也」。

て入れて、沈の男《をのこ》に担《にな》はせたり。蘇枋《すはう》の麓[八][4]《すり》一掛、色々の唐の組を籠[九]《こ》目《め》にしたり。よき絹どもを三十疋《ぴき》づつ入れて縛《よ》り[一〇]、蘇枋の馬に負《お》ほせて、同じ男《をのこ》に引かせたり。海の形《かた》を、白う、白銀散らして鋳《い》て、合はせ薫物を島の形《かた》にし、沈の枝に作り花をつけて、島に植ゑ集めて、さやうの物を、鹿・鳥に作り据ゑ、いとをかしげに大きやかなる黄金《こがね》の船据ゑ、それに色々の糸を結び、袋におもしろき物を結び据ゑて、薬・香を包みて、組[一一]して上を包みて槽《ふね》にし、沈の折櫃《をりひつ》に白銀の鯉《こひ》・鮒《ふな》を作り入れ、白銀・黄金・瑠璃《るり》などの壺どもに、さやうの物を入れて、[一二]麻結《あさゆひ》などして担ひ持たるにて、[5]船子《ふなこ》・楫取《かんどり》立てて、三所《みところ》に同じごとしたり。御衣櫃《みそひつ》一掛、清らなる旅の御装束《おほんさうぞく》ども、[一三]三日に上《のぼ》り給ふべし、一日に一装《ひとよそひ》着給へとて、三装《みよそひ》色々にしたり。被《かづ》け物ども、女の装ひ一襲《ひとかさね》づつ設けたり。引《ひき》出物《いでもの》は、侍従《じじう》に、さまざまの駮馬[一四]《ふちむま》の、丈[一五]八寸《やき》ばかり、歳六つばかりなる走り[一六]四つ、蒔絵《まきゑ》の鞍橋[一七][6]《くらほね》、豹《へう》の皮の下鞍[一八]《したくら》、白銀の鐙《あぶみ》かけたる鞍置き、黒斑《くろまだら》の牛四つ、生絹《すずし》の絹を、白ながら繋《つな》ぎつけたり。鷹《たか》

九　「こめ」は、「かごめ」に同じか。
一〇　「縛（よ）る」は、縛（しば）るの意。『法華義疏』方便品末・長保四年点「有（る）人、其の手足を縛「ヨ」（り）たり」。
一一　組紐での意。
一二　「麻結」は、麻を束ねた紐か。
一三　三日間で。
一四　『和名抄』牛馬部牛馬毛「駮馬　俗人云布知无万　不純色馬也」。
一五　「八寸」は、四尺八寸。馬高は、四尺を基準とする。
一六　「走り」は、「走り馬」の略。競べ馬用の馬。
一七　「鞍橋」は、「鞍」に同じ。『和名抄』調度部鞍馬具「鞍橋　久良保禰　一云鞍瓦」。
一八　鞍の下に敷くもの。『和名抄』調度部鞍馬具「韉　之太久良　鞍韉也」。

四つ据ゑたり。白き組の[19]大緒《おほを》、青き白橡《しらつるばみ》の結び立ての総《ふさ》、鈴つけなどあり。鵜《う》四つ、籠《こ》・朸《あふこ》、いとめづらかなり。少将に、黒鹿毛《くろかげ》の馬、丈七寸《ななき》ばかりなる[7]若き馬四つ、厳《いか》めしき[20]黄牛《あめうじ》四つ、鷹・鵜、同じ数なり。これは、あるじの君の御心ざし。種松が奉る物は、一所《ひとところ》に籠二掛、厳《いか》めしき馬に負ほせたり。白絹入れたり。旅籠二掛に道のほどの物入れて、よき馬《むま》に負ほせたり。[21][8]御精米《かしよね》、一所《ひとところ》に二百石の船二船づつ、三所《みところ》に奉る。

［種松が牟婁《むろ》の家。

四面《よおもて》巡りて、[22]町殿[9]一館《ひとたち》、田八[23]町《まち》ばかり作り巡りてあり。牛どもに[24]犂《からすき》かけつつ、男《をのこ》ども、緒持ちて鋤《す》く。笥《け》に飯《いひ》盛りつつ食へり。離れて、厳めしき川、海のごとして流れたり。

家の内、四面八町《しめんはちやう》、築地《ついぢ》築《つ》き入れたり。垣に沿ひて、一面《ひとおもて》に、大いなる檜皮葺《ひはだぶ》きの蔵、四十《よそぢ》づつ建て巡り、百六十の蔵あり。[10]

これは、北の方の御私物《わたくしもの》、綾《あや》・錦《にしき》・絹・綿・糸・縑《かとり》など、棟《むね》と等しう積みて取り納めぬる蔵なり。

一九「大緒」は、鷹の脚に結びつける紐。『和名抄』調度部鷹犬具「絛　於保乎　糸縄也」。「結び立ての総」は『新儀式』公事部臨時上「用蘇芳綟大組・同色結立総」。「鈴つけ」は、尾に鈴を結びつける紐。

二〇「黄牛」は、飴色の毛の牛。『和名抄』牛馬部牛馬毛「黄牛　阿女宇之」。

二一「精米」は、精白した米。『和名抄』調度部祭祀具「粿米　漢語抄云、粿米、加之与禰　浄米也」。「しらげよね」ともいう。『和名抄』稲穀部稲穀類「粺米　楊氏漢語抄云、粺米、之良介与禰　精米也」。

二二「町殿」は、田の管理をする建物か。

二三「町」は、田の一区画。『和名抄』天地部田野類「町　和名末知、田区也」。

二四「犂」は、『和名抄』調

これ、政所《まどころ》。家司《けいし》ども[11]三十人[12]ばかりあり。家どもの預かり[13]、百人ばかり集まりて、今年の[二五]生業《なりはひ》・蚕飼《こか》ひすべきこと定む。炭焼き・[14]樵夫《きこり》などいふ者ども集まりて奉《たいまつ》れり。[二六]少時《せうじ》ばかり、男《をとこ》ども五十人ばかり並み居て、台盤《だいばん》立てて、物食ふ。

[二七]たてま所。鵜飼《うかひ》・鷹飼[15]・[二八]網結《あみすき》など、[二九]日次《ひつぎ》の贄《にへ》奉《たいまつ》れり。男《をのこ》ども、集まりて、俎《まないた》立てて、魚・鳥作る。金《かね》の皿に、北の方の御料とて盛る。

御廏《みまや》。よき馬、二十づつ、西・東《ひんがし》に立てたり。預かりども居て、秣《まぐさ》飼はす。傍らに、鷹十ばかり据ゑたり。

牛屋。よき牛ども十五ばかり、衣《きぬ》着せつつ、並べて飼ふ。

これは、大炊《おほゐ》殿。二《に》十石《じっこく》入る鼎《かなへ》ども立てて、それがほどの[三〇]甑《こしき》ども立てて、飯炊《いひかし》く。[三一]橒《きさ》の木に[三二]黒鉄《くろがね》の脚《あし》つけたる槽四つ立て並めて、皆、品々なる飯炊き入れたり。所々の雑仕《ざふし》ども、使ひ人[16]・男《をのこ》[17]に櫃《ひつ》持たせて、飯量り受けたり。間《ま》一つに、臼《うす》四つ立てたり。臼一つに、女ども八人立てり。米精《よねしら》げたり。

度部農耕具「犂　加良須岐　墾レ田器也」。
二五　「生業」は、特に、農業をいう。『和名抄』調度部農具類「日本紀私記云、農、奈利波比」。
二六　しばらくの間。
二七　「たてま所」、未詳。「藤原の君」の巻【三四】注二九参照。
二八　「網結」は、魚を捕る網を編む人。
二九　「日次の贄」は、毎日の魚や鳥などの献上品。
三〇　「甑」は、米を蒸す器。『和名抄』器皿部木器「甑　古之岐　炊レ飯器也」。
三一　「橒」は、木の名。『和名抄』草木部木類「橒　岐佐、或説、岐佐者蚶之和名也、此木文与二蚶貝文一相似、故取レ名焉」。
三二　『和名抄』珍宝部金銀類「鉄　久路加祢　黒金也」。

これは、[三三]御炊《みかし》き。白銀の[18][三四]脚鼎《あしかなへ》・同じ甑して、北の方・ぬしの御膳《おもの》炊く。御厨子《みづし》所の雑仕女《め》の[三五]襷《うちはや》着てあり。衣《きぬ》着たる男《をのこ》に、[三六]油《ゆ》単《た》覆ひたる台に[19]据ゑたる[三七]行器《ほかゐ》持たせて、御膳受く。[三八]上の御料のに[三九]ますかへしの御膳三斗《と》、ぬしの御《み》料八合、[四〇]対の御膳一斗《と》五升《せう》とて受く。

これは、酒殿《さかどの》。十石入るばかりの瓫《へ》二十《はたち》ばかり据ゑて、酒造りたり。酢・[四一]醤《ひしほ》・漬物《つけもの》、皆同じごとしたり。贄《にへ》どももなどもあり。

これ、作物《つくも》所。細工《さいく》三十人ばかり居て、沈・[20]蘇枋《すはう》・紫檀《したん》らして、破子《わりご》・折敷《をしき》・机どもなど、色々に作る。轆轤師《ろくろし》ども居て、[四二]御器《ごき》ども、同じ物して挽《ひ》く。机立てて、物食ふ。盤《ばん》据ゑて、酒飲みなどす。

これは、鋳物師《いもじ》の所。男《をのこ》ども集まり、[四三]蹈鞴《たたら》踏み、物の[四四]こかた鋳《い》などす。白銀・黄金・[四五]白鑞《しららふ》などを沸《わ》かして、旅籠・透箱《すきばこ》・破子《わりご》・餌袋《ゑぶくろ》、[21]海・山・亀・月、色を尽くしてし出《い》だす。ここにも、皆、物食へり。

三三 「御炊き」は、種松夫妻のための炊事場。
三四 『和名抄』器皿部金器「鼎 阿之加奈倍 三足両耳、和二五味一宝器也」。
三五 「うちはや」は、「ちはや」に同じか。もとは、神事に仕える女が着る衣服。
三六 「油単」は、布や紙などに油を塗ったもの。器物の敷物や、櫃や台などの覆いとして用いた。
三七 「行器」は、食物などを入れて運ぶ器。
三八 「上」は、源氏の君(涼)をいうか。
三九 「ますかへし」、未詳。
四〇 「対の御膳」は、北の方のための食事か。ただし、北の方が住むのは寝殿である。
四一 『和名抄』飲食部塩梅類「醤 比之保」。
四二 「御器」は、食器。
四三 「蹈鞴」は、足で踏ん

ここは、鍛冶屋《かぢや》。白銀・黄金の鍛治[22]二十人ばかり居て、よろづの物、馬・人・折櫃《をりひつ》など作る。

ここは[23]、織物の所。[四六]機物《はたもの》ども多く立てて、織り手二十人ばかり居たり。色々の織物どもをす[24]。

これは、染殿《そめどの》。御達《ごたち》十人ばかり、[25]女《め》の子ども二十人ばかり、大きなる鼎《かなへ》立てて、染め草、色々に煮る。台ども[四七]にたにに据ゑて、手ごとに物ども据ゑたり。槽《ふね》どもに、女《め》の子ども下り立ちて、染め草洗へり。

これは、[四八]打ち物の所。御達《ごたち》五十人ばかり、女《め》の子ども三十人ばかりあり。[四九]巻き、前《まへ》ごとに置きて、[26]手ごとに物巻きたり。厳《いか》めしき[五〇]碓《からうす》に、男女、立ちて踏めり。

これは、[五一]張り物の所。巡りなき大きなる檜皮屋《ひはだや》。衵《あこめ》・袴《はかま》着たる女ども二十人ばかりありて、色々の物張りたり。

これは、縫ひ物の所。若き御達三十人ばかり居て、色々の物縫へり。


で風を送る大きなふいご。『和名抄』調度部鍛冶具「蹈鞴　太々良」。
四四　「こかた」、未詳。
四五　「白鑞」は、スズ。『和名抄』珍宝金銀類「錫　兼名苑云、一名白鑞　之路奈万利」。
四六　「機物」は、機織りの道具。
四七　「にたに」は、【三】注七参照。
四八　「打ち物の所」は、絹を砧で打って光沢を出す所。
四九　「巻き」は、「巻き板」の略。布を巻いたり広げたりする板。
五〇　「碓」は、杵を足で踏んで挺子を応用して搗く臼。『和名抄』調度部裁縫具「碓　加良宇須　踏舂具也」。
五一　「張り物」は、洗った布に糊をつけて張り板に張って乾かすこと。

これは、糸の所。御達二十ばかり居て、糸繰り合はせなど、手ごとにす。織物の糸・組の糸など、竿《さを》ごとに練りかけたり。[五二][27]唐《から》組《くみ》・新羅組《しらぎくみ》・ただの組など、色々にしたり。

これは、寝殿。北の方居給へり。[五三]朱《す》の台四つして、金《かね》の坏《つき》どもして物参る。御達十人・童四人・[28]下仕《しもづか》へ四人あり。ここに、所々の別当《べたう》の御達[29]並《な》み居て、[五四]預かりのことども申したり。

ここ、西の対。[五五][30]掾《ぞう》のぬしいまそかり。御前《おまへ》に男《をのこ》ども二百人[31]ばかり居て、もの言ひなどす。」

一四　人々、鷹狩をし、玉津島に遊ぶ。

かくて、吹上の宮には、御鷹《たか》ども試み給うて、人々に奉り給はむと思して、忍びて、野に出《い》で給ふ。君たち四所《よところ》は、赤き白橡《しらつるばみ》の[一]地摺《ちんず》りの、摺り草の色に糸を染めて[二]形木《かたき》の紋《もん》を織りつけたる狩[1]の御衣《ぞ》、折鶴の紋《もん》の指貫《さしぬき》、綾掻練《あやかいねり》の袿《うちき》、袷《あはせ》の袴、豹《へう》の皮の[三]尻鞘《しざや》ある

五二「唐組」は、唐風の組み紐。参考、『日本三代実録』貞観一六年九月一四日「而今横刀之緒。……五位已上同用㆓唐組㆒。六位已下並用㆓綺新羅組等㆒」。
五三 朱塗りの台と金の食器。
五四 自分たちが管轄している「所」の仕事のことを、北の方に報告している。
五五「掾のぬし」は、紀伊掾種松。

一「地摺り」は、白地に模様を摺り出したもの。

二「形木」は、模様を彫った板。布に模様を刷りつける時に用いる。ここは、その模様と同じように刺繡をすることをいう。

三「尻鞘」は、太刀の鞘を包む毛皮の袋。

四「十寸」は、四尺十寸、つまり、馬高五尺の馬。

五 以下は、「鷂据ゑて」を

御佩刀《はかし》奉りて、丈よきほど、[四][2]十寸《とき》ばかりある赤き馬《むま》に、赤き鞦《しりがい》かけて乗り給ふ。鷂《はいたか》据ゑて、[五]御供《おほんとも》の人は、青き白橡、[六]葦毛《あしげ》馬に乗りて、御鷹据ゑたり。御設けは、あるじの[3]君、檜破子《ひわりご》ども、清げにて持たせ給へり。

かくて、[七]御前《まへ》の野に、[八]ないとり合はせなどするほどに、その野、花の木こき交ぜに、雑《ざふ》の鳥ども立ち[4]騒ぎて、君たち、えうち過ぎ[5]給はで、あるじの君、

源氏の君[九]　入りぬればかりの心も忘られて花のみ惜しく見ゆる春かな

少将、

仲頼[一〇]　春の野の花に心は移りつつ駒《こま》の歩みに身をぞまかする

侍従、

仲忠[一一]　今日はなほ野辺に暮らさむ花を見て心を遣《や》るも行《ゆ》くにはあらずや

良佐《らうすけ》、

行正[一二]　花散らす風も心あり駒並《こまな》めてわが見る野辺にしばし避《よ》きなむ

説明したものか。

六　「葦毛馬」は、白色に黒や褐色などの毛が交じった馬。

七　吹上の宮の南の野。

八　「ないとり合はせ」、未詳。

九　「かり」に「狩」と「仮」を掛ける。

一〇　参考、『後撰集』恋五「夕闇は道も見えねど古里はもと来し駒にまかせてぞ来る」（詠人不知）。

一一　「行く」に、「心行く」の意を掛ける。

一二　参考、『古今集』春下「吹く風にあつらへつくるものならばこの一本は避きよと言はまし」（詠人不知）。『風葉集』春下「涼の卿の吹上の家にまかりて、人々遊び侍りけるに、野に出でて花を見るとて　同じ参議良岑行正」、三句「駒並べて」。

とて、御破子《おほんわりご》参り、鳥少し取らせて、一三玉津島《たまつしま》にものし給ふほど、所々、御設《おほん》けしたる人多かり。

玉津島に入り給ひて、そこに、遊び、逍遥《せうえう》し給ひて、帰り給ふとて、少将、

仲頼一四 飽かず見てかくのみ帰る今日のみやたまつ島てふ名をば知らまし

あるじの君、

涼一五 年を経て波のよるてふ玉の緒《を》に貫《ぬ》きとどめなむたま出づる島

侍従《じじゅう》、

仲忠一六 おぼつかな立ち寄る波のなかりせば玉出づる島といかで知らまし

良佐《らうすけ》、

行正一七 玉出づる島にしあらばわたつ海《み》の波立ち寄せよ見る人ある時

などて、皆帰りぬ。

一三 「玉津島」は、和歌山市和歌浦中にある丘陵。古くは、島だった。「玉出島（たまいづるしま）」とも言われた。

一四 「玉津島」の「たま」に「魂」を掛ける。

一五 「よる」に「寄る」と「縒る」、「たま」に「玉」と「魂」を掛ける。「魂つ島」は、魂が籠もる美しい島の意か。「縒る」「緒」は、「玉」の縁語。

一六 「波」に自分たち、「玉」に源氏の君（涼）をたとえる。

一七 「寄せよ」は、玉を寄せよの意。

一五　三月末日、惜春の宴を催す。

三月つごもりの日になりて、君たち、吹上の宮にて、春惜しみ給ふ。桜色の直衣《なほし》、躑躅《つつじ》色の下襲《したがさね》など着給へり。その日の御饗《みあるじ》、例のごとしたり。折敷《をしき》など、[一]前々《さき》のにあらず。かはらけ始まりて、遊び暮らす。水の上に花散りて浮きたる洲浜《すはま》に、「春を惜しむ」といふ題を書きて[二]奉り給ふ。少将、

仲頼[三]
水の上の花の錦《にしき》の綻ぶ[1]は春の形見に人むすべとか

侍従《じじう》、

仲忠
色々の花の影のみ宿り来る水底《みなそこ》よりぞ春は別るる

あるじの君、

源氏の君[四]
（歌脱）

良佐《らうすけ》、

行正[五]
時の間《ま》に千《ち》度《たび》会ふべき人よりは春の別れをまづは惜しまむ

一　「前々のにあらず」は、今までの宴で用いたものではなく、この日のために新調されたものであるの意。
二　源氏の君が書いて。
三　「花の錦」は、美しい花を錦に見立てた表現。「むすべ」に「掬べ」と「結べ」を掛ける。「綻ぶ」「結ぶ」は、「花」の縁語。
四　諸本、「あるじの君(涼)」の歌一首脱。
五　「時の間に千度会ふべき人」は、源氏の君（涼）のことで、源氏の君が間もなく上京して幾度でも会うことができるようになるはずだということをいう。

松方、

[六]行く春をとむべき方もなかりけり今宵ながらに千世は過ぎなむ

近正、

[七]春ながら年は暮れつつよろづ世を君と円居《まとゐ》ばものも思はじ

時蔭、

[八]いづ方に行くとも見えぬ春ゆゑに惜しむ心の空にもあるかな

種松、

[九]円居《まとゐ》して惜しむ春だにあるものを一人嘆かむ君はいかにぞ

[一〇]なんどて、今日の被《かづ》け物は、[一一]黄色の小袿《こうちき》重ねたる女の装ひ[2]一具《ひとぐ》、御供の人に、同じ色の綾《あや》の小袿、[3]袴一具添へて、遊び明かす。

一六　四月一日、人々、都に帰る。送別の宴。

かくて、四月一日に、君たち帰り給ふ。吹上の宮より出《い》で立ち

六 『風葉集』春下に、注八の「時蔭」の歌に続いて、「清原松方」として見える。初句「行く春は」。

七 参考、『拾遺集』春「年のうちは皆春ながら暮れななむ花見てだにも憂き世過ぐさむ」(詠人不知)、『兼盛集』「一年は春ながらにも暮れななむ花の盛りを飽くまでも見む」。

八 『風葉集』春下「弥生のつごもりの日、吹上にて、春を惜しむ心を、人々詠み侍りけるに　うつほの在原時蔭」。

九 「円居して惜しむ春だにあるものを」は、皆が集まって惜しむ春でさえ寂しいのだからの意。

一〇 「なんどて」は、「などて」に同じ。

一一 「黄色」の語は、平安時代の仮名作品にほかに例が見えない。普通は、形容

給ふ。その日の饗《あるじ》、常よりも心殊なり。君たち、[一]唐《から》の花文綾《ふれう》の綾《あや》の直衣《なほし》、綾の縑《かとり》の下襲《したがさね》、薄物《うすもの》の青色の指貫《さしぬき》、[二][1]白襲《しろがさね》の綾の細長[三]一襲づつ奉る[2]。

かくて、御折敷《をしき》、前ごとに参り、机十、前ごとに立て並べて、かはらけ始まり、箸下りぬ。御前《おまへ》に舞台結ひ、幄《あげばり》[3]打つ。

かかるほどに、国の守《かん》のぬし、今日出で立ち給ふなり[四]とて、行く先に、とまり給ふべき御こと設け[4]しに遣はして、みづからは、吹上の宮に、国の官《つかさ》率ゐてまうで給へり。

かくて、物の音《ね》など、惜しむ手なく搔《か》き合はせて遊ばしつつ、日高くなりゆけば、急ぎ給ふ折に、あるじの君、かはらけ取りて、かくのたまふ。

源氏の君[五]　語らはぬ夏[5]だにも来る[6]今日しもや契りし人の別れ行くらむ

少将、

仲頼[7]　帰るとも君を恋ふべき衣《ころも》をや着れ[8]ども夏は薄き袂《たもと》を

侍従、

動詞「黄なり」を用いる。

一　以下、夏の衣替えの装束。直衣に下襲を加えた直衣布袴姿である。

二　参考、『雅亮装束抄』「四月一日、白襲とて、白き薄物を半臂下襲に着る」。

三　細長は、女性や童の装束。ここは、袿の代わりに着たものか。

四　「なり」は、いわゆる伝聞の助動詞。

五　『風葉集』離別「吹上に、人々まうで来て、日ごろ遊びて、卯月の一日頃に帰り侍りければ、詠める　中納言涼」。二句「夏だにも来る」。『風葉集』に従って二句を改めた。

仲忠六たち返り会はむとぞ思ふ夏衣濡《ぬ》るなる袖も乾きあへぬに

良佐《らうすけ》、

行正七夏衣今日立つ旅のわびしきは惜しむ涙も漏るるなりけり

松方、「八前々《さき》も侍りしかば」などて、

九このたびは惑ひぬべくぞ思ほゆる涙はここに先に立てども

近正、

一〇かくばかり飽かずわびしき別れ路《ぢ》は二つなきにも惑ふべきかな

時蔭《ときかげ》、

一一夏蟬《なつぜみ》の羽《は》に置く露の消えぬ間《ま》に会ふべき君を別れてふかな

種松、

一二初声に別れを惜しむ時鳥《ほととぎす》身をう月にや今日を知るらむ

とて、かはらけ度《たび》々になりぬ。

かかるほどに、一三贈り物・引出物《ひきいでもの》、設けたる数のごと奉り給ふ。一四御馬《むま》ども飾り装束《さうぞ》きて、闕腋《わきあけ》の衣《きぬ》着たる御廏《みまや》の人ども、馬《むま》一つに

六「立ち返り」の「たつ」に「裁ち」を掛ける。「裁つ」「返る」は、縁語。

七「夏衣」は、「立つ」の枕詞。

八 松方は、前に吹上の宮に訪れている。【三】参照。

九「たび」に「度」と「旅」を掛ける。「先に立つ」は、先立って道案内するの意を込める。

一〇「二つなきにも」は、今回の別れ道は一本道なのにの意。

一一「夏蟬の羽」は、薄い夏の衣をたとえる。

一二「卯月」の「う」に「憂」を掛ける。「時鳥」に、源氏の君をたとえる。

一三【三】で準備されていた贈り物と引出物。

一四 引出物の馬。

一五「駒形」は、「祭の使」の巻【五】注五参照。

一六「駒遊び」は、馬を贈

二人つけつつ、[一五]駒形《こまかた》先に立てて、[一六]駒遊びしつつ出でて、次々に、皆引き並べたり。かくて、物負《お》ほせたる馬《むま》どもは後《おく》れて出でて、かかる引出物の折ごとに、乱声《らんじやう》し、舞す。

種松が北の方、君たち三所《みところ》に、幣《ぬさ》調じて奉れり。白銀《しろかね》の透箱《すきばこ》四つづつ、黒方《くろはう》の炭一透箱、[一七]金《かね》の砂子《いさご》に、[一八]白銀・黄金《こがね》[9]を幣に鋳《い》たる一透箱の上に、歌一つ、やがて、結び目に[10]結ひつけさせたり。少将には、

種松の妻[一九]　今はとてたつとし見れば唐衣《からころも》　袖のうらまで潮の満つかな

侍従《じじゆう》の幣入りたる箱に、

古里に帰る幣だに取りうきを宿に待つらむ人をこそ思へ

良佐《らうすけ》には、黄金の砂子入りたるに、

[二〇]君がため思ふ心は荒磯《ありそ》海《うみ》の浜の真砂《まさご》に劣らざりけり

などて[11]奉る。

被《かづ》け物は、赤色に、二藍襲《ふたあゐがさね》の唐衣《からぎぬ》、[12]細長、袷《あはせ》の袴《はかま》添へつつ奉り給ふ。将監《ぞう》どもに、[13]白張袴。

ったり受け取ったりする時の儀礼的な歌舞か。

一七　「黄金の砂子」の誤りか。

一八　旅の安全を祈って神に供える幣は、普通は布や紙で作るが、ここは、それを黄金と白銀で鋳たのである。

一九　「たつ」に「立つ」と「裁つ」、「うら」に「裏」と「浦」を掛ける。『風葉集』離別「中納言涼の吹上に、人々まかりて帰りけるに、幣調じて贈るとて、少将仲頼に　うつほの紀伊守種松の妻」。

二〇　参考、『古今集』仮名序「わが恋は読むとも尽きじ荒磯海の浜の真砂は読み尽くすとも」。『風葉集』雑三「同じ度、人々帰りなむとし侍りけるに、幣調じて贈り侍るとて、宰相の中将行正に黄金の砂子入りたるに　紀伊守種松が妻」。

かくて、からうして出で立ち給ひぬ。あるじの君、宮[二一]の人を率《ひき》ゐ、守《かん》のぬし、国の内を挙[二二]《こぞ》りて見送りし給へり、関[二三]のもとまで。

［ここは、吹上の宮。衣替《ころもが》へして並み居給へり。馬《むま》ども引き出で、駒《こま》遊びして出で来たり。鷹《たか》ども据ゑて、鳥の舞[二四]して出で来たり。[二五]白銀の旅籠馬[14]《はたごむま》ども、腹[15]に人入れて、歩ませて引き出でたり。遣水《やりみづ》に、黄金の船ども漕ぎ連ねて、船《ふね》遊びして、御衣櫃《みそひつ》・蘇枋《すはう》の籭《すり》など、御前《おまへ》に取り出でたり。透箱も。

これは、君達《きんだち》、[二六]直衣姿《なほしすがた》にて、乗り連ねて出で立ち給へり。

ここは、関のもと。国の守[16]《かん》のぬし、設けし給へり。君達に沈《ぢん》の折敷《をしき》二十《はたち》、御供の人に蘇枋の机ども立て並べて、物参りたり。被け物、女の装ひ一襲《ひとかさね》づつ被けて奉り、清[17]らなる衣櫃《きぬひつ》一つに、衣《きぬ》入れつつ奉り給ふ。］

そこより、守《かん》のぬし帰り給ひなむとする折に、都鳥、遠き声に聞こゆ。少将、

仲頼[二七]
名にし負[18]はば関をも越えじ都鳥声する方を百敷《ももしき》にして

二一　「宮の人」は、吹上の宮の人。
二二　この「挙る」は、他動詞。他動詞の「挙る」は、平安時代の仮名作品にほかに例が見えない。
二三　この「関」は、紀伊国の国境の関。『大日本地名辞書』「白鳥関址　此塞は又紀伊関といふ、……うつぼ物語には此関名見ゆ」。
二四　この「鳥の舞」も、鷹を贈る時の儀礼的な歌舞か。
二五　以下の「旅籠馬（旅籠を背負わせた馬）」「黄金の船」は、【三】に見える贈り物のこと。
二六　この「直衣姿」は、【三】に見える「清らなる旅の御装束」のことだろう。
二七　参考、『古今集』羇旅「名にし負はばいざ言問はむ都鳥わが思ふ人はありやなしやと」（在原業平）、『伊勢物語』九段。『風葉集』

侍従《じじゆう》、

仲忠二八 いとどしく越えうきものを都鳥関のこなたに聞くがうれしさ

良佐《らうすけ》、二九19 こなた惜しみて、

行正三〇 夕暮れに棚離れたる駒よりも涙の川ぞ早く行きける

あるじの君、

涼三一 行く人の駒もとどめぬ棚橋《たなはし》は惜しみ取りたる効《かひ》もなきかな

守《かん》のぬし、

泣き溜《た》むる涙の川のたぎつ瀬も急ぐ駒には後《おく》れぬるかな

など、かたみに惜しみ交はして、関より別れて、京の人は上《のぼ》り、田舎《ゐなか》の人は帰り給ふ。

一七　四月四日、人々帰京する。

かくて、四月四日ばかり、夜《よ》更けてなむ、宮内卿《くないきやう》殿におはし落一ちたりける。

羇旅「吹上より帰らむとし侍りけるに、都鳥の鳴くを聞きて　うつほの右少将仲頼」。

二八　参考、『後撰集』羇旅「いとどしく過ぎ行く方の恋しきにうらやましくも返る波かな」（在原業平）、『伊勢物語』七段。

二九　ここで紀伊国を離れることを惜しんで。

三〇「柵」は、馬どめの横木か。

三一「棚橋」は、欄干がなく、板を棚のようにかけた橋。参考、『古今集』恋四「待てと言はば寝ても行かなむしひて行く駒の脚折れ前の棚橋」（詠人不知）。

一「おはし落つ」は、平安時代の仮名作品にほかに例が見えない語。無事にたどり着きなさるなどの意か。

宮内卿のぬし、御饗《みあるじ》よろしうし給へり。君たちには、黒柿《くろがい》の机二つ、薄物の表《おもて》、将監《ぞう》どもには、[二]朴《ほほ》の木の机賜ひて、よろしき饗《あるじ》[1]し給ふ。あるじのぬし、かはらけ取りて、[忠保]「いかに、浜のほとりの[三]貝・甲羅《こほら》に、山里の草木を[四]聞こしめし比ぶらむ」。少将、[仲頼]「されど、これをのみなむ」とて、

[仲頼五]　山里にこのめを置きて別れては浜のほとりにかひぞなかりし

宮内卿のぬし、

[忠保六]　木を朽《く》ちみ二つと萌《[2]も》えぬ枝なれば飽かずあはれと思ふこのめぞ

など聞こゆ。少将、宮内卿のぬしに、沈《ぢん》の破子《わりご》・牛など奉り給ふ。侍従《じじゅう》・良佐《らうすけ》など、心ざし、皆して、侍従は桂殿《かつらどの》へ、良佐など別《あか》れぬ。

一八　人々、紀伊国の贈り物を配る。

二「朴」は、モクレン科落葉高木。材質が軟らかいので、さまざまな器物の材料とされた。「あて宮」の巻【二】にも、「朴の木に黒柿の脚つけたる中取り」とある。

三 底本「かいこをら」。「甲羅」は、蟹などのことをいうか。「甲」の字音は「かふ」だが、『和名抄』亀貝部亀貝体に、「甲　音俗云[二]古不[一]」とある。

四「聞こしめし比ぶ」は、「食ひ比ぶ」の主体敬語。

五「このめ」に「木の芽」と「この妻」、「かひ」に「貝」と「効」を掛ける。

六 朽ちた木に自分たち、「二つと萌えぬ枝」に一人娘をたとえる。「このめ」に「木の芽」と「この妻」を掛ける。

一「少将」の下に脱文が

かくて、この人々、紀伊国《きのくに》より持ていましたる物、興《けう》あるは、人々に奉り給ふ。少将[一]は内裏《うち》に、白銀《しろかね》の旅籠馬《はたごむま》[二]は右大将殿に、破《わり》子《ご》は宮内卿《くないきやう》に、北の方には、透箱《すきばこ》よりはじめて、そこばくの細《こま》け[三]の物、皆取らせ給ふ。侍従《じじゆう》、白銀の馬は父おとどに、破子は嵯峨《さが》の院に、透箱よりはじめて、細けの物は北の方に[四]、船と、被《かづ》け物の中に清らなる物は、思ふ心ありて、まだ持たり。良佐《らうすけ》は、妻《め》[五]も子も親もなければ、船は春宮に、旅籠馬は嵯峨の院に、破子は后《きさい》の宮に、透箱よりはじめ、細けの物、まだ持たり。

一九　仲頼、正頼に、吹上のことを報告する。

かくて、右大将殿には、おとど、中のおとどに渡り給ひて、あて宮に琴《きん》の御琴弾かせ奉り給ひて聞こしめし、御方々[一]の君たち渡り給ひなどしたる折に、左衛門尉《さゑもんのぜう》[二]の君、《頼澄》「少将仲頼候ふ」と聞こえ給ふ。おとど、《正頼》「久しう音せざりつる。遊びくたしつべかめり[三]。

あるか。「黄金の船は」を補って訳した。
二　「右大将殿」は、源正頼。
三　「細けの物」は、参考、『源氏物語』「少女」の巻「当て当ての細け」、『河海抄』「宛々　細分」。
四　父兼雅の北の方。仲忠の母。俊蔭の娘。
五　「藤原の君」の巻【三八】に「父母恋ひ悲しびて死ぬる」、【三九】に「定めたる妻もなし」とあった。

一　「御方々の君たち」は、正頼の既婚の女君たち。
二　「左衛門尉の君」は正頼の九男頼澄。「春日詣」の巻【三】、「祭の使」の巻【四】には、「右衛門尉」とあった。
三　「遊びくたす」は、遊んで疲れきるの意か。

この三人、この好き者ども、いづちものしたりつらむ、この一月《ひとつき》ばかり見えざりつるは」などのたまひて、「ここにてあらむかし」とて、簀子《すのこ》に御座《おまし》敷かせて、「なほ、ここに」と召し入れて会ひ給へり。

(正頼)「日ごろ、内裏《うち》にも参り給はず、このわたりにも、[1]また、ものし給はざりつれば、いぶかり申しつるになむ」。少将、(仲頼)[四]「はなはだかしこし。粉河《こかは》にいささか[五]願《ぐわん》果たさむと思う給へて、紀伊国《きのくに》の方にまかりたりしを、あやしき人に見給へつきて、え参上《まうのぼ》り来ざりつるを、からうしてなむ、昨夜《よべ》参上り来《こ》し」。おとど、「や。誰ぞや。などおぼえぬ」。仲頼、「かの国のまつりごと人に[2]侍りつる、神南《かみな》備《び》種松といふ男《をのこ》[3]の孫《むまご》にものし給ふ源氏、ただ粉河の道のほとりになむ住み給ひける[4]。[六]そこに、府《つかさ》のまつりごと人松方が侍りしを見つけ侍りて、まかり寄りて侍りしに、かの君、(源氏の君)『一日二日ばかり[5]馬《むま》[6]どもかい休めて参上れ[7]』などとめ給ひしかば、とまりて見給へしに、いはゆる西方浄土に生《む》まれたるやうになむ。[七]四面八町《しめんはつちやう》の所

四 「はなはだかしこし」は、【四】注三参照。
五 仲頼は、【三】でも、紀伊守に同じ理由を言っていた。
六 実際には、仲頼たちは、松方の案内で吹上を訪れた。松方は、仲頼にとっても正頼にとっても、「府のまつりごと人」にあたる。
七 「四面八町」は、二町四方。【二】注七参照。
八 以下の吹上の描写は、【二】参照。
九 「侍り給ぶ」は、特殊な敬語。【七】注一〇参照。
一〇 源氏の君（涼）からの贈り物を。
一一 「神南備の蔵人」は、源氏の君の母。嵯峨の院の女蔵人。故大納言源恒有の孫。【二】参照。
一二 「子」は、嵯峨の院の

を、[八]金銀《こんごん》・瑠璃《るり》・硨磲《しやこ》・瑪瑙《めなう》して造り磨き、巡りには、栴檀《せんだう》・優《う》[8]曇《どう》咲かず、孔雀《くざく》・鸚鵡《あうむ》鳴か[9]ぬばかりにてなむ住み[九]侍り給《た》ぶ。取り申さむ方も思ほえずなむ侍りしかば、ただ、かしこのさま、いさか御覧ぜさせむとて、かしこの使にて侍る」とて[一〇]御覧ぜさす。おとど、「いと興《けう》あることかな。さ聞きき、[一一]神南備《かんなび》の蔵人《くらひと》の腹に生《む》まれ給ふ君ありとは。かの蔵人、いと[10]丈高く労《らう》ありし人なり。父こそ下人なれ。[一二]子は、有識《いうそく》にて、いと心憎かりし者ぞ。年[11]ごろぞ聞かざりつる。いかやうにか[12]生ひ出《い》で給ひたる」。仲頼、「いと不便《ふびん》なる人から、仲忠の朝臣《あそん》と等しくなむ、容貌《かたち》・心・身の才《ざえ》侍る」。おとど、「琴《きん》ばかりは、こよなからむに」。仲頼、「それも、[一三]感じたる手侍るなり。[一四]侍従《じじう》の朝臣と糸競べして、それをなむ弾き侍らずなりにし」。おとど、「誰々か、ものせられたりし」。仲頼、「仲忠・行正ら、近正《ちかまさ》・時蔭《ときかげ》・村蔭《むらかげ》・[一五][13]安則・定松《さだまつ》・数成《かずなり》、[14]左右の府《つかさ》の[一六]官人《くわんにん》、[一七]物の節《ふし》どもの中にも、選ひてなむまかり下《くだ》りて侍りし」。おとど、「ある限りにこそはあなれ。なほ、かしこき心ざし

女蔵人（源氏の君の母）。下に、「いと心憎かりし者」と、助動詞「き」があるので、正頼は面識があることになる。

一三　私たちが感動した奏法がございました。

一四　せっかくのその奏法も、仲忠の朝臣と競演して弾くことがないままになってしまいました。【九】参照。二人の「糸競べ」は、「吹上・下」の巻【九】で実現する。

一五　底本「やすより」。【九】に見える「やすのり」の名に合わせた。

一六　「官人」は、六衛府の第三等官以下の役人。「俊蔭」の巻【五八】注一参照。

一七　「物の節」は、近衛の舎人の内、神楽歌や催馬楽などの上手な者をいう。「嵯峨の院」の巻【一七】注一六参照。【九】注一五の「節舎人」と同じだろう。

ありてものせられたるにこそありけれな。さる所に、かかるどち集はれて、いかなることとありけむ。国の内には、国王こそ、おぼしき住まひはし給ふらめ。それだに、かくては、えおはしまさじを。ありがたき人にもものし給ふべきかな」。仲頼、「種松は、一八十六大国よりはじめて、一九粟散《ぞくさ》国《こく》にいたるまで、財《たから》を貯へて侍る者なり。それが申し[15]しことは、『種松が財をこの君に尽くし奉りてむとするに、一つの物を尽くしては、二三千倍《二〇べえ》して出でて、山の末、二一岩の上にも、この君の御《おほん》ために落とせる種は、一つに一二斗《と》づつなむ取り侍る』となむ申し侍る。かの君の二二国の扉《とぼそ》に賜へる物御覧ぜさせむと二三て来《く》」とて、御馬《おほんむま》二つ、鷹《たか》二つ、白銀《しろかね》の馬《むま》、旅籠《はたご》負《お》ほせながら、中に人入れて歩ませて御覧ぜさす。

おとど、旅籠馬を、いと興《けう》ありと御覧じて、方々[16]の御婿の君たち請《さう》じ出で奉りて、御子どもの君達《きんだち》[17]並め据ゑ奉り、見せ給ふ。少将、「それは、かれより賜はれる物の[18]千分《せんぶん》が一つなり。かやうの船・破子《わりご》・透箱《すきばこ》などして、二四この三人の人になむ賜へりし。これら

一八 「十六大国」は、釈尊在世当時にインドにあった十六の大国。参考、『三宝絵』中巻序「十六大国ノ王ヒロメマモリキ」、『栄華物語』巻二二「十六の大国の王などのやうに見えさせ給ふ」。

一九 「粟散国」は、遠隔地にある、粟を散らしたような小国の意。日本のこと。

二〇 「べえ」は、「倍（ばい）」の俗音。

二一 【二】に、「山の末、巌の上にも、種松が落とせる種は、一粒に一二石取るらぬはなし」とあった。あるいは、ここも、「巌の上」「一粒に」の誤りか。

二二 「国の扉」は、国境の関のこと。【一六】注三参照。

二三 底本「とてく」。「とてくなり」「とてまうでくなり」などとありたいところ。

二四 「この三人の人」は、私たち三人の意。仲頼と、

をばさるものにて、[二五]まめやかなる物など侍りき。何心もなくまかり出で立ち侍りて、思ほえぬ長者《ちやうじや》になり侍りてなむ参上り来《きた》る」。
[19]おとど、うち笑ひ給ひて、「衛府司《ゑふづかさ》にてまうでて見ばや」などのたまふほどに、侍従・良佐《らうすけ》などは、「内裏・春宮・嵯峨《さが》の院などにこれら御覧ぜさせに参る」とて、使してなむ。

二〇　行正と仲忠、贈り物を人々に配る。

行正、[一]左大弁の君よりはじめ奉りて、馬・牛・小鷹《こたか》一つづつ奉りたり。透箱《すきばこ》、大宮の御方に、被《かづ》きたりし女の装ひどもは、あて宮の御方の人々に、箱に畳み入れつつ、[二]書いつけしておこせたり。下仕《しもづか》へばらには、縫はぬ衣《きぬ》など、人ごとに[1]おこせたり。
仲忠は、[三]大殿に車牛二つ・馬《むま》二つ、[四]侍従《じじう》の君に[五]鶴駮《つるふち》なる馬《むま》の丈《たけ》八寸《やき》ばかりなる一つ。[六]置口《おきぐち》の衣箱《ころもばこ》一つに、あるが中に清らなる女の装ひ一具《ぐ》畳み入れ、一つにはうるはしき絹・綾など入れて、孫《そ》

仲忠・行正の三人をいう。
二五 「まめやかなる物」は、実用的なものの意。

一 「左大弁の君」は、正頼の長男忠澄。
二 「書いつく」は、贈る相手の名を書きつけるの意。
三 「大殿」は、左大将正頼。
四 「侍従の君」は、正頼の七男仲澄。
五 【三】に、「さまざまの駮馬の、丈八寸ばかり、歳六つばかりなる走り」とあった。
六 「置口の（衣）箱」は、箱の口を金・銀・錫などで縁飾りをした箱。参考、『落窪物語』巻三「四部（の経）には、……置口の経箱に一部づつ入れたり」。

王《わう》の君に心ざし、黄金《こがね》の船に物入れながら、かく聞こえて、あて宮に奉る。

仲忠[七] 荒るる海にとまりも知らぬうき船に波の静けき浦もあらなむ

とて奉り給へり。

さて、[八]宮・君達《きんだち》など、「ありがたく興《けう》ある物かな」とて、ののしりて見給ふ。かくて、集まりて見ののしりて、「あて宮 持たらばやと思へど、わざとある宝々しき物なり」とて、使には、[2]白張一襲《しらはりひとかさね》、袴一具《ぐ》賜ひて、かくのたまひて遣はす。

あて宮 波立てば[3]寄らぬとまりもなき船に風の静まる浦やなからむ

とて[九]返し遣はしたれば、仲忠、いと心憂しと思ひて、「かう聞こえて、御返り言《こと》も賜はらで来《き》ね」とて奉る。

仲忠[一〇] さもこそは嵐の風は吹き立ためつらきなごりに帰る船かな

とて[一一]奉れつ。

使帰りぬれば、情けなきやうにもありとて[一二]返し給はず。君たち、集まりて、騒ぎ給ふこと限りなし。[一三]女御の君よりはじめ奉りて、

七 「うき」に「浮き」と「憂き」を掛ける。「うき船」に仲忠自身、「波の静けき浦」に妻となる人をたとえる。
八 「宮・君達」は、正頼の妻大宮と女君たち。
九 黄金の船を。
一〇 「なごり」に「名残」と「余波」を掛ける。
一一 仲忠は、黄金の船を再び献上したのである。
一二 今度は、黄金の船をお返しにならない。
一三 「女御の君」は、仁寿殿の女御。源正頼の長女。
一四 「小君たち」は、あて宮の妹君たち。「藤原の君」の巻【四】注七参照。
一五 底本「入道」。誰のことか未詳。正頼が婿の誰かと実忠のことを話題にしていることから、「みぶきやう（民部卿）」の誤りで、実忠の兄実正か。

一四小君たちまで、壺・折櫃《をりひつ》・袋一つづつ奉り給ふ。大将のおとどは、この人々の奉りたる物どもを、婿の君たちに、馬《むま》・鷹《たか》一つづつ奉り給ふ。

かかるついでに、おとど、一五入道に、「源宰相《正頼》に久しう対面せぬかな」。入道、「この三月一日頃に、一六『御《お》前《まへ》の花見給へむ』とてまかり出《い》でて、夜《よ》更けてまかり帰り給へりしより、悩み給ふことありて、まかり歩きもせず、一七殿より召しあれど、え参らで、一八侍る所になむ籠もり侍る」。おとど、「いとほしきことかな。え承らざりけり。この頃見え給はねば、一九古里にやものし給ふらむとなむ思ひ侍る」などて、仲頼に、女の装ひ一具《ひとぐ》、馬引き、鷹据ゑたる人に、4白張《しらはり》袴賜ひ、仲忠・行正が使にも、禄《ろく》賜ふ。二〇北のおとどに透箱《すきばこ》持て参れる行正が使に、摺《す》り裳《も》一襲賜ひなどす。

仲頼は、内裏《うち》に急ぎ参りぬ。

一六　三条の院の寝殿の前の桜の花。「祭の使」の巻【三】に、「例の宰相、弥生ばかりに……」と語られている。実忠は、この時あて宮が弾く琴を聞いて以来籠もっているらしい。

一七　「殿」は、実忠の父源季明。

一八　「侍る所」は、私がおります所の意。「祭の使」の巻【九】の季明の発言に、「実忠も殿に候ふなるを」とあり、実忠は三条の院にいるらしい。「入道」が実正なら、実忠は、実正夫妻（妻は正頼の七の君）が住む東南の町に籠もっていることになる。

一九　「古里」は、実忠の北の方の所をいう。「藤原の君」の巻【三四】注八参照。

二〇　「北のおとど」は、三条の院の東北の町の北の対。正頼と大宮の居所。

吹上・上

一　源氏の君（涼）、紀伊国の吹上の宮で、祖父種松に育てられる。

紀伊国牟婁郡《きのくにむろのこおり》に、神南備種松《かんなびのたねまつ》という長者《ちょうじゃ》がいた。例を見ないたいへんな財産家で、現在、紀伊掾《きのじょう》で、顔が美しくて、思慮分別もある。その妻は、源恒有《つねあり》という大納言の娘である。この方は立派な婿を迎えたのだが、間《ま》もなく親も夫も失って、生活に困っていたので、種松が計略をめぐらせて自分の妻にして、美しい娘が一人生まれた。その娘は、嵯峨《さが》の院が帝《みかど》だった時に女蔵人《にょくろうど》としてお仕えしていたが、帝との間に御子《みこ》が一人お生まれになった。母の女蔵人は、御子を生んですぐに亡くなってしまった。帝は御子がお生まれになったことも知らず、母もそれを奏上しないままになってしまった。こんなふうにしてお生まれになった源氏の君だけれど、祖父と祖母が、二人で、この御子を大切に育てていた。

種松は、吹上《ふきあげ》の浜のあたりに、広くて風情がある所を選び求めて、金銀・瑠璃《るり》の建物を美しく飾りたてて造り、四面八町《しめんはっちょう》の屋敷の中に、三重の垣を巡らし、三つの陣を設けた。その宮の内には瑠璃を敷きつめ、建物は十棟で、廊や楼などを造って、紫檀《したん》・蘇枋《すおう》・黒柿《くろがき》・唐桃《からもも》などという木を材木として、金銀・瑠璃・硨磲《しゃこ》・瑪瑙《めのう》の建物を軒を連ねて建てている。宮の周囲に、東の陣の外には春の花々が咲き乱れる山、南の陣の外には夏の涼しげな木陰、西の陣の外には秋の色とりどりの木々の林、北には常緑の松の林を作り設けた。宮の周囲に植えてある草や木は世間のものとは違った姿形をしていて、咲き出た花の色は美しく、木《こ》の葉はこの世のものとは思われない香りを漂わせている。栴檀《せんだん》と優曇華《うどんげ》の香木が交じっていないだけ、孔雀《くじやく》と鸚鵡《おうむ》の鳥が遊んでいないだけである。

種松は、財産はこの世のありとあらゆる国の物が揃《そろ》っていて、新羅《しらぎ》・高麗《こま》、さらには、常《とこ》世《よ》の国の物まで貯《たくわ》えて蔵に納めているたいへんな財産家である。種松は、「源氏の君は、私の娘からお生まれにならなかったら、親王にもなり、帝からも認知していただいて、都でお育ちになっただろうに。私のつたない娘からお生まれになったから、こうして、誰からも知ってもらえないのだ。その代わりに、せめてこの紀伊国の中でだけでも、私一人で、帝に劣らぬ暮らしをさせてさしあげたい」と思って、源氏の君をとても立派にお世話をする。

春は、一二万町もの田に、苗代を作って、苗を植えるのだが、それでも、これでは源氏の君の一年分の食料に足りるはずがないと思って嘆き、二三十万疋《びき》の綾《あや》や秘《ひ》錦《ごん》を数えて蔵に納めるのだが、源氏の君が着飾るために足りるはずがないといらだつ。身分が高い人も低い人も、合わせると、女は三十人ほど、男は百人以上お仕えしていて、源氏の君の前に出る時には、必ず、女は、髪上げをし、唐衣《からぎぬ》を着て、男は、冠《かんむり》をかぶり、上の衣《きぬ》を着て正装している。種松が、「源氏の君に、美しく贅《ぜい》を尽くした装束をいくらでも着せたい、裕福な暮らしで充分に満足させたい」と思って作る田は、同じ田ではあるが、車の輪ほどの大きさの太陽が七つ出て一年中照らしたとしても、一本の稲を焼くことはできないし、天と等しい高さの水が満ちあふれて浸したとしても、一本の稲が流れることはない。山の頂や大きな岩の上であっても、種松が落とした種は、一粒で、必ず、一石か二石収穫できる。また、蚕《かいこ》を飼っても、種松が飼っている蚕一つで、糸が、必ず、十両か二十両収穫できる。

種松は、有名な者たちばかりを選んで、鋳物師《いものし》や絵師、作物所《つくもどころ》の人や金銀の鍛冶《かじ》師などを、あちらこちらの所に大勢住まわせて、この世のありとあらゆる種類の物を、ほかに例がないほど贅《ぜい》を尽くしてこしらえて用意する。「山を崩し、海を埋《うず》めるような無理をおかしてでも、源氏の君がお願いになる物を作ってさしあげよう」と用意する。

二　源氏の君（涼）、成長し、琴の上手から伝授を受ける。

種松がこんなふうにお世話を続けている源氏の君に匹敵するほど、この世に生まれて立派に成長した人もいないし、顔かたちをはじめとして、姿も思慮分別も、さらに学問の才にいたるまで、匹敵する人はいない。漢籍を読み、楽器を演奏なさるけれど、教える師よりもすぐれておできになる。都にいる学問や音楽の師はすべて迎え取り、その師の学問や伎芸《ぎげい》を習い取って、自分の学問や伎芸をその師に教えていた。そのうちに、すぐれた琴《きん》の名手で、朝廷を恨んで山に籠《こ》もった人を迎え取って、その人の奏法をすべて習い取ったりなどして暮らしていらっしゃる。その時、源氏の君は、二十一歳で、まだ妻はいない。身分が高い人たちが娘と結婚させようとするけれども、源氏の君は、考えるところがあって、妻にお迎えにならない。

三　松方、仲頼を吹上に誘う。

こうしているうちに、源氏の君の琴《きん》の師である右近将監《うこんのじょう》清原松方《まつかた》が、右近少将仲頼《なかより》に、右近の陣で、「私は、とても興味深い人と親しくなって、まったく参内いたしませんでした」と言う。少将が、「どちらの人ですか」。松方が、「神南備種松《かんなびのたねまつ》という紀伊掾《きのじょう》で、言葉で言いあらわせないほどのたいへんな財産家がいるのですが、その人の孫でいらっしゃる方です。その方が、紀伊国《きのくに》からしばしば招いてくださっていたのですが、宮仕えが忙しいうえに、わざわざ行くほどのことはあるまいと思ってうかがわずにいたところ、種松が、上京して、強く恨み言《ごと》を申しましたので、ほんのちょっとの間と思って紀伊国に出かけたところ、思いもかけず、とてもすばらしい所でした。その方が住んでいらっしゃるのは、吹上の浜のほとりです。そこが吹上の宮で、その東は海です。その海辺に、岸に沿って、藤がかかった大きな松が二十町《ちょう》ほど並んで立っています。それに続いて、樺桜《かばざくら》が一列並んで立っています。それに沿って、紅梅が並んで立っています。さらに、それに沿って、躑躅《つつじ》の木が、何本もたくさん並んで立っていて、それらの木々が並んで立つことで、春らしい色がすべて揃《そろ》っています。

宮の西側には、秋の紅葉が大きな川のほとりに並んで立っていて、波を唐織物のように染め、ありとあらゆる種類の木々が、区画を定めて並べて植えてあります。宮の北側は冬、南側は夏として、それぞれの季節に割り当てて、東や西と同じように、その季節に合った木々を植えています。宮の内は言うまでもなく、どこもかしこも、驚くほど、見る効《かい》がある所です。源氏の君の容姿や学才なども、侍従の君（仲忠《なかただ》）と等しい方でいらっしゃいました」。少将が、「とても興味深いことだ。あの侍従の君と等しい方が、ほかにもいるのだな。神南備《かんなび》の女蔵人《にょくろうど》からお生まれになったと聞いていた方だ。紀伊守《きのかみ》が、嵯峨《さが》院に、『今、紀伊国に、どこの国の誰よりも抜きん出てすぐれた人が成長なさっています』などと奏上していた。どうして紀伊国にそのような方が成長なさったのだろう。親しい者たちで、こっそりと出かけてみたいね。侍従の君はお暇《ひま》がないようだ。兵衛佐殿《ひょうえのすけ》（行正《ゆきまさ》）などと一緒に出かけよう」。松方が、「とてもおもしろいことですね。ご案内いたしましょう。そうでした。私が、少将殿や侍従の君や兵衛佐殿の楽器の演奏などがすばらしいことをお話ししたところ、源氏の君は、『いつになったらお目にかかって、皆さまの演奏をお聞きできるのでしょう』などと申していらっしゃいました。たった一日だけでも紀伊国にお出かけになったら、すぐにお帰りにはなれないでしょう。吹上の宮を見た時には、風流などとは縁のない私でさえ、都のことをすっかり忘れてしまいました。皆さまが琴《こと》を一緒に弾きながら滞在なさったら、私以上に、都のことを恋しく思う気持ちを忘れておしまいになるでしょう。不思議なほど、見る効がある方でいらっしゃいます」。少将が、「ぜひ、誰にも言わずに出かけよう。侍従の君は、どんなふうにしたら、一緒に連れて行けるだろうか」。松方が、「こっそりとお誘い申しあげなさったらいかがでしょう。侍従の君だけが、源氏の君の琴《きん》と同等に弾くことがおできになるでしょう。私も、少将殿と一緒に、お二人が弾く琴《きん》を聞き比べたいと思います」。少将が、「侍従の君は、琴《きん》は絶対に弾かないだろう。帝《みかど》のご命令さえも聞こうとしない強情な人だから。それにしても、侍従の君を連れ出したら、大騒ぎになるだろう。現在は、春宮《とうぐう》には琴《きん》を、若宮には琵琶《びわ》をお教えしているようだから、お暇もないようだ。それにひきかえ、私は、唐の国に渡ろうとしても、それをとめる親もいらっしゃらないし、許してくれない主君もいらっしゃらないので、気楽なものだ」。松方は、「そうはおっしゃいますが、出かけることをつらそうにしていらっしゃる時もありましたね」などと言う。

四　仲頼、行正を吹上に誘う。

少将（仲頼）は、退出する途中で、兵衛府《ひょうえふ》に立ち寄って、「兵衛佐《すけ》殿（行正）は、殿上の間《ま》にいませんでしたが、こちらですか」と言うと、兵衛佐が出て来た。少将が、「長らくお目にかからなかったので、そのおわびも申しあげようと思って立ち寄りました」。兵衛佐が、「まことに恐縮です。どうして長い間参内なさらなかったのですか」。少将が、「先日、春日《かすが》で、酒を飲んでひどく酔ってしまった名残で、ずっと苦しんでいましたので。それはそうと、私は、とても興味深いことを耳にいたしましたので、兵衛佐殿にお話ししようと思って参りました」。兵衛佐が、「どんなことですか。少将殿のお耳に入ったことですから、さぞかしすばらしいことなのでしょう」。少将が、「松方が紀伊国《きのくに》の源氏の君のことを話してくれたのを聞いて、私は居ても立ってもいられなくなりました。短い期間でも紀伊国に行きたいと思っているのですが、一緒にいらっしゃいませんか」。兵衛佐が、「神南備《かんなび》の女蔵人《にょくろうど》から生まれた方だそうですね。例がないほどとてもすぐれた方だとうかがっています。私も以前から源氏の君のことをうかがって出かけようとしていたのですが、暇《ひま》がなくて行けずにいました。必ずお供いたします。いつお出かけになりますか」。少将が、「二十九日頃にと思っています」。兵衛佐が、「いかがでしょう。侍従の君（仲忠）は、『行こう』とおっしゃっていますか。必ず、侍従の君を紀伊国にお連れください」。少将が、「まだ申しあげていません。そのことで悩んでいるのです。お暇がないようなので」。兵衛佐が、「侍従の君は、お暇がなくても、きっとお出かけになるでしょう。さあ、一緒に桂《かつら》に行きましょう」と言って、藤侍従（仲忠）を誘いに、二人で桂に行く。

五　仲頼と行正、桂にいる仲忠を吹上に誘う。

少将（仲頼）と兵衛佐《ひょうえのすけ》（行正）は、左大将（兼雅《かねまさ》）の桂《かつら》の別荘に参上して、藤侍従（仲忠）を呼び出して、吹上に誘う。藤侍従が、「とてもうれしいお話です。でも、いつものように、父上がお叱《しか》りになるでしょう。少将殿から父上にお話ししてくださいませんか」と言う。

少将は、左大将のもとに行って、「とても興味深い所があると聞いたので、明後日《あさって》ごろそこを見に出かけたいと思っているのですが、侍従の君にもおいでいただきたいと考えています。いかがでしょうか」。左大将が、「どこへ行くのか」。少将が、「紀伊国の吹上の浜のあたりです」。あるじの左大将が、「ひょっとして、源氏の君の所へか」。少将が、「そのとおりです。今朝、右近将監《うこんのじょう》松方が話してくれたので、驚いて、急に出かけることにいたしました」。あるじの左大将が、「仲忠も、いつも、『行きたい』と言って出かける準備をしている所だ。けれども、私が許してやらないから、行けずにいるようだ。かまわない。連れて行ってください。一人では、行くことができないだろう。皆さまがお出かけになるということだから、まことに安心だ」。少将は、「このようなお願いをするだけでも、とても畏れ多いと思っておりましたので、許してくださって、とてもうれしく思います」などと言って帰った。

六　仲頼、忠保たちに吹上に行くことを告げる。

少将（仲頼）は、宮内卿《くないきよう》（忠保《ただやす》）の屋敷に帰って、北の方に、「明後日ごろ、ちょっと出かけようと思うのですが、あなたを残して旅に出ると、どんなにか気がかりな思いをすることでしょう」。宮内卿の娘である北の方が、「どちらへおいでになるのですか」。少将が、「近い所です。そこに、藤侍従《とうじじゆう》殿（仲忠）や兵衛佐《ひようえのすけ》殿（行正）などと一緒に出かけるつもりです」

などと答える。

北の方が、父と母に、「少将殿が、明後日、どこかへおでかけになるということですが、お供の者などは、どうしたらいいでしょうか」などと言うと、父と母が、「心配は無用です。何を悩んでいらっしゃるのですか。少将殿がお出かけになる時には、この前の節会《せちえ》で少将殿が身におつけになった御佩刀《みはかし》を質に入れましょう」。北の方が、「それでは、来年の正月の節会などの時には、どうしたらいいのでしょう。すぐに取り出すことができないと困ります」。父と母は、「それも、ご心配は要《い》りません。稲がたくさん収穫できたら、すぐにでも請け出すことができるでしょう。ですから、恥を見ることはありません」と言って、御佩刀を取り出して、大蔵史生《ししょう》の家に、銭十五貫の質に入れに行かせて、お供の者や、道中の破子《わりご》などの用意をする。母が、「道中のお食事などは、見た目にも美しく調えさせてください。貧しいからといって粗末な物を用意したら、肩身が狭い思いをすることでしょう」と言うと、あるじの宮内卿は、「世間体など、どうでもいい。婿君だけでも気にかけてくださったら。財の限りを尽くして世話をしてくれる所にも住みつきなさらずに、こんなに貧しい私の所においでくださるのだから、そのことで恥ずかしい思いなど忘れてしまいます」などと言う。

七　仲忠・仲頼・行正たち、吹上を訪問する。

皆、出発の準備をして、狩衣《かりぎぬ》を着て、直衣《のうし》装束は人に持たせて、少将（仲頼）は、兵衛佐《ひょうえのすけ》

（行正）と一緒に、藤侍従（仲忠）が住んでいらっしゃる桂《かつら》に、お迎えに参上する。侍従は、桂から、そのまま出発なさる。侍従は、都のみやげに何か特別にすばらしい物を贈りたいと思うが、吹上の宮にはあらゆる物が揃《そろ》っているはずだと思って、昔、あちらこちらに配られた琴《きん》の残りで、京極殿《きょうごく》に埋《うず》めておいた宿守風《やどもりかぜ》という琴《きん》を、こっそりと取って来るために、母（俊蔭《としかげ》の娘）に尋ねて、夜になって、童《わらわ》一人を連れて出かけて掘り出させて、それを持って紀伊国《きのくに》に行こうとなさる。

左大将（兼雅）は、吹上に出発する人たちに饗応《きょうおう》なさる。少将と兵衛佐と藤侍従の三人には、蘇枋《すおう》の食台を四つずつ立てて、供をする随身《ずいじん》などにも、それぞれの身分に応じて食事をお与えになる。

こうして皆、紀伊国に出発なさる。

紀伊国にお着きになって、松方が、まず、吹上の宮に一人で入って、源氏の君の前に膝をついてすわる。源氏の君が、「ああ珍しい。もの足りない思いでいるうちにお帰りになってしまったので、またお会いできてうれしく思います」。松方が、「まことに恐縮です。もっとおそばにいたいと思っていたのですが、賭弓《のりゆみ》の節《せち》での手番《てつがい》のことなどがあったので、そのことにさしつかえて、急いで都に戻ってしまいました。今日は、同じ近衛《このえ》の源少将殿が粉河寺《こかわでら》に参詣なさったお供をして、こちらに参りました」。源氏の君が、「とてもうれしいことです。少将殿が、もしこちらにおいでになるついでがあるなら、来ていただいてください。馬などを休ませてさしあげましょう」。松方が、「少将殿も、そのおつもりでいらっしゃるようです」。源氏の君は、「『謹んでお待ちしております』と申しあげてください」などとおっしゃる。

源氏の君は、奥に入って、立派な装束などに着替えて、南の御階《みはし》から庭に下りて、客人たちを迎えて、四人で揃《そろ》って、寝殿の南の廂《ひさし》の間《ま》の座に着いておすわりになった。

八　源氏の君（涼）、仲頼たちを饗応する。

まずお食事をさしあげる。酒を何杯も飲んで、前もって考えていたように、琴《こと》などを一緒に弾いて演奏なさる。少将（仲頼）と兵衛佐《ひょうえのすけ》（行正）などは、こんなにも魅力があってすばらしい人が、こうして引き籠もっていらっしゃったことを知り、松方が言ったとおり、源氏の君が藤侍従（仲忠）と容姿が等しいことを見て、ほんとうにすばらしいと思う。少将が、源氏の君に、「粉河寺《こかわでら》に参詣するために来たというのは口実で、私は、じつは、こちらへうかがうつもりで参りました。松方が、何かの折に源氏の君のことを話してくれたのですが、それを聞いてからは、こちらにうかがうことばかり考えて、夜《よ》を日に継いで急いでやって参りました。実際に、やって来た効《かい》があって、願いどおりに会っていただいたことをうれしく思います。源氏の君さまは、どうしてこうして引き籠もっていらっしゃるのですか。春宮が、『今すぐにでも、今まで聞いたことがないようなすばらしい琴《こと》を弾く人を、ぜひそばに置きたい』とおっしゃっていますから、どんなにかお喜び申しあげなさることでしょう。都に上って、春宮に、琴《こと》での宮仕えなどをなさったらいかがですか」。源氏の君が、「まことに恐縮です。おっしゃるように、このようにむさ苦しい所にばかり籠もっているのですが、このままでは、ますます凡庸でつまらない人間になってしまうような気持ちがいたしますので、都に上って宮仕えもしたいと思っているのです。でも、こんなふうに田舎に引き籠もっていた者が、急に宮仕えなどしたら、見苦しいことが多く、末代までのたとえにもなるだろうと思って、長年、こうして田舎で過ごして来たのです。機会があって、この近くにおいでになったなどとうかがって、恐縮していたのですが、わざわざ私の所に来てくださったのだとお聞きすると、お返しする言葉もなく、ますます恐縮しているところです」。少将は、「まことに恐縮です。でも、妙なことをおっしゃいますね。都にいる者だからと言って、何ほどのことがございましょうか。田舎に籠もっていらっしゃいますが、源氏の君のことは、こんな方がいらっしゃったのかと、世間の評判になることでしょう。春宮は、源氏の君がこうしていらっしゃることを聞いて、『ぜひお目にかかりたい。慎まねばならない春宮という身でなかったら、私のほうから紀伊国《きのくに》に出かけたい。でも、そんなことはできるはずもないから、都に上ってくださらないだろうか』などと申しあげていらっしゃいました」などと言う。

九　三月三日、吹上の宮で宴を催す。

種松が、三月三日の節会のお食事などを、こんなふうにお世話した。源氏の君（涼《すずし》）と三人の客人の前に、白銀の折敷《おしき》と黄金の食膳を置いて、花文綾《はなぶりよう》に薄い絹織物を重ねて覆いにし、織物《おりもの》と綾《あや》と縑絹《かとりきぬ》に薄い絹織物を重ねて打敷《うちしき》にして、蓮《はす》の花の形の白銀の鐺飯《とうはん》をたくさん載せてお出しする。花の形に作った唐果物《からくだもの》が、格別にすばらしい。その唐果物は、梅・紅梅・柳・桜が一折敷《ひとおしき》、藤・躑躅《つつじ》・山吹が一折敷、ほかには、緑の松・五葉《ごよう》の松・すみひろ（未詳）が一折敷あって、その果物の花の色は、実際に春の木の枝に咲いている花に劣らないほど美しい。乾物《からもの》・果物・餅などを調理した様子は、今まで見たことがないほどすばらしい。山の物も、海の物も、川の物も、この世にある物はすべて揃《そろ》っている。沈香《じんこう》の台盤《だいばん》を二つ、糸木綿《いとゆう》に薄い絹織物を重ねて覆いにして、沈香《じんこう》を、一尺二寸ほどのからわ（未詳）に轆轤《ろくろ》で削り、さまざまに色をつけて、威儀の御膳《おもの》をさしあげる。納めの御膳《おもの》は、紫檀《したん》の折敷四つずつでさしあげる。酒も用意する。食台が二つで、立派な盃《さかずき》などもあって、まことに見たこともないほどすばらしい。

客人たちのお供の人は、少将（仲頼）のお供として、右近将監《うこんのじょう》松方・将曹《さかん》春日村蔭《かすがのむらかげ》・府生《ふしょう》嶋安則《しまのやすのり》・番長《ばんちょう》大倭定松《おおやまとのさだまつ》・府掌《ふしょう》山辺数成《やまべのかずなり》、そのほかに舎人《とねり》が八人、節舎人たちも同じく八人いる。この人たちは、音楽の師や舞人たちで、声も容姿も美しい人たちを選んでいる。馬《うま》副《ずい》や小舎人や従者も、容姿が美しい者たちを選び、装束を調えて大勢いる。その者たちの前にも、食台を立てて、盛大な饗応《きようおう》をなさる。

酒宴が始まり、食事に箸がつけられる。人々の前の折敷を御覧になって、藤侍従（仲忠）が、折敷の花園の胡蝶《こちよう》に、

この花園には蝶が朝夕いつもとまっているから、その蝶を、松の林はうらやましく思って見ていることでしょう。

少将が、林の鶯《うぐいす》に、

鶯が常緑の松の林に移ってしまったから、それまで鶯が巣にしていた梅の木の花も、鶯の声をつらい気持ちで聞いていると思います。

源氏の君が、水の下の魚に、

川底まで見えるように流れる澄んだ水に住む魚は、溜《た》まって淀《よど》んだ沼をどんな気持ちで見ているのでしょうか。都から来た皆さまに、田舎者の私がどう見られているかと思うと、とても恥ずかしい気持ちです。

兵衛佐《ひようえのすけ》（行正）が、山の鳥に、

葦《あし》が生い繁る島から巣立ってやって来た鳥たちは、春になって花が美しく咲く林で楽しく遊んでいます。私たちも、この美しい吹上の宮で楽しい日々を過ごしています。

と、それぞれ書きつける。

藤侍従は、源氏の君に、「昔、琴《きん》をあちらこちらに配ったそうですが、これは、源氏の君のためにと思って一つ残しておいたものです」と言って、宿守風《やどもりかぜ》をさしあげなさる。源氏の君は、拝舞《はいぶ》してお受け取りになって、曲を一曲お弾きになる。侍従は、それを聞いて、とても喜ぶ。「この世で聞いたことのない奏法です。今お弾きになった奏法は、昔、私の祖父（俊蔭）と等しい琴《きん》の名手がいらっしゃったと聞いていますが、その伝授をお受けになったようですね」などと言って、ひどく驚く。源氏の君が、「この琴《きん》は、侍従殿がまず弾いてみてくださるのがいいと思います」。侍従は、「長らく琴《きん》を弾かずに過ごしてきましたので、どんなふうに弾いたらいいのかわかりません」などと、そっけなく言う。

さまざまな琴《こと》を合奏し、全員で、音色を合わせ、調子を合わせて一日中演奏する。少将が、「帝《みかど》の御前《ごぜん》で、節会《せちえ》の度《たび》に、人々が手を惜しむことなく弾く時も、特に、これほどの琴《こと》の音《ね》などは聞いたことがないのに、今日はとても珍しいことだ。源氏の君お一人がお弾きになる琴《きん》の音《ね》のために、ほかの多くの人の琴《こと》の演奏もいつもよりも上手に聞こえます」。兵衛佐も、「右大将殿（正頼）が春日《かすが》で催された管絃《かんげん》の遊びも、すばらしいものだと思いました。でも、今日は、それ以上に、格段にすばらしいと思われます」などと言う。

少将は、こんなに風情がある所に、琴《こと》の名手が全員集まって、明けても暮れても演奏を続けているけれど、心に秘めたあて宮への思いは依然として忘れられずに、源氏の君にも、「こんなに風情がある所で、どうして奥さまもいない寂しい暮らしをなさっているのですか。

どんなにすばらしい興趣でも、一人で見るのは効《かい》のないことです。一緒に見てくれる奥さまがいると、興趣はさらに少しまさるものです。ここをお一人で御覧になるのは、秋の池に月が浮かばないようにもの足りなくお思いになりませんか」と申しあげると、源氏の君が、「おっしゃるとおりです。ほんとうにつまらない思いをして暮らしているのですが、こんなふうに深く蓬《よもぎ》が生い繁る荒れ果てた住まいを見せるような相手もいないので、一人でいるのです。不本意な住まいで長らく暮らしていますが、この世に役に立たずにあぶれている女性もいなかったので、こんな所まで来てくれることなど期待できません」。少将が、「都で見ておりますと、源氏の君が御覧になっても取り立てて難点のない女性などは、たくさんいるようです。都には、それなりの身分で風流を解する女性たちなどは、とても多いのですが、そのくせ、男が少ないので、私のようにできの悪い者にも、美しい女が、とてもたくさん妻になってちやほやしてくれます。美しい女といっても、一人しか妻がいないのは、器量が悪い妻が二人いるより劣っているものですから、一人の男に、我も我もと、二人も三人もの女が妻になっているのです」と言うと、源氏の君が、「美しい女性がとても多いとは聞いていますが、中でも、右大将殿の女君と宮内卿《くないきよう》殿（忠保）の女君たちが、顔だちも気だても誰にもましてすばらしい方だと聞いています」。少将が、「宮内卿殿の娘のことはわかりませんが、右大将殿の女君たちは、どなたもおっしゃるとおりの方々だそうです。男君も女君も、ほかの人より格別にすぐれていらっしゃいます。中でも、男君では七郎の侍従の君（仲澄《なかずみ》）、女君では九の君のあて宮さまが、格段にすぐれていらっしゃいます。そのあて宮さまに、現在のこの世の男たちは、聞いてそのままにしておくことができずに、誰もかれもが求婚し申しあげていらっしゃるようですが、右大将殿にはお考えになっていることがあるということなので、あて宮さまと結婚できるはずはないとわかっていながら、人々はそれでも求婚し申しあげていらっしゃるのです。ほんとうに、不思議なほどすばらしい方だそうです。顔だちをはじめとして、心までもすばらしいということは、まことに不思議なことです」。仲忠の侍従が、「何よりも、まことに不思議だったのは、あの致仕《ちじ》の大臣（高基《たかもと》）が、まったく開《あ》けることがなかった蔵を開《ひら》いて、多くの財産を失ってしまいになったということで、それを聞いてびっくりしました。びっくりしたことといえば、この春、あて宮さまが春日《かすが》でお弾きになった胡笳《こか》の調べを聞いたことで、私は、感動して、涙をたくさん落としてしまいました。あて宮さまが、遥《はる》かかなたから聞こえる鶯の声や、遠くから聞こえる松風の響きに合わせて、琴《きん》ののどやかな音《ね》をお弾きになった時には、鳥や獣《けだもの》、山臥《やまぶし》や山人《やまびと》も、耳をそばだてない者はありませんでした」。少将が、「その中でも、源宰相殿（実忠《さねただ》）が、茫然《ぼうぜん》としながら聞いていらっしゃった様子を拝見した時には、物事の情趣を知ることのないままこの歳まで生きてきた私も、いろいろと身に染みて感じられました」。源氏の君は、「ほんとうに、どのような気持ちがしたことでしょう、その場に居合わせなかった私でさえ、すばらしいと感じるのですから」とおっしゃる。

［吹上の宮。南側は、広々とした野辺のほとりで、高さも等しく、枝ぶりも同じような松の林が二十町ほど続いている。野は、すがすがしくて広い。鹿や雉《きじ》が、数え切れないほどいる。宮の東側は、浜のほとりで、花の林が二十町ほど続いている。花の木が、垣のもとまで並んで立ち、潮が満ちる時には潮が垣のもとまで満ち、潮が引く時には波が花の林の東端まで打ち寄せる。潮が満ちると、花の木は、まるで海の中に立っているように見える。浜の砂が美しく、木の根は、砂に隠れてはっきり見えない。色とりどりの小さな貝も、敷きつめたようにたくさんある。

宮の西側は、大きな川のほとりで、高さが等しく、花の木と同じ数の紅葉の林が二十町ほど続いている。

宮から北側は、大きな山のほとりで、山の頂から麓まで、さまざまな種類の常緑の木々が並んでいる。広さも木の数も、南側と同じである。

吹上の宮の内は、宮の周囲には、三重の垣を巡らし、三つの陣のそれぞれに、檜皮葺《ひわだぶ》きの門を三つ設けてある。馬場殿がある。大きな池があり、大きな築山《つきやま》の中に、立派な反橋《そりはし》が架《か》かっている。池の周囲には、花の木が立っている。馬場の柵《さく》を設けている。その傍らの西と東に厩《うまや》があって、別当《べっとう》と預かりがものものしい感じで仕えていて、馬が十頭ずつ飼われている。鷹屋《たかや》には、鷹が十羽ずつ飼われている。

おとど町。金銀や瑠璃《るり》で美しく飾りたてて造った檜皮葺きの建物と渡殿《わたどの》は、言うまでもなく、どこもかしこも光り輝いている。源氏の君が住んでいらっしゃる建物は、その内部のしつらいも御座所《おましどころ》も、格別にすばらしい。

客人が三人いる。仲忠の侍従が、源氏の君に宿守風の琴《きん》をさしあげなさっている。源氏の君が、拝舞して、その琴をいただいていらっしゃる。少将は箏《しょう》の琴《こと》、兵衛佐は琵琶《びわ》をさしあげなさる。」

一〇　林の院で花の宴を楽しむ。

こうしているうちに、吹上の宮の東側の浜のほとりの花が盛りになった。男君たちは、その花を見るために、林の院にお出かけになる。その日の饗《あるじ》の準備は、種松の北の方がお世話申しあげなさる。今日は、男君たちは皆直衣《のうし》をお召しになって、お供の者たちは、いつものように、上の衣《きぬ》と桜の下襲《したがさね》などを着ている。皆、歩いてお出かけになった。お食事は、皆、種松の北の方がご用意申しあげなさったので、食事の世話をはじめとして、すべて女性がしてさしあげる。沈香《じんこう》の折敷《おしき》二十に、沈香を轆轤《ろくろ》で削った坏《つき》があって、敷物も打敷《うちしき》も、すばらしい趣向をこらしている。青い白橡《しらつるばみ》の唐衣《からぎぬ》と綾《あや》の摺《す》り裳《も》を着け、綾の掻練《かいねり》の袿《うちき》を着て、袷《あわせ》の袴《はかま》を穿《は》いた、髪が背丈よりも長く、色が白い、二十歳以下の侍女が十人。同じ青色の汗衫《かざみ》に蘇枋襲《すおうがさね》の衵《あこめ》を着て綾の袴を穿いたり、綾の掻練の衵一襲を着て袷の袴を穿いたりした、髪が背丈と同じ長さで、背丈が等しく、容姿も同じように美しい、十五歳以下の女童《おんなわらわ》が十人。庭と御階《みはし》のもとまでは、男たちが、十の折敷を受け取って、次々と立ち並び、下仕えが御簾《みす》のもとまで取り次ぎ、さらに、女童が男君たちの前にお運びする。四人の侍女が、女童の手から受け取って、男君たちの前で、食事の世話をしてさしあげる。折敷一つに、こんもりと美しく盛った食べ物を四盛り載せて、遠くから運んで来たのに、少しもこぼしたりしていない。男君たちの前に運んで来て立ったりすわったりしている女童は、感じがよく洗練されている。

男君たちは、琴《こと》を掻《か》き鳴らして、いつものように、楽しく管絃《かんげん》の遊びなどをして、作った詩を朗誦《ろうしよう》して、琴《きん》に合わせ、声を揃《そろ》えて吟詠なさる。

こうしているうちに、少将（仲頼）は、こんなふうに、風情がある所に、音楽の名手が全員集まって、琴《こと》も笛も、一番の名手が、掻き鳴らしたり吹き鳴らしたりして、わざの限りを尽くして演奏を続けているけれど、あて宮への恋の病のために、すっかり沈みこんだ気持ちは慰まるはずもなく嘆き続けていると、花を散らす風もの寂しく吹いて、浜辺を見まわしなさる。色とりどりの花は、今を盛りと咲いていて、風に競うかのようにあちらこちらに散り乱れ、漕いで海に出た小船が近くに帰って来る。それが、花と一緒になって見えるので、少将が、

漕ぎ行く船が散り乱れる花と見分けがつかないのは、春風が花を吹き上げるこの吹上の浜を漕いでいるからだったのですね。

源氏の君（涼）が、

春風が吹いて、漕いで海に出た船に、散る花を積んでいるので、林の院の籬《まがき》に咲いていた花を船の上のものとして見ています。

侍従（仲忠）が、

花が残らず散って、漕いで海に出た船に一面に敷きつめているので、私も両手で花を摘んで、船の上に積もうと思います。

兵衛佐《ひょうえのすけ》（行正）が、

風が吹くと、花を積んだ船は、とまることなく漕ぎ去って行きます。それを見ているうちに、林の院の花も残らずなくなってしまいました。

などとお詠みになっている時に、吹上の宮から、種松の北の方が、合わせ薫物《たきもの》を山の形に作り、その山に黄金《こがね》の枝に白銀の桜の花を咲かせて並べて立て、桜の花には蝶をたくさんとまらせて、その一つに、

春が来て、桜の木は美しい花を咲かせていますが、その枝は雨露の恵みを受けていないのだと思うと悲しく思います。源氏の君が父帝《ちちみかど》の愛情を知らずに育ったことを思うと、いたわしく思います。

と書きつけて、かわいい女童に持たせて、林の院にお贈りした。

男君たちは、それを見て、それぞれ、蝶に書きつけなさる。侍従が、

雨露の恵みが、どの梢《こずえ》にも区別なく降り注いだから、今は、美しい花が咲く枝となって、

人が知ることになったのでしょう。ご夫妻の愛情を受けて、源氏の君が立派に成長なさったことで、私たちがお会いできたのだと思います。

少将が、

春風が吹き上げるこの吹上の浜で美しく咲く桜の花を、雲の上でも咲かせたいことです。源氏の君を、都にお連れして、宮中で昇進なさることも見てみたいものです。

源氏の君が、

桜の花は雲の上にとどかない枝に咲いているのですから、波の下に沈んでいる姿を波だけが見ています。

兵衛佐が、

桜の花は、露がその色を分け隔てなく染め出したから、美しく咲く枝も波の底にまで見えているのでしょうか。

松方が、

鶯《うぐいす》が、都にいて折る桜の花は色が薄いので、吹上の浜の桜の花を見るために、雨に濡《ぬ》れるのを厭《いと》わずにやって来ました。

近正《ちかまさ》が、

都にいて人伝《づ》てに聞いてやって来ましたが、春の風がやんでいる間の桜の花は、都で聞いていた以上に不思議なほど美しく咲いていました。

時蔭《ときかげ》が、

まるで白雲のように見える桜の花もあるのですから、雲の上にとどかない枝とはお思いにならないでください。

種松が、

桜の花が美しく咲く春にもあうことがないのだと思うと、今まで大切に育ててきた効《かい》もありませんね。

などと、それぞれ詠んで、一晩中管絃の遊びをして夜を明かす。

その日の被《かず》け物は、種松の北の方が、装束を一具ずつ用意する。装束の紋様も色合いも、今まで見たことがないほど美しい。右近将監《うこんのじょう》である松方と近正と時蔭たちにも。

［林の院の、広くて風情がある浜に、色とりどりの花が並んで咲いている。その中に、高くて立派な建物が立っている。そこに、男君たちが並んですわっていらっしゃる。上の衣《きぬ》を着た八十人の従者が、列をなして、道を塞《ふさ》ぐようにして詰め所に参上する。

男君たちが、詩を作っていらっしゃる。源氏の君が作った詩を、学問に秀でた大学助《だいがくのすけ》が、講師《こうじ》を務めて朗誦《ろうしょう》する。男君たちが、その詩を、琴《きん》に合わせて吟詠なさっている。侍従は、「言うまでもなくすばらしい源氏の君の学才だ」と言って感心なさる。

被け物を三箱持って現れる。源氏の君が、それを受け取って、侍従をはじめとして、人々にお与えになる。］

一一　三月十二日、渚の院での上巳の祓えを行う。

三月十二日は、初めの巳《み》の日だった。男君たちは、上巳《じょうし》の祓《はら》えをするために、渚《なぎさ》の院に出かけて、漁師や海女《あま》を召し集めて、立派な貝などを水に潜って捕らせたり、漁師の長老を召して、大網を引かせて魚を捕らせたりなどなさる。その日の折敷《おしき》は、白銀の折敷が二十で、唐《から》の薄い絹織物に綾《あや》と縑絹《かとりきぬ》を重ねて打敷《うちしき》にしている。金《かね》の坏《つき》を添えて、男君たちの前に食事をさしあげる。右近将監《うこんのじょう》たちには、蘇枋《すおう》の食台を二つずつお与えになった。

いつものように、男君たちは琴《こと》を弾き、下部《しもべ》と童《わらわ》が、それに合わせて笛を吹く。一日中管《かん》絃《げん》の遊びをしていると、夕暮れに、大きな釣船《つりぶね》に、漁師が栲縄《たくなわ》を船いっぱいに手で引き寄せて載せて漕いで海に出て行く。少将（仲頼）が、それを見て、「あの栲縄は、あんなに長く見えても、私の思いの長さよりは短いでしょうね」などと言うので、源氏の君（涼）が、笑って、

この吹上まで来てくださった皆さまが、ほんとうはどのようなお気持ちなのかはわかりませんが、私には、漁師のあの長い栲縄が頼みに思われるのです。

侍従（仲忠）が、「ここまでやって来た私たちの思いも、あの長い栲縄の長さには劣らないでしょう」と言って、

遠い都から遥々とここまで訪れた私たちの心に比べると、漁師の栲縄であっても、それ

以上に長いことはないでしょう。

少将が、

遠い都からここまで遥々と訪れた私たちの心に比べるのですから、沖にある栲縄も、長いという評判が立っていることでしょう。

と詠んでいるうちに、日が傾いた。

源氏の君は、このように風情がある所で、何不自由ない豊かな暮らしをなさっているけれど、すばらしい友達にお会いになるのは、今回が初めてなので、このままいつまでも滞在していただきたいとお思いになるけれど、そういつまでも滞在することがおできになる人々ではないことを残念に思っていらっしゃる。その時、渚から都鳥が連ねて飛び立つ。それと同時に、浜千鳥が何羽も鳴く。源氏の君が、それを聞いて、

都鳥が友を引き連れて都に帰ってしまったら、残された千鳥は吹上の浜で鳴きながら過ごすことになるでしょう。

侍従が、「源氏の君をこちらに残したまま帰ったりはいたしません」などと言って、

雲の中の道を通って、一緒に都に行きましょう。都鳥は、あれやこれやと仲よく遊んだ千鳥の友達ではありませんか。

少将が、

都鳥は、千鳥を羽の上に乗せて都に帰って、吹上の浜のみやげとして、春宮にお渡しし

ましょう。

兵衛佐《ひょうえのすけ》（行正）が、

春宮が、どうして一緒に連れて帰らなかったのかとお尋ねになったら、吹上の浜に住む千鳥を誘いに来た都鳥は、どのように答えたらいいのでしょうか。

などと詠んで、一晩中管絃の遊びをして夜を明かす。

［渚の院。大きくて高い建物が、潮が満ちたり引いたりする海岸に立っている。そのまわりには、風情がある島がたくさんある。頭を布で覆った女たちが、藻を掻き集めて、海水を汲《く》んでかけている。塩釜に海水を汲み入れ、遠くにいる漁師が魚をたくさんかけて干している。泊木《はっき》を立てて、藻を干している。］

一二　三月中旬、藤井の宮での藤の花の賀を催す。

三月の中旬ごろに、藤井の宮で、藤の花の賀を催しなさる。男君たちは、藤井の宮にお出かけになる。その日の装束は、闕腋《わきあけ》の青い白橡《しらつるばみ》の綾《あや》の袍《ほう》と蘇枋《すおう》の下襲《したがさね》を着て、綾の上の袴《はかま》を穿《は》いて、唐組《からくみ》の緒をつけた螺鈿《らでん》の太刀《たち》を身につけていらっしゃる。馬副《うまぞい》は、紫の衣を着て、白絹の打ち袴を穿いて、四人に二十人ずつお仕えしている。三人の客人の御前駆《ごぜんく》は、近衛《このえ》将監《じょう》たちで、青色の表着に柳襲《やなぎがさね》の下襲を着て、源氏の君（涼）のお供は、吹上の宮の従者十人が、青い松葉色の上の衣《きぬ》に柳襲の下襲を着て、童《わらわ》四人は、青色の上の衣に柳襲の下襲を着ている。

その頃の紀伊守《きのかみ》は、蔵人《くろうど》出身の人なので、この少将（仲頼）たちが紀伊国を訪れたのを聞きつけて、国府の官人たちを引き連れて吹上の宮に参上して、藤井の宮においでになった。

全員が宴の席にお着きになる。その日の饗《あるじ》の準備は、種松がお世話する。男君たち四人と紀伊守までに、紫檀《したん》の折敷《おしき》二十に、紫檀を轆轤《ろくろ》で削った坏《つき》があって、敷物と打敷《うちしき》も。お供の者の前ごとにも食台を立て並べて、酒宴が始まり、食事に箸《はし》がつけられると、紀伊守が、少将に、「紀伊国においでになったことを、まったく存じませんでした」とおっしゃる。少将が、「粉河寺《こかわでら》で願ほどきをしようと思っていたのですが、なかなか決心できずにいたところ、この吹上の宮のことをうかがって、神のもとを訪れることさえおっくうに思っていたのに、急に出かけて参りました。私のほうからご挨拶《あいさつ》しなければと思っているうちに、失礼してしまいました」。紀伊守が、「この吹上の宮に参上しなかったら、お目にかかれないところでした。都では、いかがですか、どんなご様子ですか。私は、なんでこんな目にあうのか、前の紀伊守が悪政を布《し》いてめちゃくちゃにした国に赴任して来て、郡司《ぐんじ》の政庁の使の者たちが入り乱れて大騒ぎをし、公務を執っても気がやすまる時もないために、嫌気がさして、世に言う田舎者になってしまいました。右大将殿（正頼）も息災でいらっしゃるでしょうか」。少将が、「こちらにうかがう前、右大将殿は息災でいらっしゃいました。都では、特に変わったことはありません。でも、前の紀伊守は、盛んに朝廷に訴えていますなどと言って、いつものように、男君たちは、琴《こと》を合奏し、酒を何杯も飲んで、和歌をお詠みになる。「藤の花を折って、松が千年の寿命を持つことを知る」という題を、紀伊守が、
松が、春になって、どれほどの年月にわたって藤の花を挿頭《かざし》のように咲かせているのかを数えることで、千年の松の寿命も知ることができるのでした。

源氏の君が、
美しく咲いている藤の花に降りかかっている春雨の雫《しずく》を、千年の寿命を持つ松の玉（魂）かと思って見ています。

侍従（仲忠）が、
藤の花を美しく染めてきた春雨も降ってくると、松が春雨の雫の玉を貫いているのが、魂を貫き通す糸を結んでいるように見えました。

少将が、
汀《みぎわ》に立っている松に、咲いてからみついている藤の花は、水の底に映る姿まで色濃く思われることです。

兵衛佐《ひょうえのすけ》（行正）が、
こうして皆で楽しく集まって、藤の花と、その藤の花がかかっている松と、どちらの寿命が長いのかを見とどけたいと思います。

紀伊国の権《ごん》の守《かみ》が、

藤の花がかかっている松は深い緑色ですが、春雨は、藤の花も同じように深い色で染めています。

右近将監《うこんのじょう》松方が、

藤の花は、その姿が映っている水を人が掬《すく》うので、紫の糸のようにますます乱れているように見えます。

右近将監近正が、

藤の花が映っている水の泡ははかないものだから、波が、水に映る藤の花を、夜の間に折ってしまうかもしれません。

右近将監時蔭《ときかげ》が、

藤の花（涼）がこんなにも美しく咲いているのを見ていると、過ぎゆく春まで惜しいと思われることです。

紀伊介《きのすけ》が、

藤の花（涼）は、美しく咲きながら、誰にも知られずに長い年月を過ごしてきたのに、今日初めて春が訪れたことを聞くことができたのですね。

紀伊掾《きのじょう》種松が、

汀で美しく咲いている、春の色の藤の花よりも、今は、水の底に映っている藤の花のほうが美しい花だと見えました。

などと詠んで、一日中管絃《かんげん》の遊びをする。

今日の被《かず》け物は、引き続き、種松が用意する。男君たち四人と、紀伊守と権の守までは青い白橡《しらつるばみ》の唐衣《からぎぬ》を重ねた女の装束を一具《ひとぐ》ずつ、右近将監《うこんのじょう》たちをはじめとして紀伊介には濃い紫の袷《あわせ》の細長一襲《ひとかさね》と袷の袴《はかま》一具、それ以下の者たちには一重の衣など、皆がいただいた。

夜になって、松明《たいまつ》を灯《とも》してさしあげる。すわった時の高さが三尺ほどの、口を上に向かせた白銀の狛犬《こまいぬ》を八つ置いて、沈香《じんこう》を松明に唐の細い組紐《くみひも》で長く結んで、一晩中灯している。

［藤井の宮。大きな岩のほとりに、五葉《ごよう》の松が百本ほどあって、その中には、川に臨んで立っているものもある。どの木にも風情がある藤がかかって、今を盛りと咲いている。松の木の下は、砂を敷いたように美しい。松の根は、はっきり見えない。池は遠い海に劣らず広く、水は鏡の面に劣らず美しい。大きな岩は木々を整然と植えたような姿で立っていて、そこに青い苔《こけ》がびっしりと生えている。その池の上に、立派な高い檜《ひ》皮葺《わだぶ》き殿舎が三つ立っている。まわりには、藤がかかった五葉の松が立っている。

その建物に、藤の花の絵を描《か》いた屏風《びょうぶ》をいくつも立て並べて、言葉で言いあらわせないほど贅《ぜい》を尽くした美しい褥《しとね》と上筵《うわむしろ》を敷き並べて、男君たちが並んで座に着いていらっしゃる。建物のどの柱の隅にも、藤の花を飾りつけている。男君たちの前には、折敷を並べてさしあげている。藤の花を、沈香《じんこう》で作った松の枝に咲かせて、金銀と瑠璃《るり》の鶯《うぐいす》にくわえさせて、歌の題を書いて、種松がお渡しする。男君たちは、それを見て、盃《さかずき》を手に持って、和歌を詠んでいらっしゃる。」

一三　三月下旬、種松、贈り物を用意する。

三月の下旬になったので、客人たちはお帰りになろうとする。源氏の君（涼）が、種松に、「皆さまがお帰りにならなければならない時が近づいてきましたが、その準備はしてくださっていますか。京へのおみやげにするのにふさわしい、おもしろいと思っていただける贈り物などをさしあげたいと思うので、心をくばってご用意ください」とお願いなさる。種松は、「私が考えつく限りの用意はさせております。しかし、風流などと縁のない、この屋敷の者たちは、どんな物をお贈りしたら喜んでいただけるのか考えつかないと思います。そうではあっても、源氏の君のご指示がございましたら、その者たちも容易に考えつくことでしょう」などとお答えする。

種松が用意させた物は、贈り物として、白銀を組んで山の風情の装飾をした旅籠《はたご》一掛《ひとかけ》に唐《から》綾《あや》や薄い絹織物などを入れて、白銀の馬に沈香《じんこう》の結鞍《ゆいくら》を置いて、白銀の男に引かせている。沈香の檜《ひ》破子《わりご》一掛には、合わせ薫物《たきもの》と沈香を、同じように、沈香の男に引かせ、丁子香《ちょうじこう》・薫《くの》衣香《えこう》・麝香《じゃこう》などを破子《わりご》の籠ごとに入れ、薬や香《こう》などをご飯などのようにして入れて、沈香の男にかつがせている。蘇《す》枋《おう》の籭《すり》一掛は、色とりどりの唐の組紐《くみひも》を籠目《こめ》に組んでいる。美しい絹を三十疋《ぴき》ずつ入れて縛《しば》り、蘇枋の馬に背負わせて、同じ蘇枋の男に引かせている。白い海の様子を白銀を散らして鋳《い》て作り、合わせ薫物を島の形にして、その島に、沈香で作った木の枝に造花を咲かせてたくさん植え、同じ合わせ薫物や沈香で鹿と鳥を作って配している。海には、とても美しくて大きな黄金《こがね》の船を浮かべて、それにさまざまな色の糸を結び、その糸に風情がある物を入れた袋をつけて、薬と香《こう》を包んでいる。また、組紐で上を覆って水槽の形にして、沈香の折櫃《おりびつ》に白銀で作った鯉《こい》と鮒《ふな》を入れ、白銀や黄金や瑠璃《るり》などの壺《つぼ》に、同じような物を入れて、船子《ふなこ》と楫取《かじとり》が麻紐などでかついで持っている。このような贈り物を、三人の客人一人ひとりに同じようにお贈りする。御衣櫃《みぞびつ》一掛に、美しい旅の装束を、「都にお帰りになるには、三日間かかるだろう。だから、その間は毎日お着替えしていただきたい」と考えて、さまざまな色の装束を三日分用意した。被《かず》け物は、女の装束を一襲《ひとかさね》ずつ用意した。引出物《ひきでもの》は、侍従（仲忠）には、さまざまの毛色の、丈が四尺八寸くらいで六歳ほどの競べ馬用の馬四頭に、蒔絵《まきえ》を施《ほどこ》した鞍橋《くらほね》、豹《ひょう》の皮の下鞍《したくら》、白銀の鐙《あぶみ》をかけた鞍を置いて、黒斑《くろまだら》の牛四頭に、白いままの生絹《すずし》の絹を繋《つな》ぎつけている。ほかに、鷹《たか》が四羽用意されている。その鷹には、白い組紐の大緒《おおお》、青い白橡《しらつるばみ》の結び立ての総《ふさ》、鈴つけなどがついている。鵜《う》が四羽いて、鵜を入れた籠とそれを担ぐ朸《おうご》は、見たことがないほどほんとうに美しい。少将（仲頼）には、黒鹿毛《くろかげ》の、丈が四尺七寸くらいで若い馬四頭と、大きな黄牛《あめうし》四頭で、鷹と鵜は、同じ数である。これらは、源氏の君からの贈り物である。種松からの贈り物は、客人一人に籠二掛を、大きな馬に背負わせている。その籠の中には白絹が入れてある。旅籠二掛には道中に必要な物を入れて、立派な馬に背負わせている。精白した米を、三人の客人一人ひとりに、二百石の船に積んで二艘《にそう》ずつお贈りする。

［種松の牟妻《むろ》の屋敷。

その周囲には、それぞれ町殿が一館《ひとたち》あって、八町ほどの田が作られている。牛に犂《からすき》をかけて、男たちが、牛につけた綱を持って田を掘り返している。ご飯を器に盛って食べている。離れた所には、広大な川がまるで海のように流れている。

屋敷は、四面八町《しめんはっちょう》で、築地《ついじ》でまわりを囲んでいる。垣に沿って、一つの町に、大きな檜皮《ひわだ》葺《ぶ》きの蔵が四十ずつ建っていて、全体で百六十の蔵がある。

これは、北の方の私物《しぶつ》を納めた蔵で、中には、綾《あや》・錦・絹・綿・糸・縑《かとり》などを、蔵の棟《むね》と同じ高さまで積んでいる。

これは、政所《まんどころ》。家司《けいし》たちが三十人ほどいる。それぞれの建物の預かりの者たちが、百人ほど集まって、どのようにして今年の農作をしたり蚕《かいこ》を飼ったりしたらいいのかを相談して決めている。炭焼きや樵夫《きこり》などという者たちが集まって、炭や薪《たきぎ》を献上している。しばらくの間、男たちが五十人ほど並んですわって、台盤を立てて、食事をしている。

これは、たてま所。鵜飼《うかい》や鷹飼《たかがい》や網結《あみすき》などが、毎日の進物《しんもつ》を献上している。男たちが、集まっていて、俎《まないた》を置いて、魚や鳥を料理している。金《かね》の皿に、北の方のための食事を盛っている。

これは、廏《うまや》。立派な馬を、二十頭ずつ、西と東の廏に立てている。預かりの者たちがいて、秣《まぐさ》を与えさせている。そのそばに、鷹が十羽ほど飼われている。

これは、牛屋。十五頭ほどの立派な牛を、衣を着せて、並べて飼っている。

これは、大炊殿《おおいどの》。二十石《こく》入るいくつもの鼎《かなえ》を立てて、同じような大きさの甑《こしき》をいくつも載せて、ご飯を炊《た》いている。榁《きさ》の木に黒鉄《くろがね》の脚をつけた槽《ふね》を四つ並べて立てて、どれにも、さまざまな種類のご飯を入れて炊いている。あちらこちらの雑仕女《ぞうしめ》たちが、召使いや従者に櫃《ひつ》を持たせて、ご飯を量ってもらって受け取っている。一間《ひとま》間隔に、臼《うす》を四つ立てている。臼一つに、女たちが八人立っている。米を精白している。

これは、種松夫妻のための炊事場。白銀の脚鼎《あしがなえ》と甑で、北の方とあるじの種松のご飯を炊《た》いている。御厨子所《みずしどころ》の雑仕女が襷《うちはや》を着ている。衣を着た男に、油単《ゆたん》で覆った食膳に載せた行器《ほかい》を持たせて、ご飯を受け取っている。源氏の君のためにますかへし（未詳）のご飯を三斗、種松のために八合、北の方のために一斗五升と数えて受け取っている。

これは、酒殿《さかどの》。十石入るほどの瓮《へ》を二十ほど置いて、酒を造っている。酢と醬《ひしお》と漬物《つけもの》も、皆同じようにして造っている。貢物《みつぎもの》などもある。

これは、作物所《つくもどころ》。細工師が三十人ほどいて、沈香や蘇枋や紫檀《したん》を材料として、破子や折敷《おしき》や食台などを、さまざまに作っている。轆轤師《ろくろし》たちがいて、同じ材料を削って、御器《ごき》を作っている。食台を立てて、食事をしている。盤を置いて、酒を飲んだりなどしている。

これは、鋳物師《いものし》の所。男たちが集まって、蹈鞴《たたら》を踏み、物のこかた（未詳）を鋳たりなどしている。白銀・黄金《こがね》・錫《すず》などを溶かして、旅籠・透箱《すきばこ》・破子・餌袋《えぶくろ》や、海・山・亀・月の作り物など、あらゆる種類の物を作っている。ここでも、皆、食事をしている。

ここは、鍛冶屋《かじ》。白銀と黄金の鍛冶師が二十人ほどいて、馬や人、また、折櫃《おりびつ》など、さまざまな物を作っている。

ここは、織物の所。機織《はたお》りの道具を数多く立てて、織り手が二十人ほどいる。色とりどりの織物を織っている。

これは、染殿《そめどの》。上臈《じょうろう》の侍女たち十人ほど、女の子たち二十人ほどが、大きな鼎《かなえ》を立てて、染め草をさまざまな色に煮ている。台をたくさん置いて、誰の手の前にも染め物が置かれている。地面に置かれた槽《ふね》のもとに、女の子たちが下りて、染め草を洗っている。

これは、打ち物の所。上臈の侍女たちが五十人ほど、女の子たちが三十人ほどいる。それぞれの前に巻き板を置いて、打った布を手で巻いている。男と女が、立って、大きな碓《からうす》の杵《きね》を踏んでいる。

これは、張り物の所。周囲に壁などがない大きな檜皮葺きの建物。袙《あこめ》を着て袴《はかま》を穿《は》いた女たちが二十人ほどいて、色とりどりの布を板に張りつけている。

これは、縫い物の所。若い上臈の侍女たちが三十人ほどいて、色とりどりの布を縫っている。

これは、糸の所。上臈の侍女たちが二十人ほどすわっていて、皆、手で糸を紡いで縒《よ》り合わせたりなどしている。織物の糸や組の糸などを、竿《さお》ごとに練ってかけてある。唐組《からくみ》・新羅組《しらぎくみ》・ただの組などの組紐を、色とりどりに作っている。

これは、寝殿。北の方がいらっしゃる。朱塗りの食膳を四つ立てて、金《かね》の坏《つき》で食事をなさっている。上臈の侍女たちが十人、女童《おんなわらわ》が四人、下仕えが四人いる。ここに、あちらこちらの所の別当である上臈の侍女たちが並んですわって、自分たちが担当していることを報告申しあげている。

ここは、西の対。紀伊掾《きのじよう》（種松）がいらっしゃる。前に男たちが二百人ほどいて、何か話したりなどしている。」

一四　人々、鷹狩をし、玉津島に遊ぶ。

吹上の宮では、源氏の君（涼）は、鷹《たか》を試してみて、捕った鳥を客人たちにさしあげようと思って、客人たちにはそれと知らせずに、一緒に南の野にお出《い》でになる。男君たち四人は、赤い白橡《しろつるばみ》の地摺《じず》りの、摺り草の色で糸を染めて形木《かたき》で紋様を織り出した狩衣《かりぎぬ》に、折鶴の紋様の指貫《さしぬき》、綾掻練《あやかいねり》の袿《うちき》、袷《あわせ》の袴《はかま》を着て、豹《ひよう》の皮の尻鞘《しりざや》がある御佩刀《みはかし》をつけて、五尺ほどの充分な丈がある赤い馬に、赤い鞦《しりがい》をかけてお乗りになる。お供の者は、青い白橡の衣を着て、葦《あし》毛《げ》の馬に乗って、鷂《はしたか》を腕にとまらせている。食事の用意は、源氏の君が、檜破子《ひわりご》を、見た目にも美しく調えて持たせなさった。

吹上の宮の前の野で、ないとり合わせ（未詳）などをしている時に、その野は、さまざまな種類の花の木が交じり合って咲き、さまざまな鳥が大きな声で鳴いているので、男君たちは、そのまま通り過ぎることがおできにならずに、源氏の君が、

野に分け入ると、皆さまが、一時的に来てくださって、鷹狩《たかがり》をしていることも、うっかり忘れて、春が過ぎると、この花が散るように、皆さまがお帰りになることが惜しまれてなりません。

少将（仲頼）が、

この美しい春の野の花に心が惹《ひ》かれながら、駒の歩みに身をまかせています。

侍従（仲忠）が、

今日は、このまま野辺で一日を過ごしましょう。花を見て心を慰めるのも、心行くことではありませんか。

兵衛佐《ひょうえのすけ》（行正）が、

花を吹き散らす風も、風情を解する心があって、馬を並べて私が花を見ているこの野辺に、しばらくの間避《さ》けて吹いてほしい。

と詠んで、破子を食べて、鳥を少し捕らせてから、玉津島にお出でになる。その途中に、所々で、接待の用意をしている人が大勢いる。

一行が、玉津島に着いて、そこで、管絃《かんげん》の遊びをし、あちらこちらを見物して楽しんでお帰りになる時に、皆で歌をお詠みになる。少将が、

この美しい島を名残惜しい思いで見て、こうして帰る今日だけは、玉津島（魂の島）という名が理解できるでしょうに。

源氏の君が、

長い年月をかけて波が打ち寄せて縒《よ》るという玉の緒で、玉出ずる島の玉を貫きとどめてほしいものです。

侍従が、

どういうことなのでしょう。波が打ち寄せることがなかったとしたら、こちらが玉が出現する島だとはわからなかったでしょうに。私たちが来たことで、源氏の君がこちらにおいでになることがわかったのです。

兵衛佐が、

こちらが玉が出現する島であるならば、私たちが見ている間に、海の波が立って、玉を寄せてくれ。

などと詠んで、皆帰った。

一五　三月末日、惜春の宴を催す。

三月の末日になって、男君たちは、吹上の宮で、過ぎ行く春を惜しみなさる。皆、桜色の直衣《のうし》に躑躅《つつじ》色の下襲《したがさね》などをお召しになっている。その日のお食事は、いつものように豪勢に用意する。折敷《おしき》などは、この日のために新調されたものである。酒宴が始まって、一日中管《かん》絃《げん》の遊びをする。源氏の君（涼）は、水の上に花が散って浮かんでいる洲浜《すはま》に、「春を惜しむ」という題を書いてお渡し申しあげなさる。少将（仲頼）が、

花が咲いて、水の上に映る花の錦が綻んでいるのは、私たちに、それを掬《すく》って、春の形見として結べということでしょうか。

侍従（仲忠）が、

色とりどりの花の姿を一面に映して流れていた水底に、今は花が散っています。この水底から春が過ぎ去ってゆくのです。

源氏の君が、

（歌脱）

兵衛佐《ひょうえのすけ》（行正）が、

源氏の君とは、これからは短い時間に千度も会うことができるはずですから、今は、何はともあれ、過ぎ行く春の別れを惜しむことにしましょう。

松方が、

過ぎ行く春をとどめる方法はありませんでした。だから、今夜の楽しい集いのままで千年は過ぎてほしいと思います。

近正が、

この春のまま年が暮れて、同じように万年もの間、源氏の君と楽しく集っていることができたら、なんのもの思いもすることはないでしょう。

時蔭が、

どこに向かって行くともわからない春だから、春を惜しむ私の心は空にあるように落ち着かないことです。

種松が、

皆さまが楽しく集まって惜しんでいる春でさえこんなに寂しいのですから、皆さまがお帰りになった後に、一人残されて嘆く源氏の君は、どんなに寂しい思いをすることでしょうか。

などと詠んで、今日の被《かず》け物は、黄色の小袿《こうちき》を重ねた女の装束一具《ひとぐ》、お供の者たちには、同じ色の綾《あや》の小袿に袴《はかま》一具を添えて被けて、一晩中管絃の遊びをして夜を明かす。

一六　四月一日、人々、都に帰る。送別の宴。

四月一日に、客人たちが都にお帰りになる。吹上の宮から出発なさる。その日のお食事は、いつもよりも格別にすばらしく用意する。客人たちは、唐の花文綾《はなふりよう》の綾《あや》の直衣《のうし》、綾の縑絹《かとりきぬ》の下襲《したがさね》、薄い絹織物の青色の指貫《さしぬき》、白襲《しろがさね》の綾の細長を一襲《ひとかさね》ずつお召しになる。どの方の前にも折敷《おしき》をさしあげ、食台を十並べて立てて、酒宴が始まり、食事に箸がつけられた。御前に舞台を構え、幄《あげばり》を張る。

こうしているうちに、紀伊守《きのかみ》は、今日出発なさると聞いて、途中でお泊まりになる所での接待の用意をするために、行く先に人を行かせて、ご自分は、吹上の宮に、国府の官人たちを引き連れて参上なさった。

方々が、琴《こと》の音《ね》など、手を惜しむことなく合奏して、日が高くなってゆくので、出発をお急ぎになる時に、源氏の君（涼）が、盃《さかずき》を手に持って、

親しく話をすることができない夏さえもやってきた今日に、よりによって、親しく契りを交わした方々が別れて行くのでしょうか。

とお詠みになる。それを聞いて、少将（仲頼）が、

たとえ都に帰ったとしても、衣を着て、源氏の君のことを恋しく思うことになるのでしょうか。着たとしても、夏の衣ですから、薄い袂《たもと》のこの衣を。

侍従（仲忠）が、
すぐにまたお会いできるだろうと思っています。別れの涙でぬれるという夏の衣の袖もまだ乾かないうちに。
兵衛佐《ひょうえのすけ》（行正）が、
今日旅立つことになりましたが、この旅がつらくて悲しいのは、別れを惜しむ涙が漏れ落ちていることでした。
松方が、「私は、以前にもこちらに参りましたので」などと言って、
都に帰る今回の旅は、途中で道に迷うだろうと思われます。別れを惜しむ涙が真っ先に流れて、私の先に立って道案内をしてくれるのですが。
近正が、
これほどまでに名残惜しく悲しい別れ道は、都へと続く一本道なのに、帰るのか、ここにとどまるのか、迷ってしまいそうです。
時蔭が、
夏蟬《なつぜみ》の薄い羽に置く露が消えないほどの短い間にふたたびお会いすることができるのに、今日を源氏の君とお別れの日と言うのですね。
種松が、
初声を聞いて別れを惜しんでいる時鳥《ほととぎす》（涼）は、卯月《うづき》になった今日、わが身の情けなさ

を思い知っていることでしょう。

と詠んで、酒を何杯も飲んだ。

こうしているうちに、源氏の君が、贈り物と引出物《ひきでもの》を、準備していた数どおりにさしあげなさる。馬を飾りたてて、馬一頭に闕腋《わきあけ》の衣を着た廐《うまや》の人たちを二人つけて、駒形《こまかた》をかぶった舞人を先に立てて、駒遊びをしながら出て来て、客人たちの前ごとに、次々と引いて来て並べる。種松が用意した贈り物を背負わせた馬は後れて出て来て、このような引出物の馬が出て来る度《たび》ごとに、乱声《らんじょう》をして、舞を舞う。

種松の北の方は、三人の客人に、幣《ぬさ》をこしらえてお贈りする。白銀の透箱《すきばこ》が四つずつ、黒方《くろぼう》の炭が入った透箱が一つずつ、砂金と、白銀と黄金を幣として鋳《い》た物が入った透箱が一つずつある。その上に、歌を一首、結び目にそのまま結びつけさせている。少将には、

もうこれまでと言ってお立ちになるのを見ていると、私は、衣の袖の裏まで涙であふれてしまいます。

侍従への幣が入っている透箱には、

私は、都に帰る侍従殿にお贈りするための幣を手にすることさえ気が進まないのに、侍従殿は、都で待っていらっしゃる方のことを思っておいでなのですね。

兵衛佐には、砂金が入っている透箱に、

兵衛佐殿のことを思う私の心は、荒磯《あらいそ》の海の浜にある真砂《まさご》に劣らず尽きることのないも

のでした。

などと書いてお贈りする。

被《かず》け物は、赤色の表着に、二藍襲《ふたあいがさね》の唐衣《からぎぬ》と細長と袷《あわせ》の袴《はかま》を添えてさしあげなさる。右近将監《うこんのじょう》たちには、白張袴《しらはりばかま》。

客人たちは、やっとのことで出発なさった。源氏の君は、吹上の宮の人たちを引き連れ、紀伊守《きのかみ》は、国中の人々を集めて、国境《くにざかい》の関のもとまでお見送りをなさった。

［ここは、吹上の宮。客人たちは、衣替えをして並んですわっていらっしゃる。引出物の馬を廏から引き出して、駒遊びをしながら出て来る。鷹をとまらせて、鳥の舞を舞いながら出て来る。白銀の旅籠馬を、その腹に人を入れて、歩かせて引き出した。遣水《やりみず》に、何艘《そう》もの黄金の船を漕ぎ連ねて、船遊びをして、御衣櫃《みぞびつ》や蘇枋《すおう》の籭《すり》などを、客人たちの前に持って来る。透箱《すきばこ》も持って来る。

これは、男君たちが、直衣姿《のうしすがた》で、馬に乗って並んで出発なさる。

ここは、国境の関のもと。紀伊守が、宴の用意をなさっている。男君たちには沈香《じんこう》の折敷を二十、お供の者には蘇枋の食台を並べて立てて、食事をさしあげる。被け物は、女の装束を一襲ずつ被けて、美しい御衣櫃一つに衣を入れてお贈り申しあげなさる。］

そこから、紀伊守がお帰りになろうとする時に、遠くで、都鳥の声が聞こえる。少将が、都鳥がその名どおりの実体を持っているならば、今鳴いている所を宮中だと思って、国境の関をも越えずにいたいと思います。

侍従が、

ますます関を越えることができない思いでいますので、都鳥の声を関のこちらで聞くと、帰らずにすむのではないかとうれしくなります。

兵衛佐が、ここで紀伊国を離れることを惜しんで、

夕暮れに馬どめの横木を離れて都に急ぐ馬よりも、私が別れを惜しんで流す涙の川のほうが早く流れるのでした。

源氏の君が、

都に帰って行く人の馬もとどめることのできない棚橋《たなはし》は、別れを惜しんで取りはずしたのに、その効《かい》もありません。

紀伊守が、

別れを惜しんで泣いた涙を溜《た》めて激しく流れる川の瀬も、都へと急いでお帰りになる馬よりも遅くなってしまうことです。

などと詠んで、おたがいに別れを惜しんで、関の所で別れて、都の人は上り、紀伊守をはじめとして、紀伊国の人はお帰りになる。

一七　四月四日、人々帰京する。

四月四日ごろ、夜が更けてから、宮内卿《くないきょう》（忠保）の屋敷に無事にたどり着きなさった。宮内卿は、お食事をみっともなくはない程度に用意なさった。男君たちの前には黒柿《くろがき》の食台二つに薄い絹織物の覆いをかけて、右近将監《うこんのじょう》たちの前には朴《ほお》の木の食台を置いて、精いっぱいの饗応《きょうおう》をなさる。あるじの宮内卿が、盃《さかずき》を手に持って、「さぞかし、吹上の浜のほとりで召しあがった貝や蟹《かに》などに、こちらの山里の草木を比べていらっしゃることでしょう」とおっしゃると、少将（仲頼）は、「でも、こちらのお食事ばかりがおいしく感じられます」と言って、

山里に木《こ》の芽を残して旅立ったのですが、吹上の浜のほとりには貝はありませんでした

（妻を残して旅立ったのですが、吹上を訪れた効《かい》などありませんでした）。

宮内卿は、

もとの木が朽ちてしまって、このほかに芽ぐむことのない枝なので、この木の芽をとても大切に思っているのです（不遇な思いをしている私にとって、たった一人の娘ですから、私はとてもいとしく思っているのです）。

などとお詠みする。少将は、宮内卿に、沈香《じんこう》の破子《わりご》や牛などをさしあげなさる。侍従（仲忠）と兵衛佐《ひょうえのすけ》（行正）なども、皆、それぞれに、宮内卿に贈り物をして、侍従は

左大将（兼雅）の桂《かつら》の別荘へ行き、兵衛佐なども別れて家に帰った。

一八　人々、紀伊国の贈り物を配る。

男君たちは、紀伊国《きのくに》から持ってお帰りになった物の中で、風情がある物は、人々にさしあげなさる。少将（仲頼）は、黄金の船は帝《みかど》に、白銀の旅籠馬《はたごうま》は右大将（正頼）に、破子《わりご》は宮内卿《ないくきょう》（忠保）にさしあげ、北の方には、透箱《すきばこ》をはじめとして、たくさんの細々《こま》とした物を、すべてお与えになる。侍従（仲忠）は、白銀の馬は父の左大将（兼雅）に、破子《わりご》は嵯峨《さが》の院に、透箱をはじめとして、細々とした物は母北の方（俊蔭《としかげ》の娘）にさしあげたが、船と、被《かず》け物の中でも美しくて立派な物は、考えがあって、まだ手もとに残している。兵衛佐《ひょうえのすけ》（行正）は、妻子も親もいないので、船は春宮に、旅籠馬は嵯峨の院に、破子は大后の宮にさしあげたが、透箱をはじめとして、細々とした物は、まだ手もとに残している。

一九　仲頼、正頼に、吹上のことを報告する。

右大将（正頼）の三条の院では、右大将が、寝殿にやって来て、あて宮に琴《きん》を弾かせてお聞きになって、既婚の女君たちも来ていらっしゃったりなどしていた時に、左衛門尉《さえもんのじょう》（頼澄《よりずみ》）が、「少将仲頼が参っております」と申しあげなさる。右大将は、「長い間連絡もなかったな。遊びすぎて疲れきってしまったようだ。少将（仲頼）をはじめ、侍従（仲忠）と兵衛《ひょうえの》佐《すけ》（行正）の三人の好き者たちは、この一月《ひとつき》ほど姿を見せなかったが、どこへ行っていたのだろう」などと言って、「ここでさしつかえないだろう」と言って、簀子《すのこ》に敷物を敷かせて、「さあ、こちらへ」と呼び入れてお会いになった。

右大将が、「ここ何日も参内なさらず、また、こちらにもおいでにならなかったので、どうなさったのかと心配していました」。少将が、「まことに恐縮です。粉河寺《こかわでら》に少し願ほどきをしようと思って、紀伊国《きのくに》のほうに出かけていたのですが、不思議な人と親しくなって、帰京する気持ちになれなかったのですが、やっとのことで、昨夜、都に戻って参りました」。右大将が、「えっ。誰なのだろう。どうして思い浮かばないのだろう」。少将が、「紀伊掾《きのじょう》の神南備種松《かんなびのたねまつ》という者の孫でいらっしゃる源氏の君が、粉河寺へ行く道のすぐほとりに住んでいらっしゃったのです。そこに、右近将監《うこんのじょう》松方がおりましたので見つけて立ち寄ったところ、源氏の君が、『一日か二日ほど馬を休めてから都にお帰りください』などと言ってお引きとめなさったので、滞在して、その屋敷を見てみたのですが、世に言う西方浄土に生まれたかのような気持ちがいたしました。四面八町《しめんはっちょう》の屋敷を、金銀・瑠璃《るり》・硨磲《しゃこ》・瑪瑙《めのう》で美しく飾りたてて造り、屋敷の周囲には、栴檀《せんだん》と優曇華《うどんげ》の花が咲かず、孔雀《くじゃく》と鸚鵡《おうむ》の鳥が鳴かないというだけのような所に住んでいるのでございます。言葉でどのようにお伝えしたらいいのか思いつきませんでしたので、ただ、あちらの様子を少しでも見ていただきたいと思って、源氏の君からの使として贈り物を持って参上いたしました」と言ってお目にかける。右大将が、

「なんとも興味深いことだな。神南備の女蔵人《にょくろうど》からお生まれになった方がいると聞いたことがある。その女蔵人は、とても品格があって洗練された人だった。父親は身分が低かった。でも、娘は、教養もあって、まことにすばらしい方だった。源氏の君のことは、長年聞いていなかった。どのように成長なさっているのか」。少将が、「とてもいたわしい境遇でありながら、容姿も思慮分別も学才も、仲忠の朝臣と等しい方でした」。右大将が、「琴《きん》だけは、仲忠のほうが格段にすぐれているだろうに」。少将が、「その琴《きん》も、私たちが感動した奏法がございました。せっかくのその奏法も、仲忠の朝臣と競演して弾くことがないままになってしまいました」。右大将が、「一緒に行かれたのはどなたなのか」。少将が、「仲忠・行正たちと、近正《ちかまさ》・時蔭《ときかげ》・村蔭《むらかげ》・安則《やすのり》・定松《さだまつ》・数成《かずなり》など、左右の近衛府《このえふ》の官人たちで、音楽が得意な者たちの中でも、特に選んで出かけました」。右大将が、「それでは、音楽が達者な者たち全員ではないか。やはり、何かすばらしい考えがあって出かけられたのですね。そのような所に、このような人たちがお集まりになって、さぞかし楽しいことがあったことだろう。わが国の中では、帝《みかど》は、ご自分の思いがなんでもかなうお暮らしをなさっているのだろう。でも、そんな帝でさえ、こんなお暮らしはおできにならないだろう。源氏の君は、ほかに例がないほどすばらしい方でいらっしゃるね」。少将が、「種松は、天竺《てんじく》の十六の大国をはじめとして、粟散国《ぞくさんこく》たるわが国にいたるまで、ありとあらゆる財産を貯えている者です。その種松は、『私の財産を源氏の君にすべてさしあげたいと思うのですが、一つの物を作ると、それだけでも、二三千倍になって採れ、源氏の君のために落とした種は、山の頂や岩の上であっても、一粒で一斗《と》か二斗ずつ収穫できるのです』と申しております。その源氏の君が国境《くにざかい》の関でくださった贈り物をお目にかけたいと思って参りました」と言って、馬二頭と鷹二羽、ほかに、白銀の馬を、旅籠《はたご》を背負わせたまま、その腹に人を入れて歩かせてお見せする。

右大将が、旅籠馬を見て、とてもおもしろいと思って、それぞれの町にいる婿君たちをお招きして、男君たちも並べてすわらせて、お見せになる。少将が、「それは、源氏の君からいただいた贈り物の千分の一です。このような船や破子《わりご》や透箱《すきばこ》などを用意して、私たち三人にくださいました。このような物はもちろん、実用的な物などもございました。なんの考えもなく紀伊国まで出かけて、思いがけない長者《ちょうじゃ》になって都に戻って参りました」。右大将が、笑って、「私も、近衛府の官人になって、紀伊国に出かけてみたいな」などとおっしゃる。

その時、侍従と兵衛佐などは、「帝や春宮や嵯峨《さが》の院などにこの贈り物をお見せするために参ります」と言って、使をよこして連絡をした。

二〇　行正と仲忠、贈り物を人々に配る。

兵衛佐《ひょうえのすけ》（行正）は、左大弁（忠澄《ただずみ》）をはじめとして、人々に、馬・牛・小鷹《こたか》を一つずつさしあげた。透箱《すきばこ》は、大宮のもとに、被《かず》け物としていただいた女の装束は、あて宮に仕える侍女たちに、箱に畳んで入れて、それぞれの名を書きつけて贈った。下仕えたちには、まだ仕立てていない衣などを、それぞれに贈った。
侍従（仲澄）には、右大将（正頼）には牛車《ぎっしゃ》を引くための牛二頭と馬二頭、源侍従（仲忠）には丈《たけ》が四尺八寸ほどの鶴駮《つるぶち》の馬一頭をさしあげる。孫王《そんおう》の君には、縁飾りをした衣箱を、一つには中でも特に美しい女の装束一具を畳んで入れ、もう一つには美しい絹や綾《あや》などを入れて贈り、あて宮には、黄金の船に物を入れたまま、

荒れる海に漕ぎ出したものの、どこに泊まったらいいかもわからないまま浮かんでいる船に、泊まることのできる、波が静かな浦もあったらいいなと思います。

と詠んでさしあげなさった。
贈られた物を見て、大宮や女君たちなどは、「これまで見たことがないおもしろい物ですね」と言って、大騒ぎをして御覧になる。こんなふうに、集まって見て騒いでいる中で、あて宮は、「手もとに置きたいと思うのですが、わざわざ作ってくださった立派な宝物ですから、いただくわけにはいきません」と言って、使には白張一襲《しらはりひとかさね》と袴一具《ぐ》を与えて、

船は、波が立つと、どんな湊《みなと》にでも泊まるものですが、船にとって、風が静まる浦はないのでしょうか。

と詠んで、黄金の船を返して送ってきたので、侍従は、とてもつらいと思い、「このように申しあげて、お返事もいただかずに帰って来い」と言って、
おっしゃるように、嵐の風は激しく吹くことでしょう。でも、その風の余波で、こうし

て船が帰ってくるのは、残念です。

と詠んで、ふたたび黄金の船をお贈りした。

使が帰ってしまったので、あて宮は、厚意を無にするようだと思って、今度は、黄金の船をお返しにならずに、手もとにお置きになった。これを見て、女君たちは、集まって、とても大騒ぎをなさる。侍従は、仁寿殿《じじゅうでん》の女御をはじめとして、あて宮の妹君たちまで、壺《つぼ》と折《おり》櫃《びつ》と袋を一つずつさしあげなさる。右大将は、兵衛佐や侍従がお贈りした物の中から、婿君たちに、馬と鷹《たか》を一つずつさしあげなさる。

この機会に、右大将が、入道に、「長らく源宰相（実忠）に会っていませんね」。入道が、「この三月一日ごろに、こちらの寝殿の前の桜の花を見たいと言って出かけた後、夜が更けて帰っていらっしゃった時から、気分が悪くなって、外出もせずにいて、父上（季明《すえあきら》）からお召しがあっても、参上することもできずに、私どもの所に籠もっております」。右大将が、「お気の毒なことですね。存じませんでした。近ごろ、源宰相が姿をお見せにならないので、奥さまのもとに帰っていらっしゃるのだろうと思っておりました」などと言って、少将（仲頼）には女の装束一具、馬を引き、鷹を腕にとまらせて来た人には白張袴《しらはりばかま》、侍従と兵衛佐の使にも禄《ろく》をお与えになる。北の対に透箱を持って参上した兵衛佐の使に、摺《す》り裳《も》を一襲お与えになったりなどする。

少将は、急いで参内した。

吹上・下

この巻の梗概

この巻では、年立のうえからは、第六巻「祭の使」に続き、「吹上《ふきあげ》・上」の巻で登場した源涼《すずし》は都に迎えられて、以後の物語のなかで重要な登場人物となる。この巻には、八月から十月までの内容が語られている。

紀伊国《きのくに》の吹上の浜に自分の子がいることを知った嵯峨《さが》の院は、九月一日、親王《みこ》たちや上達部《かんだちめ》・殿上人たちを引き連れて、吹上の浜を訪れ、涼と対面する。仲忠《なかただ》たちも、院のお供をした。九月九日の重陽《ちょうよう》の宴が吹上で催され、作詩や管絃《かんげん》が行われた。折から吹上に来ていた忠《ただ》こそも、嵯峨の院との対面を果たした。院が帰京する際には、涼も同道した。都では、朱雀《すざく》帝が、嵯峨の院を招いて、神泉苑《しんせんえん》で紅葉の賀を催す。その際、仲忠と涼が嵯峨の院の要請で琴《きん》を弾くと奇瑞《きずい》が起こり、帝から、「涼にはあて宮、仲忠には（朱雀帝の）女一の宮を与える」との宣旨《せんじ》が下された。涼は、三条に屋敷を構えて、都に住むようになる。

主要登場人物および系図（吹上・下）

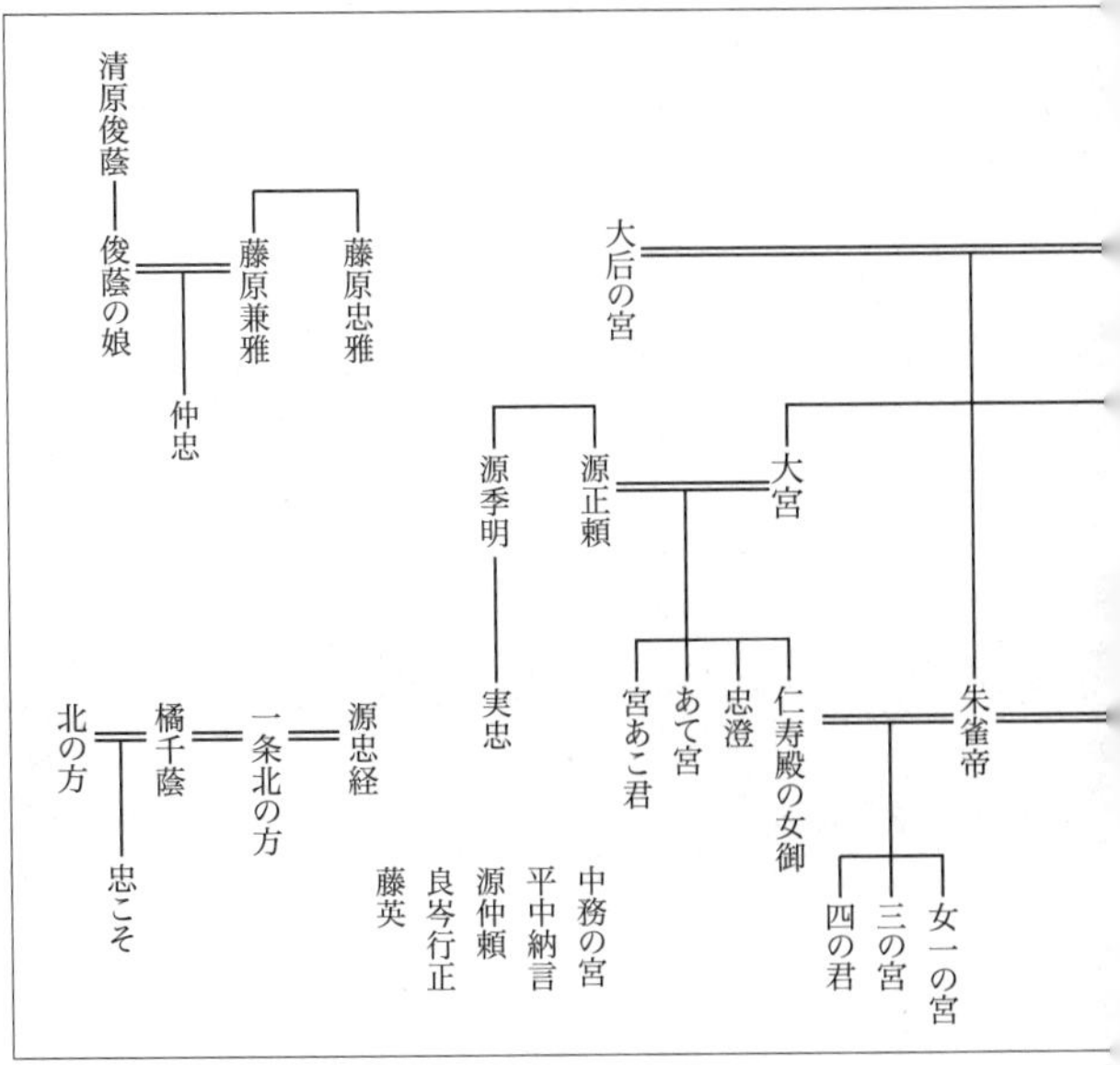

また、忠こそは、真言院《しんごんいん》の阿《あ》闍梨《じゃり》に任じられた。忠こそは、自分を陥れた継母《ままはは》一条の北の方と出会って、引き取って養う。

　なお、この巻には、底本をはじめとする諸本に共通して欠字部分が存在する。その部分に、欠字と同じ程度の空欄を設けた。また、この巻では、源正頼《まさより》が左大将、藤原兼《かね》雅《まさ》が右大将に戻っている。

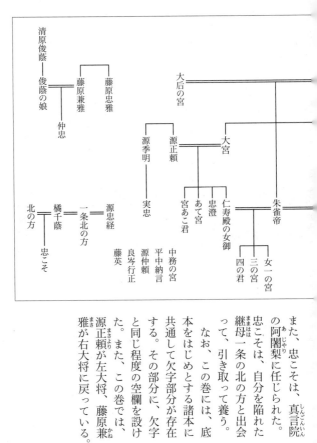

一　八月中旬、嵯峨の院の花の宴。吹上御幸を決める。

一かくて、八月中の十日のほどに、二帝《みかど》、三花の宴し給ふ。上達部《かんだちめ》・親王《みこ》たち、残りなく参り給ひて、御遊びし給ふ。帝、院「年のうち、木草の盛り、秋のほどに、いつか」と問はせ給ふ。蔵人《くらひと》の少将四仲頼奏す、「野の盛りは八月中の十日、山の盛りは九月上《かみ》の十日のほどになむ」。院「野・山の中には、いづれかおもしろき」。仲頼奏す、「近きほどには嵯峨野《さがの》・春日野《かすがの》、山は五□山なむ侍る。草木などは、心生ひに生ひたるはつたなきものなり。人近にて、朝《あした》夕べ撫《な》で繕ひたるなむ、姿・ありさま、情け侍る。花・紅葉などは、しか侍らぬものなり」と奏す。院六「今年は、あやしく、木《こ》の葉の色深く、花の姿をかしかるべき年になむある。興《けう》ある、をかしからむ野辺に、小鷹《こたか》入れてみばや」とのたまはす。仲頼、「しか侍る年になむ。木《こ》の葉まだきに色づきて、同じ露・時雨《しぐれ》も、げに、

一　「祭の使」の巻は、七月まで。この巻は、年立的に、「祭の使」の巻に続く。
二　「帝」は、院の帝。嵯峨の院。
三　秋の花の宴。
四　仲頼は、「吹上・上」の巻【三】注六参照。
五　この巻には、諸本共通の欠文が存在する。本文に、底本と同じ字数程度の空欄を設けた。
六　「春日詣」の巻【三】の兵部卿の宮の発言に、「今年は、あやしく年急ぎて、遅き花疾く咲き、同じく開けたる花も、萌え出づる木の芽など、心殊なる年になむ」とあった。
七　「府の大将」は、左大将源正頼。
八　京都市西京区大原野。大原狩猟地で、花の名所。大原

心ばへ殊なる□。七府《つかさ》の大将、族《ぞう》引き連れて八大原野にまかりて侍りしに、その野、いといみじきほどになりにて侍りき」。上、院「いとをかしきことかな。厳《いか》めしき逍遥《せうえう》などする、ゆゑあるわざなりかし。さて、何ごとかありし」。仲頼、「殊なること侍らざりき。あまたが中に、事もなき小鷹一つなむ侍りし」。上、九「かの鷹を試みばや。一〇入り所のをかしからむ、思ひ出《い》でよや」。「仲頼が見給ふる[1]は、前《さき》に奏し侍りし紀伊国《きのくに》なむ侍る。一一十六の大国にも、一二さばかりの所やは侍らむ」。上、「そや。さることぞや。いとゆかしけれ□□あるかし。いかでかは、げに、いと□まではものせむ。いと所狭《ところせ》きうちに、例なきことにもこそ」とのたまはすれば、一三右のおとど、忠雅「などか、そはおはしまさざらむ。唐《から》の国の帝は、一四遠狩《とほがり》し給ふとては、一五十、二十日こそは。四五日のほどは、いとよくおはしましなむ」と奏し給へば、御気色よくて、院「さらば」などのたまはす。これかれ、「この頃こそ、草木の盛りに侍れ。衰へざらむ前《さき》に御覧ぜさせせばや」と聞こゆれば、院「よろしく

野神社は、春日神社を分祀したもので、藤原氏の氏神だった。正頼が大原野に行ったことは語られていない。

九　源氏の君（涼）から贈られた引出物の鷹か。ただし、「吹上・上」の巻には、仲頼が院に紀伊国のことを報告したことや鷹を献上したことは語られていない。

一〇　「入り所」は、鷹狩をする所の意か。

一一　「十六の大国」は、「吹上・上」の巻【一九】注一六参照。

一二　反語表現。「さばかりの所は侍らじ」の強調表現。

一三　「右のおとど」は、右大臣藤原忠雅。

一四　「遠狩」は、中国の天子が、狩を名目に、諸国の政治情勢を視察したことをいう。

一五　十日や二十日は都を離れることがあったそうです。

定めてものせむかし」とて、□才《ざえ》ある人□ある限り、容貌《かたち》□選ひ給ふ。□一六九日の宴はかしこにて聞こしめさむとて、文章□など候はせ給ふ。一七季英かしこき者と聞こしめして、候ふべきよし仰せ給ふ。

［一八大将殿。装束《さうぞく》・馬鞍《むまくら》よりはじめて、出だし立て給ふ。］

二　源氏の君（涼）、吹上御幸を迎える準備をする。

かくて、嵯峨《さが》の院の親王《みこ》たち・一殿上人も、才《ざえ》あり、容貌《かたち》あるは、皆出《い》で立つ。

紀伊国《きのくに》の源氏、かかることを聞きて、御設けし給ふこと、いといみじ。

三　嵯峨の院の一行、九月一日に出発し、吹上の宮に着く。

一六　九月九日の重陽の宴。七月七日の七夕の宴（「祭の使」の巻【三〇】参照）とともに、漢詩を作ることが、儀式の中心であった。

一七　藤原季英。藤英。「祭の使」の巻【一七】～【三】参照。

一八　「大将殿」は、正頼の三条の院。

一　この「殿上人」は、嵯峨の院の殿上人。

一　この「境」は、紀伊国の関のことか。「吹上・上」の巻【一六】注三、【一九】注三参照。

二　吹上の宮の、東、南、西の三つの陣のうちの西の陣。「吹上・上」の巻【三】参照。西は、五行説による秋の方角である。

三　「日申の時」は、太陽

九月一日に出《い》でおはします。道のほどのことども、言ひ尽くすべくもあらず。紀伊国《きのくに》に入り立ち給ふ境より一はじめて、道のほどのこと□種松、金銀・瑠璃《るり》して造れるなり。

吹上の宮に着き給へれば、二西の陣を開きて入らせ給ふ。三日中《さる》の時ばかりにおはしまして、めでたく磨きしつらへる所に、皆着き並《な》み給ひぬ。いとになき所なりけり、いかで、かくて住むらむと御覧ず。

四　嵯峨の院、吹上の宮で、源氏の君（涼）と対面する。

一威儀の御膳《おもの》は、さらにも言はず。二上達部《かんだちめ》・親王《みこ》たち、沈《ぢん》・紫檀《したん》の三衝重《ついがさね》して、海山の物を尽くして参り、四六位の衛府《ゑふ》・五諸大夫、品々に、厳《いか》めしくて饗《あるじ》したり。上より始まりて、御箸《はし》下り、御かはらけ参る。源氏、殿上許されて、御前に召して御覧ず。六そこばく選はれたる人々に劣らず御覧ぜらる。

が申の方角になった時刻の意。「俊蔭」の巻【二】注一には、「照る日の午の時」の例もある。

一　「威儀の御膳」は、節会の際に用意される正式な食事。「嵯峨の院」の巻【三四】注三、「吹上・上」の巻【九】注三参照。

二　「上達部・親王たちに」の誤りか。

三　「衝重」は、四角の台の上に折敷を衝き重ねたもの。食器などを載せた。

四　「六位の衛府」は、近衛将監のこと。

五　「諸大夫」は、四位・五位の地下の官人。参考、『源氏物語』「若菜上」の巻「殿上人、諸大夫、院司、下人までの設け、厳しくせさせ給へり」。

六　今回の吹上行きに選ばれた、大勢の人々。

御遊び始まりて、上、琵琶《びは》の御琴、仲忠に和琴《わごん》、仲頼に箏《しやう》の琴、源氏に琴《きん》の御琴賜ひて遊ばす。七慎《つつ》むことなく、おぼめくことなし。院「いかで、かくはし習ひけむ」と八仰せ給ひて、また、箏《しやう》の御琴賜ひて弾かせ給ふ。いづれも、いといとめでたし。こくばくの上手《じやうず》どもにまされり。御□を取りて、候ふを御覧じて、

院九 昨日まで二葉の松と聞こえしを陰さすまでもなりにけるかな

一〇 式部卿の親王、

一一 根を広み陰も及ばぬ庭の松に枝の並ぶぞうれしかりける

一二 兵部卿の親王、

昨日今日岸より生ふる松なれどすぐれてさせる枝にもあるかな

五　九月九日の重陽の宴、吹上で催される。

かくて、一九日、ここにて聞こしめす。御前を磨き飾れること限

七 源氏の君（涼）の琴の演奏の様子。仲忠は、「吹上・上」の巻【九】で、源氏の君の要請に、「さること仕うまつらで久しうなりぬれば、掻き鳴らさむことなむ思ほえず侍る」と言って、琴を弾かなかった。

八 「仰せ給ふ」は、おっしゃるの意。「忠こそ」の巻【一七】注三参照。

九 「陰さす」は、枝が繁って、下に陰ができるの意。

一〇 式部卿の宮は、源氏の君（涼）の異腹の兄。

一一 「陰も及ばぬ庭の松」に源氏の君（涼）をたとえる。「枝の並ぶ」は、兄弟が揃って並ぶことになったことをいう。

一二 兵部卿の宮も、源氏の君（涼）の異腹の兄。

一 九月九日。ここは、重陽の宴をいう。

りなし。笆《ませ》の縦木には紫檀《したん》、横木には沈《ぢん》、結ひ緒《を》には緂《だん》[二]の組して結ひて、黄金《こがね》の砂子《いさご》敷きて、黒方《くろはう》を土にしたり。白銀《しろかね》して菊を飾れり。移ろへる□などの圧《へ》したる中に、[1]紺青《こんじやう》・緑青《ろくしやう》[2]の玉を、花の露に置かせたり。

その日のつとめて、[三]葉数《はかず》奏せさせて、源氏参らせ給ふ。この源氏の名は、涼となむありける。菊につけたりける歌、

涼[四]朝露に盛りの菊を折りて見る挿頭《かざし》よりこそ御世もまさらめ[3]

帝《みかど》、御覧じて、いと切なりと思したり。

院　よそながら□すは菊園の露の光を見るがうれしさ

式部卿の親王《みこ》、

[五]秋来れば園の菊にも置くものをわが身の露を何嘆きけむ

中務《なかづかさ》の親王、

[六]菊園にいくらの齢《よはひ》籠もれれば[4]露の底より千世を延ぶらむ

兵部卿の親王、

[七]白菊の同じ園なる枝なれば分かれず匂ふ花にもあるかな

二「緂の組」は、色を交互に配した組紐。参考、『源氏物語』「梅枝」の巻「緂の唐組の紐」。

三「（菊の）葉数」を奏すのは、長寿を寿ぐ儀礼か。参考、『能宣集』「皆人の手ごとに引ける松の葉の葉数を君が齢とはせむ」。

四　参考、『古今集』秋下「露ながら折りて挿頭さむ菊の花老いせぬ秋の久しかるべく」（紀友則）。

五「わが身の露」は、露のようにはかないわが身の意。

六『風葉集』賀「吹上に御幸ありて、九日の宴せさせ給ひけるに、詠み侍りける　同じ中務卿の親王」、初句「菊の園に」三句「籠もればか」。

七「同じ園なる枝」は、兵部卿の宮と源氏の君が兄弟であることをいう。

左大将《正頼》、
白菊の千年を込めて待つ園に残れる露を玉と見るかな

かくて、帝出《い》でおはしまして、上達部《かんだちめ》・親王たち着き並《な》み給へり。御前には、錦《にしき》の幄《あげばり》打ちて、沈の□八文人《もんにん》・擬生《ぎしやう》など着き並みぬ。しばしあれば、宣旨《せんじ》下りて、殿上人仲頼・行正・涼・5仲忠、四人召されて、九横座に着きぬ。

かかるほどに、御前に、一〇沈の棚厨子《たなづし》九具《ここのよろひ》に、棚一つに同じ轆《ろく》轤《ろ》挽《ひ》きの御器《ごき》、一一一尺五寸のの一尺五寸、一二よそへは、十六の生物《なまもの》・乾物《からもの》よりはじめて、一三貝《かひ》・甲《こふ》を尽くして、6御果物《くだもの》、数を調へ、飾り盛りたり。一四御膳《おもの》、台九具、黄金の御器、よき参り物、同じ数なり。親王たち・上達部に、紫檀の衝重《ついがさね》、同じ轆轤挽きの御器、ほどほどに従ひて調《とな》へて参る。殿上人よりはじめて、所々の、上下の人々に、おのおの、馬副《ぞひ》・一五居飼《ゐかひ》、押さへ・をかへまで賜ひ、同じく下し給ふ物も、厳《いか》めしくうるはしく盛りて、種《くさ》調へて、飽き満ちたり。

八 「文人」は大学寮の文章生、「擬生」は「擬文章生」の略。「擬生」は、「国譲・下」の巻【五五】注五などにも見える。

九 「横座」は、正面に向き合うように、横並びに設けられた座か。

一〇 以下「飾り盛りたり」まで、「威儀の御膳」の説明。

一一 底本「一尺五寸のゝ一尺五寸」、未詳。「一尺五寸」は御器の大きさで、「のゝ一尺五寸」は衍か。

一二 「よそへ」は、中に盛った食べ物。

一三 「吹上・上」の巻【一七】注三参照。ここも、「貝・甲羅」の誤りか。

一四 この「御膳」は、院のお食事。

一五 「居飼」は、厩の下級役人。嵯峨の院の厩の役人か。「押さへ」は、行列の最後について、混乱を調え

かくて、御かはらけ始まる。文人に、難き題出だされたり。賜はりて、詩《ふみ》作り果てて、御前に奉る。文章博士、講じ、読み申す。一六もろ声に誦《ず》せさせ給ふ中に、季英《すゑふさ》が声を聞こしめして、帝、驚き愛《め》でさせ給ひて、立ち返り誦《ず》せさせ給ふ。うち次ぎて、四人の殿上人の詩《ふみ》講ず。帝、驚き愛でさせ給ふ。院「度々《たび》唐土《もろこし》に渡れる[7]累代《るいたい》の博士の詩《ふみ》に劣らず、この男《をのこ》どもの作りまされるかな。たい□□さむとて、学問せさせたる道の人にもあらず、歳若くして遊びに進める者どもなり。一七行正、いときなくて唐土に渡れりといへども、まだ歳若くて帰りまうで来たり。仲忠、俊蔭《としかげ》が後《のち》といへども、俊蔭一八隠れて三十年、仲忠、世間に悟りありといへども、かれが時にあはず。琴《きん》一九に於《お》きては、娘に伝ふ。娘、仲忠に伝ふ。それだにありがたし。書《ふみ》の道さへやは、俊蔭、女子に教へけむ。すべて、仲忠・仲頼は、[8]二〇いとあやし、二一変化《へんげ》の者どもなめり」とのたまはするほどに、その日の禄《ろく》、[9]二二源氏の君、帝の御前に、白銀《しろかね》の透《すき》箱《ばこ》、同じ台に据ゑて九つ、[10]包みの中に、綾・錦《にしき》よりはじめて、あ

る役。「をかへ」は、未詳。
一六　文章博士が詩を読み上げた後に、院は一座の人々にも声を出して読ませたのである。
一七　良岑行正。行正が唐に渡ったことは、「藤原の君」の巻【三八】参照。
一八　「隠る」は、消息を断つの意か。俊蔭が亡くなってからは二十年、俊蔭が官位を辞して籠もってからは三十一年になる。【三】注三参照。
一九　「に於きて」は、漢文訓読語。
二〇　挿入句。
二一　「変化の者」は、「俊蔭」の巻【三七】注二参照。
二二　「源氏の君」は、「参らす」に係る。この日の禄は、源氏の君（涼）が用意した。

りがたき薬、世に出で来がたき香《かう》、帝いまだ御覧ぜぬ物ども、白銀・黄金にて細かにし入れて参らす。[二三]上達部・親王たちまで、連ねて持て参りて、立ち並べり。左右の大臣・親王たちよりはじめて、白絹《しらぎぬ》・[二四]畳綿《たたみわた》百[二五]屯《とん》、殿上人・諸大夫《しよだいぶ》どもよりはじめて、多くの[二六]百官、品々に、厳めしきことどもなり。上臈《じやうらふ》の御供人にさへ、ほどにつけて[二七]賜はす。

かくて、夜に入りぬ。御前に、黄金の灯籠《とうろ》・[二八]灯械《とうがい》、沈の御松明《たいまつ》、前ごとに灯したり。[二九]高麗《かうらい》の幄十一間を、[三〇]鱗《いろこ》のごとく打ちたり。沈の舞台、金《かね》の糸して結ひわたし、よろづの楽器《がくき》ども、[11]金銀《こんごん》・瑠璃《るり》を磨き調へて、笙《さう》四十人・[12]笛四十人、弾き物・舞人、数を尽くして参る。穴ある物・[13]緒ある物、[14]めづらかなる声□御時なり。その道の上手《じやうず》、数を尽くしたり。選ひすぐりたる上手を調へたり。[三一]乱声《らんじやう》、鼓《つづみ》・物の音《ね》、一度《ひとたび》に、打ち、吹き、弾き合はせたり。おびたたしくめでたし。明くるまで遊ぶ。

二三　上達部・親王たちの禄までの意。
二四　「畳綿」は、真綿を薄く延ばして衣などに入れられるように折り畳んだもの。「藤原の君」の巻【三五】注二〇にも見える。
二五　「屯」は、令制での重さの単位。『延喜式』巻二四主計上「綿二屯〔四両為屯〕」。「両」も、令制での重さの単位。
二六　「百官」は、大勢の官人の意。参考、『竹取物語』「仕うまつる百官の人に饗厳めしう仕うまつる」。
二七　「賜はす」の敬語から考えると、嵯峨の院の動作としての表現だろう。
二八　「灯械」は、灯火の油皿を載せる台。
二九　「高麗」は、高麗から輸入された錦織物。
三〇　「鱗のごとし」は、漢語「鱗次」「鱗比」などに

六　同夜、忠こそが現れて、嵯峨の院と対面する。

その夜、物の音《ね》静まりたる明け方に、行ひ人の声、遥かに聞こゆ。帝《みかど》、聞こしめして、院「あやしく、尊く読経する者こそあれ。尋ねて召せ」とのたまふ。

蔵人《くらひと》・殿上人、馬に乗りて、ほのかに聞こゆる方を指して行《ゆ》くに、一神の宮に至りぬ。そこに、二かの行ひ人、遥かに、三思ふまじき心つきて、忠こそ「そのあたりをだに、いま一度《ひとたび》見せ給へ」と、四六十余《よ》国を行ひ歩《あり》きけるを、召すに参らぬを、しひて率《ゐ》て参りて、「候ふ」と奏す。

帝、御階《はし》のもとに召して御覧ずるに、五木の皮・苔《こけ》の衣《ころも》を着て、言ふばかりなきものから、ただの人に見えず。帝、なほ、これは、あるやうある者なりと思しめして、院「何ごとにより、いづれの山に勤め行ふ人ぞ」と、くはしく問はせ給ふ。忠こそ、かくなりに

よる表現。多く建ち並ぶさまの形容。

三「乱声」は、舞人の登場などの時に演奏される鼓笛の楽。太鼓や鉦鼓に合わせて、竜笛や高麗笛が吹奏される。

一「神の宮」は、神社。

二「かの行ひ人」は、忠こそ。

三「思ふまじき心」は、あて宮に対する思いをいう。「春日詣」の巻【五】に、「いかでこのわが見し人見むと思ふ心深くて、暗部山に帰りて思ひ嘆くこと限りなし」とあった。

四「六十余国」は、日本全土の意味。「藤原の君」の巻【一六】注二、「春日詣」の巻【四】注四参照。

五「木の皮・苔の衣」は、修行者の恰好。「忠こそ」の巻【一四】注一〇参照。

たれば、見知る人もなければど、思しめしもこそ出《い》づれと、悲しくいみじく思ふ。帝、仲頼・行正に、琴を[六]その声に[1]調べさせ給ひて、行ひ人に、[七]孔雀経《くじやくきやう》・[八]理趣経《りしゆきやう》読ませ給ひて、合はせて聞こしめすに、あはれに悲しく、涙落とさぬ人なし。

帝、この行ひ人を、ほのぼの御覧ぜしやうに思さる。[九]大将・仲[2]忠などは、春日《かすが》にて見給ひしかば、それと思へど、[一〇]恥ぢかしこまりしを思して、ただ今もいみじう思へるを見れば、知らぬやうにて候ひ給ふ。帝、昔より御覧じたる人を思し出づるに、忠こそを思し出でて、それなりけりと思し定めて、左大将にのたまはす、院「この人、見しやうなれば、あはれなるを、一人なむ思ひ出でたる。[一一]昔契られたる仲なれば、見知られたらむとなむ思ふ」。大将、悲しと思して、え奏し給はず。帝、[一二]右のおとどして、「昔の御時に上に候ひしと見るは、あらずや」と問はせ給ふ。[一三]忠、気色御覧ぜられぬと思ふに、涙、[一四]雨の脚《あし》のごとくこぼる。帝よりはじめ奉り[3]て、声も惜しまずなむ。

六 読経の声に合わせて調律させて。
七 「孔雀経」は、「仏母大孔雀明王経」の略。孔雀明王の神呪を説いた経典で、息災延命・請雨止雨のために読まれた。
八 「理趣経」は、日本密教の真言宗で常時読誦される経典。
九 「大将」は、左大将源正頼。
一〇 忠こそが、「春日詣」の巻【四】で、「院には、世の中にまだ侍りと聞こえさせじ」と発言していたことをいう。
一一 「春日詣」の巻【四】にも、正頼の発言として、「昔、深き契りある仲なりき」とあった。
一二 「右のおとどして」は、右大臣忠雅に命じての意。
一三 「忠」は、忠こそ。
一四 「雨の脚」は、漢語

大将、《正頼》「この法師見給へつけし初めより、奏せむと思ひ給へし 4 かど、《忠こそ》『世に侍りけると聞こしめされじ』と、限りなく恥ぢかしこまり侍りしかば、今に奏せず侍りつる」。帝、限りなくあはれと思しめして、御階《みはし》に召し寄せて、《院》「年ごろ、今にいたるまで、隠れにしを思はぬ時なし。あやしくはかなくて失せにしは、いかなることにてぞ」など問はせ給ふ。山臥、紅《くれなゐ》の涙を流して奏す、《忠こそ》「山にまかり籠もりしは、父、《千蔭》一五『剣《つるぎ》を持ちて殺害《せちがい》すとも、汝《なんぢ》が罪をば咎《とが》めじ』とまで申し侍りしを、かの朝臣、労《いたは》るところありて参らず侍りし頃、一六許されぬ暇《いとま》を奏してまかり出でて侍りしに、にはかに許さぬ気色見え侍りしかば、親を害する罪よりまさる罪や侍らむと、魂静まらずして、すみやかにまかり籠もりて、山林を住みかとし、一七熊・狼を友とし、一八木《こ》の実・松の葉を一九供養とし、二〇のみ、木の皮・苔を衣として、年ごろになり侍りぬ」と奏す。帝、限りなく悲しと思して、《院》「過ぎぬること、嘆くに効《かひ》なし。今よりだに、近く候ひて、御祈りも仕うまつれ」と仰せらる。《院》「かくて世にあ

「雨脚」の訓読語。筋を引くように降る雨。

一五「忠こそ」の巻【三】には、「伴の兵して親を射るとも、汝が咎とは咎めじ」とあった。

一六「忠こそ」の巻【三】に、「おとどの久しく参り給はねば、『恋しう侍るにまかでむ』と奏すれど、暇許させ給はぬを、しひて申して、あからさまにまかでぬ」とあった。

一七「俊蔭」の巻【四六】にも、「熊・狼を友達にて」の表現が見える。

一八「春日詣」の巻【五】には、「ここらの年ごろ、露・霜、草・葛の根を斎にしつつ」とあった。「松の葉」を食料にするのは、ほかにも例が見える。

一九「供養」は、修行僧の飲食物。

二〇「のみ」、未詳。

りけるものを、え求め出でずもありけるかな。
二一谷深く下り居る雲の立ち出でつなど山の端《は》を求めざるらむ」
山臥、
忠こそ二二空なるを見つつ入りにし山辺には雲の下り居る谷もなかりき
式部卿の親王《みこ》、
空に満つ雲のかかりし秋霧を山の底より出でむとや見し
中務《なかづかさ》の親王、
二三空よりも尋ねて雲のかかるてふ暗部《くらぶ》の山を頼むなりけり
右大臣、
忠雅二四入る人を墨染めになす山よりや暗部てふ名を人の知るらむ
左大将、
正頼二五風吹けば空に遊びし白雲をただに下り居むとやは思ひし
夜明けぬ。かくておはしますほどに、よろづのことを尽くし給ふ。

二一「立ち出づ」は、忠こそが吹上の宮に現れたことをいう。「など山の端を求めざるらむ」は、さらに高い山の端、つまり、都に出てきてほしいという気持ちを込める。

二二「雲の下り居る谷もなかりき」は、あて宮への思いで落ち着く所もなかったという気持ちをも込めるか。

二三「暗部の山」の「暗」に「暗し」を掛ける。「暗部の山」は、鞍馬山の古名という。「春日詣」の巻【四】注一参照。

二四 参考、『後撰集』恋二「墨染めの鞍馬の山に入る人はたどるたどるも帰り来ななむ」(平中興の女)。

二五「空に遊びし白雲」は、忠こそがかつて帝(嵯峨の院)の寵愛を受けて殿上童として宮中で時めいていたことをたとえる。「忠こそ」

七　嵯峨の院、涼を伴って、帰京する。

かくて、帰りおはしますに、源氏率《ゐ》て上《のぼ》らせ給ふ。種松、上達《かんだち》部《め》・親王《みこ》たちに、御衣櫃《みそひつ》・馬《むま》・一厨船《くりやぶね》など、さまざま奉る。調じたるさま、言はむ方なし。

かくて、帰らせ給ふ道すがらも、興《けう》を尽くして、御遊びあり□□。

八　帝、神泉苑での紅葉の賀の宴を計画する。

かくて、一帝《みかど》、紀伊国《きのくに》より帰らせ給ひて、内裏《うち》の帝、二神泉《しんせん》に紅葉の賀聞こしめすべき御消息聞こえ給ふ。

右大将、三三条の北[1]の方に聞こえ給ふ、（兼雅）「紀伊国の源氏、御供に率《ゐ》て上《のぼ》り給へりしに、神泉の御行幸《おほみゆき》、院の帝もおはしまして御遊

の巻【七】参照。

一　「厨船」は、船遊びなどの際、貴人の乗る船とは別に、調理などをするために仕立てた船。

一　この「帝」は、下の「内裏の帝」に対して、「院の帝」の意。

二　神泉苑。京都市中京区にあった禁苑。醍醐天皇の時代まで、神泉苑への行幸がしばしばあった。『拾芥抄』宮城部「神泉院（苑）天子遊覧所、……二条南、大宮西八町〔三条北壬生東〕。善女龍王常見㆓此所㆒」。

三　「三条の北の方」は、俊蔭の娘。仲忠の母。「三条」は、三条堀川の三条殿のこと。「俊蔭」の巻【四八】注七参照。

びあるべかなるに、侍従も琴《きん》仕うまつるべきに、同じくは、人にまさらむこそよからめ。かの、『[四]しばし』とのたまひし琴《こと》は出《い》だされじや」。北の方、(俊蔭の娘)「[五]昔の人の、世の中に出だし給はずなりにし物を、おのが世にしも取り出でむなむ、苦しき」。(兼雅)「世にありがたき物の音《ね》、一度《ひとたび》、この侍従の仕うまつりたらむに。来《き》し方行く先あるまじきことをせさせむ」とて請ひ[二]出で給ひて、御行幸《おほんみゆき》の供に仕うまつり給ふ。

九　神泉苑で、紅葉の賀が催される。

院の帝《みかど》もおはしましぬ。世の中の物の上手《じやうず》ども、皆参り集まりて、文人《もんにん》も、選はれたる限り参る。

[一]帝、御物語のついでに、(院)「『あやしく、この世にめづらしき所あり』と、これかれ申ししかば、見給へむとてものせしを、この涼が侍る所になむ侍りける。げに、見給へしに、世に似ずなむ侍り

四 「しばらくの間は秘しておきたい」とおっしゃっていた琴。南風と波斯風の秘琴。「俊蔭」の巻【三】参照。ここは、南風の琴。

五 「昔の人」は、父清原俊蔭をいう。

一 院の帝。

二 底本「とふらはせ給へかし」。「候はせ給へかし」の誤りと見る説もある。

三 この「帝」は、内裏の帝。

四 「試みの題」は、式部省試。参考、『源氏物語』「少女」の巻「式部の省の試みの題をなずらへて、御題賜ふ」。藤英は、特旨により、寮試を省略して擬文章生としての資格を得て、省試が行われた。「俊蔭」の巻【二】注五参照。

五 放島の試み。参考、『源

ける。さる所に、さてのみ侍るまじく見えしかば、率《ゐ》てまうで来《こ》しを、殿上など許させ給ひて、[二]訪《とぶら》はせ給へかし」。帝、[三]「承るものなり」とて、宣旨《せんじ》下りて召し上げられぬ。

かくて、事始まりて、文人ども題賜はりて、上達部《かんだちめ》・殿上人・文人ども、文台《ぶんだい》に詩《ふみ》奉る。季英《すゑふさ》、[四]試みの題賜はりて、一人、[五]船に乗せられて出《い》でたり。すなはち、おもしろき詩《ふみ》作れり。進士《しんじ》になされて、[六]方略《はうりやく》の宣旨《せんじ》下《くだ》りぬ。

かく、御遊び始まりて、上達部、惜しむ手なく仕うまつる。院の帝聞こえさせ給ふ、[七]「□からしく□惜しむ手なく仕うまつる。涼・仲忠、いたづらに候ふまじき者なり」とのたまはせて、[八]「琴《きん》仕うまつらすべし」と聞こえ給ふ。帝、「仰せ給はむかし。わいても、仲忠、琴《きん》賜ひて効《かひ》なきことなむあまた度《たび》侍る」とて、仲忠を召して、「ここに、から、[九]などにも仕うまつらず、仲頼・行正ら手惜しまぬ夜なるを、『仲忠しもいたづらに候ふまじきものなり』と、院なむ仰せらるる。これに、手一つ仕うまつれ」と[1]仰

氏物語』「少女」の巻に、「繋がぬ舟に乗りて池に離れ出でて、いとすべなげなり」。参考、『日本紀略』応和元年三月五日「天皇御二釣台一。召二文人一。有二桜花宴一。花光水上浮。召二擬文章生於池中島一奉試。題、流鶯遠和レ琴。勅題也」。

六　「方略の宣旨」は、文章得業生を経ずに方略試（対策）を受けていいという許可。「俊蔭」の巻【二】注八参照。藤英が対策に及第したのは、「菊の宴」の巻【三】注四参照。

七　「いたづらなり」は、何もせずにいるの意。

八　院ご自身がお命じになったほうがいいでしょう。

九　挿入句。「など」は、その具体的な内容を省略した表現。これまでの要請などにも琴を弾いてくれなかった。

せられて、[一〇][2]せた風を、胡笳《こか》に調べて、仲忠に賜ふ。花園を、[一一]同じ声に調べて、源氏の侍従に[一二]賜ふ。かしこまりて奏す、[仲忠]「異男《ことをのこ》どもは、今日のために候ふ手侍るを、[3]仲忠は、たまたま仕うまつりし手は、前《さき》々に仕うまつり尽くして、今日のためには候はずなむありつる」と奏す。帝、「残したる手なくは、前々仕うまつりし手を仕うまつれ。身の才《ざえ》は、人聞く所にて、上手《じやうず》と定めらるるなむよき。今宵仕うまつらざらむは、何かせむ。早う仕うまつれ」とのたまはす。なほ仕うまつらず。帝、「仲忠がためは、天子の位効《かひ》なしや。[一三]蓬莱《ほうらい》・[4]悪魔国の不死の薬の使としてだにこそは、宣旨《せんじ》のがれがたさによりて渡れれ。[5]ともかくもあれ、仕うまつれ」と仰せらる。仲忠、かしこまりて、仰せを承りて、涼と擬《ぎ》[一四]し合ひて、なほ声立てず。帝、「いかがはせむ。涼、声[一五]」と仰せらる。涼、苦しと思ひて、[一六]はさきの□[一七]が族《ぞう》の[一八]胡笳《こか》の一の拍を、[6]ほのかに掻《か》き鳴らす。仲忠、からうして、同じ拍の[7]同□を、はつかに掻き合はせて、胡笳の手□まつりぬ。

一〇 「せた風」は、俊蔭が帝（嵯峨の院）に献上した琴。「俊蔭」の巻【四四】注五、【五四】注七参照。
一一 花園風。俊蔭が春宮時代の朱雀帝に献上した琴。「俊蔭」の巻【一九】参照。
一二 涼は、宣旨による昇殿の際に、侍従（従五位下相当）に任じられたのだろう。
一三 「内侍のかみ」の巻【三】注二に、「蓬莱・悪魔国」とある。「悪魔国」は、未詳。始皇帝の命で蓬莱へ不老不死の仙薬を取りに行った徐福の故事による。
一四 「擬し合ふ」は、牽制し合うの意。
一五 「声」は、「声を立てよ」琴を弾けの意か。
一六 「はさきの」、未詳。
一七 「弥行が族」か。「内侍のかみ」の巻【一七】注三〇参照。
一八 胡笳十八拍の第一拍。

夜深[8]くなりもてゆくままに、琴の響き高く出づ。□人々□殊に心とまりて、胡笳の手どもを仕うまつり尽くす。帝よりはじめ奉りて、そこらの人、涙落とし給ふ。

帝、御かはらけ賜ふ。

仲忠、

[一九]秋を経て今宵の琴《こと》は松が枝《え》に巣籠もる蟬《せみ》も調べてぞ鳴く

院の帝、

[二〇]秋深み山辺に[9]かかる松風をめづらしげなく蟬や聞くらむ

[二一]長きよの更くるもうれし朝露を落とす小松の陰に涼めば

涼、賜はりて、

[二二]風をいたみ露だに置かぬ小松には宮人涼む陰やなからむ

[二三][10]一の皇子《みこ》、取り給ひて、琵琶《びは》仕うまつる仲頼に賜ふ。

[二四]陰ごとに人のみ涼む松よりは風も常磐《ときは》に吹きわたらなむ

仲頼、賜はりて、

[二五]松近み吹き来る風も荒れまさる秋の陰には誰か涼まむ

「胡笳」は、「俊蔭」の巻【五四】注八参照。

一九　「松が枝に巣籠もる蟬」に、涼をたとえる。

二〇　「松風」に自分が弾く琴の音、「蟬」に涼をたとえる。

二一　「よ」に「夜」と「世」を掛ける。「夜」「更く」は、縁語。「長き世の更く」に自分が歳老いたことをいい、「小松」に涼をたとえる。

二二　「露だに置かぬ小松」に、父院の愛情を受けずに育った自分をたとえる。

二三　朱雀帝の第一皇子。后の宮腹。

二四　「風」に、仲頼が弾いた琵琶の音をたとえる。「松」「常磐」は縁語。

二五　「松近み吹き来る風」は、仲忠と涼が弾く琴に合わせて演奏した自分の琵琶の音をたとえる。

[二六]三の皇子、取り給ひて、箏《しやう》の琴仕うまつる行正に賜ふ。

[二七]木枯らしの風も吹きつと松虫や繁《しげ》き木陰と人に見ゆらむ

行正、賜はりて、

[二八]年経れど落ちも変はらぬ松よりはいかで吹くらむ木枯らしの風

[二九]四の皇子、和琴《わごん》仕うまつる仲澄《なかずみ》に賜ふ。

[三〇]おしなべて松風と[11]しも知られねどわが身涼しき陰にもあるかな

仲澄、賜はりて、

[三一]隠れ沼《ぬ》の草葉もさやぐ風をさへ松の響きにいかがたとへむ

とて賜はりぬ。

連ねて下りて、舞踏す。

一〇　仲忠と涼、琴を弾いて奇瑞を起こす。

二六　朱雀帝の第三皇子。三の宮。仁寿殿の女御腹。

二七　「木枯らし」は、秋の末から冬にかけて激しく吹く、木を枯れさせる風。「吹きつと」の「と」を、逆接の仮定条件の接続助詞と解した。「松虫」に、行正をたとえる。参考、『古今六帖』一帖〈雑の風〉「木枯らしの音は過ぎにし時なれど常磐に常に松に吹く風」。

二八　「年経れど落ちも変はらぬ松」は、長い年月がたっても葉が落ち変わることがない松の意で、旧態依然たる行正自身をいう。

二九　朱雀帝の第四皇子。仁寿殿の女御腹。

三〇　「わが身涼しき陰」は、仲澄が弾いた和琴をたとえる。

三一　「隠れ沼の草葉もさやぐ風」に、仲澄自身が弾いた和琴をたとえる。

かかるほどに、[一]涼・仲忠、御琴《こと》の音《ね》等し、右大将のぬし、持たせ給へる南風《なん》を、帝《みかど》に、《兼雅》「これなむ、[二]仲忠が見給へぬ琴《こと》に侍るなり、仕うまつらせむ」と奏し給ふ。賜はりて、何心なく搔《か》き鳴らすに、天地揺すりて響く。帝よりはじめ奉りて、大きに驚き給ふ。仲忠、今は限り、この琴《こと》、まさに仕うまつり静まりなむや、ねたくくちをしきに、同じくは、天地驚くばかり仕うまつらむと思ひぬ。涼、[三]弥行《いやゆき》が琴《こと》、南風《なん》に劣らぬあり、[四]このすさの琴《こと》を、院の帝に参らす。[五]帝、同じ声に調べて賜ふ。

仲忠、[六]かの七人の一つてふ山の師の手、涼は、弥行が琴《こと》を、少[1]しねたう仕うまつるに、雲の上より響き、地の下より響《とよ》み、風・雲動きて、月・星騒ぐ。飛礫《つぶて》のやうなる氷《ひ》降り、雷《いかづち》鳴り閃《ひらめ》く。[七]雪、衾《ふすま》のごと凝《こ》りて降るすなはち消えぬ。仲忠、七人の人の調べたる[八]大曲《だいごく》、残さず弾く。涼、弥行が大曲の音《ね》の出《い》づる限り仕うまつる。□[2]天人、下《くだ》りて舞ふ。仲忠、琴《きん》に合はせて弾く。

[九]朝ぼらけほのかに見れば飽かぬかな中なる少女《をとめ》しばしとめな

一　以下「等し」まで挿入句。

二　挿入句。下二段活用の「給ふ」は、自分ではなく、身内の者の動作に用いた例。

三　以下「劣らぬあり」まで挿入句。「弥行」は、涼の琴の師。【三】注二参照。

四　「すさ」は、琴の名だが、未詳。

五　院の帝。嵯峨の院。

六　「かの七人の一つてふ山の師」は、「俊蔭」の巻【三】注五参照。

七　「俊蔭」の巻【一九】注九参照。

八　「大曲」は、「俊蔭」の巻【一九】注七参照。

九　参考、『古今集』雑上「天つ風雲の通ひ路吹き閉ぢよ少女の姿しばしとどめむ」（遍昭）。

む

返りて、いま一返り舞ひて、上《のぼ》りぬ。

一一　仲忠と涼、中将に昇進する。

帝《みかど》、御覧ずるに、計りなく、すべき方思されず。すなはち、仲忠に正四位《しやうしゐ》の位賜ひて、左近中将[1]になされぬ。涼に同じ位、同じ中将になされぬ。涼、源氏なり、琴《きん》仕うまつらずとも、この官位賜はるべし。その代はりに、祖父《おほぢ》種松に、一五位《いつつのくらゐ》[2]賜ひて、二紀伊《きの》守《かみ》になされぬ。

帝、左大将にのたまはす、「今宵、涼・仲忠に賜ふべきもの、国の内におぼえぬを、朝臣のみなむ賜ふべき」と仰せらる。大将、正頼「あなかしこ。朝廷《おほやけ》にだに候はざらむものを、正頼は、いかでか三賜ふべからむ」。帝、御時よくうち笑はせ給ひて、「□ありがたくものせらるるを、[3]涼・仲忠に賜はむななむ、ますものなかるべ

一　「五位」は、従五位下の位。
二　以降、種松は、「国譲・上」の巻まで、「紀伊守」として登場する。
三　この「賜ふ」は、主体敬語ではない用法か。
四　底本「たまひ侍なんと」、未詳。「賜ふ」は、帝の命であることを意識した表現か。帝の命によって与えることはかまわないのですがの意か。
五　「一の内親王」は、朱雀帝の第一皇女。女一の宮。仁寿殿の女御腹。今宮。あて宮と一緒に、三条の院の東北の町の寝殿に住んでいる。
六　正四位を叙する位記。
七　「松風」は、仲忠が弾く琴の音をたとえる。「紫

き」。大将、「[四]賜ひ侍りなむと、わいても、涼・仲忠が今宵の禄《ろく》にあるべき女子《をんなご》や、誰もありがたく侍らむ」。[帝]「いはゆるあてこそ、それこそは、よき今宵の禄なれ。涼にはあてこそ、仲忠には、そこに[五]一の内親王ものせらるらむ、それを賜ふ」と仰せらる。

涼・仲忠、崩れ落ちて舞踏す。

また、涼・仲忠が[六]位記《ゐき》、御前にて賜ふ。帝、仲忠が位記の上に書かせ給ふ。

　[七]松風しかく吹き干さば紫の深き色をばまたも染めてむ

仲忠、

　[八]紫に染むる衣の色深み干すべき風の温《ぬる》きをぞ思ふ

涼□位記に、院の帝書かせ給ふ。

　[九]秋深み野辺の草葉は老いぬれど若紫を今は頼まむ

涼、

　[一〇]盛りだに花の朽葉《くちば》の露をこそ今日紫の色は染めけれ

種松が位記に、左大臣、

の深き色」は、袍の色のことで、四位の浅紫から、さらに、三位以上の深紫にすることをいう。袍の色は、一位から三位が深紫、四位が浅紫、五位が、後の種松の歌によってわかるように、深緋となっている。この物語の成立年代の決め手となる。参考、『後撰集』雑一〈庶明朝臣中納言になり侍りける時、袍を遣はすとて〉「思ひきや君が衣を脱ぎ替へて濃き紫の色を着むとは」（藤原師輔）。

八　「干すべき風温し」は、自分の琴のつたなさをいう。

九　「野辺の草葉」に院自身、「若紫」に四位となった涼をたとえる。あるいは、「若紫」の「わか」に「わが」（わが子涼の意）を掛けるか。

一〇　「花の朽葉の露」に、涼自身をたとえるか。

季明一竜田姫紅葉の笠を縫ふことは一樹《き》ある松を露に会へとぞ種松、

二佐保山の緑の蓑《みの》に隠れたる松の陰にも今は□

など聞こえて、涼・仲忠、下りて、舞踏す。

種松、すなはち上許さる。宣旨《せんじ》下りて、参上《まうのぼ》りぬ。

一二　涼、嵯峨の院に、弥行のことを語る。

院の帝《みかど》□、驚きあやしがらせ給ふ。院「仲忠の朝臣が琴《こと》は、俊蔭《としかげ》の朝臣が手にまさること限りなし。涼、一変化《へんげ》の者なり。胡笳《こか》の調べは、俊蔭・弥行《いやゆき》と等しかりし二1丹比《たぢひの》弥行が手なり。弥行隠れて三十余《よ》年、その筋絶えて継ぐ人なし。涼二十余、琴《こと》の四曲《ごく》の手、弥行に等し。いかなることぞ」と問はせ給ふ。中将涼奏す、「弥行ま五かり隠れて、今年、六年になむなりぬる。仕うまつれば、朝廷《おほやけ》に数まへられず、六2才《ざえ》の宮仕へ効《かひ》なし、七菩《ぼ》提《だい》の勤めをいたさむとて、

二「紅葉の笠を縫ふ」は種松が深緋の袍を着る五位に叙せられたこと、「一樹ある松」は紀伊掾（従七位上相当）だった種松が浅緑の袍を着ていたことをいう。「竜田姫」は、春の佐保姫に対して、秋の女神。

三「緑の蓑に隠れたる松」は、秋になっても紅葉しない松ということで、今まで五位になれなかった種松自身をいう。

一「変化の者」は、「俊蔭」の巻【三七】注二参照。

二 底本「たひ」を「たちひ」の誤りと解する説に従った。「吹上・上」の巻【三】注三参照。『西宮記』所引『吏部王記』延長八年十月十一日に見える「楽所預良名」が、丹比氏である。

三 この「隠る」は、消息

深き山に入りて勤め侍りけるを、涼、五歳にて、熊野に詣で会ひて、[八]山臥の申し侍りし《弥行》、『世に、琴仕うまつる名を施《ほどこ》してき。この手とどまらざらむ悲しきによりなむ、今まで[九]娑婆《しゃば》に巡らひつる。きんぢ、この手を伝へ施すものならば、この世になからむ世なりとも、訪《とぶら》ひ衛《まも》らむ。すみやかに、今は、勇める獣《けだもの》に身を施《せ》し、深き谷に[3]屍《かばね》を晒《さら》してむ』と申して、もとの山にまかり籠もりにし。しかある遺言を、え[4]施《ほどこ》さず侍ること」と奏す。院の帝、驚きあはれがらせ給ふ。

かくて、まづ、内裏《うち》の帝帰りおはします。□

［ここは、神泉。上達部《かんだちめ》・親王《みこ》たち、着き並《な》み給へり。[一〇]探韻《たんゐん》賜はる。

藤英《とうえい》、船に乗りて放たれたり。

仲忠、琴《きん》賜はりて弾く。雪降れり。天人、下り来て舞ふ。□□］。

を絶つの意。【五】注一八には、「俊蔭隠れて三十年」とあった。

四「曲」は、琴曲。「俊蔭」の巻【五九】注二参照。

五「まかり隠る」は、亡くなるの意。

六「才の宮仕へ」は、学問での宮仕え。丹比氏が、清原氏と同じく、学問の家柄であることをいうか。時代は遡るが、多治比広成は、遣唐使として帰国後、式部卿まで昇進した。

七「菩提」は、一切の煩悩から解放された、迷いのない状態をいう。

八「山臥」は、出家した弥行をいう。

九「娑婆」は、仏教語。人間が住む三千大千国土の総称。

一〇「探韻」は、韻字を一字ずつ探り取って詩を作ること。また、その韻字。

一三　涼、三条に移り住み、時めく。

かくて、源氏、一三条［　　］に家造りて、磨き調へて、清らなり。二1財《たから》を貯へ納めて、よろづの調度を、金銀・瑠璃《るり》に磨き立てたる所に奉る。

三妻君《めぎみ》、四率ゐて上《のぼ》りたり。種松、五緋《あけ》の衣に白き六笏《しやく》持ちて、妻君拝む。妻君、「おぼえぬ喜びかな」と言ひて、

種松の妻七　置く露も時雨《しぐれ》も避《よ》くと見しものを変はれる色を見るがあやしさ

種松、

八　雲に及ぶ松の末だにあると聞けば籠もれる根こそ色変はりけれ

九紀伊守《きのかみ》、国へ下《くだ》りて、おもしろく労《らう》ある所に楽しび遊ぶ。

一〇中将は、世間の人、婿に取らむと争ひ聞こゆれど、聞き入れず、

一　源氏の君（涼）の屋敷は、「国譲・上」の巻【四】に、「この殿は、堀川よりは東、三条の大路よりは北二町」とある。「俊蔭」の巻【五〇】に、「三条の大路よりは北、堀川よりは西なる家」とある藤原兼雅の三条殿と、堀川小路をはさんで向かい合う。

二　以下は、種松の動作。

三　「妻君」は、種松の妻。

四　吹上の宮の人々を引き連れて。

五　「緋の衣」は、五位の位袍。

六　『和名抄』調度部服玩具「笏　音忽、俗云レ尺」。参考、『延喜式』巻四一弾正台「凡五位以上、通二用牙笏・白木笏一、前詘後直」。「白き笏」は、牙笏（象牙の笏）か、白木笏か。いずれにせよ、種松が五位に叙

宮仕へ心に入れて交じらひ、人に許さる。時めくこと、[一一]藤中将と等し。

一四　忠こそ、真言院の阿闍梨に任じられる。

かの行ひ人を、院の帝《みかど》、限りなく労《いたは》らせ給ひて、院の内に、[一]壇《だん》所《しょ》賜ひなどして候はせ給ふ。尊き師[1]につきてかしこく受けければ[2]、悟りいと深く、しるしあり。院奏せさせ給ひて、[二]真言院《しんごんゐん》の阿闍梨《あざり》になされぬ。弟子・[三]同行《どうぎやう》など多く、身の勢ひ時なること、昔に劣らず。

一五　忠こそ、一条の北の方と出会って、世話をする。

召しありて、嵯峨の院に参る。車清らに装束《さうぞ》きて、人いと多くて参る。[一]院の御を戴《いただ》きて、顔は墨よりも黒く、足・手は針よりも

せられたことによる。
七「変はれる色」は、五位になった種松の袍が浅緑から緋になったことをいう。
八「雲に及ぶ松の末」に涼を、「籠もれる根」に種松自身をたとえる。
九 種松。【二】注三参照。
一〇 源氏の君（涼）。
一一 藤原仲忠。

一「壇所」は、壇を築く場所。「壇」は、「藤原の君」の巻【三】注一一参照。
二「真言院」は、朝廷の修法所。大内裏の中和院の西にあった。
三「同行」は、仏教語。心を同じくしてともに修行する者をいう。

一 底本「院の御をいたゝきて」、未詳。脱文を想定する説もある。

細くて、[二]継ぎの布のわわけたる、[三]鶴脛《つるはぎ》にて、阿闍梨《あざり》のまかづるに、手を捧《ささ》げて、「今日の[四]助け賜へ」と、後《しり》に立ちて這《は》ひ行く。阿闍《あざ》梨《り》、あはれがりて、物など食はせて、「[忠こそ]昔いかでありし人の、いつより、かくはなりしぞ」と問へば、「[一条][五]限りなき財《たから》の王にて、世の中の[六]一の人の妻《め》にてなむ侍りし。その人、母なき男子《をのこご》の、容貌《かたち》・心すぐれたるを持ちて、限りなく愛《かな》しくし給ひ、[七]君も二つなく顧み給ふ人を、滅ぼさむと思ふ心深くて、[八]親の家の宝を取り隠して、『かれが盗みたる』と言ひ、親のために[1]咎《とが》あるべきことを、この人に言ひ負《お》ほせつつ、[九]つひになむ失ひてし[一〇]報いにや侍らむ、生きながら、かかる身をなむ受けて侍る」と言ふ。[2]阿闍梨《あざり》、昔の一条の方に聞きなしつ。時の変はるまで思ひ入りて思ふ[一一][3]ほに、[一二]おとどの大願を立てて求め給ふ帯も、我にこそは負ほせけれ、また、[一三]おとどの御気色も、さは、大きなる災ひを聞かせ奉れるにこそありけれ、年ごろ、胸の炎冷《さ》めず嘆きわたりつることを、仏、世におはしましければ、[一四]聞き明らめつることと思ひて、久しくありて言

二 「継ぎの布」は、継ぎ合わせて繕った布。「わわく」は、破れるの意。「祭の使」の巻【一九】注七参照。
三 「鶴脛」は、着物の裾が短くて脛を長く出しているさま。この物語に五例あるが、平安時代の仮名作品にほかに例が見えない。
四 「助け」は、命をつなぐ糧の意。
五 「忠こそ」の巻【三】注五には、「世の財の王」とあった。
六 「一の人」は、右大臣橘千蔭をいう。左大臣源忠経の死後、千蔭が「一の人」とされたか。
七 「君」は、帝。現在の嵯峨の院。
八 「親の家の宝」は、石帯をいう。「忠こそ」の巻【二】注二参照。
九 挿入句。
一〇 「報い」は、現世で受け

ふ、「《忠こそ》さほどに、いかにしてか、さる罪なき人のためにはあやしき心を遣ひ給ふ。4しかありける報いに、かかる身となりぬ。来む世には、地獄の底に沈みて、浮かむ世あらじ」と言ふに、一五乞丐《かたゐ》、涙を流して言ふほに、「《一条》このことを悔い思ふも、焰《ほむら》に燃ゆるがごとし。されども、してしことなれば、返すべき方なし。思ひ出《い》づるなむ、一六あからしく悲しく侍る」と言ふ。阿闍梨《あざり》、いまいくばくもあらじと見給へば、「世に経給はむ限りは労《いたは》り奉《たいまつ》らむ。後の屍《かばね》をも納め、地獄の苦しびをも済《すく》ひ申さむ」とのたまひて、小さき小屋造りて込め据ゑて、物食はせ、衣《きぬ》着せなどして養ふ。

一六　忠こそ、宮あこ君を介して、あて宮に歌を贈る。

かかるほどに、一大将殿の宮あこ君、物の気《け》憑《つ》きて、いたくわづらふ。とかくすれども、怠らず。この阿闍梨《あざり》につけ奉れば、かしこくして労《いたは》りやめつ。


る果報。現報。

一一「ほに」は、「俊蔭」の巻【五】注一参照。

一二「忠こそ」の巻【二】参照。

一三「おとどの御気色」は、父千蔭の不興な様子の意。「忠こそ」の巻【三】参照。

一四「聞き明らむ」は、話を聞いて事情を明らかに知るの意。

一五「乞丐」は、物乞いの意。一条の北の方をいう。参考、『蜻蛉日記』上巻「乞丐ども、坏・鍋など据ゑてをるも、いと悲し」。

一六「あからし」は、つらいの意。参考、『蜻蛉日記』下巻「『などか来ぬ、訪はぬ、憎しあからし』とて打ちも抓みもし給へかし」。


一「宮あこ君」は、あて宮の同腹の弟。

阿闍梨《あざり》、宮あこ君に、心[二]うつくしく語らひてのたまふ。殿のこ となど問ひ聞きて、「この春、春日におはしまし御方[1][三]に、いさ さかなること聞こえむ。奉り給へよ」とて、かく書きて奉る。

「閉[四]ぢ籠もり巌《いはほ》の中に入りしかど君が匂ひは空に見えにき

かくてしも思ひ離れぬものになむ」

とて、「これ奉り給ひて、御返り、必ず賜はりて賜へ」と言ふ。宮あこ君、「さらに、[五][2]かかること見[3]給はぬ人なり。いかがあらむ」。阿闍梨《あざり》、「など、かく労りやめ奉る心ざしをも思さで。あひ思せとこそ思へ」。あこ君、難きことと思へど、参りぬ。

あて宮に奉り給へば、《あて宮》[六]「あなむくつけ。なでふ、さる物をか持ておはする」とて、引き破《や》りて捨て給ひつ。

一七　九月の下旬から、春宮をはじめ、人々、あて宮に歌を贈る。

かくて、九月つごもりに、春宮より、あて宮に、かく聞こえ給

二 「心うつくし」は、親密だ、親しいの意。「嵯峨の院」の巻【二】注八参照。
三 「御方」は、あて宮。「春日詣」の巻【五】参照。
四 参考、『古今集』雑下「いかならむ巌の中に住まばかは世の憂きことの聞こえ来ざらむ」（詠人不知）、『斎宮女御集』「世のほかの巌の中に住まふとも忘るるほどもあらじとぞ思ふ」。
五 「菊の宴」の巻【一四】の宮あこ君の発言にも、「さらに、かやうの物見給はずなむある」とある。
六 「春日詣」の巻【七】の仲頼の歌に対しても、「あて宮、見給ひて、『あなむくつけ。見るまじき物かな』とて、引き結びて捨て給ひつ」とあった。

ふ。

あて宮、

一 秋ごとにつれなき人をまつ虫の常磐《ときは》の陰になりぬべきかな

二 色変へぬ秋よりほかに聞こえぬは頼まれぬかなまつ虫の音《ね》も

源宰相、鈴虫を奉りて、

実忠三 鈴虫の思ふごとなるものならば秋の夜《よ》すがら振り立てて鳴[1]け

兵部卿の宮、菊の盛りに、

四 頼もしく思ほゆるかな言ふことをきくてふ花の匂ふ長月

右大将殿、つごもりの日、

兼雅五 長月は忌むにつけても慰めつあき果つるにぞ悲[2]しかりける

平中納言、十月一日《ついたち》の日、

六 薄かりし夏の衣や濡《ぬ》れしとて替へつる袖に変はらざりけり

三の皇子《みこ》、御前の紅葉色濃きにつけて、

七 色深く染むるまにまに□袖や紅葉の錦なるらむ

中将仲忠、宇治の網代《あじろ》より、

一 「松虫」の「まつ」に「待つ」を掛ける。「常磐の陰になる」は、常緑の松のように、いつまでも変わらないの意を込める。

二 「松虫」の「まつ」に「待つ」を掛ける。

三 「鈴虫」に「鈴」、「なる」に「鳴る」と「成る」を掛ける。「鈴」「鳴る」「振る」は、縁語。

四 「きく」に「聞く」と「菊」を掛ける。

五 「あき」に「秋」と「飽き」を掛ける。九月も、五月と同じく、結婚することを忌む月と考えられていた。五月の例は、「藤原の君」の巻【三五】注一参照。

六 「替ふ」は、衣替えをするの意。「藤原の君」の巻【三六】の平中納言の歌参照。

七 「紅葉の錦なり」は、紅の涙で染まることをいう。

八ながれ来るひを数ふれば網代木によ[3]るさへ数も知られざりけり

初雪の降る日、涼の中将、

九雲居より袂《たもと》に降れる初雪のうち解けゆかむ待つが久しき

おとど、見給ひて、正頼「九月に仰せられしを思ひたるなめりかし。一〇景迹《かうさく》なる人にあれば、かしこをば、人にこそ頼み聞こえたれ」などのたまふ。

侍従の君、時雨《しぐれ》いたく降る日、

仲澄一一神無月《かみなづき》雲隠れつつしぐればまづわが身のみ思ほゆるかな

源少将、一二祭りの使に立つとて、

仲頼一三袖ひちて久しくなれば冬中に振り出《い》でて行《ゆ》く訪《と》ふが逢《あ》ふやと

兵衛佐、物に参るとて、□物語などす。帰る暁に、御前の池より水鳥の立つを見て、

行正一四我一人帰れる池に鴛鴦《をしどり》の□鳴きて立つかな

藤英、六十余日が[4]うちに一五対策《たいしやく》せむと、夜昼急ぐ。年ごろ、雪を

八「ながれ」に「流れ」と「泣かれ」、「ひを」に「氷魚」と「日を」、「よる」に「寄る」と「夜」を掛ける。「氷魚」「網代木」「寄る」は、縁語。

九「雲居」に帝、「袂」に涼自身、「初雪」にあて宮をたとえる。「うち解けゆく」に、あて宮がうち解けてゆくの意を込めて、神泉苑の紅葉の賀の時に、帝から、「涼にはあてこそ」と言われたことを詠む。

一〇「景迹なり」は、すぐれている、すばらしいの意。「俊蔭」の巻【六三】注三参照。

一一参考、『古今六帖』一帖〈神無月〉「ちはやぶる神無月こそ悲しけれ誰を恋ふとか常にしぐるる」。

一二「祭りの使」は、十一月の下の酉の日の賀茂に行われる臨時の祭りの使。「菊の宴」の巻【三】注一三

夜の光にて勤めつれど、今は、一六さとゐん□花のごとし、食物《くひもの》山のごとし、油は海のごと湛《たた》へて、□などするにも、なほ、一七このことを嘆く。雪降る日、

藤英
心だに明かくなりにし雪降れど恋には惑ふものにぞありける

では、仲忠も「臨時の祭りの使」に立っている。ただし、次の「菊の宴」は「霜月の一日頃」から始まっている。

一三 「袖」「振る」は、縁語。

一四 「鴛鴦」は、参考、『和名抄』羽族部鳥名「鴛鴦　乎之……雌雄未嘗相離、人得其一則其一思而死、故名匹鳥也」。

一五 「対策」は、【九】注六参照。

一六 「さとゐん」、未詳。

一七 「このこと」は、あて宮へ思いがとどかないことをいう。

吹上・下

一　八月中旬、嵯峨の院の花の宴。吹上御幸を決める。

八月の中旬ごろに、嵯峨《さが》の院が秋の花の宴を催しなさる。上達部《かんだちめ》と親王《みこ》たちが、残らず参上して、管絃《かんげん》の遊びをなさる。院が、「一年のうちで、秋の木や草の盛りは、いつごろか」とお尋ねになる。蔵人《くろうど》の少将（仲頼《なかより》）が、「秋の野の盛りは八月の中旬、秋の山の盛りは九月の上旬ごろでございます」と申しあげる。院が、「野と山の中では、どこが風情があるのか」。少将が、「近い所では、野は嵯峨野《さがの》と春日野《かすがの》、山は□山でございます。人が手を入れず思いのままに生えた草木などはつまらないものです。人がそばにいて、朝夕手入れをした草木は、姿も様子も趣があるものです。花や紅葉などは、そうではありませんが」。院が、「今年は、なぜだか、木《こ》の葉の色も濃く、花の姿も風情がありそうな年だ。風情がある、おもしろい野辺で、小鷹狩《こたかがり》をしてみたい」とおっしゃる。少将が、「そのとおりの年です。木の葉は早くも色づいて、同じ露や時雨《しぐれ》も、おっしゃるとおりで、格別な風情です。左大将殿（正頼《まさより》）が一族の方々を引き連れて大原野《おおはらの》にお出かけになった時に、私もお供したのですが、大原野は、まことに美しい景色になっていました」。院が、「とてもすばらしいことだな。大勢で出かけてあちらこちらを見物するのも、楽しいことだ。ところで、どんなことがあったのか」。少将が、「格別なことはございませんでした。たくさんの贈り物の中に、すばらしい小鷹が一羽ありました」。院が、「私も、あの鷹を試してみたい。鷹狩をするのにおもしろい所を思い出してくれないか」。少将が、「私が見てきた中では、先日お話しした紀伊国《きのくに》でございます。天竺《てんじく》の十六の大国にも、あれほどの所はないと思います」。院が、「そうなのか。もっともなことだ。私もぜひ行ってみたいけれど、□。実際に、どうして、ほんとうに、□まで行けるだろうか。制約が多くてとても思いどおりに振る舞うことができない身でもあるし、先例がないことなら困る」とおっしゃると、右大臣（忠雅《ただまさ》）が、「お出かけになってもかまわないと思います。唐の国の帝《みかど》は、遠狩《とおがり》をなさるためには、十日や二十日は都を離れることがあったそうです。四日か五日くらいならば、なんの問題もないでしょう」と申しあげなさると、院は、ご機嫌がよくなって、「それならば出かけよう」などとおっしゃる。人々も、「ちょうど今ごろが、草や木の盛りでございます。盛りを過ぎる前にお目にかけたいと思います」と申しあげるので、院は、「いい日取りを定めて出かけよう」と言って、□漢学の才がある人□はすべて、容姿が調った人□をお選びになる。□九月九日の重陽《ちょうよう》の宴は吹上《ふきあげ》で催そうと思って、文章《もんじょう》□などをお供させなさる。藤英《とうえい》は漢学の才がすぐれていると聞いて、お供するようにとお命じになる。

［左大将の三条の院。装束や馬の鞍《くら》をはじめとして、何もかも調えて出発させなさる。］

二　源氏の君（涼）、吹上御幸を迎える準備をする。

嵯峨の院の親王《みこ》たちや院の殿上人も、漢学の才があって容姿が調った人たちは、皆、紀伊《きの》国《くに》に出かける。

紀伊国の源氏の君（涼《すずし》）は、このことを聞いて、念入りに準備なさる。

三　嵯峨の院の一行、九月一日に出発し、吹上の宮に着く。

嵯峨の院の一行は、九月一日に都をお立ちになる。道中のはなやかな様子は、言葉で言い尽くすこともできない。紀伊国《きのくに》にお入りになった国境《くにざかい》をはじめとして、吹上の宮までの道中は□種松《たねまつ》が、御座所を金銀と瑠璃《るり》で造ったのである。

一行が、吹上の宮にお着きになると、西の陣を開いて入っていただきなさる。申《さる》の時（午後四時）ごろに着いて、美しく飾りたて準備した所に、並んでおすわりになった。院は、「ほんとうにこれまで見たことがない風情がある所だなあ。どうしてこれほどの暮らしをしているのだろうか」と思って御覧になる。

四　嵯峨の院、吹上の宮で、源氏の君（涼）と対面する。

威儀の御膳《おもの》は、言うまでもなくすばらしい。上達部《かんだちめ》や親王《みこ》たちには、沈香《じんこう》と紫檀《したん》の衝重《ついがさね》で、ありとあらゆる海山の物をさしあげ、近衛府《このえふ》の六位の官人と諸大夫《しょだいぶ》たちも、それぞれの身分に応じて、盛大に饗応《きょうおう》した。嵯峨《さが》の院をはじめとして、皆が食事に箸《はし》をつけて、酒宴が始まる。源氏の君（涼）は昇殿を許されて、院が御前に召して御覧になる。院は、源氏の君のことを見て、今回の吹上行きに選ばれた大勢の人々に劣ることはないとお思いになる。

管絃《かんげん》の遊びが始まって、院は琵琶《びわ》を、仲忠《なかただ》に和琴《わごん》、仲頼に箏《しょう》、源氏の君に琴《きん》をお渡しになって、皆で演奏なさる。源氏の君は、技法を隠すこともなく、弾けないふりをすることもない。院は、「どうしてここまで習得したのだろう」と言って、今度は、源氏の君に箏の琴を渡して弾かせなさる。琴《きん》も箏の琴もどちらの演奏も、とても見事である。大勢の琴《こと》の名手たちよりもまさっている。院が、御□を手にして、おそばにいる源氏の君を御覧になって、

　昨日までは二葉の松だと聞いていましたのに、今は、枝が繁って、下に陰ができるほどまでに生長していたのですね。

式部卿《しきぶきょう》の宮が、

　これまでは陰もとどくことがなかったのに、もとの松の根が広く張り巡らしたことで、一緒に並ぶことになってうれしく思いました。

兵部卿《ひょうぶきょう》の宮が、

　最近になって岸から生え出た松なのに、その枝は立派に伸び広がっているものですね。

とお詠みになる。

五　九月九日の重陽の宴、吹上で催される。

嵯峨の院は、九日の重陽《ちょうよう》の宴を、この吹上の宮で催しなさる。庭をこのうえなく美しく飾りたてる。笆垣《ませがき》の縦木には紫檀《したん》、横木には沈香《じんこう》、それを緂《だん》の組紐《くみひも》で作った結い紐で結び、砂金を敷いて、黒方《くろぼう》を土にしている。菊を白銀で装飾している。美しく変色した□などを押さえつけて植えた中に、紺青《こんじょう》の玉と緑青《ろくしょう》の玉を、花の露として置かせている。

九日の日の朝早く、源氏の君が、葉数《はかず》を奏上させて献上なさる。この源氏の君は、涼という名であった。源氏の君が、菊につけた、

朝露が降《お》りる中で、美しい盛りの菊を手折って見ています。その菊を挿頭《かざし》とすることで、院の寿命も延びることでしょう。

の歌を見て、院は、とても心がこもっていると思って、

私が知らないところでた□すは、菊の園の露がこんなに美しい光を放っているのを見るのはうれしいことです。

とお詠みになると、式部卿の宮が、

秋が来ると、わが家の庭の菊にも露は置くのに、私は、露のようにはかないわが身をどうして嘆いていたのでしょうか。

中務《なかつかさ》の宮が、

菊の園にどれほどの寿命が籠《こ》もっているから、この菊は、露の底から、千年の寿命を延ばすことができたのでしょうか。

兵部卿の宮が、

私たちは、同じ菊の園に生えた白菊の枝ですから、同じように花が美しく咲いているのです。

左大将（正頼）が、

白菊が千年の寿命を込めて待っている園に、これまで知られずに残っていた露を、今は、美しい玉だと思って見ています。

とお詠みになる。

院が出ていらっしゃって、上達部《かんだちめ》と親王《みこ》たちが並んで座にお着きになる。庭には、錦の幄《あげばり》を張って、沈の□文人《ぶんじん》と擬文章生《ぎもんじようしよう》などが並んですわった。しばらくすると、宣旨《せんじ》が下って、仲頼・行正《ゆきまさ》・涼・仲忠の四人の殿上人が、院のお召しを受けて、横座に着いた。

こうしているうちに、院の前に、沈香の棚厨子《たなずし》が九具《ここのよろい》用意される。その棚一つには同じ沈香を轆轤《ろくろ》で削った一尺五寸の御器《ごき》が置かれていて、その中には、十六種類の生物《なまもの》と乾物《からもの》をはじめとして、あらゆる種類の貝と蟹《かに》などや、さまざまな果物《くだもの》を用意して、美しく盛ってある。院の食事は、九具の食膳に、黄金《こがね》の御器で、豪勢な食べ物は、同じ数である。上達部と親王たちに、紫檀の衝重《ついがさね》に、同じ紫檀を轆轤で削った御器で、それぞれの身分に応じて揃《そろ》えて、お食事をさしあげる。殿上人をはじめとして、所々の人々は、身分が高い人にも低い人にも、それぞれ、馬副《うまぞい》や居飼《いかい》、押さえやおかえ（未詳）にまでお与えになる。同じようにお与えになる食事も、豪勢に美しく盛って、種類を調えてさしあげたので、誰もが充分に満足する。

　酒宴が始まる。文人に、難しい詩の題が出された。文人たちは、その題をいただいて、詩を作り終えると、院の前に提出する。文章博士が、講師《こうじ》を務めて、その詩を朗誦《ろうしょう》し申しあげる。院は、一座の方々に声を揃《そろ》えて吟詠させなさったが、その中に藤英《とうえい》の声を聞いて、驚いて感動して、繰り返し吟詠させなさる。続いて、仲頼・行正・涼・仲忠の四人の殿上人の詩を読み上げる。院は驚いて感動なさる。院が、「この者たちの詩は、何度も唐の国に渡った代々の博士たちの詩に劣らないほどすぐれているな。たい□さむと思って、学問をさせるためにその道に進んだ人でもなく、若い時から管絃《かんげん》の道に熱心な者たちだ。行正は、幼くして唐の国に渡りはしたが、まだ若いうちに帰国した。仲忠は、俊蔭《としかげ》の子孫ではあっても、俊蔭が官位を辞して消息を断ってから三十年、仲忠が、今の世で学問があるとはいっても、生前の俊蔭には会っていない。琴《きん》に関しては、俊蔭が娘に伝え、その娘が仲忠に伝えたのだ。そのことだけでもめったにないことだ。琴《きん》はともかく、学問の道までは、俊蔭は娘に教えていなかっただろう。何につけても、仲忠と仲頼は、変化《へんげ》の者たちだ。いったいどうしてこんな者たちが生まれたのだろう」とおっしゃる。その時に、涼が、院の御前に、その日の禄《ろく》として、白銀の透箱《すきばこ》を、同じ白銀の台に載せて九つ、包みの中には、綾《あや》や錦をはじめとして、これまで見たことがない薬や、この世でめったに見つからない香《こう》など、院がまだ御覧になったことがない品々を、白銀や黄金で細かにしつらえて入れてさしあげる。涼の従者たちが、上達部と親王たちの禄まで、連れだって持って参上して、立ち並んでいる。左右の大臣や親王たちをはじめとして上達部たちには白絹《しらぎぬ》と畳綿《たたみわた》を百屯《ひゃくとん》、殿上人や諸大夫《しょだいぶ》たちをはじめとして多くの官人たちにも、それぞれの身分に応じて、豪華な禄が贈られる。院は、身分が高い人々の供人にまで、その身分にふさわしい禄をお与えになる。

夜になった。院の前には黄金《こがね》の灯籠《とうろう》と灯械《とうがい》が置かれ、人々の前には沈香の松明《たいまつ》を灯《とも》している。高麗《こま》製の十一間の幄《あげばり》を、鱗《うろこ》のように数多く張り巡らしている。沈香の舞台を金の糸で結んで組み立て、楽器はすべて金銀や瑠璃《るり》を美しく飾りたてて調えて、笙《しょう》の笛の楽人が四十人、横笛の楽人が四十人、琴《こと》の楽人も舞人も、数えきれないほど参上する。笛も琴《こと》も、これまで聞いたことのないほどすばらしい音色□御時である。それぞれの道の名手たちが、すべて集まっている。選《え》りすぐった名手を揃《そろ》えている。乱声《らんじょう》をし、一斉に、鼓《つづみ》を打ち、笛を吹き、琴《こと》を弾く。その音色は、とてもすばらしい。夜が明けるまで管絃の遊びをする。

六　同夜、忠こそが現れて、嵯峨の院と対面する。

その夜、楽器の音が静まった明け方に、修行者の声が遥《はる》か遠くに聞こえる。嵯峨の院が、それを聞いて、「不思議なことに、尊い声で読経《どきょう》する者がいる。探し出して連れて来い」とおっしゃる。

蔵人《くろうど》と殿上人が、馬に乗って、読経の声がかすかに聞こえる方向を目指して行くと、ある神社にたどり着いた。忠《ただ》こそは、手がとどかない人への、思ってはならない心を起こして、「せめてあて宮さまのおそば近い所だけでも、もう一度お見せください」と願って、六十余国を修行して歩いて、そこにやって来ていたのだった。院のお召しだと言っても参上しようとしないのを、無理に連れて来て、院に、「ここに連れて参りました」と申しあげる。院が、御階《みはし》のもとに呼び寄せて御覧になると、忠こそは、木の皮と苔《こけ》の衣《ころも》を着て、言いようがないほど粗末な格好ではあるが、並みの人には見えない。院は、「やはり、この修行者は、何かいわれのある者だ」と思って、「どのような事情で出家して、どこの山で仏道修行をしている者なのか」と、くわしくお尋ねになる。忠こそは、「こんな姿になってしまったから、見てわかる人もいないとは思うけれど、院は思い出しなさるのではないか」と考えて、そのとても悲しくつらく思う。院が、仲頼と行正に、琴を読経の声に合わせて調律させて、その修行者に、琴の音《ね》に合わせて、孔雀経《くじゃくきょう》と理趣経《りしゅきょう》を読ませて、一緒にお聞きになると、いたわしく悲しくて、誰もが涙を落とす。

院は、この修行者を、かすかに見たことがあるようにお思いになられる。左大将（正頼）や仲忠などは、春日《かすが》でお会いになっていたので、それと気づいたけれど、忠こそが恥ずかしがって遠慮していたことを思い出して、今でもひどく恐縮している様子を見ながら、院のおそばで、知らないふりをしていらっしゃる。院が、昔会ったことがある人のことを思い出していらっしゃるうちに、忠こそのことを思い出して、忠こそだったのだと気づいて、左大将に、「この修行者は、昔会ったことがあるようだから、誰だったのだろうと懐かしく思っていたが、一人思い出した。あなたも、昔親しく契りを交わした仲だから、見ておわかりになるだろうと思う」とおっしゃるが、左大将は、いたわしいと思って、お返事を申しあげることができずにいらっしゃる。院は、右大臣（忠雅）に命じて、「昔、私が帝位に即《つ》いていた時に、殿上童《てんじょうわらわ》として仕えていたと思うのだが、違うか」と尋ねさせなさる。忠こそは、私のことをわかっておしまいになったのだと思うと、涙が、降る雨のようにこぼれ落ちる。院をはじめとして、誰もが声も惜しまずにお泣きになる。

左大将が、「この法師は、前に会ったことがあるのですが、その時にも、お知らせしようと思っておりましたけれど、『私がこの世にまだ生きていることは、院のお耳に入れたくない』と言って、とても恥ずかしがって遠慮しておりましたので、今までお知らせせずにおりました」とおっしゃる。院は、とてもいたわしいと思って、御階のもとに召し寄せて、「長年、今にいたるまで、姿を隠してしまったことを、ずっと残念に思っていた。なぜだかわからないままあっけなくいなくなってしまったのは、どんな理由があったのか」などとお尋ねになる。忠こそは、紅《くれない》の涙を流して、「私が山に籠もった理由をお話しいたします。父（千《ち》蔭《かげ》）は、『おまえが剣《つるぎ》を手に持って私を殺そうとしたとしても、その罪を咎《とが》めることはすまい』とまで申しておりましたのに、父が体調をくずして参内せずにいた頃、私が、なかなか許してもらえない暇《いとま》をお願いして退出いたしました時に、父は、唐突に、私のことを許すことができないと思っている様子が見えたのです。それを見て、私は、親の機嫌をそこなう以上の罪はないだろうと思って、心が静まらずに、すぐに山に籠もって、山や林を住みかとし、熊や狼を友とし、木の実や松の葉を食べ物とし、――のみ（未詳）、木の皮と苔を衣として着て、長い年月がたちました」と申しあげる。院は、とても悲しいと思って、「過ぎてしまったことは、今さら嘆いてもしかたがない。せめて、今からだけでも、近くに仕えて、祈禱《きとう》もいたせ」とおっしゃる。さらに、「忠こそがこうしてこの世で生きていたのに、捜し出すこともできずにいたことだなあ」と言って、院が、

谷の底深く下りていた雲が姿を現した。でも、どうしてさらに高い山の稜線《りようせん》を求めずにいるのだろうか。

とお詠みになると、忠こそが、

空に浮かぶ雲を見ながら山に入ったのですが、その山辺には、雲が下りて落ち着く谷も

ありませんでした。

式部卿の宮が、

空いっぱいに満ちていた雲がかかっていた秋霧を見て、いずれ山の底から出て来るだろうとは思いませんでした。

中務《なかつかさ》の宮が、

秋霧は、雲が浮かんでいた空から捜し求めてかかるという暗部《くらぶ》の山をあてにしていたのですね。

右大臣が、

入った人を出家させて墨染めの衣を着せる山だから、人は、その山の名を、暗部山だと思っているのでしょうか。

左大将が、

風が吹くと、空に浮かんでいた白雲のことを、ただそのままずっと下りたままでいるだろうとは思いませんでした。

とお詠みになる。

夜が明けた。源氏の君（涼）は、院たちがこうして滞在していらっしゃる間に、ありとあらゆることをして歓待なさる。

七　嵯峨の院、涼を伴って、帰京する。

嵯峨の院は、都にお帰りになる際に、源氏の君（涼）を連れてお上りになる。種松は、上《かん》達部《だちめ》と親王《みこ》たちに、御衣櫃《みぞびつ》や馬や厨船《くりやぶね》などを、さまざまにお贈りする。その贈り物をこしらえた様子は、言葉で言いあらわせないほどすばらしい。

一行がお帰りになる道中も、輿の限りを尽くして、管絃《かんげん》の遊びをなさる□。

八　帝、神泉苑での紅葉の賀の宴を計画する。

嵯峨の院が紀伊国《きのくに》からお帰りになったので、帝《みかど》（朱雀帝）は、神泉苑《しんせんえん》で紅葉の賀を催そうと思って、院にご連絡をさしあげなさる。

右大将（兼雅《かねまさ》）が、三条殿の北の方（俊蔭の娘）に、「院が、紀伊国の源氏の君（涼）を連れて上京なさったので、今回の神泉苑への行幸《みゆき》には、院もおいでになって管絃《かんげん》の遊びがあるはずだと聞いていますが、その時には、侍従（仲忠）も琴《きん》を弾くことになるでしょうから、同じことなら、ほかの人よりもすぐれていると評価されるといいと思います。『しばらくの間は秘しておきたい』とおっしゃっていた、あの南風《なんふ》の琴《きん》はお出しになりませんか」。北の方が、「亡き父上が、世の中に出さずに秘していらっしゃった琴《きん》を、私の代になって取り出すのは、心が痛みます」。右大将は、「この侍従が、院や帝の前で、一度、これまで聞いたこともない琴《きん》の音をお弾きすることになったら、どんなにすばらしいことでしょう。侍従に、これまでもこれから先も起こるはずがないことをさせましょう」と言って、お願いして、南風の琴を出してもらって、神泉苑の行幸にお供なさる。

九　神泉苑で、紅葉の賀が催される。

嵯峨の院も、神泉苑の行幸においでになった。今の世の音楽の名手たちが、皆参上して集まり、文人《ぶんじん》も、選ばれた者たちは全員参上する。

院が、帝《みかど》と親しくお話しなさる。その機会に、院が、「人々が、『この世に、信じられないほどすばらしい所がある』と申しましたので、私も見てみたいと思って出かけたところ、この涼が住んでいる所でした。この目で見たところ、ほんとうに、この世のものとは思われないほどすばらしい所でございました。そのような所だったのですが、そのままそこに置いておくのにふさわしくない者だと思われましたので、連れて参りました。そういう事情なので、涼に昇殿などを許して、目をかけてください」とお願い申しあげなさったので、帝が、「承知いたしました」とおっしゃって、宣旨《せんじ》が下って、源氏の君は昇殿を許していただいた。

紅葉の賀が始まって、文人たちが題をいただき、上達部《かんだちめ》や殿上人、文人たちが、それぞれ作った詩を文台《ぶんだい》に提出する。藤英《とうえい》が、式部省試の題をいただいて、一人、船に乗せられて池に現れた。そして、すぐに、見事な詩を作った。藤英は進士《しんじ》になされて、方略試《ほうりやくし》を受けることを許可する宣旨《せんじ》が下った。

管絃《かんげん》の遊びが始まって、上達部は、手を惜しむことなく演奏する。院が、帝に、「□かうしく□手を惜しまずに演奏している。涼と仲忠は、そばで何もせずいてはならない者たちだ」と言って、「琴《きん》を弾かせたいと思います」と申しあげなさる。帝は、「院ご自身がお命じになったほうがいいでしょう。とりわけ、仲忠は、私が琴《きん》を渡して弾くように頼んでも、弾いてくれないことが何度もありました」と言って、仲忠を召して、「おまえは、これまでの要請などにも琴《きん》を弾いてくれなかったが、今夜は、ここで、こうして仲頼と行正たちが手を惜しむことなく琴《こと》を弾いているし、院も、『仲忠だけが何もせずにいてはならない』とおっしゃっている。この琴《きん》で、一曲弾いてくれ」と命じて、せた風《かぜ》を、胡笳《こか》の調べに調律して、仲忠にお渡しになる。花園風《はなぞのかぜ》を、同じ胡笳の調べに調律して、源氏の侍従（涼）にお渡しになる。仲忠は、恐縮して、「ほかの方々は、今日のために用意した曲がございますが、私は、たまたまお弾きした曲は、これまでにすべて弾き尽くしてしまって、今日のためには残っておりません」と申しあげる。帝は、「残した曲がないならば、これまでに弾いた曲を弾け。音楽の才能は、人が聞いている所で、名手と認められてこそすばらしいのだ。今夜弾かないなら、音楽の才能など何にもならない。早く弾け」とお命じになる。仲忠は、それでもなお弾こうとしない。帝は、「仲忠のためには、天皇の位などなんの効《かい》もないことだな。蓬萊《ほうらい》の山や悪魔国の不死の薬を取りに行く使としてであっても、宣旨は断ることができないから出かけるものだ。何はともあれ、一曲弾け」とお命じになる。仲忠は、恐縮して、お言葉をうかがいながらも、涼とたがいに牽制《けんせい》し合って、依然として弾こうとしない。帝は、「こうなったらしかたがない。涼よ、おまえが弾け」とお命じになる。涼は、困ったなと思いながら、はさきの□の族の胡笳十八拍の一の拍を、ほのかに掻《か》き鳴らす。それを聞いて、仲忠も、ようやく、同じ拍の同じ□を、少しだけ合わせて弾いて、胡笳の調べを□お弾きする。

夜が深まってゆくにつれて、琴《きん》の音が高く響きわたる。□人々が□特に心が惹《ひ》かれる中で、胡笳の調べをすべて弾く。帝をはじめとして、大勢の人が涙をお落としになる。

帝が、仲忠に盃《さかずき》を与えて、

　今夜の琴《きん》は、何年もの秋を過ごして、松の枝で巣に籠もっていた蟬《せみ》（涼）も、弾きながら鳴いています。

仲忠が、

　秋が深まっているので、山辺に吹きかかる松風を、蟬は、珍しくもないと思って聞いているのでしょうか。

院が、

　朝露を落とす小松の陰に涼んでいると、私が歳老いたこともうれしく思います。

涼が、盃をいただいて、

風が激しく吹くので、露さえも置くことのない小松には、宮中に仕える方々が涼む木陰はないのでしょうか。

二の宮が、その盃を手にして、琵琶《びわ》を弾いた仲頼に、

どの木陰にも人が涼んでいる松からは、いつまでも変わることなく風も吹き続けてほしいと思います。

と詠んでお渡しになる。仲頼が、その盃をいただいて、

松が近いので、その松から吹いてくる風も、ますます荒れすさんでいます。秋の木陰には誰も涼みはしないことでしょう。

三の宮が、その盃をお受け取りになって、箏《しょう》の琴《こと》を弾いた行正に、

木枯らしの風が吹いたとしても、松虫がいるのは、木々が生い繁った常磐《ときわ》の松の木陰だと、人に見られることでしょう。

と詠んでお渡しになる。行正が、その盃をいただいて、

長い年月がたっても葉が落ち変わることもない松からは、どうして木枯らしの風が吹くことなどありましょうか。

四の宮が、その盃をお受け取りになって、和琴《わごん》を弾いた仲澄《なかずみ》に、

松風はどの松から吹いてくる風なのか区別がつかないけれども、私にはこの木の陰が涼しいものでした。

と詠んでお渡しになる。仲澄は、その盃をいただいて、

隠れ沼の草葉を音をたてて吹く風までも、松の響きにどうしてたとえることができましょうか。

と詠んだ。

仲忠たち五人の人々は、連れだって、庭に下りて拝舞《はいぶ》する。

一〇　仲忠と涼、琴を弾いて奇瑞を起こす。

涼と仲忠が弾く琴《きん》の音《ね》は、どちらもすばらしい。その時に、右大将（兼雅）は、取りに行かせなさった南風の琴《きん》を見せて、帝《みかど》に、「仲忠がまだ見たことのない琴でございます。この琴をお弾かせいたします」と申しあげなさる。仲忠が、その琴をいただいて、何気《げ》なく掻《か》き鳴らすと、天地を揺り動かして鳴り響く。帝をはじめとして、人々はとても驚きなさる。仲忠は、「もうお断りすることはできまい。この琴は、弾いても静まることはないだろう。不本意で気が進まないが、同じことなら、天地が驚くほどお弾きしよう」と思った。南風に劣らない、弥行《いやゆき》の琴がある。涼は、このすさの琴を、院にお渡しする。院は、同じ調子に調律して、涼にお与えになる。

仲忠は、俊蔭が会った七人の師の中の一つ目の山の師の奏法を、涼は、弥行の奏法を、もう少し弾いてほしいと思わせる程度にお弾きする。すると、その音は、雲の上から響き、地

の下からとどろき、風と雲が動いて、月と星が激しく瞬《またた》く。飛礫《つぶて》のような氷が降り、雷が鳴り閃《ひらめ》く。雪は、衾《ふすま》のように固まって降ると、すぐに消えた。仲忠は、七人の師が弾いた大曲を、残すことなく弾く。涼は、弥行が弾いた大曲を、音が出る限り弾く。□天人が、天から下りて来て舞う。仲忠は、涼の琴《きん》に合わせて弾く。

夜が明ける頃になって、ほのかに見ると、見飽きることのないほどの美しさだ。その中にいる少女《おとめ》を、しばらくの間、天に帰すことなくとどめておきたいものです。

それを聞いて、帰ろうとしていた天人は、戻って来て、もう一度舞って、天に上って行った。

一一　仲忠と涼、中将に昇進する。

帝《みかど》は、これを御覧になると、想像もしていなかったことなので、どうしたらいいのか思いつきなさらない。そこで、帝は、すぐに、仲忠に正四位《しょうしい》の位をお与えになって、仲忠は左近中将に任じられた。涼にも同じ位を与えて、同じ中将に任じられた。涼は、嵯峨の院の御子であるから、琴《きん》を弾かなくても、この官位をいただいたにちがいない。その代わりに、祖父の種松に、従五位下《じゅごいのげ》の位をお与えになって、種松は紀伊守《きのかみ》に任じられた。

帝は、左大将（正頼）に、「今夜、涼と仲忠に与えるのにふさわしいものを、私は国の内に思い浮かばないが、左大将殿だけはお与えになることができるはずです」とおっしゃる。左大将が、「畏れ多いことです。帝のもとにさえないものを、どうして私が与えることができましょう」。帝が、機嫌よくお笑いになって、「ほかに例がないほどすばらしい□を持っていらっしゃるのですから、それを涼と仲忠にお与えになったらどうですか。それ以上のものはないでしょう」。左大将が、「帝の命《めい》によって与えることはかまわないのですが、私以外でも、涼と仲忠の今夜の禄《ろく》としてふさわしい女君は、誰も持っていないでしょう」。帝は、「世間で評判のあて宮が、今夜のもっともふさわしい禄だ。涼にはあて宮、仲忠には、あなたの所にいらっしゃる女一の宮を与える」とおっしゃる。

それを聞いて、涼と仲忠は、崩れるように庭に下りて拝舞《はいぶ》する。

また、涼と仲忠の位記《いき》を、帝の前でお与えになる。帝が、仲忠の位記の上に、

　松風が、ふたたび吹いて、袍《ほう》を乾かしたら、今回の浅い紫の色をさらに濃い紫の色に染めることにしよう。

とお書きになると、仲忠が、

　紫色に染める衣の色が濃いので、袍を乾かすことができる風は温《ぬる》いのではないかと心配しています。

院が、涼□位記に、

　秋が深まったので、野辺の草葉は枯れてしまったけれど、これからは、若紫（涼）の生長を期待しましょう。

とお書きになると、涼が、

私は、花が盛りの時でさえ、花に置く朽葉の露のような身ではありますが、今日紫の色に染めてくれました。

左大臣（季明《すえあきら》）が、種松の位記に、

竜田《たつた》姫が緋《ひ》色《いろ》の紅葉の笠《かさ》を縫ったのは、一本ある松に露の恩恵を受けよということですよ。

とお書きになると、種松が、

佐保《さほ》山の緑の蓑《みの》の下に隠れていた松の陰にも、今は□。

などとお答え申しあげて、涼と仲忠は、ふたたび庭に下りて拝舞する。

種松は、すぐに昇殿を許される。宣旨《せんじ》が下って、昇殿した。

一二　涼、嵯峨の院に、弥行のことを語る。

嵯峨の院□、驚きながら不思議にお思いになる。院が、「仲忠の朝臣の琴《きん》は、俊蔭《としかげ》の朝臣の奏法に格段にまさっている。涼は、変化の者だ。胡笳《こか》の調べは、俊蔭・弥行《いやゆき》と言って並び称された丹比《たじひの》弥行と同じ奏法だ。弥行が消息を絶って三十年以上たつが、その奏法を継承する人は誰もいない。それなのに、涼は、二十歳を過ぎた頃だが、琴曲《きんきょく》の奏法は、弥行と同じだ。いったいどういうことなのか」とお尋ねになる。涼は、「弥行が亡くなって、今年で六年になりました。弥行は、『宮仕えをしたところで、帝《みかど》に認めてもらえないし、学問で宮仕えをしても、その効《かい》はない。成仏できるように仏道修行をしよう』と思って、深い山に入って修行していたそうですが、私が、五歳で、熊野に参詣して出会った時に、弥行が、『私は、この世で、琴《きん》を弾いて名声を博した。この奏法が後の世に伝わらないことを悲しく思って、今までこの世に生き長らえてきた。おまえがこの奏法を伝えて広めてくれるなら、私が死んだ後でも、おまえのもとを訪れて守護しよう。私は、今となっては、すぐにでも、勇みたった獣《けだもの》に身を喰《く》わせて、深い谷に屍《しかばね》を晒《さら》してしまおう』と申して、もとの山に籠もってしまいました。それなのに、私は、その遺言を実現することができずにいるのでございます」と申しあげる。院は、驚いて感動なさる。

こうして、まず、帝がお帰りになる。□。

「ここは、神泉苑《しんせんえん》。上達部《かんだちめ》と親王《みこ》たちが、並んで座に着いていらっしゃる。韻字をいただく。

藤英《とうえい》が、船に乗って池に放たれている。

仲忠が、琴《きん》をいただいて弾く。雪が降っている。天人が、天から下りて来て舞う。□。」

一三　涼、三条に移り住み、時めく。

源氏の君（涼）は、三条□に屋敷を造って、美しく飾りたてて調えて、贅《ぜい》を尽くして住む。種松は、財産を貯《たくわ》えて納めていて、さまざまな調度品を、金銀や瑠璃《るり》で飾りたてたこの屋敷にお贈りする。

種松の北の方が、吹上の宮の人々を引き連れて上京した。種松は、五位の位袍《いほう》である緋色《ひいろ》の衣に白い笏《しゃく》を持って、北の方を拝む。北の方が、「思いがけない喜ばしい出来事です」と言って、

置く露も時雨も、あなたのことを避けると思って見ていたのに、あなたの衣の色が、六位の浅緑から、五位の緋色に変わるのを見ると、不思議な思いがいたします。

と詠むと、種松は、

松の梢《こずえ》が雲にまでとどいたと聞いたので、土の中に籠もっていた根は色が変わったのでした。

種松は、紀伊守《きのかみ》として紀伊国へ下って、おもしろく洗練された所で楽しく暮らす。源中将（涼）は、世間の人が、競って、婿に取ろうと申しあげるけれど、聞き入れず、心をこめて宮仕えをして、人に認められる。藤中将（仲忠）と同じように、世間の信望を得ている。

一四　忠こそ、真言院の阿闍梨に任じられる。

嵯峨《さが》の院は、忠こそを、このうえなく大切に扱って、院の内に、壇所《だんしょ》を与えたりなどしておそばにいさせなさる。忠こそは、尊い師について教えをしっかりと受けていたので、まことに悟りが深く、効験《こうげん》もある。院が帝《みかど》にお願いして、忠こそは真言院《しんごんいん》の阿闍梨《あじゃり》に任命された。

弟子や同行《どうぎょう》などが多く、その身の勢いは、昔、院の寵愛《ちょうあい》を受けていた時に劣らない。

一五　忠こそ、一条の北の方と出会って、世話をする。

ある日、忠こそは、お召しがあって、嵯峨の院に参上した。車を美しく飾りたてて、とても大勢のお供の者を連れて参上する。院の御をいただいて（未詳）、顔は墨よりも黒く、足と手は針よりも細くて、ぼろぼろになった布を継ぎ合わせた着物を纏《まと》った媼《おうな》が、短い裾から脛《すね》を長く出した姿で、退出して来た忠こそに、両手を捧《ささ》げて、「今日一日の命をつなぐ糧《かて》をお恵みください」と言って、後ろについて這《は》って行く。忠こそが、気の毒に思って、食べ物などを与えて、「昔はどのような境遇にあった方で、いつから、こんなふうになったのですか」と尋ねると、「私は、このうえないたいへんな財産家で、この世の第一の人（千蔭）の妻でした。夫には、母のない、顔も美しく気だてもいい男の子がいて、とてもかわいがって、その時の帝《みかど》（嵯峨の院）もこのうえなく目をかけていらっしゃいました。私は、その子を失脚させたいと思う気持ちがつのり、父親の家の宝物をこっそり隠して、『この子が盗んだ』と言い、また、父親が咎《とが》めを受けるはずだと思われる謀りごとをして、その子が告げたことにして、結局はその子を失踪させてしまいました。その報いを受けたのでしょうか、生きたまま、このような身になっているのでございます」と言う。忠こそは、聞いていて、昔の一条の北の方だとわかった。忠こそは、時が変わるまで考え込んで、「父上が大願を立てて捜し求めていらっしゃった帯も、そういえば、私のせいにしていた。また、父上がご不興《ふきよう》だったのも、それでは、この人が父上にひどい悪口をお聞かせ申しあげたからだったのだ。長年、胸の炎が冷めることのないまま嘆き続けてきたことを、仏がこの世においでになったから、聞いて事情を明らかに知ることができたのだ」と思って、長い時間がたってから、「どうして、そのような罪のない人のために、それほどまでにけしからん考えをお起こしになったのですか。そんなことがあった報いで、このような身となったのです。来世では、地獄の底に沈んで、成仏する時はないでしょう」と言うと、物乞《ご》いとなった一条の北の方は、涙を流して、「このことを後悔するにつけても、心が炎で燃えるようです。けれども、もうしてしまったことですから、取り返しようもありません。思い出すと、つらく悲しいことです」と言う。忠こそは、見ていて、もうそれほど長く生きていられないだろうとお思いになったので、「あなたが生きていらっしゃる間は、お世話いたします。亡くなったら、屍《しかばね》をも埋葬し、地獄の苦しみをもお済《す》くいいたしましょう」と言って、小さい小屋を造って住まわせて、食べ物を与えたり、衣を着せたりなどしてお世話なさる。

一六　忠こそ、宮あこ君を介して、あて宮に歌を贈る。

こうしているうちに、左大将（正頼）の宮あこ君が、物の気《け》が取り憑《つ》いて、ひどく苦しむ。いろいろと試したけれども、治らない。でも、忠こそにお託しすると、巧みに加持祈禱《きとう》をして治した。

忠こそは、宮あこ君に親しくお話しなさる。左大将のことなどを尋ねて、「この春、春日《かすが》にいらっしゃった方に、ちょっと申しあげたいことがあるのです。この手紙をお渡ししてください」と言って、

「春日でお見かけしてから、大きな岩の中に閉じ籠もって過ごしていたのですが、その間も、あなたさまの美しい面影は、心の中で浮かんでいて忘れられませんでした。出家したのに、こんなふうにこの世を思い捨てることはできないものでした」

と書いて、「これをお渡しして、必ずお返事をいただいて、私にください」と頼む。宮あこ君が、「このような手紙は、絶対に御覧にならない方です。どうしたらいいのでしょう」。忠こそが、「どうして、こうして治してさしあげた私の思いを酌《く》み取ってくださらないのですか。私のことを、あなたを思う私と同じようにお思いくださいと願っているのです」と言うので、宮あこ君は、難しいとは思うけれど、あて宮のもとに参上した。

宮あこ君があて宮にお渡しすると、あて宮は、「まあ、見るのも嫌。どうしてそんな物を持っていらっしゃるのですか」と言って、その手紙を破って捨てておしまいになった。

一七　九月の下旬から、春宮をはじめ、人々、あて宮に歌を贈る。

九月の下旬に、春宮から、あて宮に、

冷淡なあて宮さまを、秋が訪れる度《たび》に待っている松虫（春宮）は、色を変えることのない常磐の松の陰のように、今と変わらないままになってしまいそうですね。
とお手紙をさしあげなさった。あて宮は、
松の葉が緑のままで色を変えることのない、秋以外の季節に声が聞こえないということは、私のことを待っている松虫とはおっしゃってもあてにならないものなのですね。
源宰相（実忠《さねただ》）が、鈴虫をお贈りして、
鈴が鳴るように、私の思いどおりになるものならば、鈴虫が、秋の夜に、一晩中大きな音《ね》を立てて鳴いてほしいものです。
兵部卿の宮が、菊の花の盛りに、
言うことを聞くという名の菊の花が美しく咲く九月は、頼もしく思われるものですね。
右大将（兼雅）が、九月の末日に、
九月は、結婚することを避ける月だと思って、心を慰めることができました。でも、その秋が終わっても、すっかり嫌われていると思うと、悲しいものなのですね。
平中納言が、十月一日に、
薄かった夏の衣が濡《ぬ》れたのかと思って衣替えをしたのですが、衣の袖は、あて宮さまを思う涙で濡れていたので、濡れたまま変わることはありませんでした。
三の宮が、庭の、色の濃い紅葉につけて、

あて宮さまを思う涙が衣の袖を深い紅《くれない》の色に染めているうちに、□私の衣の袖は、今では紅葉の錦となっているのでしょう。

藤中将（仲忠）が、宇治《うじ》の網代《あじろ》から、

流れて来る氷魚《ひお》の数を数えていると、網代木に寄って来た氷魚の数は数えきれないほどでした（これまでの、涙を流してきた日々を数えてみると、その夜の数も数えきれないほどでした）。

初雪が降る日に、源中将（涼）が、

私の袂《たもと》に空から降ってきた初雪が解けるように、あて宮さまがうち解けてくださるのを待っているのですが、ずいぶんと長い時間がたってしまいました。

左大将（正頼）が、源中将の歌を見て、「九月の神泉苑《しんせんえん》の紅葉の賀の時に帝《みかど》がおっしゃったことをあてにしているのでしょう。とてもすぐれた人だから、私も、源中将殿を、特別な人として期待申しあげているのです」などとおっしゃる。

源侍従（仲澄）は、時雨が激しく降る日に、

十月になると、雲に隠れながら時雨が降るので、真っ先に、人知れず涙を流している自分のことがよそえられるのです。

源少将（仲頼）は、賀茂《かも》の臨時の祭りの使として出発する時に、

涙で袖が濡れて長い年月がたつので、賀茂を訪れると、あて宮さまに逢《あ》うことができる

ようになるかと期待して、冬の最中に思いきって出かけます。

兵衛佐《ひょうえのすけ》（行正）は、物詣でをする時に、□いろいろと話をする。夜が明ける前に物詣でから帰って来て、庭の池から水鳥が飛び立つのを見て、

私が一人で帰って来ると、池にいた、番《つが》いの鴛鴦《おしどり》が□鳴きながら飛び立って行きました。

藤英《とうえい》は、宣旨《せんじ》をいただいて六十日あまりの間に方略試《ほうりゃくし》の試験を受けようと思って、夜も昼も準備を進める。長年、雪を夜の光として勉学に励んできたけれど、今は、さとゐんは（未詳）□花のように美しく、食べ物は山のように豊かだし、灯台の油は海のように湛《たた》えて、□などをするにつけても、今でも、あて宮への思いがとどかないことを嘆いている。

雪が降る日に、

昔は、雪が降ると、その光で、勉学に励む部屋だけでなく、心さえも明るくなりました。でも、今は、こうして雪が降っても、心が晴れることなく、恋には惑うものだったのでした。

『うつほ物語』二

本文校訂表

上に当該箇所の本文、下に底本の本文をあげた。ただし、上の本文は、本文庫の本文のままではなく、底本の本文に対応させた。仮名遣いも、底本にあわせた。

「嵯峨の院」の巻

【一】
1ける―けり
2たたく―たゝ
3かしこし―かしかし
4おはする―おほする
5まいる―まいり
6け―けむ

【二】
1ものゝね―ものかね
2あれ―あられ
3きありく―きありて
4かきつく―かきつゝ
5とらす―こゝに

【三】
1な―れ
2心―御心

【四】
1いと―はと
2けり―ける
3御はらから―御はら
4おのら―をのこ
5え―み
6心ひとつ―心ひとへ
7え―見
8おもひかへし―おもひかくし
9よから―よら
10給へつる―給へる
11へか―へる
12あかきみ―あるきみ
13たまへ―たまは
14あか君―あこ君

【五】
1さうのこと―さゝのこと
2まさに―まさり
3きこゆるに―きこかるゝ
4うたて―みたて

【六】
1も―と
2すき〳〵しく―すき〳〵ししく
3そこら―そこし
4ちかまさり―ちり［か］まさり
5みる―みな

【七】
1に―ナシ
2ね―ぬ［ねイ］
3たてまつり―てまつり
4の給ふ―のた給
5おとゝ―おとこ
6これかれ―これかく
7はへり―ははへる
8左―右
9と―ナシ
10故―両
11かの―の
12こ―い
13やんことなく―やはんことなく
14こゝのつ―こゝのへ
15の―ナシ
16こゝのつ―こゝのへ
17わう―わら
18くるしう―くるうし
19はいとり―はいとも
20左―右
21も―ナシ

22さふらひ—さまらひ
【八】
1なけき—なけ
2なかのおとゝ—かのおとゝ
【九】
1わらはへをつかひ—わらはへきやう
2に—ふて
3のたまひ—のたまへ
4ぬ—ナシ
5か—ナシ
6みやあこきみ—みやあこきみに
7なかん—なからん
8とく—とて
【一〇】
1ほころひ—月ころひ
2給へ—給ふ
3右—左
4おほしおとさゝる—おほしおとゝさる
5こたふる—こたふと
【一一】
1ちきり—ちり
2給へ—給ひ
3しか—しる
4なれ〳〵しき—なれ〳〵き
5左大将との—右大将の
【一二】
1左—右
2たうひ—たらひ
3この—の
4たうひ—たらひ
5左—右
6たうひ—たらひ
7に—か
8左—右
9おもほえ—おもほら［え］
10え—み
11なにの—なに
12けう—けを
【一三】
1左—右
2いとほしかり—いとをかしかり
3さらに—さうに
4をのこら—御うら
5て—く
6こと—と
7え—み
8そこ—そこく
9なる—なめ
10うちはめ—うちはさめ
11こと—と
12さふらは—さふら
13なとて—なとゝて
14もはら—もはゝ
15左—右
【一四】
1しゝう殿—しゝうとの
2なにかは—なかくは
3のたまひ—ののたまふ
4さ—ナシ
5あまたゝひ—あまたかひ
6おとゝ—おとゝの
【一五】
1おほかり—おほくかり
2あかつき—あつき
3給ひ—給る
4給へ—給は
5へか—へきか
6ひやうゑの君—ひやうゑの君のみや
7侍つる—侍へる
8給ひ—給る
9は—ナシ
10り—る

11に—も
12さう〳〵し—さら〳〵し
13に—事
14みたい—したひ
【六】
1宮にあて宮—宮
2給ひ—給る
3める—ある
4侍りつる—侍へる
5給ふは—給はゝ
6そ—てそ
7候へ—かへ
8に—ナシ
【七】
1左—右
2に—ナシ
3しいつ—しはつ
4これかれ—これか
5いましあひ—いにしあひ
6は—ナシ
7めくらしふみ—めつらしふみ
8と—ナシ
9せ—を
10ら—か
11まつら—まいら

12給ふ—た給ふ
13御かくら—御神かくら
14と—ナシ
15おほせられ—おせられ
16あそん—あそこ
17あつかひものせ—あつるもむことせ
【八】
1なにこと—なにと
2くほて—くほそ［てイ］
3御かみ—御から
4まつる—まいり
【九】
1四人—人
2みかうのこ—みかうのみ
3右—左
4民部—式部
5ゆきまさ—ゆき
6さうすき—さらすき
7内には—四五人
8こたち—みこたち
9みなみ—みな
10みこ—こ
11なかより—なりより
12そは〳〵し—うは〳〵し

13あら—あと
14かれせ—かれを
15たまへ—たまふ
【一〇】
1御せうそこ—御せうこ
2ここ—こ
3うゐ—こゐ
4けり—けれ
5はや—はす
6の給ひ—の給り
7や—ナシ
8給ひ—給る
【一一】
1と—ナシ
2みかうのこ—みるうのこ
3一具—一
4かつけ—かけ
5になく—こなく
6いて—い
7まつくさ—まつらさ
8からき—かき
9に—り
10かさはや—かまはや
11すすみ—すみ
12に—ナシ

13ゝき―くき
14さうすき―さらすき
【二二】
1に―のき
【二三】
1も―にも
2ほふふく―ほらふかく
3ほふふく―ほゝふく
【二四】
1御むこ―御子
2とも―も
3なむ―ならて
4かす―かすか
5そ―こそ
6さねまさ―さたま
7こ―に
8いま―いまは
9さねまさ―さねさ
10つゝ―つか
11いそき―はいそき
12とも―とゝも
【二五】
1いへあこきみ―いちあこきみ
2ひやうゐのさくはん―ひやうゐさくはん

【二六】
1の―ナシ
2みちのくにのかみ―みちのくにかみ
3まんそく―まんまく
4かね―よね
5の―ナシ
6の―ナシ
7そうかう―そらかう
8との―もの
9そうはう―そらはら
10たいはん―たいはんに
11に―ナシ
12ら―は
13の―ナシ
14らる―うる
15中のおとゝ―中のおとゝの
16たうし―たゝし
17御むこ―御こ
【二七】
1に―ナシ
2かへる―かへり
3るる―る
4しのふ―しのひ
5こらんし―こゝむし

【二八】
1物―ナシ
【二九】
1左―みき
2なほ―を
3めてたき―たき
4さら―さた［ら］
5か―はか
6おほろけなら―おほろけなし
【三〇】
1に―ナシ
2たまは―たまけ
3左―右
4むことり―んにとり
5の―ナシ
6一院三宮―一ゐ三の宮
7たまへ―たまふ
8けない―くない
9と―ナシ
10らる―らか
11とも―らん
12いは―いか
13の―この
14のものかたり―このかたり
15とも―もも

【三一】
1かくて—かたくて
2の—ナシ
3かく所—かく
4たてまつり—とてまつり
5あまた—あなた
6はさま—ひさま
7きよら—きよう
8そらなり—そら
9おはする—おはすか
10わか—すか
11あゆみ—あゆ・［み］み
12え—と［えイ］
13かんたちめ—め
14みこ—みに
【三二】
1す—に
2も—こと［もイ］
3あかほとけ—あるほとけ
4よる—より
5はら—はし
6されと—さわと
7いたつき—いたつけ
8つち—いち
9そく—そて
10こもりをり—こもりをも
11とく—とて
12うり—う・［ち］
13かう—から
14あるし—ありし
15おのれ—をのこ
16まうく—まほしく
17とて—とや［てイ］
18給ふ—給へ
【三三】
1侍れ—侍る
2の—ナシ
3なれ—也
4てしか—てしかは
【三四】
1ひりやうけ—ひりやらけ
2すはうかさね—すゝしかさねの
3うゑ—こゑ
4さらに—さうに
5に—し
【三五】
1の—ナシ
2あす—あそ
【三六】
1御おとゝにふたう—御おとゝにう
と
2む—る

「祭の使」の巻

【一】
1近衛つかさ—兵衛つかさ
2たる—たか［るイ］
3この—の
4に—ナシ
5の—ナシ
【二】
1かさす—かさに
2あかきみ—あるきみ
3かく—かて
4きこえさす—きこえます
5たてまつる—まてまつる
6ます—さす
7ふたところ—ふれところ
【三】
1女御の君—女君
2まて—さて
3まら人—まつり
4あて—めて
5の—ナシ

【四】

1よまち―よさち
2あり―ある
3みまや―みや
4なかつかさ―かさ
5おとと―ナシ
6民部卿―式部卿の
7督のきみ―きみ
8に―ナシ
9左―右
10左衛門佐―右衛門さ
11侍従―ナシ

【五】

1てつかひ―てかい
2くらへ―いらへ
3官人―宮人
4しらへ―しら
5しもへ―しもつ

【六】

1より―よも
2ぬし―御めし
3左―た
4うはうかく―うはらく
5うしかひ―うしかく
6の―殿
7御ふえ―御ふみ
8左―右
9右―左
10大ち―大内
11左―右

【七】

1きこえ―ききこえ
2なかもち―なもち
3ひとく―もとく
4われ―わすれ
5左のおとゝ―左おとゝ
6てうし―とうし
7かつき―かつけ
8よふかく―よくふかく
9近衛―兵衛の
10へき―つき

【八】

1の―ナシ
2左―右
3右近のそう―左近の空
4うち―らう
5らち―らう
6らち―らう
7らち―うち
8ことわり―ことり
9さる―たる

【九】

1やまゐたゝしく―やまゐたかしく
2あかきみ―あにきみ
3さねより―さねたゝ
4さねたた―ねより
5左―右
6給はり―給わたり
7しもへ―しりへ
8とも―もし
9ら―ゝ
10あそひあかし―あそひあはし

【10】

1まち―まほ
2つひに―つねに
3くちに―くもら

【11】

1大将殿―大将
2そひ―ナシ
3見―ナシ
4たてまつれ―まつれ
5なかつかさ―なか
6わたる―にさる
7まとゐる―さとゐる
8もと松―もえ松

9さしつゝき—さしつゝ
10おはします—おはしてま
11ふえ—ふみ
12ふきあはせ—ふきくあはせ
13呂のこゑ—日のこゑ
14て—てゝ
15も—ナシ
16つる—つゝ

【三】

1なか—なる
2ひとつ—ひとへ
3たてまつり—たてまいり
4む—ナシ
5人々—人ゝ

【三】

1の—ナシ
2みかうのこ—みかこのこ
3みかうのこ—みかうのみ
4左—右
5めしつけ—めしつけつけ
6おほんまへ—おほうまく
7おかしき—おはしき
8に—し
9てうし—てし
10に—ナシ
11の—ナシ
12つかさ—つかひ
13あそひひと—あそひと
14ひきゐ—ひとりゐ
15むかへ—かへ
16たまひ—まひ
17そちのきみ—そらのきみ
18をとこかた—をことかた
19御まへ—御さへ
20わきいて—わきいてゝ
21たる—たるを
22ましき—まし
23給ひ—給へ
24左—右
25こゝ—はゝ
26かはら—らはら
27みかうのこ—みかこのこ
28いる—はる

【四】

1に—と
2の—のの
3かきつく—かきて
4に—へ
5に—へ
6わすら—わす
7とて—ナシ
8とき—と

【五】

1ちしのおとゝ—ちゝのおとゝ
2さては—までは
3な—ナシ
4かまへわたらふ—まへわたらふ
5かな—うな
6ようめう—よらめ
7みみ—身
8もの—おん
9みな—み
10たまは—たまへ
11給つ—給へ
12え—ナシ
13なく—なくなく
14よところ—よところ
15なき—な
16の給はせ—のた給はせ
17はうのきみ—はらのきみ
18に—ナシ
19は—さ
20坊の君—かたの君
21そのすち—そあち
22給は—給はら

23かへし—かくし
【六】
1給へ—給は
2ほに—をこ
3まうと—まう
4ぬ—ナシ
5なかたち—のかたち
6給はる—給へる
7給へ—給へは
8申うけ給はら—申給はら
【七】
1まれ〳〵—され〳〵
2あさな—あまた
3すゑふさ—すゑふき
4かく—くわ
5せまる—せさる
6右—左
7うくる—うつる
8妙徳—妙
9に—と
10たゝとほ—たうとを
11まかりつき—さかりつき
12めしかすまふる—めしかすさふる
13こうし—こえし
14なむ—なは
15とうゑい—とうゑ
16ふみつくゑ—ふみつくる
17こはいゐ—にいゐ
18自由—侍従
19かくす—かへす
20をさめ—あさめ
21す才ら—ろ才こ
22かく生—かへ
23はたこのみあるし—たこの守あるし
【八】
1つとめて—とゝめて
2うへのはかま—ゝりへのはかま
3たなつし—たなつま
4しな—な
【九】
1ほとに—ナシ
2の—ナシ
3とまり—ときり
4を—ら
5かち—かうち
6に—ナシ
7に—の
8れち—おち
9たつ—たく
10文人—とも
11しうとく—しりそく
12ひきしそけ—ひきしうけ
13か—り
14からに—かうに
【一〇】
1文人—ふみ人
2さうさうに—さうとうに
3あるし—あなし
4とうろ—ところ
5つ—て
6く—て
7あはせ—あらせ
8たかし—たかく
9すする—すもる
10文人—文
11おほんくちつから—おほんくちつかう
12すゝる—すかる
13なにまろ—なによろ
14と—こ
【一一】
1か—る
2朝臣—大臣
3ふやわらは—にやわらは

4ことし—もし
5いくそはく—いく
6そくらう—そくう
7と—ナシ
8しか—しりか
9え—し
10の—ナシ
11なり—は
12そくらう—そくら
13や—ナシ
14くう—くら
15あまる—あさる
16ます—さす
17を—に
18はひつる—はひてふ

【二二】
1よそひ—とそひ
2えさう—みさう
3ひけ—ひ
4に—こ
5ら—と
6か—ら
7もと—も源

【二三】
1さうし—さらし

【二四】
1おとこきんたち—おとゝきんたち
2と—ナシ

【二五】
1たかふ—てかふ
2と—を
3か—る
4み—御
5ら—う
6たまへ—たまひ
7まつ—まろ
8ともし—ととし
9か—ゝ

【二六】
1きよら—きよう
2るる—る

【二七】
1し—も
2たまへ—たまひ
3と—も
4たまふれ—たまへれ
5の—に
6おほする—おほすに
7そよき—てゝき
8なほ〳〵に—なをしに

「吹上・上」の巻

【一】
1たから—きよら
2二人—こふ
3を—け
4こま—こまと
5れ—ね
6に—ナシ
7も—ナシ
8ゆたかに—ゆたか
9みて—みた
10おほきさ—おほき
11いもし—いてし
12なと—なら

【二】
1かく—から
2さえ—まへ

【三】
1きたに—北に
2そめ—さめ
3一日—へか
4給ふ—御
5まさに—さきに

【四】
1に—ナシ
2な—ナシ
3も—と［も］
4に—へん
【五】
1へ—く［へ］
2ふきあけ—ふけあけ
3とり—と
4つる—る
【六】
1おほつかな—おほつかな
2いつち—いつ
3さて—あて
4いね—いゐ
5そゑに—そ上［ゑイ］に
6母—も
7たまは—たま［は］
【七】
1と—ナシ
2あかれ—あはれ
3はいゝり—はいらり
4させ—きさせ
5候ふ—う
6ゐ—こそ
【八】
1かく—かて［く］
2ものし—ものの
3と—て
4うけたまはり—か［う］けたまはり
5まうて—まかて
6こと—かと
7のたまふ—のた給ふ
8せ—を
【九】
1まら人—まう人
2うす物—うす物の
3二つ—こつ
4をさめ—をさに
5四つ—少
6つくゑ—つかふ
7二つ—こつ
8さうくわん—さうくれ［わ］ん
9山のへ—山の人
10みる—みゆ
11とくら—といら
12らうすけ—ちうすけ
13やともりかせ—やとりかせ
14ものし—ものゝ
15右—左
16に—ナシ
17ちし—ちゝ
18こか—こうか
19しるから—しなから
20みへ—みつ
21まら人—まう人
【一〇】
1着—ナシ
2つかうまつる—つかうまつり
3心はへ—心はて［え歟ん歟］
4めつらかなり—めつらかなる
5たる—たり
6きん—きむきん
7見る—ナシ
8あは—あら
9八十人—は［八イ］十人
10の—ナシ
【一一】
1はま千とり—・［はイ］いまひ［千イ］とり
2千とり—ひ［千イ］とり
3かた—よた
4藻—ナシ
5はるかなる—つるかなる

6て―く
【二】
1の―ナシ
2たまへ―てまつ
3まら人―まう人
4ゑう―ゑら
5の―ナシ
6に―の
7下（り）―した
8給へり―給に
9わたり―わり
10松―春
11四所―四所の
12ひとく―ひとへ
13ゆひ―たひ
14おとら―おとし
15の―ナシ
16に―ナシ
【三】
1まら人―まう人
2とも―けも
3の男―ナシ
4すり―をり
5になひもたる―にゑもたる
6くらほね―くろほね
7わかき―あかき
8御かしよね―御かくよね
9一たち―へたち
10あり―なり
11とも―も
12三十人―三十
13の―ナシ
14木こり―木こりて
15たかかひ―かゝい
16つかひひと―つかいと
17に―にに
18の―ナシ
19に―ナシ
20すはう―すれう
21うみ―よみ
22かち―くち
23は―に
24す―ナシ
25めのこ―めこ
26て―と
27からくみ―からくみし
28下つかへ―つかへ
29なみ居―なみ
30そう―そら
31はかり―はり
【四】
1かり―まかり
2ゝき―ゝも
3の―のの
4たちさはき―たちさはらき
5給は―給ひ
【五】
1ほころふ―こほりと
2ひとく―とて
3ひとく―ひとへ
【六】
1しろかさね―しろかね
2たてまつる―たてまつり
3うつ―うち
4まうけ―ゝうけ
5夏―夏ふゆ
6くる―ある
7かへる―かへ
8きれ―され
9を―をと
10ゆひつけ―はいつけ
11たてまつる―たかまつる
12ほそなか―なる
13しらはりはかま―しらはりはかまか

14はたこ馬—はたこ
15はら—はこ
16の—ナシ
17きよら—きよう
18おは—おふは
19こなた—うなた

【七】
1し給ふあるし—ナシ
2もえ—きえ

【八】
1右—左

【九】
1また—まは
2に—ナシ
3の—ナシ
4ける—けり
5はかり—みたり
6とも—うも
7まうのほれ—まうのほり
8うとう—のとう
9ぬ—す
10たけ—すけ
11としころ—ともころ
12おひいて—おいらて
13やすのり—やすより
14左右—さ左
15まうし—ま
16の—ナシ
17なめすゑ—なかめすゑ
18千ふん—千にん
19おとと—をと

【一〇】
1おこせ—こせ
2は—か
3は—る［はイ］
4しらはり—しうはり

「吹上・下」の巻

【一】
1給ふる—給ふか

【三】
1るり—なり

【四】
1に—ナシ

【五】
1に—さ
2の—ナシ
3まさら—まら
4ゝ—ら
5なかたゝ—なりたゝ
6くたもの—か［くイ］たもの
7るいたい—いたい
8なかより—なかとり
9日—も
10なかに—なみ
11こんこん—こん
12ふえ—ふく
13ある物—ナシ
14めつらか—めつらしか

【六】
1こへ—うへ
2なかたゝ—なりたゝ
3て—もて
4給へしか—給か

【八】
1きたのかた—きたかた
2こひいて—こいて

【九】
1おほせられ—おほられ
2せた風—を風
3て—に
4あくまこく—の［の］く［本］さこく
5れ—り
6はく—は

7はく―は
8ふかく―かく
9かゝる―かるゝ
10二―こ
11と―に
【一〇】
1すこし―すすし
2天人―仙人
【一一】
1左―右
2たまひ―たまはり
3を―ろは
4か―ナシ
【一二】
1たちひ―たひ
2さえ―さと
3に―し
4ほとこさ―ほとさ
【一三】
1たから―たかと
【一四】
1たふとき―とき
2ゝれ―られ
【一五】
1に―し
2あさり―あまり
3ほに―ほとに
4しか―しる
【一六】
1し―て
2かゝる―かたる
3たまは―たまへ
【一七】
1なけ―なく
2かなしかり―なるしたり
3よる―とる
4か―は

新版《しんぱん》

うつほ物語《ものがたり》 二

現代語訳付《げんだいごやくつ》き

室城秀之《むろきひでゆき》＝訳注

令和5年 3月25日　初版発行

発行者●山下直久

発行●株式会社KADOKAWA
〒102-8177　東京都千代田区富士見2-13-3
電話　0570-002-301（ナビダイヤル）

角川文庫 23602

印刷所●株式会社暁印刷
製本所●本間製本株式会社

表紙画●和田三造

●お問い合わせ
https://www.kadokawa.co.jp/（「お問い合わせ」へお進みください）
※内容によっては、お答えできない場合があります。
※サポートは日本国内のみとさせていただきます。
※Japanese text only

ISBN 978-4-04-400025-7　C0193

◇◇◇

角川文庫発刊に際して

角 川 源 義

第二次世界大戦の敗北は、軍事力の敗北であった以上に、私たちの若い文化力の敗退であった。私たちの文化が戦争に対して如何に無力であり、単なるあだ花に過ぎなかったかを、私たちは身を以て体験し痛感した。西洋近代文化の摂取にとって、明治以後八十年の歳月は決して短かすぎたとは言えない。にもかかわらず、近代文化の伝統を確立し、自由な批判と柔軟な良識に富む文化層として自らを形成することに私たちは失敗して来た。そしてこれは、各層への文化の普及滲透を任務とする出版人の責任でもあった。

一九四五年以来、私たちは再び振出しに戻り、第一歩から踏み出すことを余儀なくされた。これは大きな不幸ではあるが、反面、これまでの混沌・未熟・歪曲の中にあった我が国の文化に秩序と確たる基礎を齎らすためには絶好の機会でもある。角川書店は、このような祖国の文化的危機にあたり、微力をも顧みず再建の礎石たるべき抱負と決意とをもって出発したが、ここに創立以来の念願を果すべく角川文庫を発刊する。これまで刊行されたあらゆる全集叢書文庫類の長所と短所とを検討し、古今東西の不朽の典籍を、良心的編集のもとに、廉価に、そして書架にふさわしい美本として、多くのひとびとに提供しようとする。しかし私たちは徒らに百科全書的な知識のジレッタントを作ることを目的とせず、あくまで祖国の文化に秩序と再建への道を示し、この文庫を角川書店の栄ある事業として、今後永久に継続発展せしめ、学芸と教養との殿堂として大成せんことを期したい。多くの読書子の愛情ある忠言と支持とによって、この希望と抱負とを完遂せしめられんことを願う。

一九四九年五月三日

角川ソフィア文庫ベストセラー

ビギナーズ・クラシックス 日本の古典
うつほ物語
編／室城秀之

異国の不思議な体験や琴の伝授にかかわる奇瑞などの浪漫的要素と、源氏・藤原氏両家の皇位継承をめぐる対立を絡めながら語られる。スケールが大きく全体像が見えにくかった物語を、初めてわかりやすく説く。

新版 現代語訳付き
落窪物語（上、下）
訳注／室城秀之

『源氏物語』に先立つ、笑いの要素が多い、継子いじめの長編物語。母の死後、継母にこき使われていた女君。その女君に深い愛情を抱くようになった少将道頼は、継母のもとから女君を救出し復讐を誓う――。

新版 現代語訳付き
万葉集（一～四）
訳注／伊藤　博

古の人々は、どんな恋に身を焦がし、誰の死を悼み、そしてどんな植物や動物、自然現象に心を奪われたのか――。全四五〇〇余首を鑑賞に適した歌群ごとに分類。天皇から庶民にいたる万葉人の想いが今に蘇る！

新版 現代語訳付き
竹取物語
訳注／室伏信助

竹の中から生まれて翁に育てられた少女が、五人の求婚者を退けて月の世界へ帰っていく伝奇小説。かぐや姫のお話として親しまれる日本最古の物語。第一人者による最新の研究の成果。豊富な資料・索引付き。

新版 現代語訳付き
古今和歌集
訳注／高田祐彦

日本人の美意識を決定づけ、『源氏物語』などの文学や美術工芸ほか、日本文化全体に大きな影響を与えた最初の勅撰集。四季の歌、恋の歌を中心に一一〇〇首を整然と配列した構成は、後の世の規範となっている。

角川ソフィア文庫ベストセラー

新版 伊勢物語
現代語訳付き
訳注／石田穣二

在原業平がモデルとされる男の一代記を、歌を挟みながら一二五段に記した短編風連作。『源氏物語』にもその名が見え、能や浄瑠璃など後世にも影響を与えた。詳細な語注・補注と読みやすい現代語訳の決定版。

土佐日記
現代語訳付き
紀 貫之
訳注／三谷榮一

紀貫之が承平四年一二月に任国土佐を出港し、翌年二月京に戻るまでの旅日記。女性の筆に擬した仮名文学の先駆作品であり、当時の交通や民間信仰の資料としても貴重。底本は自筆本を最もよく伝える青谿書屋本。

新版 蜻蛉日記（Ⅰ、Ⅱ）
現代語訳付き
右大将道綱母
訳注／川村裕子

美貌と歌才に恵まれ権門の夫をもちながら、自らを蜻蛉のように儚いと嘆く作者二一年間の日記。母の死、鳴滝籠り、夫との実質的離婚――。平易な注釈と現代語訳の決定版。Ⅰ（上・中巻）、Ⅱ（下巻）収載。

新版 枕草子（上、下）
現代語訳付き
清少納言
訳注／石田穣二

約三〇〇段からなる随筆文学。『源氏物語』が王朝の夢幻であるとすれば、『枕草子』はその実相であるといえる。中宮定子をめぐる後宮世界に注がれる目はいつも鋭く冴え、華やかな公卿文化を正確に描き出す。

和泉式部日記
現代語訳付き
和泉式部
訳注／近藤みゆき

弾正宮為尊親王追慕に明け暮れる和泉式部へ、弟の帥宮敦道親王から手紙が届き、新たな恋が始まった。式部が宮邸に迎えられ、宮の正妻が宮邸を出るまでを一四〇首余りの歌とともに綴る、王朝女流日記の傑作。

角川ソフィア文庫ベストセラー

今昔物語集 本朝仏法部（上）（下）
校注／佐藤謙三

一二世紀ごろの成立といわれるインド・中国・日本の三国の説話を収めた日本最大の説話文学集。名僧伝、諸大寺の縁起、現世利益をもたらす観音霊験譚、啓蒙的な因果応報譚など、多彩な仏教説話二一二話を収録。

今昔物語集 本朝世俗部（上）（下）
校注／佐藤謙三

芥川龍之介の「羅生門」「六の宮の姫君」をはじめ、近代の作家たちが創作の素材をここから得たことは有名。世間話や民話系の説話は、いずれも的確な描写と簡潔な表現で、登場人物の豊かな人間性を描き出す。

山家集
西　行
校注／宇津木言行

新古今時代の歌人に大きな感銘を与えた西行。その歌の魅力を、一首ごとの意味が理解できるよう注解。たっぷりの補注で新釈を示す。歌、脚注、補注、校訂一覧、解説、人名・地名・初句索引を所収する決定版。

新古今和歌集（上）（下）
訳注／久保田　淳

「春の夜の夢の浮橋とだえして峰に別るる横雲の空　藤原定家」「幾夜われ波にしをれて貴船川袖に玉散る物思ふらむ　藤原良経」など、優美で繊細な古典和歌の精華がぎっしり詰まった歌集を手軽に楽しむ決定版。

方丈記 現代語訳付き
鴨　長明
訳注／簗瀬一雄

社会の価値観が大きく変わる時代、一丈四方の草庵に遁世して人世の無常を格調高い和漢混淆文で綴った随筆の傑作。精密な注、自然な現代語訳、解説、豊富な参考資料・総索引の付いた決定版。